아쿠타가와 류노스케 전집
芥川龍之介 全集

VI

아쿠타가와 류노스케 저

조사옥 편

본권번역자

김정희

임만호

임훈식

홍명회 외

제이앤씨
Publishing Company

第6巻 担当

조성미
윤 일
조경숙
김효순
송현순
홍명희
김난희
김명주
신기동
김정숙
임만호
윤상현
조사옥
임명수
최정아
이민희
김정희
하태후
임훈식

---

* 작품의 배열과 분류는 편년체(編年体)를 따랐고, 소설·평론·기행문·인물기(人物記)·
시가·번역·미발표원고(未定稿) 등으로 나누어 수록했다. 이는 일본 지쿠마쇼보(筑摩
書房)에서 간행한 전집 분류를 참조하였다.
* 일본어 가나의 한글 표기는 교육부·외래어 표기법에 준했고, 장음은 단음으로 표기
하였다.

1925년 초여름, 다바타(田端)의 서재 마루
바닥에서 고완구(古玩具)를 즐기고 있는
아쿠타가와 류노스케

머리말

본 6권에는 아쿠타가와 류노스케(芥川龍之介)가 말년에 쓴 작품들을 수록하였다. 5권 해설에서도 썼듯이 아쿠타가와는 1921년 3월 19일 오사카마이니치신문사(大阪每日新聞社)의 해외 특파원으로서 도쿄(東京)를 출발하여 7월 중순까지 약 4개월간 중국 각지를 시찰하며 여행하였다. 귀국 후에는 중국 여행을 통하여 더욱 깊어진 역사 인식을 가지고 작품을 쓰게 된다. 이는 본 권에 수록한 여러 작품 속에서 읽을 수 있다. 「호남의 부채(湖南の扇)」(『中央公論』, 1926년 1월)가 그중의 하나이다. 본 작품은 작가를 떠올리게 하는 주인공이 호남성(湖南省)의 중심 도시인 장사(長沙)를 여행했을 때의 경험에 기반을 두고 있다. 일본에 유학한 담영년(譚永年)이라는 친구와 그곳에 있던 요정의 연회에서 만난 옥란(玉蘭)이라는 기생에 대한 이야기이다. "나는 기꺼이 내가 사랑하는……황노옹(黃老爺)의 피를 먹겠습니다 …….''라고 말하며, 마약밀수 혐의를 받아 참수되었던 황육일(黃六一)이라는 애인의 피를 적신 비스킷을 깨물고 있는 옥란의 모습은 처참해 보인다. 소설의 서두에서 아쿠타가와가 "호남 백성들에게는 지기 싫어하는 강한 기질이 있다는 것이 전제되어 있다"라고 하는 것에서, 중국 여성들의 강인함과 정열, 그리고 중국이라는 나라의 위력과 부흥을 믿고 있던 작가의 시선을 느낄 수 있다.

중국에서 귀국하여 집필에 쫓기고 있던 아쿠타가와는 위병, 치질 등의 질환과 불면증으로 고통받고 있었다. 그런 가운데 써낸 「점귀부(点鬼簿)」, 「겐카쿠 산방(玄鶴山房)」, 「갓파(河童)」, 「톱니바퀴(歯車)」, 「암중문답(暗中問答)」, 「어떤 바보의 일생(或阿呆の一生)」 등은 아쿠타가와 말년의 작품 중 가작(佳作)이라고 할 수 있다. 이 작품들에 대해 간단하게 살펴 보고자 한다.

「점귀부(点鬼簿)」(『改造』, 1926년 10월)에서 아쿠타가와는 "내 어머니는 광인이었다. 나는 한 번도 어머니에게 어머니다운 친근함을 느낀 적이 없다."라고 고백하고 있다. "이런 나는 어머니에게 전혀 보살핌을 받은 적이 없"지만, "어머니는 거의 언제나 조용한 광인이셨다." '나'의 누나 '하쓰'는 일찍 죽었고, 어머니의 광기로 인하여 '나'는 태어나자마자 양가(養家)로 가게 되었으며, 어머니는 친아버지 집 이층에 격리되어 "한 번은 양어머니와 모처럼 이층에 인사하러 갔다가 느닷없이 머리를 곰방대로 맞았던 것을 기억하고 있다."라고 썼다. 본 작품으로, 자연주의 작가들과 문단의 사람들이 아쿠타가와도 드디어 사소설(私小說)을 쓰게 되었냐고 했다. 아쿠타가와는 그때까지 사생활을 제재로 한 소설을 애써 피해 왔지만 「점귀부」에서는 광인인 어머니를 비롯하여 친척들까지 소설의 제재로 삼았다.

「겐카쿠 산방」(『中央公論』, 1927년 2월, 단지 '1, 2'는 같은 해 1월호에 실림)은 호리코시 겐카쿠(堀越玄鶴)라는 일찍 고무도장 특허를 내 큰 돈을 번 남자의 말년을 그린 소설이다. 아쿠타가와는 폐결핵으로 죽음을

앞두고 병상에 누워 있는 주인공 겐카쿠(玄鶴)의 외로운 모습을 그리고 있다. 또한 겐카쿠를 둘러싼 처 오토리(お鳥), 딸 오스즈(お鈴), 사위 주키치(重吉), 아들 다케오(武夫), 간호사 고노(甲野), 게다가 겐카쿠의 첩이었던 오요시(お芳)와 그의 아들 분타로(文太郎)를 둘러싼 이야기가 전개되고 있다. 여기서 아쿠타가와는 '겐카쿠'라는 인물을 통하여 죽음의 문제를 조용히 생각하고 있는 것이다. 인간의 어쩔 도리가 없는 부분을 조명한 이 소설은 반세기가 지나 일본에서 사회적 문제가 되는 노인 문제를 미리 다룬 소설이기도 하다. 아쿠타가와의 선견성(先見性)을 이 소설에서 읽을 수 있다.

「갓파(河童)」(『改造』, 1927년 3월)는 '갓파'라는 가공의 동물을 사용한 우의소설이다. 일찍이 조너선 스위프트의 『걸리버 여행기』와 새뮤얼 버틀러의 『에레혼』, 윌리엄 모리스의 『Utopian Romance(ユートピア便り)』, 아나톨 프랑스의 『펭귄의 섬』이나 『꿀벌』 등에 영향을 받아 아쿠타가와는 작품 속에서 '갓파'를 나이가 들수록 젊어지게 그리고 있다. 최근에 문학연구가 세키구치 야스요시(関口安義)는 이러한 발상이 미국 작가 F. 스콧 피츠제럴드의 작품 『벤저민 버튼의 기이한 사건』의 영향을 받았다고 지적했다.

주인공은 '어느 정신병원의 환자'로 설정되어 있다. 이 세상을 살아간다는 것, 즉 생존에 대해 어쩔 도리가 없다는 생각은 말년의 아쿠타가와에게 큰 과제이기도 했다. 이 텍스트에서 아쿠타가와는 갓파 군상을 통해 인간사회의 여러 가지 문제를 다룬다. 이는 죽음을 각오하고 있던 아쿠타가와 류노스케의 막다른 궁지에 몰린 심상 풍경이라고도 볼 수 있다.

아쿠타가와는 이 소설에서 가족제도와 검열과 같은 당시의 사회적 문제에 대해 비판적인 시선으로 바라 보았다. 톡이라는 갓파에게는 아쿠타가와 자신이 투영되어 있는 것으로 보인다. 자유연애가이자 시인인 톡은 권총 자살을 하였다. 그러자 철학자인 맥은 "갓파의 생활을 완수하기 위해서는……" "아무튼 우리 갓파 이외에 다른 어떤 힘을 믿는 것"이라고 하며 종교 문제를 거론했다. 종교는 이미 죽음을 결심하고 있었던 아쿠타가와에게 절실한 문제였다고 할 수 있다.

갓파 나라에서 '나'는 잠시 생활하고 있었지만 이윽고 인간사회에 돌아가기 위해 나이 든 갓파를 찾아간다. 젊었을 때에는 노인이었고 나이 들었을 때에는 젊은이가 됐다는 나이 든 갓파의 평안한 생활은 '중용'을 취한 생활방식에서 온 것임을 알 수 있다. '중용'은 말년의 아쿠타가와가 원했던 것이었다. 실제로 절필이 된 「속서방의 사람」 36에서는 '중용'을 가지고 있는 괴테를 동경하지만, "우리가 괴테를 사랑하고 있는 것은 괴테가 '영원히 지키고자 하는 것', '마리아'보다 '영원히 초월하려고 하는 것', '성령(聖靈)'의 아이이기 때문"이라고 말하며, '중용'에도 철저하지 못하고 흔들리는 모습을 보이고 있다. 「갓파」에서 주인공 '나'는 나이 든 갓파의 방에 있는 사다리를 올라가서 인간사회로 귀환하지만, 정신이상자로서 정신병원에 가둬진다. 갓파 군상을 통한 인간 존재의 물음은 결국 자살이나 발광으로 향할 수 밖에 없게 된다. 「갓파」는 자기의 체험을 크게 텍스트에 전위해 온 아쿠타가와 문학의 도달점으로 보아도 좋을 것이다.

「톱니바퀴(齒車)」(유고)는 아쿠타가와가 자살한 해인 1927년 겨울부터 봄에 걸쳐 집필하고 탈고한 작품이다. 「1. 레인코트」만 무샤노코지 사네아쓰(武者小路実篤)가 편집한 잡지 『대조화(大調和)』(1927년 2월)에 실렸고 전문(全文) 1~6은 사후 유고(遺稿)로 『문예춘추(文芸春秋)』(1927년 10월)에 일괄 게재되었다. 「톱니바퀴」는 본 권에 수록된 「연말의 하루」, 「점귀부」, 「신기루」 등과 같이 내세울 만한 줄거리를 가지고 있지 않

으며, '나'의 심상 풍경을 그린, 소위 '이야기다운 이야기가 없는 소설'
이다. 마찬가지로 본 권에 수록되어 있는 작품으로, 유고가 된 「암중
문답(闇中問答)」이나 「어떤 바보의 일생(或阿呆の一生)」에도 비슷한 점이
있다.

본 작품에는 피로에 지쳐서 '멸망'을 기다리는 주인공이 여러 가지
암호에 두려워 떨면서 자신을 지배하고 있는 숙명을 가만히 응시하고
있는 모습이 그려져 있다. 죽음을 목전에 둔 아쿠타가와 류노스케는
자신의 생애가 절대자의 심판에 견딜 수 없는 것을 깨닫고 있었다. 이
는 본 작품에 나타난 주인공의 심정과 흡사하다. 「톱니바퀴」의 '나'는
자신이 '떨어진 지옥'을 느끼고 있다. 그리고 "신이여, 나를 벌하소서.
노하지 마소서. 아마도 나는 멸망할지니"라는 기도가 저절로 입에서
흘러나온다. 본 작품은 주인공이 '떨어진 지옥'의 기록이고 도쿄(東京)
를 소돔으로 비유하여 거기서 도망하는 것이 불가능한 죄인의 고백을
철해 놓은 텍스트라고 할 수 있다.

「2. 복수(復讐)」에서는 "나를 노리고 따라다니는 복수의 신을 느끼면
서" 신의 심판이 준엄함을 깨닫고 있다. 「3. 밤」에서는 "복수의 신―어
느 광녀"와 범한 과오에 대해 쓰라린 후회를 하고 있다. 「어떤 바보의
일생」과 「암중문답」애서도 거론되고 있지만 '히데 시게코'라는 여성과
의 과오는 아쿠타가와의 생애에 큰 회환을 남겼다.

5장에서 작가는 「적광(赤光)」이라는 소제목을 달았다. 힘이 실려 있
는 장이다. 적색의 이미지가 강렬하게 그려져 있다. "햇빛이 나를 괴
롭히기 시작했다."라는 서두의 문장 한 줄에 '멸망'으로 가는 길이 나
타나 있다. 주인공은 '어느 성서회사의 다락방'에 살고 있는 '어느 노
인'을 찾아가서 기독교에 대해 문답을 한다. '나'도 '노인'도 '어둠 속'을
걷고 있다. 하지만 그 차이는 '빛'의 존재를 믿느냐 마느냐에 있었다.

'넘을 수 없는 도랑'을 느낀 주인공의 마음은 외롭다. 그 후 주인공은 밤바람이 몰아치는 어두운 길을 걸으면서 '서로 사랑하기 위해서 서로 미워하는' 인간 사회에 대해 생각하기도 한다. 호텔로 돌아온 주인공은 방 우편물 속에서 사이토 모키치(斎藤茂吉)의 가집(歌集) 『적광(赤光)』을 찾아낸다.

『적광』을 쓴 사이토 모키치는 아쿠타가와가 이전부터 동경했던 가인(歌人)이었다. "나의 시가에 대한 안목은 다른 누구에게 지도받은 것이 아니었다. 사이토 모키치가 눈을 뜨게 해 준 것이다."라고 그는 「벽견(僻見)」 중의 「사이토 모키치(斎藤茂吉)」(『女性改造』, 1924년 3월)에서 쓰고 있으며 모키치를 극찬했다. 『적광(赤光)』 1권에서 아쿠타가와는 '인공 날개'가 아닌 동양과 서양의 정신을 풍부하게 섭취한 늠름한 날개를 발견하고, 그것에 동경을 느끼고 있는 것이다.

마지막 장인 「6. 비행기」는 공중을 나는 비행기의 날개에 주인공의 '우울'이 겹쳐져 있다. 기교를 부린 표현이 눈에 띄는 장이다. "비행기에 타고 있는 사람은 높은 하늘의 공기만을 마시고 있기 때문에 점점이 지면의 공기에 견딜 수 없게" 되어 버린다. '비행기 병(飛行機病)'에 걸린 '내(僕)'가 갈 길이 없는 것이 점차 밝혀진다. 이는 이성의 날개를 펴고 예술의 세계로 날아갔지만 현실에 적응하는 것이 어려워진 아쿠타가와의 고백이라고도 할 수 있을 것이다. 다가오는 죽음을 기다리는 '멸망으로 가는 길'이 그려진 것이다.

「암중문답(闇中問答)」(『文芸春秋』, 1927년 9월)에서 시인이고 예술가라고 하는 '나'는 "세계의 미명에 야곱과 씨름한 천사"라고 하는 '어떤 목소리'와 문답하고 있다. '내'가 원하는 것은 단지 평화뿐이다라고 한다. '나'는 인생의 십자가에 달려 있고, 일생 무거운 짐을 짊어지지 않으면 안 되며, 나 나름대로 죽는 것 이외에는 도리가 없다고 자각하고 있

다. 그러나 마지막에는 "오로지 확실하게 밟고 있어라. 그것은 네 자신을 위해서다. 동시에 또 네 자식들을 위해서다."라고 외치고 있는데 이는 어떻게든 살아갈 수만 있다면 살아가고 싶어 하는 아쿠타가와를 떠올리게 한다.

다음으로 「어떤 바보의 일생」(유고)은 1927년 6월 20일 자로 구메 마사오(久米正雄)에게 부탁한 것으로, 같은 해 10월 『개조(改造)』에 발표되었다. 여기서 아쿠타가와는 "아무쪼록 이 원고 속에 있는 나의 바보스런 모습을 웃어 주게나."라고 말하고 있다. 주인공인 '그'는 불안한 시대를 살아가고 있지만, "공중에 있는 이 굉장한 불꽃만큼은 목숨과 바꾸어서라도 붙잡고 싶었다."라고 한다. 또 "인생은 29세인 그에게는 조금도 밝지는 않았다. 하지만 볼테르는 이러한 그에게 인공 날개를 달아 주었다."라고 고백하고 있다. '나'는 인공 날개를 펴고 공중으로 날아 올라 태양을 향해 날아 갔다. 그러나 빌려 온 회의주의나 이지주의에 오랫동안 머물러 있을 수는 없었다.

이윽고 자신이 서 있는 생의 기반이 흔들리고 부정되는 때가 찾아온 것이다. 주인공의 '패배(敗北)'에 이르는 노정(路程)은 확실히 아쿠타가와 류노스케의 생애와 중첩된다. 여기서 아쿠타가와는 자신의 생애를 객관화하고 비평의 대상으로 삼고 있다. 이는 작가 아쿠타가와의 성실한 자기고백이었던 것이다.

이미 언급한 「갓파」나 「톱니바퀴」에서 아쿠타가와는 '죽음'과 '멸망'의 문제에 집요하게 다가갔다. 「어떤 바보의 일생」은 그 연장선상에 위치한다. 아쿠타가와는 마지막 힘을 다 짜내어 자신의 생애에 일어난 사건을 상대화하는 것에 성공했다고 할 수 있을 것이다. 그러나 박제 백조로 화한 그는 마지막으로 무엇인가에 기대지 않으면 안 되었다. 말하자면 「어떤 바보의 일생」을 다 쓴 아쿠타가와에게 그리스도

의 생애가 클로즈업된 것이다. 인생에 패배했다는 의식에 붙들려 있던 그가 『성서(聖書)』를 펴서 읽으며, 그리스도의 일생에서 자신의 아날로지를 발견하고 「서방의 사람(西方の人)」, 「속 서방의 사람(続西方の人)」(7권에 수록)을 쓰는 것도 필연적인 노정(路程)이었다고 할 수 있을 것이다.

더욱이 본 권에는 그 외에도 「온천에서 보내는 소식(温泉だより)」, 「그(彼)」, 「그 제2(彼 第二)」, 「유혹(誘惑)」, 「아사쿠사 공원(浅草公園)」, 「다네코의 우울(たね子の憂鬱)」, 「고치야(古千屋)」, 「세 개의 창(三つの窓)」 등, 지금까지 가볍게 다루어지다가 최근에 겨우 조명을 받게 된 여러 작품들이 수록되어 있다. 독자들은 아쿠타가와가 말년에 창작한 그의 작품에 거는 집념을 느낄 수 있을 것이다.

2015년 7월 27일 조사옥

목 차

아쿠타가와 류노스케 전집

芥川龍之介 全集

VI

온천에서 보내는 소식(温泉だより)

조성미

　……나는 이 온천[1] 숙소에 벌써 1개월 가까이 체재하고 있습니다. 하지만 가장 중요한 「풍경」은 아직 한 장도 마무리하지 못했습니다. 우선 뜨거운 물에 몸을 담그기도 하고 무용담 책을 읽거나 좁은 마을을 산책하거나 그런 일을 반복하며 지내고 있습니다. 나 스스로도 칠칠치 못한 데에는 기가 질립니다. (작자 주: 지난번에 벚꽃이 진 일, 할미새가 지붕으로 온 일, 공기총 놀이로 7엔 50전의 돈을 쓴 일, 시골 기생에 관한 일, 야스기부시(安来節)[2] 연극에 갔다가 놀랐던 일, 고사리 캐러 갔던 일, 소방 연습을 본 일, 돈 지갑을 잃어버린 일 등 기록할 수 있는 여남은 가지가 더 있음.) 그리고 말 나온 김에 소설 같은 사실담을 하나 보고하겠습니다. 무엇보다 나는 아마추어니까 소설이 될지 어떨지는 모릅니다. 단지 이 이야기를 들었을 때에 정확히 소설이나

---

1) 이즈 반도(伊豆半島)의 슈젠지(修善寺) 온천. 아쿠타가와(芥川)는 1925년 4월부터 5월에 걸쳐 약 1개월 체재했다.
2) 시마네 현(島根県) 야스기(安来) 지방의 민요로 샤미센(三味線)에 피리, 북 등을 반주로 야스기부시 노래에 맞춰 '미꾸라지 떠올리기' 시능을 하며 춤을 춘다. 1914년에 오사카, 1917년에 도쿄로 진출하여 전국적으로 유행했다.

뭔가를 읽은 것 같은 기분이 들었을 뿐입니다. 부디 그 점을 염두에 두고 읽어 주시기 바랍니다.

확실히는 모르나 1897년대(메이지(明治) 30년)에 하기노 한노죠(萩野半之丞)라는 어느 목수가 이 마을 산 가까이에 살고 있었습니다. 하기노 한노죠라는 이름만 들으면 어쩌면 성품이나 행동거지가 부드럽고 우아한 남자라고 생각할지도 모릅니다. 그러나 키는 6척 5촌(6자 5치), 체중 37관이라고 말하니까, 다치야마(太刀山)[3]한테도 지지 않을 덩치가 큰 남자였습니다. 아니, 어쩌면 다치야마도 한 수 떨어질 정도였다고 할까요? 실제로 같은 숙소의 어느 손님인 「나」 아무개라는 (이것은 구니키다 돗포(国木田独歩)[4]가 사용한 국수적 생략법에 따른 것입니다.) 젊은 약 도매상은 어린 마음에도 오즈쓰[5]보다는 큰 거 같다고 말합니다. 동시에 얼굴도 이나가와(稲川)[6]와 꼭 닮았다고 합니다.

한노죠는 누구에게 물어 봐도 매우 좋은 남자인데다가 솜씨도 상당히 있었다고 합니다. 그러나 한노죠에 관한 이야기가 어느 것이고 다소 이상한 점을 보면, 어쩌면 모든 덩치 큰 사람은 꾀바르지 못하다는 정서가 있었을지도 모릅니다. 잠깐 본론으로 들어가기 전에 그 일례를 들어 볼까요. 내가 머무는 숙소 주인 이야기에 의하면, 언젠가 초겨울의 찬바람이 거센 오후에 이 온천 마을의 집 50여 채 가까이 불에 탄 지역적 대화재가 발생했을 때의 일입니다. 한노죠는 정확히 1리(약

---

3) 太刀山峰右衛門: 메이지 말~다이쇼 시대에 걸친 역사(力士). 도야마 현(富山県) 출신의 22대째 요코즈나(横綱). 신장 6척 2촌, 체중 37관.
4) 구니키다 돗포(国木田独歩, 1871~1908): 메이지 시대의 시인, 소설가. 작품 『무사시노(武蔵野)』 등.
5) 大砲: 메이지 말기의 유명한 역사(力士)
6) 이나가와(稲川)라는 역사(力士)가 여러 명있는데, 여기에서는 메이지 말기의 稲川政右衛門를 가리킨다. 군마 현(群馬県) 출신으로 당시 인가가 있었다. 신장 5척 4촌, 체중 29관.

3.93km) 정도 떨어진 「가」자로 시작되는 마을의 어느 집에 상량식(上樑式)인지 무언가로 가 있었습니다. 하지만 이 마을이 불이 났다는 말을 듣자마자 옷자락을 걷어 올려 허리띠에 지르고는 안타까운 듯이 「오」 뭐라는 자로 시작되는 거리로 뛰쳐나왔다고 합니다. 그러자 어느 농가 앞에 구렁말 한 마리가 묶여 있는 것을 본 한노죠는 나중에 양해를 구하면 될 거라고 생각이라도 한 것일까요. 갑자기 그 말에 올라타고 무턱대고 마구 거리를 달리기 시작했습니다. 거기까지는 정말로 용감했습니다. 그러나 말은 달리기 시작했는가 싶더니 금방 보리밭으로 뛰어들었습니다. 그리고는 보리밭을 빙빙 돌고 직각으로 꺾어 무밭을 달려 나가더니, 산 밀감 밭을 곧바로 뛰어내리고는 — 드디어 끝내 감자 구멍 안으로 거구인 한노죠를 내동댕이친 채로 어딘가로 가 버렸습니다. 이러한 봉변을 당했으니까, 물론 화재 따위는 손을 쓸 수 없었습니다. 그뿐만 아니라 한노죠는 상처투성이가 되어 기듯이 이 마을로 돌아왔습니다. 확실하지 않지만 나중에 들어 보니까 그 구렁말은 아무도 길들일 수 없는 눈먼 말이었다고 합니다.

「오」 뭐라는 마을의 「다」 뭐라는 병원에 한노죠가 몸을 판 것은 정확히 이 대화재가 발생한 때부터 2, 3년 후가 될 겁니다. 그러나 몸을 팔았다고 해도 특별히 옛날식으로 평생 고용살이 약속을 한 것은 아닙니다. 단지 몇 년인가 지나 죽은 후, 시체 해부를 허락하는 대신에 5백 엔이라는 돈을 받은 것입니다. 아니 5백 엔을 다 받은 것이 아니라 2백 엔은 사후에 받기로 하고 당장은 계약서와 교환하여 3백 엔만 받은 것입니다. 그렇다면 그 사후에 받을 2백 엔은 도대체 누구한테 건네주는가 하면 확실하지 않지만 계약서에 의하면, "유족 또는 본인이 지정한 자"에게 지불하도록 되어 있었습니다. 어쨌든 한노죠는 처자는 물론이거니와 친척마저 한 사람도 없었으니까 실제로 또 그렇게 하지 않으면

잔금 2백 엔 운운하는 것은 사문으로 끝날 수밖에 없었겠지요.

당시의 3백 엔은 큰돈이었을 것입니다. 적어도 시골 목수인 한노죠에게는 분명히 큰돈임에 틀림없었습니다. 한노죠는 이 돈을 쥐기 무섭게 손목시계를 사고 신사복을 맞추고 '파랑 펜'의 오마쓰와 「오」 뭐라고 하는 마을에 가거나 순식간에 호사를 부리기 시작했습니다. '파랑 펜'이란 아연 철판 지붕에 파랑 페인트를 칠한 매춘부를 둔 찻집입니다. 당시는 지금처럼 도쿄풍이 아니고 처마에는 수세미 같은 것도 늘어뜨리고 있었다고 하니까 여자도 모두 촌스러웠겠지요. 하지만 오마쓰는 '파랑 펜'에서도 어쨌든 제일가는 미인이었습니다. 그렇다고는 하지만 어느 정도의 미인이었는지 저로서는 알 수 없습니다. 단지 초밥 가게에 장어 가게를 겸하고 있는 「오」 아무개 요정 여주인의 이야기에 의하면 피부가 거무스름하고 곱슬머리에 몸집이 작은 여자였다고 합니다.

저는 이 할머니에게 여러 가지 이야기를 들었습니다. 그중에서도 묘하게 딱하게 여긴 것은 언제나 귤을 먹지 않으면 편지 한 장도 쓸 수 없다는 귤 중독 손님의 이야기입니다. 그러나 이것은 언젠가 다시 보고할 기회를 갖기로 하겠습니다. 단지 한노죠가 푹 빠져 있던 오마쓰의 고양이 살인 이야기만은 꼭 해야겠습니다. 오마쓰는 듣건대 '산타'라는 검은 고양이를 기르고 있었습니다. 어느 날 그 '산타'가 '파랑 펜'의 여주인의 단벌 나들이옷 위에 실수를 했습니다. 그런데 '파랑 펜' 여주인이라는 사람은 원래 고양이를 싫어했기 때문에 불평이 이만저만이 아니었습니다. 결국에는 주인인 오마쓰에게까지 마구 욕설을 퍼부었다고 합니다. 그러자 오마쓰는 아무 말도 하지 않고 '산타'를 품에 넣은 채로 「가」 뭐라고 하는 강의 「기」 뭐라고 하는 다리로 가서, 시퍼런 깊은 연못 속으로 검은 고양이를 내던져버렸습니다. 그리고 나서 그 다음 이야기는 과장일지도 모르지만 어쨌든 할머니의 이야기에 의하면, 장본인인 여주인은 물론이고 '파랑 펜'의 모든 여자의 얼굴을 할퀴어 지렁이처럼 길고 붉은 상처투성이로 만들었다고 합니다.

한노죠가 호사를 부린 것은 고작 한 달이나 보름이었을 겁니다. 어쨌든 신사복은 입고 걷고 있어도, 구두가 완성되어 나왔을 때에는 이미 그 대금도 치룰 수 없었다고 합니다. 뒷부분의 이야기도 사실인지 어떤지 그것은 저로서는 보증할 수 없지만 제가 이발하러 다니는 「후」아무개 가게 주인의 이야기에 의하면, 신발가게 주인은 한노죠 앞에 구두를 늘어놓고 "그럼 어르신(목수 양반) 원가로 사 두세요. 이것이 아무나 신을 수 있는 구두라면 저도 이런 말 하고 싶지는 않지만 목수 양반 구두는 인왕님의 짚신7)과 똑같으니까요." 하며 머리를 조아리며 부탁했다고 합니다. 그러나 물론 한노죠는 원가로도 살 수 없었겠지요. 이 마을의 사람들에게는 누구에게 물어 봐도 한노죠가 구두를 신고 있는 것을 단 한 번도 보지 못했다고 하니까요.

그러나 한노죠는 구두 값 지불에만 곤란했던 것이 아닙니다. 그리고 나서 한 달도 채 지나기 전에 이번에는 모처럼 장만한 손목시계와 신사복까지도 팔게 되었습니다. 그렇다면 그 돈은 어떻게 했는가 하면, 앞뒤 분별이고 말고 할 것 없이 오마쓰에게 쏟아 부어 버렸던 것입니다. 하지만 오마쓰도 한노죠에게 돈을 쓰게 한 것만은 아닙니다. 역시 「오」아무개 여주인인의 이야기에 의하면, 원래 이 마을 매춘부를 둔 찻집 여자는 해마다 에비스코(夷講)8) 밤이 되면 손님을 받지 않고 자기네끼리 샤미센을 켜거나 춤을 추거나 하는 그 분담금 변통조

---

7) 불법(仏法) 수호신으로 절의 문 좌우에 안치된 용맹한 거인 남자상으로 그 짚신은 매우 크다.
8) 음력 10월 20일이나 1월 10일 상가에서 장사의 번창을 비는 뜻에서 칠복신의 하나로 오른 손에 낚싯대를, 왼손에 도미를 안은 바다, 어업, 상가(商家)의 수호신 에비스(恵比須)에게 제사 지내는 행사. 친척, 지인을 초대해서 축하연을 베푼다.

차 한때는 오마쓰로서는 힘들었다고 합니다. 그러나 한노죠도 오마쓰한테는 상당히 푹 빠져 있었던 모양입니다. 좌우간 오마쓰는 짜증이 나면 한노죠의 멱살을 잡아 질질 끌어 넘어뜨리고 맥주병으로 때리기도 했답니다. 그러나 한노죠는 어떠한 봉변을 당해도 대부분은 오히려 비위를 맞췄습니다. 하지만 앞뒤로 딱 한번 오마쓰가 어느 별장지기 아들 녀석과 「오」 뭐라고 하는 마을에 갔다는 얘기를 들었을 때에는 딴사람처럼 화를 냈다고 합니다. 이것도 어쩌면 어느 정도 과장이 있을지도 모르지만 할머니가 이야기한 대로 쓰자면, 한노죠는 (작자주: 그것은 소박한 질투의 표명으로서 당연하다고 여겨집니다만 요전에 할애하지 않을 수 없는 몇 줄이 있다)고 합니다.

앞에 썼던 「나」 아무개가 알고 있는 것은 정확히 요즘의 한노죠일 것입니다. 당시 아직 초등학교 학생이었던 「나」 아무개는 한노죠와 함께 낚시하러 가거나 「미」 뭐라고 하는 산 고개를 오르거나 했습니다. 물론 한노죠가 오마쓰한테 줄곧 드나든다든지 돈 때문에 힘든 것도 전혀 「나」 아무개는 몰랐겠지요. 「나」 아무개의 이야기는 본 내용과는 전혀 관계는 없습니다. 단지 조금 재미있었던 일로는 「나」 아무개는 도쿄로 돌아간 후, 발송인 하기노 한노죠의 소포 하나를 받았습니다. 부피는 반지[9] 200매 정도 되는데 무게는 매우 가벼워 뭔가 하고 열어보니까 '아사히'[10] 20개들이 빈 상자에 물을 끼얹은 듯한 푸른 풀이 가득 차 있고 거기에 목덜미가 빨간 반딧불이가 여러 마리나 매달려 있었다고 합니다. 무엇보다 그 또 '아사히' 빈 상자에는 공기가 통하게 하려고 했는지 온 전체 송곳 구멍이 뚫려 있었다고 하니까 역시 한노죠다운 일임에 틀림없습니다만.

---

9) 半紙: 일본 종이.
10) 朝日: 담배의 일종.

「나」아무개는 내년 여름에도 한노죠와 놀러갈 생각을 했다고 합니다. 하지만 불행하게도 완전히 기대가 어긋나버렸습니다. 왜냐하면 그 가을의 피안11) 중간 날에 하기노 한노죠는 '파랑 펜'의 오마쓰에게 한 통의 유서를 남긴 채로 돌연 별난 자살을 했던 것입니다. 그렇다면 또 왜 자살을 했는가 하면 — 이 설명은 제 보고보다도 오마쓰 앞으로 보낸 유서를 보기로 하겠습니다. 그렇지만 제가 옮겨 쓴 것은 실제의 유서가 아닙니다. 그러나 제 숙소의 주인이 스크랩북에 붙여 둔 당시의 신문에 실려 있었으니까 대체로 틀림없을 거라 여겨집니다.

　"저로 말할 것 같으면, 돈이 없으면 당신과도 부부가 될 수 없고 당신 태중의 아이도 뒷수습할 수 없고 고달픈 이승이 싫어졌기에 하직합니다. 제 시신은 「다」뭐라고 하는 병원에 보내 (그쪽에서 가지러 오게 해도 좋습니다.) 이 계약서와 교환하여 2백 엔을 받아주시고 그 돈으로 「아」아무개의 남편[이 사람은 제 숙소의 주인입니다.]의 돈을 사용한 만큼은 보상하도록 부탁드립니다. 「아」아무개의 남편한테는 정말 면목 없습니다. 나머지 돈은 모두 당신이 쓰십시오. 덧없는 세상을 뒤로 하고 홀로 여행을 떠납니다. [이것은 하직 인사겠지요.] 오마쓰 앞"

　한노죠의 자살을 의외라고 생각한 것은 「나」아무개뿐만이 아닙니다. 이 마을 사람들도 그런 일은 꿈에도 생각하지 않았다고 합니다. 만일 적어도 그 전에 징조같은 것이 있었다고 하면 그것은 이러한 이야기뿐이겠지요. 확실하지는 않지만 피안 전 어느 저녁 무렵, 「후」아무개 가게 주인은 한노죠와 가게 앞 평상에서 이야기하고 있었습니다. 거기에 우연히 지나간 사람은 '파랑 펜'의 한 여자였습니다. 그 여자는

---

11) 彼岸: 춘분, 추분을 중심으로 7일간.

두 사람의 얼굴을 보자마자 조금 전 「후」 아무개 가게 지붕 위를 도깨비불이 날아갔다고 했습니다. 그러자 한노죠는 매우 진지하게 "저것은 지금 내가 입에서 나갔다."라고 했다고 합니다. 자살이라는 것은 이때 이미 한노죠의 심중에 있었는지도 모릅니다. 그러나 물론 '파랑펜'의 여자는 웃어넘겼다고 합니다. 「후」 아무개 가게 주인도 웃으면서도 "재수없다."라고 생각했다고 합니다.

그리고 나서 며칠 지나지 않아 한노죠는 갑자기 자살했습니다. 그 자살 또한 목을 맸다든가, 목을 찌른 것은 아닙니다. 「가」 뭐라고 하는 개여울 속에 판자로 된 울타리를 친 '돗코노유(独鈷の湯)'라고 하는 공동 목욕탕이 있는 그 온천의 돌 욕조 속에 하룻밤 내내 몸을 담그고 있던 끝에 심장마비를 일으켜 죽었던 것입니다. 역시 「후」 아무개 가게 주인 이야기에 의하면 근처 담배 가게 아낙네 하나가 당일 밤 이러쿵저러쿵 12시 무렵에 공동 목욕탕에 목욕하러 갔습니다. 이 담배 가게 아낙네는 부인병인가 뭔가 있어서 초저녁에도 거기에 왔던 것입니다. 한노죠는 그때도 온천 속에 거대한 몸을 담그고 있었습니다. 헌데 지금도 아직 목욕하고 있는 것은 평소에 대낮이라도 속옷 바람으로 강 속의 깔린 돌을 따라 목욕탕으로 기어오던 여장부도 필시 놀랐다고 합니다. 그뿐만 아니라 한노죠는 아낙네의 말에 이렇다 저렇다 아무런 대꾸를 하지 않고 단지 어슴푸레한 수증기 속에 새빨개진 얼굴만 드러내고 있고 그것도 눈 하나 깜짝하지 않고 가만히 안쪽 지붕 밑의 전등을 바라보고 있었다고 하니까, 왠지 기분이 찜찜했을 것입니다. 아낙네는 그런 이유로 탕에 오래 있지 못하고 서둘러 목욕탕을 나와 버렸다고 합니다.

공동 목욕탕 한가운데에는 '돗코노유'라는 이름이 붙여진 그 유래가 된 큰 돌 막대[12]가 있습니다. 한노죠는 이 막대 앞에서 반듯하게 옷을 포개어 개고 유서는 곁에 있던 나막신 끈에 묶어 붙여 있었다고 합니다. 어쨌든 시체는 벌거벗은 채로 온천 속에 둥둥 떠 있었으니까 만약 그 유서도 없었다면 어쩌면 자살인지 뭔지조차 모를 뻔 했습니다. 나의 숙소 주인 이야기에 의하면 한노죠가 이렇게 죽은 것은 적어도 「다」 뭐라고 하는 병원에 팔린 이상 해부용 몸에 상처를 입혀서는 미안하다고 생각한 모양입니다. 무엇보다 이것이 그 마을의 정설은 아닙니다. 말투가 거친 「후」 아무개 가게 주인은 "뭐야, 그냥 넘어갈 일이 아니야. 몸에 상처 난 것은 2백량도 안 될 거예요."라며 엉뚱한 소리를 해대고 있었습니다.

한노죠의 이야기는 그게 끝입니다. 그러나 나는 어제 오후에 나의 숙소의 주인이랑 「나」 아무개라는 사람과 비좁고 답답한 마을을 산책할 겸 한노죠의 이야기를 했으니까, 그것을 조금 덧붙이겠습니다. 무엇보다 이 이야기에 흥미를 갖고 있던 사람은 나보다도 오히려 「나」 아무개라는 사람입니다. 「나」 아무개는 카메라를 내려뜨린 채 돋보기를 걸친 숙소 주인에게 열심히 이런 일을 묻고 있었습니다.

"그러면 그 오마쓰라는 여자는 어떻게 됐습니까?"

"오마쓰 말입니까? 오마쓰는 한노죠의 아이를 낳고 나서……."

"그러나 오마쓰가 낳은 아이는 정말로 한노죠의 아이였습니까?"

"역시 한노죠의 아이였답니다. 아주 꼭 빼닮았다니까요."

"그럼 그 오마쓰라고 하는 여자는?"

"오마쓰는 「이」 뭐라고 하는 술집으로 시집갔어요."

열심히 듣고 있던 「나」 아무개는 다소 실망한 듯한 얼굴을 했다.

"한노죠의 아이는?"

---

12) 밀교(密教)에서 사용하는 불구(仏具)의 하나로 양끝이 뾰족한 구리, 철제의 짧은 막대. 이것으로 번뇌를 처부순다고 한다.

"아이를 데리고 갔어요. 그 아이가 또 티푸스에 걸려서……."

"죽었습니까?"

"아니, 아이가 살아난 대신에 간병했던 오마쓰가 앓아누웠어요. 벌써 죽은 지 10년이 됩니다만……."

"역시 티푸스로?"

"티푸스가 아닙니다. 의사는 뭐라고 말은 했는데, 뭐 간병에 지쳐서 그렇게 된 거래요."

마침 그때 우리는 우체국 앞에 나와 있었습니다. 작은 일본식 우체국 앞에는 어린 단풍나무가 가지를 뻗고 있습니다. 그 가지에 거의 가려진 먼지투성이의 유리창 안에는 땅딸막한 고쿠라 복장13)을 한 청년이 하나가 사무를 보고 있는 것이 보였습니다.

"저 사람이에요. 한노죠의 아이가요."

「나」 아무개도 나도 발걸음을 멈추면서 무심코 창 안을 들여다보았습니다. 그 청년이 한쪽 뺨에 손을 괸 채 펜으로 무엇인가를 적고 있는 모습이 묘하게 우리에게는 기뻤습니다. 그러나 아무래도 세상은 멍청하게 감탄만 할 수 없습니다, 두 세 걸음 앞선 숙소의 주인은 안경 너머로 우리를 돌아보고는 어느새 엷은 웃음을 입가에 떠올리고 있는 것입니다.

"저 녀석도 이미 구제불능이에요. '파랑 펜'을 드나들고 있으니까요."

우리는 그리고 나서 「기」 뭐라고 하는 다리까지 말없이 걸어갔습니다……

(1925년 4월)

---

13) 小倉服: 규슈 고쿠라 지방에서 생산되는 면직물.

바닷가(海のほとり)

윤 일

❖ 1 ❖

……비는 아직도 계속 내리고 있었다. 우리는 점심을 먹은 후, 시키시마(敷島)[1]를 몇 개비나 재로 만들면서 동경 친구들의 이야기 따위를 했다. 우리가 있는 곳은 아무것도 없는 정원에 갈대발의 차양을 친 다다미 여섯 첩의 방이 두 칸 딸린 별채였다. 정원에 아무것도 없다고는 해도 해변에 널린 통보리사초[2]만큼은 드문드문 모래 위에 이삭을 늘어트리고 있었다. 우리가 왔을 때 이삭은 아직 다 나오지 않았다. 나온 것은 거의 파랬다. 하지만 지금은 어느새 어느 이삭도 모두들 노르끄레하게 변해, 이삭 끝마다 물방울을 머금고 있었다.

"자, 일이라도 할까."

M은 오랫동안 드러누운 채, 여관에서 준 풀이 강한 무명 홑옷 소매에 근시 안경의 알을 닦고 있었다. 일이라고 하는 것은 잡지에 매달

---

1) 시키시마(敷島): 1904년에 발매된 담배.
2) 통보리사초: 학명은 'Carex kobomugi'. 바닷가 모래땅에 자생하는 여러해살이 풀.

뭔가 쓰지 않으면 안 되는 창작을 가리키는 것이다. M이 옆방으로 돌아간 후, 나는 방석을 베개 삼아 『사토미팔견전』3)을 읽기 시작했다. 어제 읽은 곳은 시노(信乃), 겐파치(現八), 고분고(小文吾) 등이 소스케(荘助)를 구하러 가는 장면이었다. '그때 아마사키 테루후미(蜚崎 照文)는 품에서 준비한 사금 다섯 자루를 꺼내었다. 우선 세 자루를 부채에 올려놓은 채로, ─ 삼견사, 이 금은 삼십 량을 한 자루에 넣었다. 너무나 적은 것이지만, 이번 노자로 쓰시오. 내 작별의 선물이 아닌 사토미(里見) 님이 주신 것이니, 사양하지 말고 넣어두라고 하였소.' ─ 나는 그곳을 읽으면서 엊그제 도착한 원고료가 한 장에 사십 전인 것을 생각해냈다. 우리는 둘 다 이번 7월에 대학의 영문과를 졸업했다. 따라서 먹고 입는 계획을 세워야 하는 일이 눈앞으로 닥쳐왔다. 나는 점점 팔견전을 잊고 교사가 되는 것을 생각하기 시작했다. 하지만 그 사이에 잠이 들었는지, 어느샌가 이런 짧은 꿈을 꾸었다.

······그것은 아무래도 야밤인 것 같다. 나는 어쨌든 덧문을 닫고서 자리에 혼자서 누웠다. 그러자 누군가 문을 두드리며, "여보세요."라고 말을 걸었다. 나는 덧문의 맞은편이 호수인 것을 알고 있었다. 그러나 나는 말을 건 것이 누구인지 전혀 몰랐다.

"여보세요. 부탁이 있습니다만······."

덧문 밖의 목소리는 이렇게 이야기 했다. 나는 그 소리를 들었을 때, "아, K 녀석이군."이라고 생각했다. K라고 하는 것은 우리보다 1년 늦은 철학과의 도무지 어떻게 할 도리가 없는 남자였다. 나는 누운 채 꽤나 크게 대답을 했다.

"불쌍한 척 소리를 내도 어쩔 수 없어. 자네 또 돈 때문이지?"

---

3) 『南総里見八犬伝』(1842): 에도 시대 후기, 다키자와 바킨(滝沢馬琴)이 28년에 걸쳐 쓴 장편 소설.

"아뇨, 돈 때문이 아닙니다. 단지 제 친구에게 만나게 해 주고 싶은 여자가 있습니다만……."

그 소리는 아무래도 K가 아닌 것 같았다. 그뿐만 아니라 누군가 나를 걱정해 주는 사람인 것 같았다. 나는 갑자기 두근거리면서 덧문을 열러 뛰쳐나갔다. 실제 정원은 마루 끝에서 매우 넓은 호수였다. 하지만 그곳에는 K는 물론 누구의 그림자도 보이지 않았다.

나는 잠시 동안 달이 비친 호수 위를 바라보았다. 호수에 해초가 흐르는 것을 보니, 바닷물이 들어오고 있는 것 같았다. 그 사이 나는 바로 눈앞에 물결이 반짝반짝 일고 있는 것을 보았다. 물결은 발목에 다가오면서 점점 한 마리 붕어가 되었다. 붕어는 깨끗한 물속에서 유유히 꼬리지느러미를 움직이고 있었다.

"아, 붕어가 말을 걸었군."

나는 이렇게 생각하고 안심했다 ―.

눈을 떴을 때에는 이미 처마 끝 갈대발의 차양 사이로 엷은 햇빛이 비쳤다. 나는 세면기를 갖고 정원으로 내려가 뒤 우물가로 얼굴을 씻으러 갔다. 그러나 얼굴을 씻은 후에도 지금 막 본 꿈의 기억은 이상하게 내게 달라붙어 있었다. "결국 저 꿈속의 붕어는 식역하(識域下)[4]의 나라고 하는 녀석이었군." ― 그런 기분이 다소 들었다.

❖ 2 ❖

……한 시간 정도 지난 후, 수건으로 머리를 둘러싼 우리는 수영 모자에 빌린 나막신을 걸치고, 약 오십 미터 떨어진 바다로 헤엄치러 갔

---

4) 식역하(識域下): 인식의 범주를 벗어나 무의식 속에 감지되는 자극.

다. 길은 정원 끝을 완만하게 내려가 곧 물가로 이어졌다.

"헤엄칠 수 있을까?"

"오늘은 좀 추울지도 몰라."

우리는 통보리사초 수풀을 피해대며 (물방울 때문에 통보리사초에 무심코 발을 넣으면, 종아리가 가려워지는 것에 질려서), 이러한 것을 이야기하며 걸어갔다. 날씨는 바다에 들어가기에는 너무나 차가움에 틀림이 없었다. 하지만 우리는 가즈사(上総)5)의 바다에, ── 라고 말하기 보다는 오히려 저물기 시작한 여름에 미련을 갖고 있었다.

바다에는 우리가 왔을 때는 물론, 어제까지 아직 예닐곱 명의 남녀가 파도 타기를 하고 있었다. 그러나 오늘은 사람 그림자도 없었고 해수욕 구역을 지정하는 빨간 깃발조차 서 있지 않았다. 단지 넓디넓게 이어지는 삼각주에 파도가 쓰러지고 있을 뿐이었다. 갈대발로 둘러싸인 탈의장에도, ── 거기에는 갈색 개가 한 마리, 작은 날벌레를 쫓고 있었다. 하지만 우리를 보고는 곧장 맞은편으로 도망가 버렸다.

나는 나막신을 벗기는 했어도 도저히 헤엄칠 기분이 나지 않았다. 그러나 M은 어느샌가 무명 홑옷이나 안경을 탈의장에 두고 수영 모자에 수건을 쓰고서 첨벙첨벙 얕은 여울로 들어갔다.

"어이, 들어갈 거야?"

"모처럼 왔잖아?"

M은 무릎까지 닿는 물속에서 얼마동안 허리를 구부린 채, 그을린 얼굴에 미소를 띠며 돌아보았다.

"너도 들어와."

"나는 싫어."

───────────────

5) 가즈사(上総): 현재 지바 현(千葉県) 중부의 옛 지명.

"홍, '엔젠(嫣然)'6)이 있으면 들어오겠지."

"바보 같은 소리."

'엔젠'이라고 하는 것은 여기 있는 사이, 인사를 나누기 시작한 어느 열대여섯의 중학생이었다. 그는 각별한 미소년은 아니었다. 그러나 어딘가 어린 나무를 닮은 싱싱함을 갖춘 소년이었다. 마침 한 열흘 전 어느 날 오후, 우리는 바다에서 올라온 몸을 뜨거운 모래 위에 던졌다. 거기에 그도 바닷물에 젖은 채, 총총히 판자를 끌고 왔다. 하지만 문득 그의 발밑에 구르고 있는 우리를 보자, 산뜻하게 이를 드러내며 웃었다. M은 그가 지나간 후, 살짝 쓴웃음을 지으며, "저 녀석 방긋거리며 웃었잖아."라고 말했다. 그 후, 그들 사이에서 '엔젠'이라는 이름을 얻었던 것이다.

"무슨 일이 있어도 안 들어갈 거야?"

"무슨 일이 있어도 안 들어가."

"이기주의자!"

M은 몸을 적셔 가며 쑥쑥 앞바다로 나아갔다. 나는 M을 괘념치 않고 탈의실에서 조금 떨어진 약간 높은 모래 언덕 위로 올라갔다. 그리고 빌린 나막신을 엉덩이 아래에 깔고 시키시마라도 한 개비 피워 보려고 했다. 그러나 성냥불은 의외로 강한 바람 때문에 쉽게 담배로 옮겨지지 않았다.

"어이."

M은 언제 돌아왔는지 맞은편 얕은 여울에 선 채로 뭔가 내게 말을 걸고 있었다. 하지만 공교롭게 그 소리도 끊임없는 파도 소리에 정확하게 귀에 들어오지 않았다.

---

6) 엔젠(嫣然): 방긋거리며 아름답게 웃는 모양. 여기서는 다음에 나오는 중학생을 가리키는 별명.

"무슨 일이야?"

내가 이렇게 물었을 때에는 M은 이미 무명 홑옷을 걸치고 내 옆에 앉아 있었다.

"아니, 해파리에 당했어."

바다에는 며칠 사이 갑작스럽게 해파리가 늘어난 것 같았다. 실제 나도 엊그제 아침, 왼쪽 어깨에서 위팔까지 쭉 바늘 흔적이 남아 있었다.

"어디를?"

"목 주위. 당했다고 생각해서 주위를 둘러보니 몇 마리나 물속에 떠 있잖아."

"그래서 난 안 들어간 거야."

"거짓말. ……이미 해수욕도 끝났네."

삼각주는 어디를 보아도 밀려 올라온 해초를 빼고는 희끄무레하게 햇빛에 빛나고 있었다. 그곳에는 단지 구름의 그림자가 가끔씩 재빨리 지나가고 있을 뿐이었다. 우리는 시키시마를 물고서 얼마동안 잠자코 이러한 삼각주에 다가오는 파도를 바라보고 있었다.

"자네, 교사 자리는 정해졌어?"

M은 갑자기 이런 것을 물었다.

"아직. 자네는?"

"나? 나는……."

M이 뭔가 말을 했을 때, 우리는 갑작스런 웃음소리와 시끄러운 발소리에 놀랐다. 그것은 수영복과 수영모를 쓴 또래의 두 소녀였다. 우리는 그 뒷모습을, ― 한 사람은 새빨간 수영복을 입었고, 다른 한 사람은 마치 호랑이처럼 검정과 노랑의 단이 여럿이 있는 수영복을 입은 경쾌한 뒷모습을 배웅하자, 어느새 말을 맞춘 듯 미소를 지었다.

"그녀들도 아직 돌아가지 않았군."

M의 목소리는 농담 같은 속에서 약간은 감개에 잠겨 있었다.

"어때, 다시 한 번 들어갔다 와?"

"저 녀석 혼자라면 들어갔다 오겠는데. 아무래도 '진게지'도 같이 있어서……."

우리는 앞의 '엔젠'처럼 그들의 한 사람에게, ……검정과 노랑의 수영복을 입은 소녀에게 '진게지'라는 별명을 붙였다. '진게지'라는 것은 그녀의 얼굴 생김이 육감적이라는 것을 의미한다.[7] 우리는 다 같이 이 소녀에게 호의를 갖기 어려웠다. 다른 한 소녀에게도……. M은 다른 한 소녀에게는 비교적 흥미를 갖고 있었다. 더구나 "자네는 '진게지'로 해. 나는 저 녀석으로 할 테니까."라는 등, 형편 좋은 주장을 했다.

"그녀를 위해서 들어갔다 와."

"음, 희생정신을 발휘할까? ……한데 저 녀석도 보고 있다는 것을 확실히 의식하고 있으니까 말이야."

"의식하고 있으면 좋지 않아?"

"아니, 아무래도 좀 아니꼬운데."

그들은 손을 잡은 채, 벌써 얕은 여울로 들어갔다. 파도는 그들의 발밑에 끊임없이 물보라를 일으켰다. 그들은 젖는 것을 두려워하는 것처럼 그때마다 꼭 뛰어 올랐다. 이러한 그들의 장난은 쓸쓸한 잔서 (殘暑)의 바닷가와 어울리지 않는다고 느낄 정도 화려하게 보였다. 그 것은 실제 인간보다도 나비의 아름다움에 가까운 것이었다. 우리는 바람이 날라다 준 그들의 웃음소리를 들으면서 잠시 동안 바다에서 멀어지는 그들의 모습을 바라보고 있었다.

---

7) 진게지: 얼굴 생김이라는 Gesicht와 육감적이라는 Sinnlich의 독일어를 합성하여 만든 말.

"기특하게 꽤나 용감한데."

"아직 서 있어."

"이미……아니, 아직 서 있어."

그들은 이미 손을 잡지 않고 따로따로 앞바다로 향하고 있었다. 그들의 한 사람은, — 특히 새빨간 수영복을 입은 소녀는 쑥쑥 나아갔다. 하고 생각하는 순간, 우유 같은 물속에 서서는, 다른 한 소녀를 부르며 무언가 날카로운 소리를 질렀다. 그 얼굴은 커다란 수영모 사이에서 멀리서 보아도 활기차게 웃고 있었다.

"해파리인가?"

"해파리일지도 몰라."

그러나 그들은 앞뒤로 하여 더욱 바다로 나아갔다.

그들은 두 소녀의 모습이 수영모만 해진 것을 보고, 겨우 모래 위에서 일어났다. 그리고 그다지 이야기도 하지 않고 (배도 고팠던 것임에 틀림이 없다.) 숙소 쪽으로 어슬렁어슬렁 돌아갔다.

❖ 3 ❖

……저녁 무렵도 가을처럼 서늘했다. 우리는 저녁을 끝낸 후, 이 마을에 귀성 중인 H라는 친구와 N 씨라고 하는 숙소의 젊은 주인과 다시 한 번 물가로 나갔다. 그것은 어쨌든 넷이서 함께 산책하기 위해 외출한 것은 아니었다. H는 S마을의 숙부를 방문하기 위해, N씨는 또 같은 마을의 바구니 만드는 집에 닭을 덮어 놓을 바구니를 주문하러 각각 발걸음을 옮긴 것이었다.

물가를 따라서 S마을에 나가는 길은 높은 모래 언덕 기슭을 돌아서, 마침 해수욕 구역과는 반대 방향으로 향해있다. 바다는 물론 모래 언덕에 가려, 파도 소리도 희미하게 들렸다. 그러나 가끔씩 살아남은 풀은 무언가 검정 이삭을 맺어 끊임없이 산들산들 흔들리고 있었다.

"이 근처에 자라난 풀은 통보리사초가 아니지. ……N 씨, 이것은 뭐라고 해?"

나는 발밑의 풀을 뜯어서 진베[8] 하나인 N 씨에게 건넸다.

"글쎄요, 여뀌가 아닌가, ……뭐라고 하죠. H 씨는 알고 있겠죠. 저하고는 달리 이 고장 사람이라서."

우리는 N 씨가 동경에서 데릴사위로 온 것을 들었다. 게다가 이에츠키(家附)[9]의 부인은 작년 여름에 남자를 데리고 집을 나간 것도 들었다.

"물고기도 H 씨는 저보다 훨씬 잘 알아요."

"허어, H 씨가 그렇게 학자였나. 내가 또 알고 있는 것은 검술뿐이라고 생각했는데."

H는 M에게 이렇게 불려도, 부러진 활을 지팡이로 짚고서 단지 싱글벙글 웃고 있었다.

"M 씨, 당신도 뭔가 하고 있죠?"

"나? 나는 수영뿐이에요."

N 씨는 배트에 불을 붙인 후, 작년 수영 중에 쏨뱅이에게 쏘인 동경의 주식 투자자의 이야기를 했다. 그 주식 투자자는 누가 뭐래도 아니, 쏨뱅이 따위에게 쏘일 리가 없다. 확실히 저것은 바다뱀이라고 고집을 피웠다는 이야기였다.

"바다뱀이 정말 있어?"

---

8) 진베(甚平): 남자의 실내복으로서 허리를 끈으로 묶게 되어 있는 통소매에 무릎까지 오는 여름 옷.
9) 이에츠키(家附): 사이타마 현(埼玉県)

그러나 그 질문에 답을 한 것은 단 한 사람, 수영모를 쓰고 키가 큰 H였다.

"바다뱀? 바다뱀은 정말 이 바다에 있지."

"지금도?"

"뭐, 흔하지는 않지."

우리 네 사람 모두 웃었다. 거기에 맞은편에서 고둥 잡이가 두 사람 (고둥이라고 하는 것은 조개의 일종이다.) 어망을 내려트리고 걸어오고 있다. 그들은 두 사람 다 빨간 훈도시[10]를 맨 근골이 건장한 남자였다. 하지만, 바닷물에 적어 빛나는 모습은 애처롭다고 하기 보다는 초라했다. N 씨는 그들과 지나쳤을 때, 잠시 그들의 인사에 답하여, "목욕하러 가시나요."라고 말을 걸었다.

"저런 장사도 견딜 수 없지."

나는 뭔가 나 자신도 고둥 잡이가 된 것 같은 기분이 들었다.

"예, 전혀 견딜 수 없어요. 아무튼 물속에 헤엄쳐 들어가서, 몇 번이나 바다 밑바닥으로 잠수하니까요."

"게다가 항적[11]에 떠밀리면 십중팔구 살아나기 힘들죠."

H는 부러진 활의 지팡이를 흔들어대며, 여러 항적 이야기를 했다. 커다란 항적은 삼각주에서 육 킬로미터나 앞바다로 이어진다. — 그러한 것도 이야기에 섞여 있었다.

"참, H씨 저건 언제 적이었죠, 고둥 잡이의 유령이 나온다고 이야기한 것은?"

"작년……. 아니, 재작년 가을이었지."

"정말 나왔어?"

---

10) 훈도시: 일본의 남성이 매는 전통 속옷.
11) 항적: 선박이 떠나간 뒤에 남는 자취.

N 씨는 M에게 대답하기 전에 벌써 웃음소리가 새기 시작했다.

"유령이 아니었습니다. 그러나 유령이 나온다고 한 것은 갯바위 냄새가 나는 산그늘의 묘지였고, 덤으로 또 고둥 잡이의 시체가 새우투성이가 되어 떠올랐기 때문에 누구라도 처음부터 진실로 받아들이지 않았다하더라도, 기분이 나빴다는 것만큼은 확실합니다. 그 사이에 해군 하사관 출신의 남자가 밤부터 묘지에 진을 치고서 결국은 유령을 지켜보았는데요. 어, 잡아 보았더니 아무것도 아니었죠. 단지 그 고둥 잡이와 부부 약속을 하고 있던 마을의 매춘부였습니다. 그래도 한때는 불이 났다고 사람을 부르는 소리가 들린다는 등, 꽤나 큰 소동이 있었죠."

"그럼, 특별히 그 여자는 사람을 겁주려고 왔던 것이 아니고?"

"예, 단지 매일 밤 12시 전후에 고둥 잡이의 무덤에 와서는 멍하니 서 있기만 했어요."

N 씨의 이야기는 이런 해변에 마침 어울리는 희극이었다. 하지만 누구도 웃는 사람은 없었다. 그뿐만 아니라 모두가 뭐라 할 것도 없이 잠자코 발걸음만 움직였다.

"자, 이 근처에서 돌아갈까."

우리는 M이 이렇게 이야기했을 때, 어느샌가 벌써 바람이 잦아든 인적 없는 삼각주를 걷고 있었다. 근처에는 넓은 모래 위에 아직 물새의 발자국까지 희미하게 보일 정도로 밝았다. 그러나 바다만큼은 바라다 보이는 한, 까마득하게 활을 그린 파도가 칠 때마다 한줄기 물보라를 남긴 채, 일대가 새카맣게 어두워갔다.

"그럼, 실례."

"안녕."

H는 N 씨와 헤어진 후, 우리는 특별히 서두르지도 않고 차가워진 삼각주에서 돌아왔다. 삼각주에는 밀려오는 파도 소리 말고, 가끔씩 맑게 갠 저녁매미 소리도 들려왔다. 그것은 적어도 삼백 미터나 떨어진 소나무 숲에서 울고 있는 저녁매미였다.

"어이 M!"

나는 어느새 M보다 대여섯 걸음 뒤쳐져 걷고 있었다.

"뭐야?"

"우리도 이젠 동경으로 돌아갈까?"

"응, 돌아가는 것도 나쁘지 않아."

그리고 M은 마음 편히 티퍼레리(Tipperary)12)의 휘파람을 불기 시작했다.

(1925년 8월 7일)

---

12) 제1차 세계대전 중, 영국 병사가 행군가로서 부른 노래.

니다이(尼提)

조경숙

사위성(舍衛城: 인도 북부 코살라국의 도성)은 인구가 많은 도읍지이다. 그러나 성의 면적은 인구가 많은 것에 비해 그리 넓지 않았다. 그래서 변소도 많지 않았다. 성중의 사람들 대부분은 어쩔 수 없이 성 밖으로 나가 대소변을 해결하였다. 단지 바라문이나 크샤트리아에 속하는 계급만은 변기 안에 용변을 볼 수 있어서 밖으로 나가는 수고를 하지 않아도 되었다. 그러나 이 변기 안의 분뇨는 누군가가 치워야 했는데 그일을 하는 자가 제분인(除糞人)이라는 이름의 니다이들이었다.

이미 머리가 희끗해진 니다이는 바로 그런 제분인 중의 한 사람이었다. 사위성 안에서 가장 가난했으며 심신을 깨끗이 하는 것과는 거리가 먼 자들이었다.

어느 날 오후, 니다이는 여느 때와 마찬가지로 귀인들의 분뇨를 커다란 용기 속에 모아서 등에 짊어지고 여러 상점 처마가 붙어 있는 좁은 골목을 걷고 있었다. 그런데 반대편에서 누군가 걸어왔는데 화분을 든 한 사문이었다. 니다이는 이 사문을 보자마자 그것 참 난처하게 되었군이라고 생각했다. 그 사문은 언뜻 보면 보통 사람과 다름이 없지만 그 미간에 보이는 흰 털과 청감색의 눈은 기원정사의 석가여래가 틀림이 없었다.

석가여래는 물론 삼계육도의 교주, 십방최강, 광명무액, 억억중생평등 인도의 권신들이었다. 하지만 니다이가 그것을 알 리 없었다. 그가 알고 있는 것은 사위국의 왕조차도 석가여래 앞에서는 신하처럼 엎드린다고 하는 것이었다. 또 명성 높은 고독한 장자도 기원정사를 만들기 위해 태자의 화원을 팔았을 때 황금을 땅에 묻었다고 하는 것을 알고 있었다. 니다이는 이러한 석가 앞에서 분뇨통을 짊어지고 있는 자신을 부끄럽게 여겨 무례를 범하는 일이 생기지 않도록 재빨리 다른 길로 돌아갔다.

한편 석가여래는 이미 그런 니다이의 모습을 발견했다. 그뿐만 아니라 그가 다른 길로 돌아간 이유도 알고 있었고 그러한 행동은 석가여래가 자연스럽게 미소를 짓게 만들었다. 미소를? 아니, 반드시 '미소를'은 아니다. 무지 우매한 중생에 대한, 바다보다도 깊은 연민의 정이 그 청감색의 눈 속에 한 방울의 눈물로 떠 있는 것이다. 이러한 대자비심에 움직인 여래는 갑자기 평생의 신통력을 발휘하기보다 이 나이든 분뇨인을 제자로 만들고자 마음먹었다.

니다이가 이번에 돌아간 곳도 전처럼 좁은 길이었다. 그는 뒤를 돌아보고 여래가 오고 있지 않다는 것을 확인한 후에야 비로소 한숨을 내쉬었다. 여래는 마가타국의 왕자이며 그 제자들도 대부분은 신분이 높은 사람들이었다. 죄업이 많은 자신이 하마터면 고위관직자들과 만날 뻔했다. 그러나 지금은 다행히도 무사하게 여래의 눈을 피해 — 니다이는 깜짝 놀라 그 자리에 섰다. 여래는 어느샌가 맞은편에서 위엄 있는 미소를 지은 채 조용히 니다이 쪽으로 걸어오고 있었다.

니다이는 분뇨통이 무거운 것도 아랑곳하지 않고 또 다시 다른 길

로 돌아갔다. 여래가 그 자신 앞에 모습을 나타낸 것은 불가사의한 일
이었다. 어쩌면 한시라도 재빨리 기원정사에 돌아가기 위해 지름길을
택한 것인지도 모른다. 그래서 이번에도 얼른 여래의 몸에 스치지 않
고 지나갔다. 다행이었다. 하지만 니다이가 그렇게 생각하고 있을 때
또다시 여래는 맞은편에서 걸어오고 있었다.

세 번이나 니다이가 돌아 간 길에는 여래가 유유히 걷고 있었다.

네 번째에 돌아 간 길에서도 여래는 사자대왕처럼 걷고 있었다.

다섯 번째에 니다이가 돌아 간 길에도 — 니다이는 좁은 골목을 일
곱 번 돌았는데 그때마다 여래가 걷고 있는 것을 보았다. 일곱 번째로
돌아간 곳은 더 이상 피할 곳이 없는 좁은 골목이었다. 여래는 그가
낭패해 하자 길 중간에 선 채로 그를 가리켰다. '섬세하게 긴 손가락
과 손톱은 붉은 동과 같고 손바닥은 연꽃을 닮'았다. 그 손가락은 "두
려워하지 말라"고 하는 의미였다. 하지만 니다이는 너무 놀라 분뇨통
을 떨어뜨려 버렸다.

"황송하옵니다만 이 길을 지나가게 해 주십시오."

어쩔 줄 몰라 니다이는 식은땀을 흘리며 무릎을 꿇은 채 여래에게
애원했다. 그러나 여래는 여전히 위엄 있는 미소를 지으며 조용히 그
의 얼굴을 내려다보았다.

"니다이여! 그대도 나처럼 출가하지 않겠는가!"

여래가 천둥 같은 소리를 내자 니다이는 어쩔 줄을 몰라 하며 합장
하고 여래를 올려보았다.

"저는 천하디 천한 몸이옵니다. 도저히 여래님의 제자가 될 수 없사
옵니다."

"아니다. 불법에 귀천을 가르는 것은, 큰불의 대소에 관계 없이 모
든 것을 다 태워 버리는 것과 다름이 없는 것이거늘……."

　그리고, — 그리고 여래가 설한 것은 경문에도 기록되어 있는 대로였다.

　보름 정도 지난 후, 기원정사로 간 고독장자는 대나무와 파초 사이를 걷고 있는 한 니다이를 만났다. 그 모습은 불제자가 되었어도 제분인이었던 그때와 다름이 없었다. 하지만 그의 머리는 이미 늘어뜨려져 있었다. 니다이는 장자가 오는 것을 보자 길 옆에 멈추어 서서 합장을 했다.

　"니다이여! 그대는 행복한 자로세. 단 한 번 만에 여래의 제자가 되어 생사를 뛰어넘는 부처들과 지낼 수 있으니."

　니다이는 그렇게 말하는 장자의 말에 화를 내며 답했다.

　"장자님이시여. 그건 제 잘못이 아니옵니다. 어떤 길을 돌아가도 그 길에 여래가 나타나신 것이 잘못된 것이옵니다."

　경문에 의하면 니다이는 일심으로 청법하여 마침내 득도했다고 한다.

(다이쇼4년 8월 13일)

사후(死後)

김효순

……나는 잠자리에 누워도 뭔가 책을 읽지 않으면 잠이 들지 않는 습관이 있다. 그뿐만 아니라 아무리 책을 읽어도 잠이 들지 않는 일이 종종 있다. 그런 나의 머리맡에는 항상 독서용 전등이나 아델린정[1] 병 등이 놓여 있다. 그 날 밤에도 나는 평소처럼 책을 두세 권 모기장 안에 들고 들어가 머리맡의 전등을 밝혔다.

"몇 시예요?"

이것은 이미 한숨 자다 깬, 옆자리에 누워 있던 아내의 목소리였다. 아내는 아이에게 팔베개를 베어 주고는 딱 옆으로 누워 내 쪽을 바라보고 있었다.

"세 시야."

"벌써 세 시예요? 난 아직 한 시 정도 됐나 했는데." 나는 적당히 둘러대고는 그 말에 아무 대꾸도 하지 않았다.

"귀찮아, 귀찮아. 입다물고 자."

아내는 내 흉내를 내며 작은 소리로 키득키득 웃고 있었다. 하지만

---

1) Adalin을 말함. 1910년 독일 제약회사 바이엘이 제조하여 최면 진정제로 발매.

조금 시간이 지났나 싶더니 아이의 머리에 코를 대고 어느새 다시 조용히 잠이 들었다.

나는 그쪽을 향한 채 『설교인연제수초(說敎因緣除睡鈔)』라는 책을 읽고 있었다. 이것은 화한천축(和漢天竺) 이야기를 교호(享保, 1716~1735) 무렵의 스님이 모은 8권짜리 수필이다. 그러나 재미있는 이야기는 물론 진기한 이야기도 거의 없다. 나는 군신, 부모, 부부와 오륜부 이야기를 읽는 동안 슬슬 잠이 오는 것을 느꼈다. 그리고 머리맡의 전등을 끄고 바로 잠에 곯아떨어졌다…….

꿈속의 나는 더워서 푹푹 찌는 거리를 S와 함께 걷고 있었다. 자갈을 깐 보도의 폭은 겨우 한 칸이나 9척 밖에 되지 않았다. 게다가 어느 집이나 똑같이 카키 색 차양을 치고 있었다.

"자네가 죽을 줄은 몰랐네."

S는 부채질을 하면서 나에게 이렇게 말을 걸었다. 일단은 안 됐다는 생각이 들어도, 그 기분을 노골적으로 드러내는 것은 싫다는 이야기였다.

"자네는 장수를 할 것 같았는데 말일세."

"그런가?"

"우린 모두 그렇게 말했네. 음 그러니까 나보다 다섯 살 아래지."

라고 S는 손가락을 꼽아보며, "서른넷인가? 서른넷 정도에 죽는다면…….."

나는 특별히 죽은 것을 애석해 하지는 않았다. 그러나 뭔가 S의 앞에서 체면이 서지 않는 것 같았다.

"하던 일도 있었겠지?"

S는 다시 한 번 눈치를 보며 말했다.

"음, 장편을 하나 쓰다 말았네."

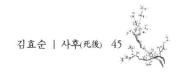

"아내는?"

"건강하네. 아이도 요즘엔 아프지 않고."

"그것 참 무엇보다 잘 됐네. 나 같은 사람은 언제 죽을지 모르네만……."

나는 잠깐 S의 얼굴을 바라보았다. S는 역시 자신은 죽지 않고 내가 죽은 것을 기뻐하고 있었다. — 그것은 분명히 느껴졌다. 그러자 S도 그 순간에는 내 기분을 느꼈는지, 싫은 표정을 짓고는 입을 다물어 버렸다.

한참 동안 말을 하지 않고 걸은 후, S는 부채로 햇살을 가리며 커다란 통조림 가게 앞에 멈춰 섰다.

"그럼 나는 실례하겠네."

통조림 가게 앞에는 어두컴컴한 가운데 하얀 국화 화분이 몇 개 놓여 있었다. 나는 그 가게를 얼핏 보고는 왠일인지 "아아, S의 집은 아오키도(靑木堂)의 지점이었구나."라고 생각했다.

"자네는 오늘 아버님과 함께 있을 건가?"

"음, 얼마 전부터."

"그럼 다음에 또 보세."

나는 S와 헤어지고나서 바로 그 다음 골목을 돌아 들어갔다. 골목 모퉁이 장식 창에는 오르간이 한 대 놓여 있었다. 오르간은 내부가 보이도록 측면 판만 떼어져 있었고, 또 그 내부에는 청죽 통 몇 가닥이 모두 세로로 늘어서 있었다. 나는 그것을 보았을 때에도 "역시, 죽통이라도 되는군."이라고 생각했다. 그리고 — 어느새 우리 집 문 앞에 서 있었다.

낡은 쪽문이나 검은 울타리는 평소와 조금도 다름이 없었다. 아니 문 위에는 꽃이 지고 어린잎이 난 벚나무 가지조차 어제 보았을 때와 똑같은 모양을 하고 있었다. 하지만 새 표찰에는 '구시베우(櫛部寓)'라고 적혀 있었다. 나는 그 표찰을 바라보았을 때, 내가 정말 죽었다는 사실을 깨달았다. 하지만 문으로 들어가는 것은 물론 현관에서 안으로 들어가는 것도 전혀 부도덕하다는 느낌이 들지 않았다.

아내는 거실 툇마루에 앉아서 대나무 껍질로 갑옷을 만들고 있었다. 그래서 아내 주위는 말라비틀어진 대나무 껍질 투성이였다. 그러나 무릎 위에 놓여 있는 갑옷은 아직 허리 아래 부분과 몸통 밖에 완성되지 않았다.

"아이는?" 하고 나는 앉자마자 물었다.

"어제 이모님과 할머님하고 모두 구게누마(鵠沼)에 보냈어요."

"할아버지는?"

"할아버지는 은행에 가셨겠죠."

"그럼 아무도 없나?"

"네, 저하고 시즈(静) 밖에 없어요."

아내는 아래를 내려다보며 대나무 껍질에 바늘을 끼우고 있었다. 그러나 나는 그 목소리에서 바로 아내가 거짓말을 하고 있다는 것을 느끼고, 좀 거친 목소리로 말했다.

"그래도 구시베우라는 표찰이 붙어 있잖아?"

아내는 놀란 듯이 내 얼굴을 올려다보았다. 그 눈은 항상 야단맞을 때처럼 난감해 하는 표정을 짓고 있었다.

"나와 있지?"

"예."

"그럼 그 사람은 있나?"

"예."

아내는 완전히 기가 죽어 대나무 껍질 갑옷만 만지작거리고 있었다.

"그야 뭐 있어도 상관없지. 나는 벌써 죽었으니까……."

나는 반쯤 내 자신을 설득하듯이 이야기를 계속했다.

"당신도 아직 젊기도 하니까, 그런 일에 대해서는 이러쿵저러쿵하지 않을게. 단지 그 사람만 믿을 만하다면 말야……."

아내는 다시 한 번 내 얼굴을 올려다보았다. 나는 그 얼굴을 바라보았을 때 돌이킬 수 없는 일이 발생했다는 것을 느꼈다. 또한 동시에 내 자신의 얼굴에서도 순식간에 핏기가 사라지고 있음을 느꼈다.

"제대로 된 사람이 아니지?"

"저는 나쁜 사람이라고 생각하지는 않는데요……."

그러나 아내 자신도 구시베 모를 존경하는 마음이 없다는 것은 나도 확실히 알고 있었다. 그러면 왜 그런 자하고 결혼했지? 그건 그렇다 치더라도 아내는 구시베 모의 천박함을 오히려 마음 편하게 여기고 있다. ― 나는 그에 대해 뼛속 깊이 불쾌감을 느끼지 않을 수 없었다.

"아이에게 아버지라고 부르게 해도 될 사람인가?"

"그런 말씀을 하시다니……."

"소용없어. 아무리 변명해도."

아내는 고함을 지르기도 전에 벌써 소맷자락에 얼굴을 묻고, 어깨를 부들부들 떨고 있었다.

"얼마나 바보 같은 짓이야! 그럼 내가 제대로 죽지 못할까봐?"

나는 가만히 있을 수 없는 기분이 들어, 뒤도 돌아보지 않고 서재로 들어갔다. 그러자 서재 상인방 위의 막대 끝에 쇠갈고리가 달린 소방 용구 하나가 걸려 있었다. 그 소방 용구는 손잡이에 검은 색과 단청 색 옷칠이 되어 있는 것이었다. 누군가 그것을 가지고 있던 적이 있다. ― 나는 그런 일을 떠올리며 어느새 서재인지 뭔지 모를, 탱자나무 울타리를 따라 난 길을 걷고 있었다.

길은 벌써 어두워졌다. 그뿐만 아니라 길에 깔린 석탄 부스러기도 가랑비인지 안개인지에 젖어 빛나고 있었다. 나는 아직 노여움이 가시지 않은 채 될 수 있는 한 빠른 걸음으로 걷고 있었다. 하지만 아무리 빨리 걸어도 탱자나무 울타리는 내가 가는 길 앞에 한없이 길게 이어지고 있었다.

나는 저절로 잠이 깼다. 아내와 아이는 여전히 조용히 잠을 자고 있는 것 같았다. 하지만 날은 벌써 밝았는지 묘하게 차분한 매미 소리가 어딘가 멀리 떨어진 나무에서 울려퍼지고 있었다. 나는 그 소리를 들으며 내일 (실은 오늘) 머리가 아플 것이 걱정이 되어서, 다시 빨리 잠을 청했다. 하지만 쉽게 잠이 들지 않을뿐더러 방금 전 꾼 꿈이 또렷이 떠올랐다. 꿈 속의 아내는 가엾게도 아무리 해도 다할 수 없는 역할을 하고 있었다. S는 실제로 그럴지도 모른다. 나도 — 나는 아내에 대해서는 끔찍이도 이기적인 사람이 되었다. 특히 내 자신을 꿈속의 나와 동일 인격으로 생각하면 더 끔찍한 이기주의자가 된다. 게다가 내 자신은 꿈속의 나와 꼭 같은 것은 아니다. 나는 첫째로는 수면을 취하기 위해, 둘째로는 병적으로 양심이 항진되는 것을 피하기 위해 0.5그램의 아달린정을 먹고 깊은 잠에 빠져들었다…….

(1925년 9월)

호남의 부채(湖南 の 湖)

조경숙

광동에 태어난 손일선(孫逸仙, 1866~1925: 혁명가, 손문(孫文))을 제외하고 눈부신 지나(支那)의 혁명가로는 — 황흥(黃興), 채악(蔡鍔), 송교인(宋敎仁) 등인데 이들은 모두 호남에서 태어났다. 그렇게 정한 건 물론 회국번 (会国藩, 1811~1872: 청조의 정치가, 학자)이나 장지동(張之洞, 1837~1909: 청조의 정치가)의 감회에 의한 것이리라. 그러나 그 감회를 설명하기 위해서는 역시 호남 백성들에게는 지기 싫어하는 강한 기질이 있다는 것이 전제되어 있다. 내가 호남을 여행했을 때 우연히 소설 같은 작은 사건을 접하게 되었다. 그 작은 사건도 어쩌면 정열에 넘친 호남 민족의 면목을 보여 주는 것인지도 모른다.

다이쇼10(1921)년 5월 16일 오후 4시경, 그를 태운 원강호는 장사(長沙)의 잔교(棧橋) 옆으로 다가갔다. 난 이미 몇 분 전에 갑판 난간에 기대선 채 점점 좌현쪽으로 다가오는 호남의 부성을 바라보고 있었다. 높게 구름 낀 산 앞에 흰 벽과 기와 지붕을 쌓아 놓은 장사는 생각보다 더 초라했다. 특히 답답한 부두 주변은 새로운 붉은 기와의 서양

가옥과 버들잎만 보일 정도로 에도 성의 외곽과 **흡사**했다. 나는 당시 장강(長江)을 끼고 있던 대부분의 중국 도회지에 환멸을 느끼고 있었기 때문에 장사는 물론 다른 곳에서도 돼지 외에는 볼거리가 있을 거라고 기대하지 않았다. 그렇지만 생각보다 초라한 모습에는 역시 실망에 가까운 감정을 느꼈다.

원강호는 운명에 따르듯 서서히 잔교로 다가갔다. 또 푸른 상강(湘江)의 물도 서서히 폭을 좁혀 갔다. 그때 지저분한 한 지나인(支那人)이 소쿠리인지 뭔지를 손에 든 채 갑자기 내 눈 앞에서 훌쩍 잔교로 뛰어넘었다. 인간이라기보다 메뚜기에 가까운 기술이었다. 또 순식간에 저울 봉을 옆으로 눕히는가 싶더니 멋지게 강물을 뛰어넘었다. 연이어 두 사람 다섯 사람, 여덟 사람, ― 어느샌가 그의 눈앞에는 잔교를 뛰어넘으려는 많은 지나인으로 가득 메워져 있었다. 배는 어느샌가 붉은 기와 지붕의 서양 가옥과 버드나무 잎이 늘어진 그 앞에 떡하니 다가가 있었다.

나는 겨우 난간을 벗어나서 '회사'의 B가 어디 있는지 물색했다. 6년 동안 장사에 있었던 B가 마중 나오기로 되어 있었다. 하지만 B처럼 보이는 사람이 내 눈에 띄지 않았다. 그뿐만 아니라 조그만 배에 연결한 사다리를 건너는 사람은 지나인뿐이었다. 그들은 서로 밀고 당기고 하였다. 시끄럽게 말을 주고받았다. 그중에 한 노신사는 사다리를 내려가면서 뒤를 돌아보면서 뒤에 있는 인부를 때리기도 하였다. 그런 모습은 장강을 거슬러온 나에게 결코 낯선 풍경이 아니었다. 그렇다고 해서 겨우 익숙해진 그 모습들은 장강에 감사하고 싶을 정도의 풍경도 아니었다.

나는 점점 초조함을 느끼고 다시 한 번 난간에 기대서서 인파로 가득한 부두를 두루 살펴보았다. 거기에는 중요한 B는 물론이거니와 일본인처럼 보이는 사람이라고는 없었다. 그런데 난 잔교 건너편에, 가지로 빽빽하게 드리워진 버드나무 아래에서 한 지나 미인을 발견했다. 그녀는 옥색의 여름옷을 입고 가슴에 메달인지 뭔지를 늘어뜨린, 너무나도 아이 같은 모습의 여자였다. 내 눈에 아니 그런 모습만으로도 난 그녀에게 끌렸다. 그녀는 높은 갑판을 올려다보며 붉은 빛의 진한 입술 언저리에 미소를 지은 채 누군가에게 신호라도 하듯 미간에 부채를 대고 있었다.

"어이! 자네."

나는 깜짝 놀라 뒤돌아보았다. 쥐색의 긴 윗옷 차림의 한 지나인이 애살맞게 웃고 있었다. 나는 한참동안 그 지나인이 누군지 알아차리지 못했다. 하지만 일순 그의 얼굴에서, — 특히 그의 옅은 눈썹에서 한 옛날 친구를 떠올리게 했다.

"야아, 자넨가! 그렇지 그래. 자넨 호남 출신이었지?"

"응. 여기에서 개업을 하고 있지."

담영년(譚永年)은 나와 동기로 동경의 제일고등학교에서 동경대 의과에 들어간 유학생 중의 한 사람으로 수재였다.

"누구 마중하러 온 건가?"

"응. 누군가를, — 그런데 그 누군가가 누구라고 생각하나?"

"난 아니겠지?"

담영년은 잠시 입을 오므리고 뾰족한 입술의 일본 탈에 가까운 미소를 얼굴에 지었다.

"자네를 마중하러 나온 걸세. B는 공교롭게 5, 6일 전에 말라리아에 걸렸거든."

"B가 부탁한 거로군?"

"부탁하지 않아도 올 생각이었네."

나는 그가 옛날부터 붙임성이 좋았다는 것을 떠올렸다. 담영년은 기숙사 생활을 할 때 어느 누구에게도 나쁜 감정을 불러일으킨 적이 없었다. 만약 조금이라도 우리들 사이에 나쁜 평판이 있었다면, 그건 역시 같은 방을 사용했던 기쿠치 히로시(菊池 寬, 1888~1948: 소설가)가 한 말처럼 전혀 나쁜 느낌을 주지 않았다.

"이거, 자네가 좀 귀찮았겠군. 실은 숙소도 B에게 부탁했는데……."

"숙소는 일본인 구락부(俱樂部: 장사에 체류한 일본인이 결성한 사교클럽)에 말해 두었어. 보름이든 한 달이든 상관없다네."

"한 달이나? 괜찮네. 난 3일 정도만 머물면 된다네."

담영년은 놀랐다기보다 갑자기 무표정한 얼굴이 되었다.

"3일만 체류한다는 말인가?"

"글쎄, 토비(土匪) 참수나 뭐 볼거리라도 생기면 모를까……."

난 그렇게 대답하면서 속으로는 장사 사람인 담영년의 찌푸린 얼굴을 예상했다. 그런데 그는 다시 한 번 더 애살맞은 얼굴을 하더니 한 치의 주저함도 없이 대답했다.

"그런 거라면, 일주일 전에 왔으면 좋았을 것을. 저기 저 빈터가 보이지?"

붉은 기와의 서양가옥 앞에, — 빽빽한 버드나무 가지가 있는 곳이었다. 좀 전의 지나 미인은 이미 거기에 없었다.

"저쪽에서 얼마 전 5명이 한 번에 참수되었지. 그렇지. 저 개가 걷고 있는 곳에서……."

"그것 참 애석한 일이군."

"참수는 일본에서만 볼 수 있는 건 아니지."

담영년은 큰 소리로 웃더니 잠시 진지한 어조로 말을 바꾸었다.

"그러면 슬슬 나가볼까? 차는 저쪽에 대기시켜 놓았어."

나는 이틀 뒤인 18일 오후, 담영년의 권유로 상강을 사이에 둔 악록
(嶽麓)과 녹산사(麓山寺)와 애만정(愛晩亭)을 보러 나갔다.

우리들을 태운 모터보트는 재중 일본인이 "한 중간의 섬"이라고 부
르는 삼각주를 왼쪽으로 돌아서 2시 전후 방향인 상강 위를 달렸다.
화창한 5월의 날씨는 양언덕의 풍경을 선명히 보여 주었다. 오른쪽에
있는 장사도 흰 벽과 기와 지붕으로 빛나고 있어서, 어제 봤을 때처럼
우울하게 보이지는 않았다. 게다가 밀감 나무가 무성한, 돌담 벽이 길
게 늘어진 삼각주에는 여기저기 아담한 서양 가옥이 보이기도 하고,
그 서양 가옥 사이에 줄로 묶은 세탁물이 잠깐 보이기도 하는데 모두
활기차게 늘어져 있었다.

담영년이 젊은 선장에게 뭐라고 지시하자, 그는 보트를 멈추었다.
명령이라기보단 뭔가 이야기 하는 듯 했다.

"저것이 일본 영사관일세……. 이 오페라글라스1)를 사용하게…….
그 오른쪽에 있는 것은 청일 기선회사."

나는 엽궐련을 문 채, 배 밖으로 한 손을 내어 때때로 내 손 끝에
닿는 상강의 물살을 즐겼다. 담영년의 말은 내 귀에는 그저 하나의 소
음이었다. 그러나 그가 가리키는 대로 양쪽 언덕의 풍경을 바라보는
것은 물론 나에게도 불쾌하지 않았다.

"이 삼각주는 귤섬이라고도 하지……."

"아, 솔개가 울고 있군."

"솔개가? ……음. 솔개도 많이 있지. 저것 봐. 장계요(張繼堯)와 담연
개(譚延闓)의 전투가 있었던 때지. 그때 장계요의 부하 시체 몇 구가 이
쪽 강으로 흘러 들어왔었지. 그러자 솔개가 시체 하나에 두세 마리씩

---

1) opera glass: 소형 쌍안경. 주로 오페라 관람 때 사용한다.

내려앉았지……."

담영년이 그렇게 말하고 있을 그 때, 우리를 태웠던 모터보트는 역시 한 척의 모터보트와 5, 6걸음을 사이에 두고 스쳐지나갔다. 그건 지나 옷을 입은 청년 외에 멋지게 화장을 한 지나 미인을 2, 3명 태운 보트였다. 난 그 지나 미인을 보기보단 오히려 그 보트가 만든 큰 물결에 파도가 이는 것을 지켜보고 있었다. 하지만 담영년은 이야기하던 도중에 그들을 보자 마치 원수라도 만난 듯 황망하게 나에게 오페라글라스를 넘겨주었다.

"저 여자를 봐. 저 뱃머리에 앉아 있는 여자를."

난 누가 서두르면 오히려 하기 싫어하는 유전적인 성질을 가지고 있었다. 그뿐만 아니라 그 보트가 남긴 파도는 우리 배를 씻으면서 내 손을 적시고 있었다.

"왜?"

"글쎄. 왜냐고 묻지 말고 저 여자를 봐."

"미인인가?"

"어, 미인이지. 미인이야."

우리를 태운 모터보트는 어느샌가 10걸음 정도 떨어져 갔다. 나는 겨우 몸을 움직이며 오페라글라스를 조절했다. 그러자 갑자기 맞은편 보트가 쑤욱 뒤로 물러가는 듯한 착각을 느꼈다. '저' 여자는 둥근 풍경 속에 잠깐 얼굴을 옆으로 돌린 채 누군가의 이야기를 듣고 있는 듯, 때때로 미소를 흘리고 있었다. 턱이 사각 진 그녀의 얼굴은 그저 눈이 큰 것 외에는 특별히 아름답지는 않았다. 하지만 그녀의 앞머리나 엷은 황색의 여름옷이 강바람에 파도를 치는 듯한 모습은 멀리서 봐도 아름다웠다.

"봤어?"

"응. 눈썹까지 봤지. 그런데 그렇게 미인은 아닌데."

난 의기양양해 하며 담영년과 한 번 더 얼굴을 마주했다.

"저 여자가 왜?"

담영년은 평소의 말투와는 다르게 유유히 엽궐련에 불을 붙이고 이것저것 나에게 질문했다.

"어제 내가 이런 말을 했지. ― 저 잔교 앞의 빈 공터에서 5명의 토비가 참수되었다고?"

"응. 기억하고 있지."

"그 동료들의 두목은 황육일이라고 하지. ― 아아, 그 자도 참수 당했고. ― 그 자가 오른손에는 소총을 왼손에는 피스톨을 쥐고 두 사람을 사살했다고 호남에서도 소문 자자한 악당이었다네……."

담영년은 순식간에 황육일이 평생에 저지른 악업을 토해냈다. 그의 말은 대부분 신문 기사에서 다루어진 것들이었다. 하지만 다행히도 피비린내 나는 냄새보다도 로맨틱한 색채가 풍부한 이야기였다. 황육일은 밀수입자들에게는 늘 황노옹이라고 불렸다는 이야기, 또 상담(湘潭)의 어떤 상인에게는 3천 원을 강탈했다는 이야기, 또 허벅지에 탄환을 맞았던 번아칠(樊阿七)이라는 부두목을 어깨에 메고 노림담(盧林潭)을 헤엄쳐 건넜다는 이야기, 또 악주(岳州)의 어떤 산길에서 12명의 보병을 쏴 죽였다는 이야기, ― 담영년은 황육일을 숭배하고 있는 것처럼 열심히 이야기했다.

"근데 말일세. 그 자가 살인이나 사람 약탈한 건수가 117건이나 되네."

그는 때때로 말 중간에 그러한 주석도 달아주었다. 난 내 자신에게 어떤 손해를 끼치지만 않는다면 결코 토비를 싫어하지 않았다. 하지만 여느 무용담과 별 차이 없는 이야기만 늘어놓아서 다소 지루함을 느꼈다.

"그런데 저 여자는 어찌 된 거지?"

담영년은 싱글거리면서 내심 내가 예상했던 것과는 별반 다르지 않는 대답을 했다.

"저 여자는 황육일의 정부라네."

나는 그의 예상대로 놀라지는 않았다. 하지만 유쾌하지 않는 얼굴로 엽궐련만 물고 있는 것도 미안했다.

"토비도 운치 있군."

"뭐, 황육일 같은 자들은 뻔하지. 어쨌든 전청(前淸) 말년에 있었던 강도였던 채라고 하는 자는 월수입이 만원을 넘었다니까. 그 자는 상해의 외국인 거류지 외에도 마음대로 서양관을 만들었다고 하네. 처는 물론이고 첩까지도……."

"그러면 저 여자는 게이샤 같은?"

"응. 옥란(玉蘭)이라는 게이샤라네. 저래 봬도 황육일이 살아있을 때는 꽤 이름을 날렸지……."

담은 뭔가를 생각하는 듯 한동안 입을 다문 채 엷은 미소만을 짓고 있었다. 그러나 마침내 엽궐련을 던지며 진지하게 농담조로 말했다.

"악록(嶽麓)에는 상남공업학교라는 학교도 하나 있는데, 그걸 제일 먼저 둘러보도록 하지."

"응. 난 어떤 거든 상관없네."

분명치 않게 대답했다. 그건 어제 아침 한 여학교를 참관하러 갔었는데 생각지도 않게 심한 반일적 분위기에 불쾌함을 느꼈기 때문이었다. 우리를 태운 보트는 내 기분 따위는 아랑곳 하지 않고 그 강의 작은 섬에 해당하는 코 부분을 크게 돌아서 상쾌한 물위를 곧바로 가로질러 악록 쪽으로 다가갔다…….

역시 같은 날 밤, 한 기생관의 사다리 계단을 담영년과 함께 올라갔다.

우리들이 지나간 2층 방은 중앙에 있던 테이블은 물론 의자도 재떨이도 서랍장도 상해와 한구(韓口)의 기생관에 있었던 것과 거의 다름이 없었다. 하지만 이 방의 천장 구석에는 침금으로 세공된 새장이 하나 창문 쪽에 매달려 있었다. 새장 안에는 다람쥐가 두 마리 아무 소리도 내지 않고 나무 위를 올라갔다 내려갔다 반복하고 있었다. 그건 창문과 문 입구에 늘어뜨려진 붉은 비단 천과 함께 이상하게 비쳐졌다. 적어도 내 눈에는 기분 나쁜 모습이었다.

이 방에서 우리를 맞이한 것은 통통하게 살찐 유녀의 하녀였다. 담영년은 그녀를 보자 큰소리로 뭐라고 했다. 그녀는 애교를 부리며 부드럽게 그를 응대했다. 난 그들의 대화는 전혀 알아들을 수 없었다. (이것은 물론 내 자신이 지나어를 모르기 때문이었다. 그러나 원래 장사말은 북경관어인 통용어를 알고 들어도 결코 쉽게 알아들을 수 없을 것 같았다.)

담영년은 그녀와 말을 끝낸 후 커다란 붉은색의 나무 테이블을 사이에 두고 나와 마주 앉았다. 그리고 그녀가 가지고 온 활판 인쇄의 메뉴판에 게이샤의 이름을 쓰기 시작했다. 장상아(張湘娥), 왕교운(王巧雲), 함방(含芳), 취옥루(醉玉樓), 애원원(愛媛媛), ― 그들은 모두 여행자인 나에게는 지나 소설의 여주인공에 걸맞은 이름뿐이었다.

"옥란도 부를까?"

나는 대답을 하려고 했는데 때마침 하녀가 불을 붙여 주어서 엽궐련 한 개를 피웠다. 담영년은 테이블 넘어 잠시 내 얼굴을 흘깃하더니 무신경하게 붓을 휘둘렀다.

그때 활기찬 모습으로 들어온 것은 가는 금테두리의 안경을 낀, 혈색 좋은 둥근 얼굴의 게이샤였다. 그녀는 흰 여름옷에 다이아몬드를 몇 개나 반짝이고 있었다. 그뿐만 아니라 테니슨지 수영 선수인지에 버금가는 체격을 갖추고 있었다. 나는 그런 그녀의 모습에 미추나 호악을 느끼기보다는 묘하게 통절한 모순을 느꼈다. 그녀는 실제 이 방의 공기와, ― 특히 새장 속의 다람쥐와는 걸맞지 않는 존재같았다.

그녀는 잠깐 목례를 하고 춤추듯 담영년 옆으로 걸어갔다. 그의 옆에 앉자 한 손을 그의 무릎 위에 얹고 막힘없이 뭐라고 이야기하기 시작했다. 담영년도 ― 담영년은 물론 의기양양하게 쉐라쉐라라고 응했다.

"이쪽은 이 집에 있는 게이샤인데, 임대교(林大嬌)라고 한다네."

나는 담영년이 그런 말을 했을 때 그가 장사에서 꽤 큰 부잣집 아들이었다는 것을 떠올렸다.

그리고 10분 정도 지난 후, 우리들은 마주 앉은 채 버섯과 닭, 그리고 배추가 많이 들어간 사천 요리를 먹기 시작했다. 게이샤는 벌써 임대교 외에도 여러 명이 우리를 둘러싸고 있었다. 또 그들 뒤에는 중절모 비슷한 모자를 쓴 남자 5, 6명도 호궁(胡弓: 현악기) 활을 준비하고 있었다. 게이샤는 때때로 앉아 있기도 했는데 호궁 소리를 듣자 마치 뭔가에 홀린 사람처럼 쉿소리를 내며 노래를 부르기 시작했다. 그런 모습은 재미있었다. 그렇지만 난 경극의 당마(党馬)나 서피조(西皮調)의 분하만(汾河灣)보다 오히려 내 옆에 앉은 게이샤에게 훨씬 흥미를 느꼈다.

내 옆에 앉은 게이샤는 내가 어제 원강호 위에서 흘깃 본 지나 미인이었다. 그녀는 물색의 여름옷을 입고 가슴에 여전히 메달을 달고 있었다. 하지만 가까이서 보니 병적인 연약함은 있어 보이지만 풋풋함은 없었다. 그녀의 옆얼굴을 보면서 언젠가 그늘진 땅에서 키운 조그만 구근(球根)을 떠올렸다.

"어이, 자네 옆에 앉아 있는 게이샤는 말이네, ―"

담영년은 노주(老酒)에 불그스레하게 되어 애살맞은 미소를 지은 채

새우를 올려 놓은 접시 위로 나에게 말을 걸었다.

"함방(啥芳)이라고 한다네."

담영년의 얼굴을 보자 난 왠지 그제 있었던 일을 그에게 털어 놓고 싶은 생각이 들지 않았다.

"이 사람의 말투가 곱지? R 소리는 프랑스 사람 같아."

"응. 그 사람은 북경 출신이라서."

우리가 화제로 삼아서 했던 이야기를 함방도 알아들었던 것 같다. 그녀는 내 얼굴을 때때로 흘깃하면서 담영년과 말을 주고받았다. 하지만 벙어리와 다름없는 난 그때도 역시 평소처럼 그저 두 사람의 얼굴색만 비교할 수밖에 없었다.

"자네가 언제 장사에 왔는지 물어서 그저께 막 도착했다고 했지. 그러자 자기도 그저께 누군가를 마중하러 부두에 나갔다고 하는데?"

담영년은 그렇게 통역을 한 후 한 번 더 함방에게 말했다. 그러나 그녀는 미소를 지으면서 아이처럼 '싫어, 싫어'라고 했다.

"음, 도저히 실토를 하지 않는군. 누구를 마중하러 갔냐고 물었거든……."

그러자 갑자기 임대교는 가지고 있던 엽궐련으로 함방을 가리키며 조롱하듯이 뭐라고 내뱉었다. 함방은 깜짝 놀라며 갑자기 내 무릎을 눌렀다. 그리고 미소를 짓는가 싶더니 곧 바로 또 한마디 되받아 쳤다. 나는 물론 이 연극에, — 아니면 이 연극의 그림자가 된, 의외로 깊은 그들의 적의에 호기심을 느꼈다.

"어이, 뭐라고 하는 거야?"

"그년 누구를 마중하러 간 게 아니고 어머니를 마중하러 갔다고 하는군. 뭐, 지금 여기 있는 선생이 말이지. XXX라고 하는 장사에서 온 배우를 마중하러 나갔다고 하는군." (나는 그 이름만은 노트에 적지 않았다.)

"어머니?"

"어머니라고 하는 사람은 양모인 어머니야. 즉, 그 양모는 옥란을 데리고 있는 집의 하녀뻘이지."

담영년은 노주 한 잔을 다시 권하고는 여전히 담담하게 말을 이어 갔다. 난 그 말 중에 마지막 한마디만 알아들을 수 있었다. 하지만 게 이샤나 심부름꾼이 열심히 듣고 있는 것을 보면 뭔가 흥미로운 이야 기인 듯 했다. 게다가 때때로 내 얼굴과 그의 얼굴을 번갈아 보는 것을 보면 적어도 어느 정도는 나와 관련이 있는 이야기인 것 같았다. 난 다른 사람 눈에는 의연히 엽궐련을 피우고 있는 것처럼 행동했지만 점점 초조함을 느꼈다.

"이보게! 무슨 이야기를 하고 있는 건가?"

"어, 오늘 악록에 가는 도중에 옥란을 만났던 이야기를 하고 있는 중이네. 그리고……."

담영년은 윗입술을 핥고는 좀 전보다 더 들떠서 덧붙였다.

"그리고 자네가 참수 장면을 보고 싶어 한다고 했지."

"뭐야, 시시하게."

나는 그런 설명을 들으면서 아직 나타나지 않은 옥란은 물론 그녀 친구들인 함방에게도 특별히 불쌍하다고 생각지 않았다. 그런데 함방의 얼굴을 보니 이성적으로 뭔가 그녀의 마음을 분명히 느낄 수 있었다. 그녀는 귀걸이를 흔들거리며 테이블의 그림자가 비치는 무릎 위에 손수건을 묶었다 풀었다 했다.

"그러면 이것도 시시할래나?"

담영년은 뒤에 있던 하녀의 손에서 작은 종이 봉지를 하나 받아들고 재빨리 그것을 펼쳤다. 그 종이 안에는 전병 크기의 큰 초콜릿색에

말린 듯한 묘한 물건이 하나 포장되어 있었다.

"뭔가 그건?"

"이거? 이건 평범한 비스켓인데. ……그렇지, 좀 전에 황육일이라는 토비 두목 이야기를 했지? 그 황육일의 목피를 집어넣어 만든 것이지. 이거야말로 일본에서는 볼 수 없지 않나?"

"그건 뭘 하는 건데?"

"뭘 하다니? 먹는 거지. 여기 사람들은 아직도 이런 걸 먹으면 무병하고 재앙을 막는다고 생각하고 있어."

담영년은 밝게 미소 지은 채 잠시 테이블에서 조금 떨어진 곳에 있던 2, 3명의 게이샤에게 인사했다. 그러나 함방이 일어서는 것을 보자 거의 동정을 구걸하듯이 웃기도 하고 애걸했다. 그뿐만 아니라 한 손을 들어 정면에 있는 나를 가리키기도 했다. 함방은 잠시 당황한 듯, 다시 한 번 어색한 미소를 지으며 테이블 앞에 앉았다. 나는 왠지 그러한 행동이 마음에 들어서 다른 사람 눈에 띄지 않게 조용히 그녀의 손을 잡아 주었다.

"이런 미신이야 말로 국치지. 나는 의사라고 하는 직업상, 귀찮을 정도로 그렇게 말하고 있지만……."

"그렇지만 참수가 있으면 어쩔 수 없는 거지. 뇌수는 일본에서도 요리해 먹지."

"설마."

"아니야. 설마가 아니라네. 나도 먹었는데. 그것도 어릴 때……."

난 이런 말을 주고 받는 동안에 옥란이 왔단 걸 알아차렸다. 그녀는 하녀와 서서 이야기를 주고받은 후 함방 옆에 앉았다.

담영년은 옥란이 온 것을 보자 또 나를 내버려 두고 그녀에게 애교를 부리기 시작했다. 그녀는 밖에서 볼 때보다도 훨씬 더 아름다웠다.

그녀가 웃을 때마다 에나멜처럼 빛나는 치아가 멋져 보였다. 그러나 나는 그 고른 치아에서 갑자기 다람쥐를 떠올렸다. 다람쥐는 지금도 여전히 붉은 비단 천을 늘어뜨린 창문 곁의 새장 속에서 두 마리 모두 정신없이 올라갔다 내려갔다를 반복하고 있었다.

"자, 이거 한 개 먹어보게?"

담영년은 비스켓을 반으로 잘라 주었다. 비스켓은 자른 곳도 같은 색이었다.

"안 먹겠네."

나는 물론 고개를 흔들었다. 담영년은 큰 소리로 웃고 나서 이번에는 옆에 있던 임대교에게 비스켓 한 조각을 권했다. 임대교는 잠시 얼굴을 찡그리고는 그의 손을 옆으로 밀어내었다. 그는 같은 농담을 몇 명의 게이샤에게 번갈아 했다. 그리고 그는 애교 띤 얼굴로 꼼짝도 하지 않는 옥란 앞에 갈색 한 조각을 들이 밀었다.

나는 살짝 비스켓 냄새만은 맡아 보고 싶다는 충동을 느꼈다.

"어이, 나한테도 그걸 좀 보여줘 보게."

"응. 여기에 아직 반 정도나 남아 있다네."

담영년은 거의 왼손잡이처럼 남은 한 쪽을 던져주려고 했다. 나는 작은 접시와 젓가락 사이에 떨어진 그 한 조각을 집어 들었다. 하지만 주워 들어보니 갑자기 냄새 맡을 생각이 없어져서 잠자코 테이블 아래로 던져 버리고 말았다.

옥란은 담영년의 얼굴을 응시하며 두세 마디 주고받았다. 그리고 비스켓을 받아든 후 그녀를 지켜본 일동을 상대로 뭐라 말하기 시작했다.

"어때, 통역해 줄까?"

담영년은 테이블에 턱을 괴고 점점 이상하게 꼬여 가는 혀로 말했다.

"응, 통역해 주게."

"좋아. 그대로 통역해 주지. 나는 기꺼이 내가 사랑하는…… 황노옹의 피를 먹겠습니다……."

나는 내 몸이 떨리는 것을 느꼈다. 그건 내 무릎을 누르고 있던 함방의 손이 떨리는 울림이었다.

"당신들도 부디 나처럼……. 당신들이 사랑하는 사람을……."

옥란은 담영년이 통역해 주는 동안에 벌써 아름다운 치아 속으로 비스켓 한 조각을 깨물기 시작했다…….

나는 3박의 일정대로 5월 19일 오후 5시경이 지나, 일전에 탄 적이 있던 원강호 갑판 난간에 기대서 있었다. 흰 벽과 기와 지붕이 즐비한 처마를 쌓아 올린 장사는 뭔가 나에게는 불길해 보였다. 그건 아마도 서서히 다가오는 갈색 때문인지도 모르겠다. 나는 엽궐련을 입에 문 채 몇 번이나 그 애살맞은 담영년의 얼굴을 떠올렸다. 그런데 담영년은 무엇 때문인지 나를 배웅하러 오지 않았다.

원강호가 장사를 떠난 것은 틀림없이 7신가, 7시 반이었다. 식사를 마친 후 희미한 선실 전등 아래서 체재비를 계산했다. 눈앞에는 부채 1개, 2척 조금 모자란 궤짝 1개, 그 외에 복숭아색의 띠가 늘어뜨려져 있었다. 부채는 지난 번에 이 선실을 사용했던 누군가가 놓아두고 간 것이었다. 나는 연필을 움직이면서 때때로 담영년의 얼굴을 떠올렸다. 그가 옥란을 괴롭힌 이유는 나도 잘 몰랐다. 하지만 내 체재비는 — 나는 지금도 기억하고 있는데, 일본 돈으로 환산하면 딱 12엔 50전이었다.

(다이쇼 14년(1925)년 12월?)

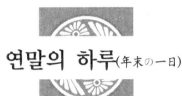

연말의 하루(年末の一日)

송현순

……나는 여하튼 잡목이 무성한 쓸쓸한 벼랑 위를 걸어갔다. 벼랑 아래는 곧 바로 늪으로 되어 있었다. 그 또 늪가에는 물새 두 마리가 헤엄치고 있었다. 어느 쪽도 연한 이끼가 낀 돌 색에 가까운 물새였다. 나는 특별히 그 물새에 신기한 느낌은 갖고 있지 않았다. 하지만 너무 날개 등이 선명해 보이는 것은 왠지 기분이 좋지 않았다. —

나는 이런 꿈속에서 덜컹덜컹 하는 소리에 잠이 깼다. 그것은 서재와 갈고랑이 모양의 객실 창문 소리 같았다. 나는 신년호를 집필하는 동안 서재를 침실처럼 사용하고 있었다. 잡지사 세 곳과 약속한 집필은 3편 모두 나에게는 만족스럽지 못했다. 그러나 어쨌든 마지막 일은 오늘 새벽에 마무리 지었다.

침상 가장자리 장지문에는 대나무 그림자도 어른어른 비치고 있었다. 나는 미적거리지 않고 벌떡 일어나 먼저 화장실에 소변을 보러 갔다. 최근 이 정도 소변에서 수증기가 피어오른 적은 없었다. 변기 앞에 서서 오늘은 다른 때보다도 춥다고 생각했다.

큰 이모와 아내는 객실 툇마루에서 유리문을 열심히 닦고 있었다.

덜컹거리는 것은 이 소리였다. 민소매 위로 앞치마를 걸친 큰 이모가 양동이 속 걸레를 짜면서 조금 나를 놀리듯 "너, 벌써 12시라구."라고 말했다. 역시 12시임에는 틀림없었다. 복도를 지난 다실에는 어느새 낡은 화로 앞에 점심 식사도 준비되어 있었다. 그뿐만 아니라 어머니가 차남 다카시(多加志)에게 우유와 토스트를 먹이고 있었다. 그러나 나는 습관상 아침 같은 기분으로 인기척 없는 부엌으로 얼굴을 씻으러 갔다.

아침 겸 점심 식사를 마친 후 서재의 고타츠(炬燵)[1] 속으로 들어가 두세 종의 신문을 읽기 시작했다. 신문 기사는 모두 회사 보너스나 배드민턴 채의 매상으로 가득 차 있었다. 그러나 내 마음은 조금도 밝아지지는 않았다. 그것은 성교 후의 피로처럼 어떻게도 할 수 없는 것이었다…….

K군이 온 것은 2시 전이었다. 나는 K군을 고타츠 쪽으로 불러 당면한 용무를 마치기로 했다. 줄무늬 양복을 입은 K군은 원래 봉천(奉天) 특파원 — 지금은 본사 출입 기자였다.

"어떻습니까? 한가하면 나가지 않겠습니까?"

나는 용무를 마칠 즈음 가만히 집에 처박혀 있는 게 참을 수 없는 기분이 되었다.

"에에, 4시까지라면. ……어디 가실 곳은 정해져 있으십니까?"

K군이 조심스럽게 물었다.

"아뇨, 어디라도 상관없어요."

"산소는 오늘 안 될까요?"

K군이 산소라고 한 것은 나츠메(夏目) 선생님의 산소였다. 나는 벌

---

1) 일본의 실내 난방 장치의 하나. 나무틀에 화로를 넣고 그 위에 이불, 포대기를 씌운 것.

써 반년 쯤 전에 선생님의 애독자인 K 군에게 산소를 알려주겠다는 약속을 했었다. 연말에 성묘를 한다? — 그것은 반드시 내 기분에 맞지 않는 것도 아니었다.

"그럼 성묘하러 가지요."

나는 바로 외투를 걸치고 K 군과 함께 집을 나서기로 했다.

날씨는 춥기는 해도 맑았다. 비좁은 도자카(動坂) 거리도 평소보다는 북적거리는 것 같았다. 문에 세우는 소나무나 대나무도 다바타(田端) 청년단 대기소로 불리는 판자 지붕의 오두막 옆에 세워져 있었다. 나는 이런 거리를 보았을 때 어느 정도 내가 소년 시절에 품었던 12월의 기분이 돌아오는 것을 느꼈다.

우리는 잠시 기다린 후 고코쿠지마에(護国寺前) 행 전차를 탔다. 전차는 생각보다 붐비지 않았다. K 군은 외투 깃을 세운 채 요즘 선생님의 단척(短尺)²⁾을 어렵게 하나 손에 넣은 이야기를 했다.

그러자 후지마에(富士前)를 막 지났을 즈음, 전차 중간쯤의 전구 하나가 우연히 떨어져 가루가 되어버렸다. 그곳에는 얼굴이며 행색이 남루한 24, 5세의 여자가 한쪽 손에 큰 보따리를 들고 또 한쪽 손에는 손잡이를 잡고 있었다. 전구는 바닥으로 떨어지는 순간 그녀의 앞머리를 스친 듯 했다. 그녀는 묘한 얼굴을 하고서 전차 안의 사람들을 둘러보았다. 그것은 사람들의 동정을 — 적어도 사람들의 주의만큼은 끌려고 하는 얼굴임이 틀림없었다. 그러나 모두 약속이라도 한 듯 완전히 그녀에게는 냉담했다. 나는 K 군과 이야기를 하며 뭔가 맥 빠진 그녀의 얼굴에서 이상함보다도 오히려 덧없음을 느꼈다.

우리는 종점에서 전차를 내려 장식품 상점들이 새로 생긴 거리를

---

2) 와카(和歌)나 하이쿠(俳句) 등을 쓴 두껍고 조붓한 종이. 액자처럼 벽에 걸어 장식하기도 함.

조시카야(雜司ヶ谷) 묘지 쪽으로 걸어갔다.

큰 은행나무 잎이 다 떨어진 묘지는 여전히 오늘도 쥐죽은 듯 조용했다. 폭이 넓은 중앙 자갈 길에도 성묘하는 사람은 하나도 보이지 않았다. 나는 K 군 앞에 서서 오른쪽 좁은 샛길로 돌아갔다. 샛길에는 붉은 순나무 울타리와 붉은 녹이 슨 철책 속으로 크고 작은 무덤들이 줄지어 있었다. 그러나 아무리 앞으로 가도 선생님의 무덤은 발견되지 않았다.

"하나 더 앞 쪽 길 아닌가요?"

"그런지도 모르겠습니다."

나는 그 좁은 샛길을 되돌아 나오며 매년 12월 9일은 신년호 집필로 쫓긴 탓에 선생님의 성묘를 좀처럼 하지 못한 것을 떠올렸다. 그러나 몇 번 오지 않았다 해도 무덤의 소재를 모른다는 것은 나 자신에게도 믿겨지지 않았다.

그 다음의 조금 넓은 샛길에도 무덤이 없는 것은 마찬가지였다. 우리는 이번에는 되돌아 나오는 대신 울타리 사이를 왼쪽으로 꺾어 돌았다. 그러나 무덤은 눈에 보이지 않았다. 그뿐만 아니라 내가 기억하고 있던 몇 군데의 빈 터조차 눈에 띄지 않았다.

"물어볼 사람도 없고, ……곤혹스럽게 되었군요."

나는 이렇게 말하는 K 군의 말투에서 분명 냉소에 가까운 것을 느꼈다. 그러나 알려주겠다고 한 체면상 화를 낼 수도 없었다.

우리는 어쩔 수 없이 큰 은행나무를 기준으로 다시 한 번 옆길로 들어갔다. 그곳에도 무덤은 없었다. 나는 물론 조바심이 났다. 그러나 그 속에 잠재되어 있는 것은 이상하게 외로운 마음이었다. 어느새 외투 속에서 나 자신의 체온을 느끼며 전에도 이런 기분을 느꼈던 것을 떠올렸다. 그것은 나의 소년 시절에 어느 골목대장에게 놀림을 받고,

더구나 울지 않고 꾹 참으며 집에 돌아왔을 때의 기분이었다.

몇 번이고 같은 샛길을 왔다 갔다 한 후, 나는 오래된 붓순나무를 태우고 있던 묘지 청소하는 여자에게 길을 물어 선생님의 큰 무덤 앞으로 겨우 K 군을 데려갈 수 있었다.

무덤은 이전에 보았을 때보다도 훨씬 고색창연해져 있었다. 게다가 무덤 주변의 흙도 훨씬 서리로 황폐해져 있었다. 그것은 아흐렛날에 올린 듯한 국화꽃과 남천(南天) 다발 외에 뭔가 친근감이 느껴지지 않는 것들이었다. K 군은 일부러 외투를 벗고 정중하게 무덤에 절을 했다. 그러나 나는 아무리 생각해도 이제 와서 아무렇지도 않게 K 군과 함께 절을 올릴 용기는 나오지 않았다.

"벌써 몇 년이 되는가요?"

"딱 9년이 됩니다."

우리는 그런 이야기를 하며 고코쿠지마에(護国寺前) 종점으로 되돌아 갔다.

나는 K 군과 함께 전차를 탄 후, 혼자 후지마에서 내렸다. 그리고 동양문고에 있는 어느 친구를 방문한 다음 해질 무렵 도자카로 돌아왔다.

도자카 거리는 시간이 시간인 만큼 전보다 훨씬 혼잡해져 있었다. 그러나 경신당(庚申堂)을 지나니 사람 통행도 점차 줄기 시작했다. 나는 완전히 수동적인 자세로 발밑만 바라보면서 바람 부는 거리를 걸어갔다.

그러자 묘지 뒤의 하치만자카(八幡坂) 아래에서 짐수레를 끄는 남자 하나가 짐수레 채에 손을 얹고 쉬고 있었다. 짐수레는 언뜻 보면 고기 파는 수레와 비슷했다. 그러나 가까이 다가가서 보니 가로로 넓은 뒷문에 '도쿄포의회사(東京胞衣会社)'라고 쓴 것이었다. 나는 뒤에서 말을 건 후 척척 그 짐수레를 밀어 주었다. 짐수레를 밀어주는 데 다소 불결한 기분이 들었던 것도 사실이었다. 그러나 힘을 내는 것만으로도 도움이 된다는 생각도 분명 들었다.

북풍은 긴 언덕 위에서 가끔씩 반듯하게 불어 내려왔다. 묘지의 수목들도 그때마다 솨-아 하고 잎이 떨어진 어린 가지를 소리 나게 했다. 나는 이런 어두침침한 속에서 묘한 흥분을 느끼며 마치 내 자신과 싸우듯 열심히 짐수레를 밀며 갔다······.

(1925년 12월)

카르멘(カルメン)

홍명희

혁명[1] 전이었던가 후였던가 — 아니 그건 혁명 전이 아니다. 왜 혁명 전이 아니냐고 하면, 나는 당시에 들은 단첸코(ダンチェンコ)[2]의 말장난을 기억하고 있기 때문이다.

비가 올 것만 같은 어느 무더운 밤에 무대 감독 T 군은 제국극장(帝劇)[3]의 발코니에 서서 탄산수가 든 컵을 한 손에 들고 시인 단첸코와 이야기하고 있었다. 그 황갈색 머리칼의 눈먼 시인 단첸코와.

"이것도 역시 시대의 흐름이네요. 러시아의 그랜드 오페라[4]가 이 머나먼 일본 도쿄에 온다는 게."

---

1) 러시아 혁명.
2) 러시아의 작가이자 신문 기자인 단첸코는 1908(메이지41)년에 방일하였으나 그 시기가 작품 내의 시간과 일치하지 않는다. 한편, 러시아 출생의 눈먼 시인 에로쉔코(V.Erochenko, 1890~1952)는 1914(다이쇼3)년에 방일하여 일본어로 작품을 발표했으나 사상적으로 악영향을 미친다는 이유로 일본 정부에 의해 추방되었다.
3) 1911(메이지44)년에 도쿄 치요다구(千代田區) 마루노우치(丸の内)에 설립된 일본 최초의 서양식 극장.
4) 러시아황실가극좌 전속오페라단으로 당시 국내의 불안을 피해 외국에서 순회공연을 했다. 1920(다이쇼8)년 9월에 방일하여 12, 10, 7, 3, 1엔이라는 고가의 입장료를 받고 「아이다」, 「춘희」, 「토스카」 등을 제국극장에서 공연했다. 「카르멘」은 4, 9, 14일에 공연했다.

"볼셰비키[5])는 '가게키파(ヵゲキ派)'니까요."[6)]

이 대화가 오고간 것은 아마도 공연 5일째 되는 날 밤, — 카르멘이 무대에 올랐던 밤의 일이다. 나는 카르멘으로 분장한 이나·부르스카야(イイナ·ブルスカアヤ)[7)]에게 빠져 있었다. 이나는 눈이 크고 콧방울이 뻗은 육감적인 여자다. 물론 나는 카르멘으로 분장한 이나를 기대하고 있었다. 하지만 제1막이 오른 후에 보니 이나가 아니다. 파란 눈에 코가 높은 어느 궁상맞은 여배우다. 나는 턱시도를 입고 T 군과 박스 석에 나란히 앉아 낙담하지 않을 수 없었다.

"카르멘은 우리들의 이나가 아니네."

"이나가 오늘 밤은 쉰다나 봐. 그 이유가 또 꽤나 로맨틱해서 말이지. —"

"무슨 일이야?"

"그저께 구제국[8)]의 후작 하나가 이나 뒤를 쫓아 도쿄에 왔다는군. 그런데 이나는 이미 미국 상인의 패트런이 생겼어. 그놈을 본 후작은 절망했겠지, 어젯밤에 호텔 방에서 목을 매고 죽어버렸다는군.[9)]"

나는 이 이야기를 듣고 있는 사이에 어떤 장면을 떠올렸다. 그것은

---

5) 러시아의 정당 중 하나로 소련공산당의 전신. 처음에는 러시아사회민주노동당의 주류로 혁명을 주창하는 좌익다수파(지도자는 레닌)였으나 1912년에 독립하여 창당했다.

6) 원문은 「それはボルシェヴィッキはヵゲキ派ですから。」. 볼셰비키는 과격한 혁명주의자라는 의미로 쓰이기도 했다. 작품에서는 '과격(過激)'와 '가극(歌劇)'이 일본어로 동일하게 '가게키(ヵゲキ)'로 발음되는 것을 겹쳐서 익살스러운 말장난을 하고 있다.

7) 당시 최고의 스타로 카르멘 이외에도 「아이다」의 암네리스 공주 등을 연기했다.

8) 1917년 2월 혁명 전까지 약 80대 300년간 계속된 구 러시아제국.

9) 16일경의 신문에 '제국호텔에서 러시아인 자살—대가극단의 명성에 대한 실의인가' 등의 기사가 게재되었는데, 아쿠타가와는 이것을 상당히 픽션화했다. 예를 들면 신문에서는 사망자는 일본에 철기를 사러 온 철도기사로 독을 마시고 15일 오전 1시 반에 죽었다고 되어 있으나, 아쿠타가와는 후작이 목을 매고 죽었다고 썼다.

깊은 밤에 이나가 호텔방에서 많은 남녀에게 둘러싸여 트럼프를 가지고 놀고 있는 장면이다. 검은 색과 붉은 색 옷을 입은 이나는 집시 점을 보고 있는 것 같은데, T 군에게 미소를 지으면서 "이번에는 당신의 운을 봐 드리죠." 하고 말했다. (혹은 말했다고 한다. 나는 러시아어라곤 '다10)밖에 모르기 때문에 12개 국어가 가능한 T 군에게 당연히 통역을 부탁할 수밖에 없었다.) 그리고 트럼프를 뒤집어본 후, "당신은 저 사람보다도 행복해요. 당신은 당신이 사랑하는 사람과 결혼할 수 있어요."라고 말했다. 저 사람이라는 것은 이나 옆에서 누군가와 이야기하던 러시아인이다. 나는 불행하게도 '그 사람'의 얼굴이나 옷을 기억하지 못한다. 내가 겨우 기억하는 것은 가슴에 꽂고 있던 패랭이꽃뿐이다. 이나의 사랑을 잃었다고 목매어 죽은 것은 그 날 밤의 '그 사람'이 아니었을까? ―

"그렇다면 오늘밤은 안 나오는 게 당연하네."

"그만 밖으로 나가 한잔할까?"

T 군도 물론 이나의 팬이다.

"그냥 1막만 더 보고 가자."

우리가 단첸코와 이야기한 것은 아마 이 막이 끝난 후였을 것이다.

다음 막도 우리에겐 지루했다. 그러나 우리가 자리에 앉은 지 5분도 채 지나지 않아 외국인 5, 6명이 정확히 우리 정면의 반대쪽 박스석으로 들어왔다. 게다가 맨 앞에 선 것은 다름 아닌 이나부르스카야다. 이나는 박스석 제일 앞에 앉아 공작날개 부채를 부치면서 여유롭게 무대를 바라보기 시작했다. 그뿐만 아니라 같이 온 외국인 남녀와 (그중에는 분명히 그녀의 미국인 패트런도 섞여 있었을 것이다.) 유쾌

---

10) 러시아어로 「예」.

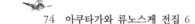

하게 웃기도 하고 이야기하기 시작했다.

"이나네."

"응, 이나 군."

우리는 결국 마지막 막까지 — 카르멘의 시체를 껴안은 호세가 '카르멘! 카르멘!' 하고 통곡할 때까지 자리를 떠나지 않았다. 그것은 물론 무대가 아니라 이나부르스카야를 보고 있었기 때문이다. 이 남자를 죽인 것을 아무렇지도 않게 생각하는 듯한 러시아의 카르멘을 보고 있었기 때문이다.

❖ ❖

그로부터 2, 3일이 지난 어느 날 밤, 나는 어느 레스토랑 구석 테이블에 T 군과 앉아 있었다.

"이나가 그 날 밤 이후에 왼손 약지에 붕대를 감고 있던 걸 자네는 알고 있었나?"

"그러고 보니 붕대를 하고 있었던 것 같네."

"이나는 그날 밤 호텔에 돌아가서⋯⋯."

"안 돼, 자네, 그걸 마시면."

나는 T 군에게 주의를 줬다. 엷은 빛이 비치는 잔 안에는 자그마한 풍뎅이 한 마리가 벌렁 나자빠져서 발버둥치고 있었다. T 군은 백포도주를 바닥에 쏟고 묘한 얼굴로 덧붙였다.

"접시를 벽에 내동댕이쳐서 말이지, 그 조각을 캐스터네츠 대신으로 말이지, 손가락에서 피가 나든 말든 상관없이 말이지⋯⋯."

"카르멘처럼 춤을 췄나?"

그때 우리의 흥분과는 전혀 안 어울리는 얼굴을 한, 머리가 흰 종업

원이 조용히 연어 접시를 날라 왔다…….

(1926(다이쇼15)년 4월 10일)

세 가지 의문(三つのなぜ)

김난회

❖ 1. 왜 파우스트는 악마를 만났을까? ❖

파우스트[1]는 하느님을 섬기고 있었다. 그러므로 사과는 그에게는 항상 '지혜의 열매'[2] 그 자체였다. 그는 사과를 볼 때마다 지상낙원[3]을 떠올리거나, 아담과 이브를 연상하곤 했다.

그러던 어느 눈이 그친 오후, 파우스트는 사과를 보는 동안에 한 폭의 유화(油画)를 떠올렸다. 그것은 어딘가의 대사원(大寺院)에 있었던 색채가 싱그러운 유화였다. 그래서 사과는 그 때 이후로 그에게는 예전의 '지혜의 열매' 이외에도 근대의 '정물(静物)'[4]로 변해갔다.

파우스트는 경건한 마음 때문이었는지, 단 한 번도 사과를 먹은 적이 없었다. 그런데 어느 폭풍이 몰아치던 밤, 문득 시장기를 느껴 사

---

1) Faust: 독일 파우스트 전설을 취재한 괴테의 극시 『파우스트』의 주인공. 2부로 되어 있으며 1부는 학문에 절망한 파우스트가 악마 메피스토펠레스에 의해 현세적 향락을 알게 된다.
2) 에덴 동산에서 금단의 열매인 지혜의 과실.
3) 유대신화에서 인류의 시조인 아담과 이브가 살았던 낙원. 구약성서 창세기.
4) 사생화의 대상으로서의 과일, 화초, 도자기 등.

과 한 알을 구워먹기로 했다. 사과는 그 때 이후로 음식으로 변했다. 그런 까닭으로 그는 사과를 볼 때 마다 모세5)의 십계를 연상하거나 유화 물감의 배합을 생각하거나, 위장에서 나는 소리를 느끼곤 했다.

마지막으로 어느 을씨년스런 날 아침, 파우스트는 사과를 보다가 갑자기 사과란 상인에게는 상품이라는 것을 발견했다. 실제 사과를 열두 개 팔면, 은화 한 잎이 생기는 것이 사실이다. 사과는 말할 것도 없이 그 일 이후로 돈으로도 바뀌었다.

어느 잔뜩 흐린 날 오후, 파우스트는 혼자 어두컴컴한 서재에서 사과에 대해 사색하고 있었다. 사과란 도대체 무엇일까? — 그것은 그에게는 옛날처럼 쉽게 풀리지 않는 문제였다. 그는 책상을 마주한 채, 어느새 이 수수께끼를 입 밖으로 되뇌고 있었다. "사과란 도대체 무엇인가?"

그러자 가냘픈 검은 개 한 마리가, 어디서 왔는지 서재로 들어왔다. 그뿐만 아니라 그 개는 몸을 한번 떨더니 홀연히 어엿한 기사로 변해, 정중하게 파우스트에게 절을 했다. —

왜 파우스트는 악마를 만난 것일까? — 그것은 앞에서 쓴 그대로다.6) 그러나 악마를 만난 것이 파우스트 비극의 5막7)이 아니다. 어느 몹시 추운 날 저녁, 파우스트는 기사가 된 악마와 함께 사과에 대해 논하면서 사람들의 왕래가 많은 거리를 걸었다. 그러자 여위고 홀쭉한 한 어린 아이가 눈물로 범벅이 된 얼굴을 한 채 가난한 어머니의

---

5) Moses: 기원전 15세기경 인물. 예언자로서 이스라엘 백성을 지도했다. 십계는 하느님이 모세에게 내린 열 개의 계시. 구약성서 출애굽기. 신명기.

6) 파우스트가 현세적 향락과 높은 이상과의 상극에 고뇌할 때 악마가 나타나는 틈새가 된다. 사과에 관한 것은 『파우스트』에는 없다.

7) 『파우스트』 5막은 파우스트가 마법에 의한 향락이 속임수라는 것을 알게 됨과 동시에 내기에 져서 쓰러진다. 파우스트의 영혼은 천사가 구원한다.

손을 끌어당기고 있었다.

"저 사과를 사 주세요!"

악마는 잠시 걸음을 멈추고, 파우스트에게 아이를 가리켜 보였다.

"저 사과를 보세요. 저것은 고문의 도구이지요."

파우스트의 비극은 이 말로 마침내 마지막 막을 올리기 시작했다는 것이다.

❖ 2. 왜 솔로몬은 시바의 여왕을 단 한 번 밖에 만나지 않았는가? ❖

솔로몬8)은 일생동안 단 한 번 시바의 여왕9)을 만났을 뿐이다. 그것은 시바 여왕이 먼 나라에 있었기 때문이 아니다. 타르시시10)의 배, 히람11)의 배는 3년에 한번 금과 은, 상아와 원숭이, 공작을 운반해 왔다. 하지만, 솔로몬의 사자(使者)의 낙타는 예루살렘을 둘러싼 구릉으로 된 사막에서 한 번도 시바 나라를 향한 적이 없었다.

솔로몬은 오늘도 궁전에 혼자 앉아 있었다. 솔로몬의 마음은 쓸쓸했다. 모압12)인, 암몬13)인, 에돔14)인, 시돈15)인, 헤스16)인 왕비들도 그

---

8) Solomon(B.C 1010~974): 이스라엘 제3대왕. 다윗왕의 아들. 무역으로 막대한 이득을 얻고 영화를 누렸다.
9) Sheba: 아라비아 남부의 고대국가. 구약성서 시대의 유력한 상업국가.
10) 스페인 남부 타르테소스 시(市) 지방(地方)으로 전한다. 금과 은의 산지로서 유명.
11) Hiram: 페니키아의 고대도시인 티루스의 왕(BC 969~936). 구약성서 열왕기에 이스라엘의 다윗왕과 솔로몬왕의 동맹자로 나와 있다. 신전 건축·무역에 협력했다.
12) Moab: 사해(死海) 동쪽에 거주. 다윗에게 정복당해 이스라엘의 속국이 된다. 셈족 계열의 한 종족이다.
13) Ammon: 요르단 강 동부에 있음. 솔로몬 시절 이스라엘에 우호적이었으며 솔로몬은 암몬인 공주 나마를 처첩의 하나로 삼았으며 그녀에게서 후계자를 얻었다.
14) Edom: 팔레스타인 남동쪽에 사는 에사오의 자손. 솔로몬 시절은 이스라엘의 속국.
15) Zidon: 페니키아에서 가장 유력한 고대도시로서 솔로몬 시절에는 우호적이었음.
16) Heth: 남(南) 팔레스타인에 사는 이스라엘 선주민. 가나안 7민족 중 하나. 솔로몬에게 공물을 바쳤다. 솔로몬은 많은 이방인을 처첩으로 삼았다.

의 마음을 달래줄 수 없었다. 그는 일생에 단 한번 만난 시바의 여왕을 생각하고 있었다.

시바의 여왕은 미인은 아니었다. 그뿐만 아니라 그보다 나이도 많았다. 그러나 보기드믄 재녀(才女)였다. 솔로몬은 그녀와 문답을 할 때마다 마음이 들뜨는 것을 느꼈다. 그것은 마술사와 점성술의 비밀을 논할 때 조차도 느끼지 못했던 기쁨이었다. 그는 두 번, 세 번 아니 일생동안 저 위엄 있는 시바의 여왕과 대화를 하고 있음에 틀림없다. 하지만 솔로몬은 동시에 시바의 여왕을 두려워하고 있었다. 그것은 그녀를 만나는 동안만은 그의 지혜를 잃어버리기 때문이다. 적어도 그가 긍지로 삼고 있는 것이 그의 지혜인지 그녀의 지혜인지 분간이 안 되기 때문이다. 솔로몬은 모압인, 암몬인, 에돔인, 시돈인, 헤스인 왕비들을 데리고 있다. 하지만 그녀들은 뭐라 말해도 그의 정신적 노예이다. 솔로몬은 그녀들을 애무할 때 은근히 그녀들은 경멸하고 있었다. 그러나 시바의 여왕만은 종종 오히려 그를 그녀의 노예로 만들었다.

솔로몬은 그녀의 노예가 되는 것을 두려워했음에 틀림없다. 그러나 한편에서는 기뻐했음에 틀림없다. 이 모순은 항상 솔로몬에게는 말로 표현할 수 없는 고통이었다. 그는 순금으로 만든 사자(獅子)가 세워진, 커다란 상아로 된 왕좌 위에서 종종 깊은 한숨을 내쉬었다. 그 한숨 소리는 어떨 때는 한편의 서정시로 변하는 일도 있었다.

남자들 속에서 나의 사랑하는 사람은
수풀 가운데 사과나무 같구나.[17]

....

---

17) 구약성서 아가(雅歌) 제2장에 나온다.

내 위에 펄럭이는 깃발은 사랑이었어라.

청하노라, 그대들은 건포도로 나에게 힘을 보태주오.

사과로 나에게 원기를 북돋아 주오.

나는 사랑 때문에 병이 낫소.

어느 날 해가 저물 무렵, 솔로몬은 궁전의 발코니에 올라가 아득한 서쪽을 바라보았다. 시바의 여왕이 살고 있는 나라는 물론 보일 턱이 없다. 그것은 어쩐지 솔로몬에게는 안심에 가까운 기분을 느끼게 했다. 그러나 동시에 그 기분은 슬픔 비슷한 것도 안겼다.

그러자 갑자기 환영이, 그 누구도 본 적이 없는 짐승 한 마리가 석양 빛 사이로 나타났다. 짐승은 사자를 닮고 날개를 펼치고 머리가 두 개 달린 것이었다. 게다가 그 머리 중의 하나는 시바 여왕의 머리였으며 또 하나의 머리는 자신의 머리였다. 머리는 두 개 모두 맞물리면서 묘하게도 눈물을 흘리고 있었다. 환영은 잠시 떠돈 후 세찬 바람 소리와 함께 홀연히 공중으로 사라졌다. 그 다음은 그저 광채가 나는 은(銀)으로 된 사슬 같은 구름이 일렬로 비스듬히 깔려 있을 뿐이었다.

솔로몬은 환영이 사라진 다음에도 물끄러미 발코니에 앉아 있었다. 환영의 의미는 분명했다. 비록 그것이 솔로몬 이외의 그 누구도 모르는 것이라 할지라도.

예루살렘의 밤도 깊어가고 아직 나이가 젊은 솔로몬은 많은 후궁들이며 신하들과 함께 포도주를 주거니 받거니 하고 있었다. 그가 사용하는 술잔과 그릇들은 모두 순금으로 만들어진 것이었다. 그러나 솔로몬은 여느 때처럼 웃거나 이야기할 기분이 들지 않았다. 그저 이제까지 알 수 없었던 묘하게도 숨 막힐 듯한 감개가 복받쳐 오르는 것을 느꼈을 뿐이었다.

사프란18) 꽃이 붉은 것을 책망하지 마라.
계피나무19)가 향기 내는 것을 책망하지 마라.
그래도 나는 슬프구나.
사프란은 너무도 붉다.
계피나무는 너무도 향기롭다.20)

솔로몬은 이런 노래를 부르며 커다란 하프를 뜯으며 소리를 냈다.
그뿐만 아니라 하염없이 눈물을 흘렸다. 그의 노래는 그에게 어울리
지 않게 격렬한 가락으로 넘쳐났다. 왕비들과 신하들은 서로 얼굴을
서로 마주 보곤 했다. 하지만 아무도 솔로몬이 부르는 노래의 의미를
물어보는 이가 없었다. 솔로몬은 이윽고 노래를 다 부르더니 왕관을
쓴 머리를 숙이고 잠시 지그시 눈을 감았다. 그리고 — 그리고 미소
띤 얼굴을 들어 왕비들과 신하들과 여느 때처럼 이야기하기 시작했다.
타르시의 배(船)와 히람의 배는 3년에 한번 금은이며 상아 원숭이
공작을 운반해 왔다. 하지만 솔로몬의 사자들의 낙타는 예루살렘을
둘러싼 구릉과 사막을 한 번도 시바왕국을 향한 적이 없었다.

(1926년 4월 20일)

❖ 3. 왜 로빈슨은 원숭이를 길렀는가? ❖

왜 로빈슨21)은 원숭이를 길렀을까? 그것은 그의 눈앞에 그의 캐리

---

18) Saffron: 붓꽃과의 다년초. 아라비아가 원산지. 가을에 옅은 보라색의 꽃을 피우는
   데 향기가 짙다.
19) 녹나무과의 상록교목으로 방향(芳香)을 발한다.
20) 출처 미상(未詳). 아쿠타가와 창작.

커쳐(戲画)를 보고 싶었기 때문이다. 나는 잘 알고 있다. 총을 품은 로빈슨은 너덜너덜한 바지자락의 무릎을 껴안으며, 늘 원숭이를 바라보고는 무시무시한 미소를 띠고 있었다. 납빛 얼굴을 찌푸린 채 우울하게 하늘을 바라보는 원숭이를.

(1926년 7월 15일)

---

21) Robinson: 영국 소설가 데포의 작품 『로빈슨 크루소(Robinson Crusoe)』(1719)의 주인공. 로빈슨은 집을 나와 선원이 되었으나 배가 난파하여 무인도에 표착(漂着)하게 된다. 여기서 그는 여러 모험을 한다.

봄밤(春の夜)

김명주

이것은 최근 N 씨라는 간호사에게 들은 이야기이다. N 씨는 어지간히 무신경한 사람인 것 같다. 언제나 바싹 마른 입술 사이로 뾰족한 송곳니가 드러나는 사람이다.

나는 당시 남동생 전근지의 숙소 2층에 대장염을 일으켜 누워 있었다. 설사는 일주일이 지나도 멈출 낌새가 없었다. 그래서 원래는 동생 때문에 거기 와 있던 N 씨에게 폐를 끼치게 된 것이다.

어느 장맛비가 계속 내리는 오후 N 씨는 뚝배기에 죽을 끓이면서, 너무나도 덤덤하게 그 이야기를 했다.

❖ ❖

어느 해 봄, N 씨는 어느 간호사 단체로부터 우시고메(牛込)에 있는 노다(野田) 씨 집에 파견되었다. 노다 씨 집에는 남자 주인은 없다. 머리를 짧게 자른 노녀가 하나, 혼기가 다 찬 딸이 하나, 또 그 딸의 남동생이 하나, ― 다음은 하녀가 있을 뿐이었다. N 씨는 이 집에 갔을 때 뭔가 묘하게 우울한 기분을 느꼈다. 그것은 우선 누나도 남동생도 다 폐결핵에 걸려 있었기 때문일 것이다. 하지만 또 다른 이유로는 네다섯 평 남짓한 별채를 둘러싼, 정원석 하나 놓여 있지 않은 정원에 속새만이 무성히 자라 있었기 때문이다. 실제로 그 무성한 속새는 N 씨의 말에 의하면 '오죽으로 된 툇마루마저 들어 올릴 듯이' 무성했다.

노녀는 딸을 '유키(雪) 씨'라 부르고 아들에게 만은 '세이타로(淸太郎)'라고 낮춰 불렀다. 유키 씨는 기가 센 여자인 것처럼 보여서 체온을 재는 것조차도 N 씨가 체크한 것을 믿지 못하고 일일이 체온기를 확인했다고 한다. 세이타로는 유키 씨와는 반대로 N 씨를 힘들게 한 적은 없다. 뭐든 지시하는 대로 순순히 따를 뿐만이 아니라, N 씨에게 말을 할 때는 얼굴이 붉어질 정도였다. 노녀는 이런 세이타로 보다는 유키 씨를 애지중지하고 있었던 것 같다. 그런데도 병이 깊은 것은 유키 씨보다도 오히려 세이타로였다.

"나는 그런 약해빠진 애로 기른 적이 없는데 말이야."

노녀는 별채에 올 때마다 (세이타로는 별채에 누워 있었다.) 언제나 함부로 불평을 늘어놓았다. 하지만 스물 한 살이 되는 세이타로는 좀체로 대꾸하는 적도 없다. 그저 누운 채로 대부분은 가만히 눈을 감고 있다. 또한 그 얼굴도 속이 다 비치듯이 하얗다. N 씨는 얼음주머니를 교체하면서, 때때로 그 뺨 언저리에 정원을 가득 메운 속새 그림자가 비치는 것처럼 느껴졌다는 것이다.

어느 날 밤 10시 전에 N 씨는 이 집에서 2, 3백 미터 떨어진 불빛 환한 마을로 얼음을 사러 갔다. 그 돌아오는 길에 한적한 주택가의 언덕길을 들어서는데, 누군가 한 사람 매달리듯이 뒤에서 N 씨를 꽉 껴안는 자가 있었다. N 씨는 물론 놀랐다. 그러나 더욱 놀란 것은 무심코 비틀거리며 어깨너머 상대를 돌아보니 어둠 속에서도 얼핏 보이는 얼굴이 세이타로와 전혀 다르지 않았던 것이다. 아니 다르지 않은 것은 얼굴만이 아니다. 짧게 자른 머리하며, 곤가스리[1] 기모노하며 꼭 세이타로를 빼닮았다. 그러나 그제도 각혈을 한 병자인 세이타로가 밖을 나왔을 리가 없다. 하물며 그런 행동을 하거나 할 리가 없다.

"누나, 돈 좀 줘요."

그 소년은 역시 뒤에 꼭 붙은 채로 어리광 부리듯이 이리 말했다. 그 목소리도 또 이상하게도 세이타로의 목소리는 아닐까 여겨질 정도다. 당찬 N 씨는 왼손으로 꾹 상대의 손을 누르면서 "뭐예요. 이리 무례하게. 난 이 집 사람이니 그런 행동을 하면 관리인 영감님을 부를 거예요."라고 했다.

하지만 상대는 변함없이 "돈 좀 주세요."를 반복하고 있다. N 씨는 질질 끌려가면서 다시 한 번 소년을 돌아다보았다. 이번에도 또 상대의 얼굴 생김새는 영락없이 부끄럼 잘 타는 세이타로다. N 씨는 갑자기 오싹해져 누르고 있던 손을 늦추지 않고 힘껏 큰 소리를 질렀다.

"영감님, 이리 좀 와 주세요."

상대는 N 씨의 소리와 함께 붙들려 있던 손을 비틀어 빼내려고 했다. 동시에 또 N 씨도 왼손을 놓았다. 그리고 상대가 비틀거리는 사이에 열심히 뛰기 시작했다.

N 씨는 숨을 헐떡이며 (뒤에서야 정신을 차리고 보니 보자기로 싼 몇 킬로그램이나 되는 얼음을 꼭 가슴에 대고 있었다고 한다.) 노다 씨집 현관을 뛰어 들어갔다. 집 안은 물론 조용하다. N 씨는 거실에 들어가면서 석간을 펼쳐들고 있던 노녀에게 약간 멋쩍은 기분이 들었다.

"N 씨, 당신, 무슨 일 있어요?"

---

1) 청색 바탕에 흰 문양의 직물

노녀는 N 씨를 보자 거의 따지듯이 이리 말했다. 그것은 절대로 요란스런 발소리에 놀랐기 때문만은 아니다. 사실 또 N 씨는 웃고는 있었지만 몸 떨림이 멈춰지지 않았기 때문이다.

"아뇨, 지금 저기 언덕을 오르는데 장난치는 사람이 있어서요……."

"당신한테?"

"예, 뒤에서 꼭 껴안고는 '누나, 돈 좀 줘요.'라면서……."

"아하, 그러고 보니 이 근방에는 고보리(小堀)라든가 하는 불량소년이 있어서 말이죠……."

그러자 옆방에서 말을 걸어온 것은 역시 자리에 누워 있는 유키 씨다. 게다가 그것은 N 씨에게는 물론이지만 노녀에게도 의외였던 것 같은, 묘하게 가시 돋친 말투였다.

"어머니, 좀 조용히 해줘요."

N 씨는 이리 말하는 유키 씨의 말에 가벼운 반감 — 이라기보다도 오히려 경멸을 느끼면서 그 참에 거실을 나갔다. 그러나 세이타로를 닮은 불량소년의 얼굴은 아직도 눈 앞에 아른거린다. 아니 불량소년의 얼굴이 아니다. 그저 어딘가 윤곽이 흐릿한 세이타로 그의 얼굴이다.

오 분 정도 지난 후, N 씨는 또 툇마루를 돌아 별채에 얼음주머니를 들고 갔다. 세이타로는 거기에 없을 지도 모른다, 적어도 죽어 있지는 않을까? — 그런 생각이 N 씨에게는 들지 않는 것도 아니었다. 그러나 별채에 가보니, 세이타로는 희미한 전등불 아래에서 조용히 혼자 자고 있다. 얼굴도 아직 여전히 속이 다 비칠 듯이 하얗다. 마침 정원에 가득 자란 속새 그림자가 비치고 있는 것처럼.

"얼음주머니를 교체해 드릴게요."

N 씨는 이리 말하면서, 뒤쪽이 신경 쓰여 견딜 수가 없었다.

나는 이 이야기기 끝났을 때, N 씨의 얼굴을 바라본 채 다소 악의 있는 말을 꺼냈다.

"세이타로? — 말이죠. 당신은 그 사람을 좋아했던 거죠?"

"예, 좋아하고 있었어요."

N 씨는 내 예상보다도 훨씬 시원시원하게 답했다.

(1926.12)

점귀부(点鬼簿)*

신기동

❖ 1 ❖

내 어머니1)는 미친 사람이었다. 나는 한 번도 어머니에게 어머니다운 친근함을 느낀 적이 없다. 내 어머니는 빗을 꽂은 채로 머리를 말아 올려 묶고 늘 시바(芝)2)의 친가에 홀로 앉아서 긴 곰방대로 담배를 뻐끔뻐끔 피우고 있다. 얼굴도 작고 몸집도 작다. 또 그 얼굴은 어찌 된 셈인지 조금도 생기가 없는 잿빛을 하고 있다. 나는 언젠가 『서상기(西相記)』3)를 읽다가 토구기니취미(土口氣泥臭味)4)라는 글을 봤을 때

* 죽은 사람의 속명, 법명, 사망연월 등을 기록해 두는 장부.
1) 아쿠다가와 류노스케의 실제 어머니. 이름은 후쿠. 류노스케 생후 9개월쯤에 발광함.
2) 류노스케의 친가, 니이하라가(新原家)는 당시 시바(芝)의 신센자(新錢座 : 현재의 미나토구(港区))에 있었음.
3) 중국 원나라 때의 희곡. 북곡(北曲)의 원조 작자는 왕실보(王実甫). 당나라 때 원진(元稹)이 쓴 「회진기(会真記)」를 바탕으로 해서 최앵앵(崔鶯鶯)과 장기(張琪)와의 곡절어린 정사를 각색한 작품으로 20막으로 구성된 연속 장편.
4) 이것과 같은 말은 『서상기(西相記)』에는 보이지 않는다. 제4장 3막에 있는 "土気息泥滋味(흙냄새 진흙 맛)"가 이것에 가깝다.

바로 내 어머니의 마르고 가는 옆얼굴을 생각했다.

이런 나는 어머니에게 전혀 보살핌을 받은 적이 없다. 확실하지는 않지만 한 번은 양어머니[5]와 일부러 이층에 인사하러 갔다가 느닷없이 머리를 곰방대로 맞았던 것을 기억하고 있다. 그러나 애당초 어머니는 아무리 생각해도 차분한 광인이었다. 나나 누나들이 그림을 그려달라고 조르면 네 번 접은 종이에 그림을 그려 준다. 그림은 묵을 쓰는 것만이 아니다. 누나의 그림 물감으로 여자아이 나들이 옷이라든가 초목의 꽃이라든가로 색칠해 준다. 단지 그런 그림 속 인물은 모두 여우 얼굴을 하고 있다.

어머니가 죽은 것은 내가 열한 살 되던 가을이다. 아마 병 때문이라기보다도 쇠약해서 죽었을 것이다. 죽기 전후의 기억만큼은 비교적 확실하게 남아 있다.

위독하다는 전보라도 왔기 때문일 것이다. 나는 바람 없는 어느 날 한밤중에 양어머니와 인력거를 타고 혼죠(本所)[6]에서 시바(芝)까지 달려갔다. 나는 아직 목도리라는 걸 한 적이 없다. 그러나 특히 이 날 밤만은 남화의 산수인지 뭔지를 그린 얇은 비단 손수건을 두르고 있었던 것을 기억하고 있다. 그리고 그 수건에는 '아메야향수'[7]라는 향수 냄새가 나고 있었던 것도 기억하고 있다.

어머니는 이층 바로 밑의 팔조 크기의 다다미방에 누워 있었다. 나는 네 살 차이나는 누나와 어머니 베갯머리에 앉아 둘 다 계속 소리내어 울었다. 특히 누군가 내 뒤에서 "임종, 임종"이라고 말했을 때는 한층 슬픔이 치솟아 오르는 것을 느꼈다. 그러나 지금까지 눈을 감고

5) 아쿠다가와 도모(芥川と も). 류노스케의 외삼촌, 도쇼(道章)의 처.
6) 아쿠다가와 가(芥川家)는 당시 혼조구고이즈미 초(本所区小泉町) 15번지에 있었다.
7) 향수의 상품명.

있던, 죽은 사람과 다를 바 없던 어머니는 갑자기 눈을 뜨고 뭔가 말했다. 우리들은 슬픈 가운데에서도 모두 작은 소리로 키득키득 웃었다.

나는 그 다음날 밤에도 어머니 베갯머리에 밤늦게까지 앉아 있었다. 그러나 왠지 어제 저녁처럼 조금도 눈물은 흐르지 않았다. 나는 거의 울음소리를 멈추지 않은 누나를 생각하니 부끄러워서 열심히 우는 체 하고 있었다. 동시에 또 내가 울지 않는 이상 어머니가 죽는 일은 절대로 없다고 믿고 있었다.

어머니는 삼 일째 되던 밤에 거의 고통 없이 죽어 갔다. 죽기 전에는 정신이 들었는지 우리들의 얼굴을 쳐다보고는 하염없이 눈물을 뚝뚝 흘렸다. 그러나 역시 여느 때와 같이 아무런 말도 하지 않았다.

나는 납관이 끝난 후에도 때때로 울지 않을 수 없었다. 그러자 '오지(玉子)의 숙모님'이라는 먼 친척 할머니가 한 명 "정말로 감동할 일이네"라고 했다. 그러나 나는 이상한 것에 감동하는 사람이라고 생각했을 뿐이었다.

어머니의 장례식 날 누나는 위패를 가지고 나는 그 뒤에 향로를 들고 둘 다 인력거를 타고 갔다. 나는 때때로 졸다가 아차하고 눈을 떠는 바람에 하마터면 향로를 떨어트릴 뻔했다. 하지만 야나카(谷中)[8]는 좀처럼 나오지 않는다. 아주 긴 장례행렬은 맑은 가을의 도쿄 거리를 조용히 움직이고 있었다.

어머니 기일은 11월 28일이다. 또 계명(戒名)은 기묘인묘조닛신다이시(帰命院妙乗日進大姉)이다. 그런데 나는 친아버지 기일이나 계명은 기억하지 못한다. 그것은 아마 열한 살 먹은 나에게는 어머니 기일이나 계명을 기억하는 것도 자랑거리 중의 하나였기 때문일 것이다.

---

8) 도쿄 도 다이도 구(東京都台東区)에 있는 지명. 우에노(上野) 공원의 북쪽. 절과 묘지로 유명함.

❖ 2 ❖

내게는 누나⁹⁾가 한 명 있다. 그러나 누나는 병든 몸에 두 아이의 어머니이다. 나의 '점귀부(点鬼簿)'에 더하고 싶은 것은 물론 이 누나에 관한 것이 아니다. 내가 태어나기 바로 전에 갑자기 요절한 누나에 관한 것이다. 우리들 세 형제 중에서도 가장 똑똑했다고 하는 누나에 관한 것이다.

이 누나를 하쓰코(初子)라고 한 것은 장녀로 태어났기 때문일 것이다. 우리 집 불단에는 아직도 '핫짱'의 사진이 한 장, 작은 액자 속에 들어가 있다. 핫짱은 조금도 연약한 것 같지 않다. 작은 보조개가 있는 양 볼도 익은 살구처럼 동글동글하다…….

아버지나 어머니의 사랑을 가장 과분하게 받은 사람은 뭐니 해도 '핫짱'이다. '핫짱'은 시바의 '신센자(新銭座)'에서 일부러 쓰키지의(築地)¹⁰⁾의 섬머즈 부인의 유치원¹¹⁾인가 뭔가에 다니고 있었다. 그러나 토요일부터 일요일까지는 꼭 어머니 집으로 ─ 혼죠(本所)의 아쿠다가와가에 자러 갔다. '핫짱'은 이러한 외출 시에는 아직 메이지20년대인데도 신식의 양복을 입고 있었다. 나는 초등학교에 다니고 있을 무렵, '핫짱'의 기모노 천조각을 얻어서 고무인형에게 입힌 것을 기억하고 있다. 또 그 천조각은 약속이라도 한 듯이 작은 꽃이나 악기를 어지럽게 수놓은 옥양목뿐이었다.

---

9) 아쿠다가와의 둘째 누나, 히사코(久子). 처음에 구즈마키 요시사다(葛巻義定)와 결혼해서 일남일여를 낳고, 후에 니시가와 유타카(西川豊)와 재혼. 니시가와 사후, 구즈마키 가(葛巻家)에 복연(復縁)함.
10) 도쿄 도 주오 구(東京都中央区) 바닷가 쪽 일대의 지명. 저습지를 메워서 쓰키지(築地)라고 칭했는데 1868년 외국인 거류지로 정했다.
11) 1868년, 일본 정부의 고용 목사였던 섬머즈 씨의 부인이 경영한 사립유치원.

어느 이른 봄 일요일 오후에 '핫짱'은 정원을 거닐면서 다다미방에 있는 큰이모12)에게 말을 걸었다. (나는 물론 이때도 누나가 양복을 입고 있었다고 상상하고 있다.)

"이모, 이거 뭐라 하는 나무야?"

"어느 나무?"

"이 봉우리가 있는 나무."

외갓집 정원에는 키 작은 명자나무가 한 그루, 오래된 우물 쪽으로 가지를 드리우고 있었다. 머리카락을 두 갈래로 땋아서 묶은 '핫짱'은 아마도 눈을 크게 뜨고 가지가 뾰족뾰족한 명자나무를 보고 있었을 것이다.

"이건 너와 같은 이름을 가지고 있는 나무."

큰 이모의 농담은 공교롭게도 통하지 않았다.

"그러면 바보라고 하는 나무겠네."

큰 이모는 "핫짱" 이야기만 나오면 아직도 이 문답을 되풀이하고 있다. 실제로 또 "핫짱" 이야기라고 해야 그 밖에 아무것도 남아 있지 않다. '핫짱'은 그로부터 며칠 지나지 않아 관에 들어가버렸다. 나는 작은 위패에 새긴 '핫짱'의 계명은 기억하고 있지 않다. 그러나, '핫짱'의 기일이 4월 5일인 것만은 이상하게도 확실하게 기억하고 있다.

나는 왠지 이 누나에게, 전혀 본 적도 없는 누나에게 어떤 친근함을 느끼고 있다. '핫짱'은 지금도 살아있으면 마흔 살을 넘었을 것이다. 마흔을 넘은 '핫짱'의 얼굴은 혹은 시바(芝)의 친정 이층에 멍하니 담배를 피우고 있던 어머니 얼굴과 닮았는지도 모른다.

나는 때때로 환영같이 어머니인지 누나인지 구분도 안 되는 마흔

12) 어머니의 언니. 아쿠다가와 후키(芥川ふき). 평생 독신으로 살면서 아쿠다가와를 돌보고 부모 대신 키웠기 때문에 아쿠다가와에게 끼친 영향이 아주 큼.

정도의 여인 한 명이 어딘가에서 내 일생을 지켜보고 있는 것 같이 느끼고 있다. 이것은 커피나 담배에 찌든 내 신경 탓일까? 그것도 또 어떤 기회에 실재 세계로도 모습을 보이는 초자연적인 힘의 탓일까?

✣ 3 ✣

나는 어머니가 발광해서 태어나자마자 양가에 왔기 때문에, (양가는 외삼촌 집이었다.) 아버지에게도 냉담했다. 아버지는 우유업자인데 나름대로 성공한 사람이었다. 내게 당시 새로운 과일이나 음료를 가르쳐 준 것은 모두 아버지이다. 바나나, 아이스크림, 파인애플, 럼주, — 또 다른 것도 있었는지도 모른다. 나는 당시 신주쿠에 있었던 목장 밖의 떡갈나무 그늘에서 럼주를 마신 것을 기억하고 있다. 럼주는 알콜 성분이 적은 주황색을 띤 음료였다.

아버지는 어린 내게 이런 진귀한 것을 권하고 양가에서 나를 데려가려고 했다. 나는 어느날 밤, 아버지가 오모리(大森)의 우오에이(魚栄)에서 아이스크림으로 꼬드기면서 노골적으로 본가로 도망쳐 오라고 설득한 것을 기억하고 있다. 아버지는 이런 때에는 대단한 교언영색을 늘어놓았다. 그러나 공교롭게도 그 권유는 한 번도 효과를 보지 못했다. 그것은 내가 양가의 부모를, — 특히 외숙모를 좋아하고 있었기 때문이었다.

아버지는 또 성질이 급해서 종종 아무나하고 싸움을 했다. 나는 중학교 3학년 때 아버지와 씨름을 하다가 내 장기인 밭다리후리기를 걸어서 아버지를 멋지게 쓰러 넘어트렸다. 아버지는 일어나더니 "한 번 더" 하고 나를 향해 왔다. 나는 또 아주 간단하게 쓰러트렸다. 아버지는 세 번째 "한 번 더" 하고 말하면서 안색을 바꿔서 달려들었다. 이

씨름을 보고 있던 이모 — 어머니의 동생이고 아버지의 후처였던 이모는 두세 번 내게 눈짓을 했다. 나는 아버지와 몸싸움을 한 후, 일부러 위로 보고 쓰러져 버렸다. 그러나 만약 그때 지지 않았더라면 아버지는 필시 내게 달려들지 않고 있지는 않았을 것이다.

나는 스물여덟 살이 되었을 때, — 아직 교사를 하고 있었을 때 "아버지 입원"이라는 전보를 받고 허둥지둥 도쿄로 향했다. 아버지는 인플루엔자 때문에 도쿄병원에 입원해 있었다. 나는 이럭저럭 사흘 정도, 양가의 외숙모나 본가의 이모와 병실 구석에서 잠을 잤다. 그러는 사이에 슬슬 따분해지기 시작했다. 그러던 참에 나와 각별한 아일랜드 신문 기자 한 명이 쓰키지(築地)의 어떤 마치아이(待合)[13]로 밥을 먹으러 오라는 전화를 했다. 나는 그 신문 기자가 조만간 도미하는 것을 구실로 위독한 아버지를 남겨둔 채 쓰키지(築地)의 어떤 마치아이(待合)로 갔다.

우리들은 네, 다섯 명의 게이샤와 함께 유쾌하게 일본풍의 식사를 했다. 식사는 분명 10시경에 끝났다. 나는 그 신문 기자를 남겨둔 채 좁은 계단을 내려갔다. 그러자 누군가 뒤에서 "아무개 씨" 하고 불렀다. 나는 중간 단에 발을 멈추고 계단 위를 쳐다봤다. 거기에는 와 있던 게이샤가 한 명, 지그시 나를 내려다보고 있었다. 나는 가만히 계단을 내려가서 현관 밖의 택시를 탔다. 택시는 바로 움직였다. 그러나 나는 아버지보다 서양식 머리로 묶은 그녀의 얼굴을, — 특히 그녀의 눈을 생각하고 있었다.

내가 병원에 돌아오니 아버지는 나를 눈이 빠지게 기다리고 있었다. 그뿐만 아니라 2단 병풍 밖으로 다른 사람들을 모두 내 보내고 내

---

13) 만남을 위해 자리를 빌려 주는 것을 업으로 하는 곳으로 손님이 게이샤(芸者)를 불러서 유흥을 즐기기도 함.

손을 잡았다가 쓰다듬다가 하면서 내가 모르는 옛날 일을, — 어머니와 결혼할 당시의 일을 이야기했다. 그것은 어머니와 둘이서 장롱을 사러 갔다든가 회초밥을 배달시켜 먹었다든가 하는 자질구레한 이야기에 지나지 않았다. 그러나 나는 그 이야기를 듣는 사이에 나도 모르게 눈시울이 뜨거워졌다. 아버지도 살이 빠진 뺨에 역시 눈물을 흘리고 있었다.

아버지는 그 다음날 아침에 그렇게 고통스러워하지 않고 죽어 갔다. 죽기 전에는 정신도 이상해져서 "저렇게 깃발을 세운 군함이 왔다. 모두 만세를 불러." 같은 말도 했다. 나는 아버지의 장례식이 어땠는가를 기억하고 있지 않다. 다만 아버지의 시체를 병원에서 본가로 옮길 때 큰 봄 달이 하나 아버지 영구차 위를 비추고 있었던 것을 기억하고 있다.

❖ 4 ❖

나는 올해 3월 중순에 아직 카이로(懷爐)를 넣은 채 오랜만에 처와 성묘를 갔다. 오랜만에, — 그러나 작은 묘는 물론이고 묘 위에 가지를 뻗은 한 그루의 적송도 변함이 없었다.

'점귀부'에 더한 세 사람은 모두 이 야나카(谷中)의 묘지 구석에, — 더구나 같은 석탑 아래에 그들의 뼈가 묻혀 있다. 나는 이 묘 밑으로 조용하게 어머니의 관이 내려졌을 때의 일을 생각했다. 이것은 또 '핫짱'도 마찬가지였을 것이다. 다만 아버지만은, — 나는 회고 가늘게 부셔진 아버지 뼈 속에 금니가 섞여 있었던 것을 기억하고 있다…….

나는 성묘를 달갑게 생각하지는 않는다. 그러나 잊고 있을 수 있다면 부모나 누나에 관한 것을 잊고 있었으면 하고 생각하고 있다. 그러나 특히 그 날만은 육체적으로 약한 탓이었던지 초봄 오후의 햇빛 속에서 거무스레한 석탑을 바라보면서 도대체 그들 세 사람 중에서 누가 가장 행복했을까라고 생각하기도 했다.

　아지랑이야 무덤 밖에 살 뿐이구나

　나는 실제로 이때 만큼 이러한 죠소(丈草)14)의 마음이 절실하게 와 닿는 것을 느낀 적은 없었다.

(1926년 9월 9일)

---

14) 나이토 죠소(内藤丈草, 1662~1704). 겐로쿠(元禄) 시대의 하이진(俳人). 바쇼(芭蕉)문하 십철(十哲) 중의 한 사람.

그(彼)

김정숙

❖ 一 ❖

나는 문득 옛 친구였던 그를 기억해냈다. 그의 이름 같은 건 말하지 않아도 좋다. 그는 숙부의 집을 나온 이후로 혼고(本鄕)의 어느 인쇄서 이층 6죠 다다미방에 세들어 살았다. 아래층 윤전기라도 돌기 시작할 때면 마치 소중기선의 선실처럼 부들부들 몸을 떨고 있는 2층이다. 아직 일고(一高) 학생이었던 나는 기숙사 저녁밥을 먹은 후에는 가끔 이곳 2층으로 놀러갔다. 그러면 그는 유리창문 아래에서 다른 사람보다 갑절이나 얇은 목을 숙이고는 늘 트럼프 운세를 보고 있었다. 또한 그의 머리 위로는 놋쇠 기름통이 달린 램프가 하나 늘 둥근 그림자를 떨어뜨리고 있었다.

❖ 二 ❖

그는 혼고에 있는 숙부 집에서 나와 같은 혼죠(本所)의 제3중학교에 다니고 있었다. 그가 숙부의 집에 있었던 것은 부모님이 안 계셨기 때문이다. 부모님이 안 계셨기 때문이라고 해도 어머니만은 살아계셨던 것 같다. 그는 아버지보다도 이 어머니에게, — 어딘가로 재혼한 어머니에게 소년다운 열정을 느끼고 있었다. 그는 아마 어느 해 가을, 내 얼굴을 보자마자 더듬거리면서 말을 걸어왔다.

"최근 나는 내 여동생의 (여동생이 한 명 있었던 것은 어렴풋이 기억하고 있다.) 시집간 곳을 알아왔어. 이번 일요일에라도 함께 안 가볼래?"

나는 곧바로 그와 함께 가메이도(龜井戶)에 가까운 변두리 동네로 갔다. 그의 여동생이 시집간 곳의 주소를 찾는 데는 생각보다 시간이 걸리지 않았다. 그곳은 이발소 뒷 건물로 한 채를 벽으로 칸막이해서 몇 가구로 나눈 긴 연립주택 가운데 한 곳이었다. 남편은 근처의 공장인가로 일하러 가서 지금 부재중인 것으로 보이고, 변변치 않은 집안에는 아기에게 젖을 물리고 있는 여인, — 그의 여동생 외에는 어느 누구 사람의 그림자는 없었다. 그의 여동생은 여동생이라고는 하나 그보다도 훨씬 어른처럼 느껴졌다. 그뿐 아니라 찢어진 긴 눈꼬리 외에는 거의 그와 닮은 곳이 없었다.

"얘는 올해 태어났니?"

"아니, 작년에."

"결혼한 것도 작년이겠네?"

"아니. 재작년 3월이야."

그는 뭔가에 부딪친 것처럼 열심히 말을 걸었다. 하지만 그의 여동생은 가끔씩 아기를 어르면서 붙임성있게 대응할 뿐이었다. 그는 엽차의 떫은 맛이 나는 투박하고 조잡한 찻잔을 손에 든 채로, 부엌문 밖을 가로막고 있는 벽돌담의 이끼를 바라보고 있었다. 동시에 또한 앞뒤가 맞지 않은 그들의 말에 어떤 공허함을 느끼고 있었다.

"매제는 어떤 사람이야?"

"어떤 사람이랄까…… 역시 책 읽기를 좋아해."

"어떤 책을?"

"야담(野談) 같은 것인데."

실제로 그 집 창가 아래에는 낡은 책상 하나가 놓여져 있었다. 낡은 책상 위에는 몇 권의 책도, — 야담 책도 놓여 있었을 것이다. 그러나 내 기억 속에는 공교롭게도 책에 관한 것은 남아 있지 않다. 단지 나는 연필꽂이 속에 공작 깃털이 두 개 정도 선명하게 꽂혀 있었던 것을 기억하고 있다.

"그럼 또 놀러 올게. 매제에게도 안부 전해주고."

그의 여동생은 변함없이 아기에게 젖을 물린 채 조용히 인사를 했다.

"그래? 모두에게 안부 전해주세요. 그럼 안 나갈게요."

그들은 이미 날이 저물어 가는 혼죠의 거리를 걸었다. 그도 처음으로 얼굴을 마주한 여동생에게 약간 실망하고 있음에 틀림없었다. 하지만 그들은 약속이나 한 듯이 조금도 그런 기분을 입 밖에 내지 않았다. 그는, — 나는 아직 기억하고 있다. 그는 오로지 길을 따라 건인사(建仁寺) 담벼락에 손가락을 대면서, 이런 말을 나에게 했을 뿐이었다.

"이렇게 성큼성큼 걸으면 이상하게 손가락이 떨린단 말이야. 마치 전기에라도 감전된 것 처럼."

❖ 三 ❖

그는 중학교를 졸업하고 나서 일고(一高) 시험을 치기로 했다. 그러나 안타깝게도 낙제했다. 그가 그 인쇄서의 이층에 세들어 살기 시작한 것은 그때부터였다. 동시에 또 마르스크나 엥겔스의 책에 열중하기 시작한 것도 그때부터다. 나는 물론 사회과학에 아무런 지식을 갖고 있지 않았다. 하지만 자본이니 착취니 하는 말에 어떤 존경 — 이라기보다는 어떤 공포를 느끼고 있었다. 그는 그 공포를 이용하여 가끔 나와 논쟁을 했다. 베를렌, 랭보, 보들레르[1] — 그 시인들은 당시의 나에게는 우상 중의 우상이었다. 하지만 그에게는 하시시[2]나 아편 제조자에 지나지 않았다.

우리의 논쟁은 지금 와서 보니 거의 논쟁이 되지 않는 것들이었다. 하지만 우리는 진지하게 서로를 반박해 갔다. 단지 우리 친구였던 한 사람 — K라는 의과대 학생만은 늘 우리에게 냉담한 비평을 하고 있었다.

"그런 얘기에 정색하고 싸우기보다 나랑 함께 스사키(洲崎)에라도 가자." K는 우리를 번갈아 보면서 히죽거리며 이렇게 말하기도 했다. 나는 물론 속으로는 스사키든 어디든 가고 싶었다. 하지만 그는 초연(超然)히 (그것은 실제로 '초연'이라는 말로밖에는 형용하기 어려운 태도였다.) 싼 담배를 입에 문 채 K의 말을 무시했다. 그뿐만 아니라 가끔씩은 선수를 쳐서 K의 공격의 화살을 꺾기도 했다.

"혁명이란 결국 사회적인 생리라는 것이지……."

그는 다음해 7월에는 오카야마(岡山)의 육고(六高)에 입학했다. 그리고 그럭저럭 반년 정도는 그에게 가장 행복했던 시절이었을 것이다. 그는 끊임없이 편지를 써서 그의 근황을 보고해 주었다. (그 편지는 늘 그가 읽었던 사회과학서의 이름을 늘어 놓고 있었다.) 하지만 그가 없는 것이 나는 약간 허전했다. 나는 K와 만날 때마다 그의 이야기를

---

1) Paul Verlaine(1844~1896), Arthur Rimbaud(1854~1891), Charles Baudelaire(1821~1867) 모두 19세기 말 예술을 대표하는 프랑스의 시인이다.
2) Haschisch: 인도의 대마에서 뽑은 환각제.

했다. K도, ─ K는 그에게 우정이라기 보다는 거의 과학적 흥미에 가까운 어떤 흥미를 느끼고 있었다.

"그 녀석은 아무리 생각해도 영원히 어린아이 같단 말이야. 한데 그런 미소년 주제에 조금도 동성애적인 기분을 불러일으키지 않는단 말이야. 그것은 도대체 어떤 이유에서일까?"

K는 기숙사의 유리창을 뒤로 하면서 진지하게 이런 것을 물었다. 그리고 담배 연기를 하나씩 솜씨 좋게 동그라미를 그리며 토해냈다.

❖ 四 ❖

그는 육고에 들어간 후, 일 년도 채 되지 않는 사이에 병자가 되어 숙부의 집으로 돌아오게 되었다. 병명은 확실히 신장결핵이었다. 나는 가끔 비스킷 같은 것을 들고 그가 있는 서생이 거처하는 문간방으로 병문안을 갔다. 그는 늘 마루 위에 무릎을 끌어안은 채로 의외로 쾌활하게 얘기하기도 했다. 그러나 나는 방구석에 놓인 변기를 바라보지 않을 수 없었다. 그것은 유리 속에 선명한 혈뇨가 투명하게 비치고 있는 것이었다.

"이런 몸으로는 이제 틀렸어. 도저히 감옥 생활도 할 수 있을 것 같지 않고."

그는 이렇게 말하고 쓴웃음을 지었다.

"바쿠닌3) 같은 사람은 사진으로 봐도 우람한 체구를 하고 있잖아."

하지만 그를 위로하는 일이 아직 전혀 없는 것은 아니었다. 그것은

---

3) Mikhail Aleksandrovich Bakunin, 1814~1876: 러시아의 혁명가. 근대 무정부주의의 창시자.

숙부의 딸에 대한 아주 순수한 연애였다. 그는 그의 연애를 나에게도 아직 한 번도 말한 적은 없었다.

하지만 어느날 오후, — 벚꽃이 필 무렵 흐린 날의 오후에 나는 갑자기 그의 입에서 그의 연애에 관한 것을 들을 수가 있었다. 갑자기? — 아니 꼭 갑작스런 것은 아니었다. 나는 모든 청년들처럼 그의 사촌을 처음 봤을 때부터 뭔가 그의 연애에 기대를 갖고 있었기 때문이다.

"미요짱은 지금 학교 친구들과 오다와라(小田原)에 갔는데 말이야. 나는 얼마 전에 우연히 미요짱의 일기를 읽게 되었어……."

나는 이 "우연히"에 다소 냉소를 던졌다. 하지만 물론 아무 말도 하지 않고 그의 말이 끝나기를 기다리고 있었다.

"그런데 거기에는 전철 안에서 알게 된 대학생에 대해 쓰여 있었어."

"그래서?"

"그래서 나는 미요짱에게 충고를 할까 생각하고 있는데 말야……."

하지만 나는 결국 까닥 입을 잘못 놀려 이런 비평을 더해 버리고 말았다.

"그건 모순이잖아? 자네는 미요짱을 좋아해도 되고 미요짱은 다른 사람을 좋아해선 안된다. — 그런 논리는 있을 수 없어. 단지 자네의 마음뿐이라면 그건 또 별개의 문제지만."

그는 분명히 불쾌한 것 같았다. 하지만 나의 말에 어떠한 반박도 하지는 않았다. 그리고 — 그리고 무슨 얘기를 했더라? 나는 단지 나 자신도 불쾌해진 것을 기억하고 있다. 그것은 물론 환자인 그를 불쾌하게 한 것에 대한 불쾌였다.

"자 그럼 이제 나는 실례할게."

"응, 그래 가봐."

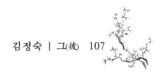

그는 약간 고개를 끄덕인 후 일부러 경쾌하게 말했다.

"무슨 책이라도 빌려다주지 않을래? 다음번에 네가 올 때도 괜찮으니까."

"무슨 책을?"

"천재의 전기든 뭐든 좋아."

"그럼 장 크리스토프⁴⁾를 갖고 올까?"

"응, 뭐든 인기 있는 책이 좋아."

나는 체념에 가까운 마음으로 야요이 초(彌生町)에 있는 기숙사로 돌아왔다. 유리창이 깨진 자습실에는 때마침 아무도 없었다. 나는 희미한 전등 아래에서 독일 문법을 복습했다. 그러나 정말이지 실연한 그에게 ─ 설사 실연을 했다고는 해도, 아무튼 숙부의 딸이 있는 그에게 부러움을 느끼지 않을 수 없었다.

❖ 五 ❖

"그는 그럭저럭 반년 후, 어느 해안으로 전지요양을 가게 되었다. 전지라고는 하나, 대체로 병원에서 생활하는 것이었다. 나는 학교 겨울방학을 이용해 멀리 있는 그를 찾아갔다. 그의 병실은 채광이 좋지 않고 외풍이 있는 2층이었다. 그는 침대에 앉은 채로 여전히 활기차게 웃었다. 하지만 문예나 사회과학에 관한 것은 거의 한마디도 하지 않았다.

"나는 저 종려나무를 볼 때마다 이상하게 동정이 간단 말이야. 저런, 저 위의 잎사귀가 흔들리고 있잖아."

---

4) Jean-christophe (1904~12) 프랑스 작가 로맹로랑(1866~1944년)의 대표적 장편소설. 천재적 음악가 크리스토프의 정신적 성장의 생애를 그린 전형적인 교양소설.

종려나무는 바로 유리창 밖에 나뭇가지 끝의 잎을 흔들고 있었다. 그 잎은 또 전체도 흔들면서 미세하게 찢어진 잎사귀 끝을 거의 신경 질적으로 떨게 하고 있다. 그것은 실제 근대적인 무상함(어쩐지 슬픔)을 띤 것임에 틀림없었다. 하지만 나는 이 병실에서 오로지 혼자서 생활하고 있는 그를 생각해서 가능한 한 명랑하게 대답했다.

"흔들리고 있군. 무얼 꿍꿍거리나 해변가의 종려는……."

"그리고?"

"그것으로 끝이야."

"뭐야, 시시하게."

나는 이런 대화 도중에 점점 숨막히는 답답함을 느끼기 시작했다.

"장 크리스토프는 읽었어?"

"응, 조금 읽었는데……."

"계속 읽고 싶지 않았어?"

"정말이지 그것은 너무 인기가 있어서 말이야."

나는 다시 한번 열심히 가라앉을 뻔한 이야기를 되돌렸다.

"지난번에 K가 왔다면서?"

"응, 당일치기로 다녀갔어. 생체해부에 관한 얘길 하고 갔어."

"기분 나쁜 녀석이로군."

"왜?"

"왜랄 것은 없지만……."

우리들은 저녁밥을 먹고 난 후, 마침 바람이 잠잠해진 것을 다행스럽게 여겨, 해안으로 산책을 가기로 했다. 태양은 벌써 저물었다. 그러나 아직 주위는 밝았다. 그들은 낮게 자란 소나무 모래 언덕에 비스듬히 앉아서 바다쇠오리 두세 마리 날고 있는 것을 보면서 여러 가지 것을 서로 얘기했다.

"이 모래는 어째서 이렇게 차가울까? 하지만 계속 손을 넣어 봐."

나는 그가 말한대로, 향부자인 다년초가 바싹 말라 버린 모래 속으로 한쪽 손을 찔러 넣어 보았다. 그러자 거기에는 태양의 열기가 아직 살짝 남아 있었다.

"음, 좀 으스스하군. 밤이 되어도 역시 따뜻할까?"

"아냐, 바로 식어버려."

나는 왠지 확실히 이러한 대화를 기억하고 있다. 그리고 그들 50미터 정도 저편으로 칠흑같이 어두운 태평양도…….

❖ 六 ❖

그가 죽었다는 부고를 들은 것은 정확히 다음 해의 구정이었다. 모두 나중에 들은 이야기지만, 병원 의사나 간호사들은 구정을 축하하기 위해 밤늦게까지 가루타 모임을 계속했다. 그는 그 시끄러움에 잠을 잘 수 없는 것을 분노하여 침대 위에 누운 채 큰소리로 그들을 꾸짖으면서 크게 객혈을 하고 바로 죽었다는 것이었다. 나는 검은 액자 속의 한 장의 엽서를 바라보면서 슬픔보다는 오히려 허망함을 느꼈다.

"또 내가 갖고 있는 서적은 유해와 함께 태워버릴건데 만일 자네에게 빌린 책도 그 안에 섞여 있다면 양해해 주시길 바라네."

이것은 그 엽서 모서리에 육필로 쓰인 문구였다. 나는 이 글을 읽고 몇 권인가의 책이 화염이 되어 치솟는 모습을 상상했다. 물론 그들 책 안에는 언젠가 내가 그에게 빌려준 장 크리스토프의 제1권도 섞여 있음에 틀림이 없었다. 이 사실은 당시의 감상적인 나에게는 묘하게 상징과 같은 마음이 드는 것이었다.

그리고 5, 6일이 지난 후, 나는 우연히 만난 K와 그에 관해 얘기했다. K는 여전히 냉담할 뿐만 아니라 시가(엽궐련)를 입에 문 채, 이런 것을 나에게 묻기도 했다.

"X는 여자를 알고 있었을까?"

"글쎄, 어땠는지······."

K는 나를 응시하듯이 물끄러미 내 얼굴을 바라보았다.

"뭐 그런건 어찌됐건 상관없어. ······그런데 X가 죽고 보니, 뭔가 자네는 승리자 같은 마음도 생겨나는 것은 아닌가?"

나는 잠시 주저했다. 그러자 K는 말을 자르듯이 그 자신의 질문에 대답을 했다.

"적어도 나는 그런 기분이 든다네."

나는 그 이후 K를 만날 때마다 약간의 불안을 느끼게 되었다.

(1926년 11월 13일)

그 제2(彼 第二)

임만호

❖ 一 ❖

그는 젊은 아일랜드인이었다. 그의 이름[1]따위는 알 필요도 없다. 나는 그저 그의 친구였다. 그의 여동생은 나를 아직도 우리 오빠의 가장 친한 친구라고 쓴다. 내가 그를 처음 만났을 때 어쩐지 전에도 그의 얼굴을 본적이 있는 것 같은 느낌이었다. 아니, 그의 얼굴뿐만이 아니다. 그 집 방 벽난로에 타고 있는 불이며 불빛이 비친 마호가니 의자며 벽난로 위의 플라톤 전집까지도 분명 본적이 있는 것 같은 느낌이었다. 이런 기분 역시 그와 이야기를 하는 동안에 점점 강하게 느껴질 뿐이었다. 나는 언젠가 이러한 광경을 5, 6년 전 꿈속에서도 본적이 있다고 생각하게 되었다. 그러나 물론 그런 이야기는 한 번도 입에 담은 적이 없었다. 그는 시키시마[2]를 피우면서 당연히 우리들 사이에 화제가 될 만한 아일랜드 출신 작가들[3] 이야기를 하고 있었다.

---

1) 소품 「출범」, 기행 「상해유기」 등에서 등장하는 이름, 존스.
2) 담배 상표.

"I detest Bernard Shaw(나는 버나드 쇼를 싫어한다)."

나는 그가 방약무인하게 이렇게 말한 것을 기억하고 있다. 그것은 우리 둘 다 세는 나이로 하면 25살이 된 겨울의 일이었다.

❖ 二 ❖

우리는 돈을 마련하여 카페나 찻집 출입을 하곤 했었다. 그는 나보다 3할쯤 더 수컷의 특성을 지니고 있었다. 어느 가랑눈이 세차게 내리는 밤, 우리는 긴자에 있는 카페·바우리스타의 구석진 테이블에 앉아 있었다. 그 무렵 카페·바우리스타에는 중앙에 원통형 축음기가 한 대 놓여 있어 5전짜리 동전 한 닢을 넣기만 하면 음악을 들을 수 있는 시설이 있었다. 그 날 밤에도 축음기는 우리가 이야기하는 내내 거의 반주가 끊어지지 않았다.

"저 급사에게 통역 좀 해줘. ― 누구든 5전 낼 때마다 내가 반드시 10전 낼 테니까, 축음기 소리 좀 꺼달라고."

"그런 부탁은 할 수 없어. 무엇보다 다른 사람이 듣고 싶어 하는 음악을 돈의 힘으로 못 듣게 하는 것은 악취미인 거 아니야?"

"그럼 다른 사람이 듣고 싶지 않은 음악을 돈의 힘으로 듣게 하는 것도 악취미인거야."

축음기는 때마침 다행히도 뚝 소리가 멈춰버렸다. 하지만 곧바로 헌팅캡을 쓴 학생인 듯한 남자 하나가 동전을 넣으려고 일어서서 갔다. 그러자 그는 자리에서 엉덩이를 들자마자 '이런 젠장'인가 뭐라 뭐라 하면서 양념통 받침대를 내던지려고 했다.

---

3) 조지·무어, 토마스·무어, 이에쓰, 싱그, 조이스 등. 켈트민족에 의한 전승문학의 전통을 갖은 아일랜드문학은 독특한 특징을 갖고 있다.

"그만둬. 그런 어리석은 짓은."

나는 그를 억지로 끌어내듯이 하여 가랑눈이 내리는 거리로 나왔다. 그러나 뭔가 흥분된 감정이 나에게도 전혀 없는 것은 아니었다. 우리는 팔짱을 낀 채 우산도 받지 않고 걸어갔다.

"나는 이렇게 눈 내리는 밤이면 한없이 걷고 싶어져. 한없이 발길이 닿는 대로……."

그는 거의 꾸짖듯이 내 말을 끊었다.

"그럼 왜 걷지 않는 거야? 나 같은 경우는 한없이 걷고 싶어지면 한없이 걷는데."

"그건 너무 낭만적이잖아."

"낭만적인 게 뭐가 나쁜데? 걷고 싶다면서 걷지 않는 것은 용기가 없을 뿐이잖아! 얼어 죽든 뭐하든 걸어 봐라……."

그는 갑자기 말투를 바꿔서 브라더(Brother) 하고 나를 불렀다.

"나 어제 본국 정부에 종군[4]하고 싶다는 전보를 쳤거든."

"그래서?"

"아직 뭐라 답장은 오지 않았어."

우리는 언젠가 교문관(教文館) 서점의 쇼윈도 앞을 지나가고 있었다. 반쯤 유리에 눈이 쌓인, 전등 불빛이 환한 쇼윈도 안에는 탱크와 독가스 사진판을 비롯하여 전쟁 관련 서적이 여러 권 진열되어 있었다. 우리는 팔짱을 낀 채로, 잠깐 이 쇼윈도 앞에 멈춰 섰다.

「Above the war ─ Romain Rolland(전쟁을 넘어서 ─ 로망 롤랑)」

"흠, 우리에게는 어보브(above)가 아니야."

그는 묘한 표정을 지었다. 그것은 마치 수탉이 목깃 털을 거꾸로 세

---

4) 1914년 7월에 촉발한 제1차 세계대전.

우는 것과 비슷한 것이었다.

"롤랑 따위가 뭘 알아? 우린 전쟁의 어미드스트에 있는 거야."

독일에 대한 그의 적대심은 물론 나에게는 통절하지 않았다. 그러므로 나는 그의 말에 다소 반감이 이는 것을 느꼈다. 동시에 또한 취기가 가시는 것도 느꼈다.

"난 이제 돌아갈래."

"그래? 그럼 나는……."

"어디 이 근처에 들렀다 가자."

우리는 마침 교바 시(京橋)의 기보시(擬宝珠) 다리 앞에 우두커니 서 있었다. 인기척이 없는 으슥한 밤의 다이콩 강변(大根河岸)에는 눈 쌓인 마른 버드나무 한 그루가 새까맣게 흐린 수로의 물에 가지를 늘어뜨리고 있을 뿐이었다.

"일본이야, 아무튼 이런 경치는."

그는 나와 헤어지기 전에 통감한 듯이 이런 말을 하곤 했었다.

❖ 三 ❖

그는 공교롭게 희망하는 대로 종군할 수가 없었다. 하지만 한 번 런던으로 돌아간 후 2, 3년 만에 일본에서 살게 되었다. 그러나 우리는 ─ 적어도 나는 언제부터인지 낭만주의를 잊고 있었다. 하기는 최근 2, 3년 동안은 그에게도 변화가 없는 것은 아니었다. 그는 어떤 하숙집 2층에서 오시마(大島) 산 명주로 지은 하오리[5]나 기모노를 입고, 작은 화롯불에 손을 쬔 채 이런 푸념 등을 하고 있었다.

---

5) 羽織: 짧은 겉옷.

"일본도 점점 미국식이 되어 가는군. 나는 가끔 일본보다 프랑스에 살까 하고 생각할 때가 있어."

"그건 말이지 누구라도 외국인은 언젠가 한 번은 환멸을 느끼게 돼 있어. 헤른6)의 경우도 말년에는 그랬을 거야."

"아니. 나는 환멸 한 것이 아니야. 일루션(환상)을 갖지 않은 것에 디스일루션(환멸)을 느낄 리가 없으니까 말이야."

"그런 건 공론(空論)이잖아? 내 경우엔 나 자신에게 조차 - 아직도 일루션을 갖고 있을 거야."

"그건 그럴지도 모르지……."

그는 시무룩한 표정을 지으면서 어두침침하게 흐린 돈대(墩台)의 경치를 유리문 너머로 바라보고 있었다.

"난 조만간 상해 통신원이 될지도 몰라."

그의 말은 순간 언젠가부터 내가 잊고 있었던 그의 직업을 떠오르게 했다. 나는 항상 그를 그저 예술적인 기질을 갖고 있는 우리들과 같은 부류의 사람으로 생각하고 있었다. 그러나 그는 생활을 영위하기 위해 어느 영자 신문의 기자로 근무하고 있었던 것이다. 나는 그 어떤 예술가도 벗어날 수 없는 '가게'7)를 생각하여 일부러 이야기를 밝게 하려고 했다.

"상해는 동경보다 재미있을 거야."

"나도 그렇게 생각하기는 하는데, 하지만 그전에 한 번 더 런던에 다녀오지 않으면 안 돼. 그건 그렇고 이걸 네게 보여 줬던가?"

---

6) Rafcadio Hearn(1850~1904). 아버지는 영국인, 어머니는 그리스인. 1900년 도일, 고이즈미 세쓰코(小泉節子)와 결혼한 후 귀화하여 고이즈미 야쿠모(小泉八雲)로 개명한다. 마쓰에(松江) 중학교·동경대학 등에서 영어·영문학을 가르치고, 일본문화와 풍토에 깊은 이해를 보여 세계에 소개했다. 만년에는 약간 비극적이었다.
7) 의식(衣食)의 길, 즉 생활을 의미한다.

그는 서랍에서 비로드(벨벳) 상자를 꺼냈다. 상자 속에 들어 있는 것은 가느다란 백금반지였다. 나는 그 반지를 집어 들고서 안쪽에 새겨져 있는 '모모코에게'라는 글씨에 미소를 짓지 않을 수 없었다.

"내가 그 '모모코에게' 밑에 내 이름을 새겨달라고 주문했었거든."

그건 어쩌면 세공사의 실수이었을 지도 모른다. 그러나 또 어쩌면 그 세공사가 상대방 여자의 직업을 생각해 일부러 외국인의 이름 같은 것은 새겨 넣지 않은 채 놔뒀을 지도 모른다. 나는 그런 사실을 개의치 않는 그에게 동정보다도 오히려 쓸쓸함을 느꼈다.

"요즘은 어디에 다니고 있는 거니?"

"야나기바 시(柳橋)[8]야. 그곳은 물소리가 들리기 때문이지."

이 또한 역시 동경 사람인 나에게는 묘하게 가엾은 말이었다. 그러나 그는 어느새 밝은 얼굴로 돌아와 그가 늘 애독하고 있는 일본문학 이야기들을 하기 시작했다.

"요전 날 다니자키 준이치로의 『악마』라는 소설을 읽었는데 말이지, 그건 아마 전 세계에서 가장 추잡한 것을 쓴 소설일 거야."

(몇 개월인가 지난 후에 나는 무슨 이야긴가를 하는 김에 『악마』 작가에게 그의 말을 이야기했다. 그러자 이 작가는 웃으면서 아무렇지도 않다는 듯 내게 이렇게 말하는 것이었다. ─ "세계 최고라면 뭐든 상관없어!")

"『구미진소(虞美人草)』[9]는?"

"그건 내 일본어 실력으로는 안 돼. ……오늘은 식사 정도는 같이 할 수 있지?"

"응, 나도 그럴 생각으로 온 거야."

"그럼 잠시만 기다려 줘. 거기에 잡지 네댓 권 있으니까 보면서."

8) 동경 타이토(台東) 구에 있는 유곽.
9) 나쓰메 소세키(夏目漱石)의 장편소설.

그는 휘파람을 불며 재빠르게 양복으로 갈아입기 시작했다. 나는 그를 등진 채로 멍하니 영국 잡지 『Book man』 등을 들여다보고 있었다. 그러자 그는 휘파람을 불다가 갑자기 짧게 웃고는 일본어로 이렇게 내게 말을 걸었다.

"나도 이제 제대로 앉을 수 있어. 하지만 바지가 애처로워지더군."

❖ 四 ❖

내가 마지막으로 그를 만난 것[10]은 상해의 어느 카페였다. (그는 그리고 반년쯤 후에 천연두에 걸려서 죽었다.) 우리는 밝은 유리등 아래서 위스키에 탄산을 섞은 하이볼을 앞에 놓은 채 양쪽 테이블에 무리지어 앉아있는 많은 남녀를 바라보고 있었다. 그들은 두세 명의 중국인을 제외하곤 거의 미국인과 러시아인이었다. 그런데 그 중에 청자 빛 가운을 걸친 여성 한 사람이 유난히 흥분해서 떠들고 있었다. 그녀는 몸은 말라보였지만, 누구보다도 아름다운 얼굴을 하고 있었다. 나는 그녀의 얼굴을 봤을 때, 잘 다듬어진 유리컵을 떠올렸다. 실제로 또 그녀는 아름다우면서도 어딘가 병적인 데가 있었다.

"뭐야, 저 여자는?"

"아, 저 여자? 저 여자는 프랑스의 ……여배우일거야. 니니이라는 이름으로 통하고 있어 — 그보다도 저 할아버지를 좀 봐."

'그 할아버지'는 우리들 옆 자리에서 양손으로 레드와인 잔을 감싸고서 밴드의 리듬에 맞춰 계속 머리를 흔들고 있었다. 그것은 만족 그 자체라고 해도 조금도 지장이 없는 모습이었다. 나는 열대식물 속에

---

10) 1921년 3월 말부터, 아쿠타가와는 오사카 매일신문의 시찰원으로서 중국을 여행했다. 상해에 상륙했을 때, 존스가 마중을 나왔다.

서 끊임없이 흘러나오는 재즈에는 제법 흥미를 느꼈다. 그러나 물론 행복해하는 노인 따위에는 흥미가 없었다.

"저 할아버지는 유태인인데 말이야, 상해에서 이럭저럭 30년을 살고 있어. 저런 영감탱이는 도대체 무슨 생각을 하는 걸까?"

"무슨 생각을 하든 상관없잖아?"

"아니야, 결코 상관없는 게 아니야. 내 경우엔 중국이 벌써 지긋지긋하거든."

"중국이 아닌 상해에 질린 거겠지."

"중국에 말이야. 북경에도 잠지 체류한 적이 있어……."

나는 이런 그의 불평을 놀리지 않을 수 없었다.

"중국도 점점 미국처럼 되는 건가?"

그는 어깨를 으쓱해 보이고는 잠시 동안 아무 말도 하지 않았다. 나는 후회스런 감정을 느꼈다. 그뿐만이 아니라 어색함을 얼버무리기 위해서는 뭐가를 말하지 않으면 안 된다는 것도 느꼈다.

"그럼 어디서 살고 싶은 거야?"

"어디서 살든, — 꽤 이곳저곳에서 살아봤는데. 내가 지금 살아보고 싶은 곳은 러시아뿐이야."

"그럼 러시아로 가면 되잖아. 네 경우엔 어디라도 갈 수 있잖아?"

그는 또 다시 잠자코 있었다. 그리고서 — 나는 아직도 또렷하게 그 당시의 그의 얼굴을 기억하고 있다. 그는 눈을 가늘게 뜨고서는 갑자기 나도 잊고 있었던 만엽집(万葉集)의 시구[11]를 읊기 시작했다.

"세상을 괴롭다, 부끄럽다고 생각하지만, 날아갈 수는 없다. 새가 아니기 때문에."

---

11) 만엽집 5권 p.893. 야마노가미 오쿠라(山上憶良)의 「貧窮問答歌」에 곁들여진 단가 (和歌).

나는 그의 일본어 말투에 미소를 지을 수밖에 없었다. 하지만 묘하게 속으로는 감동하지 않을 수도 없었다.

"저 할아버지는 물론이지만. 니니이조차도 나보다 행복해. 아무튼 네가 알고 있는 것처럼 말이야……."

나는 곧 쾌활해졌다.

"그래, 말하지 않아도 알고 있어. 넌 '유랑하는 유태인'[12]이잖아."

그는 위스키에 탄산을 섞은 하이볼을 한 모금마시고서 다시 평소의 그 자신으로 돌아갔다.

"난 그렇게 단순하지 않아. 시인, 화가, 비평가, 신문 기자, ……아직 있어. 아들, 형, 독신자, 아일랜드인, ……그리고 성향상으로 낭만주의자, 인생관상으로는 현실주의자, 정치상으로는 공산주의자……."

우리는 어느새 웃으면서 의자를 밀어내고 일어섰다.

"그리고 그녀에게는 애인이겠지."

"응, 애인, ……아직 있어. 종교상의 무신론자, 철학 상의 물질주의자……."

으슥한 밤거리는 안개라기보다도 더운 땅에서 피어오른 독기 같은 것에 차있었다. 그것은 가로등 불빛 탓인지, 또한 이상하게 노랗게 보이는 것이었다. 우리는 팔짱을 낀 채 그 옛날 25살 때와 똑같이 성큼 성큼 아스팔트를 밟고 갔다. 옛날 25살 때와 똑같이 — 그러나 나는 이제는 한없이 걷고자 하는 마음은 없었다.

"아직 네게는 말하지 않았겠지, 내가 성대 검사를 받았던 이야기는?"

---

12) 기독교 국가에 전해 오는 유명한 전설. 그리스도를 비난한 응보로 그 저주를 받아 최후의 심판이 오는 날을 기다리며 영원히 유랑하고 있는 유태인. 아쿠타가와(芥川)의 동명의 단편(전집1 수록) 참조

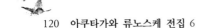
"상해에서 말이야?"

"아니, 런던에 돌아갔을 때에. — 성대 검사를 받아 봤더니 세계적인 바리톤이었어."

그는 내 얼굴을 가까이에서 들여다보고서는 뭔가 비웃듯 미소를 짓고 있었다.

"그럼 신문 기자 짓 하기보다도……."

"물론 오페라 배우라도 되었더라면, 카루소[13] 정도는 되었을 거야. 하지만 이제 와서 어떻게 하겠어."

"그럼 넌 평생 손해 본거네."

"뭐, 손해 본건 내가 아니야. 전 세계 사람이 손해 본 거지."

우리는 벌써 배의 불빛이 많은 황포강(黃浦江)[14]가를 걷고 있었다. 그는 잠시 걸음을 멈추고 턱으로 '봐봐'라고 신호를 했다. 안개 속에 희미하게 비치는 물위에는 하얀 강아지의 시체가 한 마리, 느린 파도에 계속 흔들리고 있었다. 그 강아지는 누구의 소행인지, 목 주위에 꽃이 달린 한 묶음의 풀을 매달고 있었다. 그것은 참혹하기도 하고, 동시에 아름답다는 느낌도 들었다. 그뿐만이 아니라 나는 그가 읊은 만엽집의 시를 들은 이후로 다소 감상주의에 전염되어 있었다.

"니니이인거군."

"그렇지 않으면 내 안의 성악가일 거야."

그는 이렇게 대답하고서는 터무니없이 크게 재채기를 했다.

---

13) 엔리코 카루소(Enrico Caruso, 1873~1921). 이탈리아의 세계적인 테너 가수.
14) 중국 장쑤 성(江蘇省) 동남부를 흐르는 양쯔 강의 한 지류. 그 하구에 상해가 있다.

❖ 五 ❖

프랑스의 니스에 있는 그의 여동생에게 편지가 왔기 때문일 것이다. 바로 2, 3일 전날 밤, 꿈속에서 그와 이야기를 하고 있었다. 그건 아무리 생각해도 처음 만났을 때가 틀림없었다. 벽난로도 새빨갛게 타오르고 있는가 하면, 그 불빛 또한 마호가니 테이블이나 의자를 비추고 있었다. 나는 이상하게 피로를 느끼면서도 당연히 우리들 사이에서 화제가 될 만한 아일랜드 작가들의 이야기를 하고 있었다. 그러나 내게 밀려오는 졸음과 싸우는 것은 쉽지 않았다. 나는 확실하지 않은 의식 속에서 이러한 그의 말을 듣곤 했다.

"I detest Bernard Shaw(나는 버나드 쇼를 싫어한다)."

그러나 나는 앉은 채로 꾸벅꾸벅 졸다가 어느새 잠들어 버렸다. 그러자, 저절로 눈이 떠졌다. 날은 아직 다 밝지 않았을 것이다. 보자기에 싸인 전등은 어스레한 불빛을 비추고 있었다. 나는 이부자리 위에 배를 깔고 엎드려 묘한 흥분을 가라앉히기 위해서 '시키시마' 한 대에 불을 붙여 봤다. 그러나 꿈속에서 자고 있던 내가 현재 눈을 뜨고 있는 것은 아무리 생각해도 섬뜩해서 견딜 수가 없었다.

(1926년 11월 29일)

겐카쿠 산방(玄鶴山房)

송현순

❖ 1 ❖

……그것은 아담하게 지어진, 고상하면서도 품위 있는 대문이 달린 집이었다. 물론 이 부근에서는 이런 집도 드물지는 않았다. 그러나 "겐카쿠 산방"이라는 간판이나 담 너머 보이는 정원 등은 어느 집보다도 정성을 들여 멋지게 꾸며져 있었다.

이 집의 주인 호리코시 겐카쿠(堀越玄鶴)는 화가로서도 어느 정도는 알려져 있었다. 하지만 자산을 모은 것은 고무도장의 특허를 받았기 때문이었다. 혹은 고무도장의 특허를 받고나서 토지매매를 했기 때문이었다. 실지로 그가 가지고 있는 교외(郊外)의 어떤 땅은 척박하여 생강조차도 제대로 자라지 않는 것 같았다. 그러나 지금은 벌써 붉은 기와의 집들과 청기와의 집들이 들어선 이른바 '문화촌'으로 변해 있었다…….

어쨌든 '겐카쿠 산방'은 아담하게 지어진, 고상하면서도 품위 있는 대문이 달린 집이었다. 특히 요즘은 담 너머 보이는 소나무에 제설용

새끼줄이 감겨져 있거나 현관 앞에 깔아놓은 마른 솔잎에 자금우(紫金牛) 열매가 빨갛게 달려 있어 더욱 풍류를 더했다. 그뿐만 아니라 이 집이 있는 골목길도 사람들의 왕래가 거의 없었다. 두부 파는 사람조차 그곳을 지날 때는 짐을 큰길가에 내려놓은 채 나팔을 불며 지나갈 뿐이었다.

"겐카쿠 산방 — 겐카쿠란 뭘까?"

우연히 이 집 앞을 지나던 수염이 긴 미술학교 학생이 길쭉한 그림 도구 상자를 옆구리에 끼고서 같은 금색 단추의 제복을 입은 또 한 학생에게 이렇게 말하기도 했다.

"뭘까? 설마 엄격(嚴格=겐카쿠)이라는 말을 멋부려 표현한 것도 아닐 테고."

그들은 둘 다 웃으며 가볍게 이 집 앞을 지나갔다. 그 뒤로는 그저 얼어붙은 길에 그들 중 누군가가 버리고 간 '골든 뱃'[1] 꽁초가 푸른 한줄기 연기를 가느다랗게 피우고 있을 뿐이었다…….

❖ 2 ❖

주키치(重吉)는 겐카쿠의 사위가 되기 전부터 어느 은행에 다니고 있었다. 따라서 집에 돌아오는 것은 언제나 전등불이 켜질 즈음이었다. 그는 요 며칠 동안 대문 안으로 들어서는 순간 바로 묘한 악취를 느꼈다. 그것은 노인에게는 드문 폐결핵으로 자리에 누워 있는 겐카쿠가 숨을 쉴 때 나는 냄새였다. 물론 집밖으로는 그런 냄새가 샐 리는 없었다. 겨울 외투의 옆구리 밑으로 접은 가방을 안은 주키치는 현

---

1) golden bat: 일본제지 궐련의 일종으로, 가격이 매우 쌌다.

관 앞 디딤돌을 밟으며 이런 그의 신경을 의심하지 않을 수 없었다.

겐카쿠는 '별채'에 자리를 마련하여 누워 있지 않을 때는 두꺼운 잠옷 모양의 이불을 포개어 등받이처럼 기대어 있었다. 주키치는 외투와 모자를 벗으면 반드시 이 '별채'에 얼굴을 내밀고 "다녀왔습니다."라든가 "오늘은 어떻습니까?"라고 말을 거는 것을 습관처럼 하고 있었다. 그러나 '별채' 문지방 안으로는 좀처럼 발걸음을 옮기지는 않았다. 그것은 장인의 폐결핵에 감염되는 것이 두렵기 때문이기도 하고 또 하나는 숨 쉴 때 나는 냄새가 불쾌하게 느껴지기 때문이기도 했다. 겐카쿠는 그의 얼굴을 볼 때마다 언제나 그저 "아아"라든가 "다녀왔는가?"라고 대답했다. 그 소리는 또 힘이 없는, 목소리보다도 숨소리에 가까운 것이었다. 주키치는 장인의 이런 모습을 보면 가끔씩 그의 몰인정함에 양심의 가책을 느끼기도 했다. 하지만 '별채' 안으로 들어가는 것은 아무래도 그에게는 꺼림칙했다.

그리고 이어서 주키치는 다실 옆방에 역시 병석에 누워 있는 장모 오토리(お鳥)에게 인사하러 갔다. 오토리는 겐카쿠가 자리에 드러눕기 전부터 — 7, 8년 전부터 허리를 못 쓰게 되어 화장실에도 갈 수 없는 몸이 되고 말았다. 겐카쿠가 그녀와 결혼한 것은 그녀가 어느 대영주의 가신의 딸이라는 것 외에도 미모가 뛰어났기 때문이라고 했다. 그녀는 그런 만큼 나이가 들어도 역시 눈 등은 아름다웠다. 하지만 이 사람도 병석에서 일어나 앉아 열심히 흰 버선 등을 깁고 있는 모습은 미이라와 별반 다르지 않았다. 주키치는 그녀에게도 "어머님, 오늘은 어떻습니까?"라는 짧은 한 마디를 남긴 채 다다미 여섯 장으로 되어 있는 다실로 들어갔다.

아내 오스즈(お鈴)는 다실에 없으면 신슈(信州) 출신의 하녀 오마츠(お松)와 좁은 부엌에서 일하고 있었다. 깔끔하게 정돈된 다실은 물론, 문

화부뚜막2)이 설치된 부엌조차 장인이나 장모의 거처보다도 훨씬 주키치에게는 친근감이 들었다. 그는 한때는 지사를 지낸 어느 정치가의 차남이었다. 그러나 호방한 성격의 부친보다는 옛 여류 가인이었던 모친을 닮은 수재였다. 그것은 또 그의 붙임성 좋은 눈이며 갸름한 턱을 보아도 분명했다. 주키치는 이 다실에 들어오면 양복을 와복(和服)으로 갈아입고서 편안히 화로 앞에 앉아 싸구려 담배를 피우기도 하고 올해 마침 초등학교에 입학한 외아들 다케오(武夫)에게 장난을 걸기도 했다.

주키치는 항상 오스즈나 다케오와 키 낮은 밥상에 둘러앉아 식사를 했다. 그들의 식사는 떠들썩했다. 그런데 요즘은 '떠들썩' 하다고 해도 어딘지 또 어색한 것은 분명했다. 그것은 바로 젠카쿠 옆에서 시중을 드는 고노(甲野)라는 간호부가 와 있었기 때문이었다. 물론 다케오는 '고노 씨'가 있어도 장난치는 데는 전혀 변함이 없었다. 아니, 어쩌면 고노 씨가 있기 때문에 쓸데없이 더 장난을 칠 정도였다. 오스즈는 가끔 얼굴을 찡그리며 이런 다케오를 쏘아보기도 했다. 그러나 다케오는 눈을 크게 뜨고서 일부러 과장해서 밥그릇 속의 밥을 쓸어 입 속에 넣거나 할 뿐이었다. 주키치는 평소 소설 등을 읽고 있는 만큼 다케오의 떠들어대는 것에서도 '남자'3)를 느껴 불쾌해지는 일이 없지는 않았다. 그러나 대개는 미소를 띤 채 말없이 밥을 먹었다.

'젠카쿠 산방의 밤은 조용했다. 아침 일찍 집을 나서는 다케오는 물론이고 주키치 부부도 대개 10시에는 잠자리에 드는 것으로 하고 있었다. 그 시간 이후로도 아직 일어나 있는 것은 9시 전후부터 밤샘을

---

2) 문화적으로 개량한 부엌. 당시 일본에서는 새로운 것이 만들어지면 하나의 유행처럼 '문화'라는 말을 붙여 사용했다.
3) 아직 나이는 어리지만 여자 앞에서 남자임을 의식하며 하는 행동으로, 아버지 주키치가 그렇게 느꼈다는 의미.

하는 간호부 고노뿐이었다. 고노는 겐카쿠의 머리맡에 빨갛게 불꽃이
핀 화로를 놓고 졸지도 않고 앉아 있었다. 겐카쿠는 — 겐카쿠도 가끔
은 잠이 깨어 있었다. 그러나 주머니 난로가 식었다든가, 습포(濕布)가
말랐다든가 하는 말 외에는 거의 입을 연 적이 없었다. 이런 '별채'에
들려오는 소리는 뜰에 심어놓은 대나무 잎이 바람에 흔들리는 소리뿐
이었다. 고노는 을씨년스럽게 추운 정적 속에서 가만히 겐카쿠를 지
켜보며 여러 가지 생각을 하였다. 이 집안 사람들의 마음 상태며 그녀
자신의 미래 등을……

❖ 3 ❖

눈이 개인 어느 날 오후, 24, 5세의 여자 하나가 마른 남자아이의
손을 이끌고 천창(天窓) 너머로 푸른 하늘이 보이는 호리코시의 집 부
엌으로 얼굴을 내밀었다. 주키치는 물론 집에 없었다. 마침 미싱을 돌
리던 오스즈는 다소 예상은 하고 있었다 해도 조금 당혹스러움을 느
꼈다. 그러나 어쨌든 이 손님을 맞이하기 위해 화로 앞에서 일어섰다.
손님은 부엌으로 들어온 다음, 그녀 자신의 신발과 남자아이의 구두
를 잘 고쳐 놓았다. (남자아이는 흰 스웨터를 입고 있었다.) 그녀가 눈
치를 보고 있다는 것은 이런 행동만으로도 분명했다. 그러나 그것도
무리는 아니었다. 그녀는 요 5, 6년 동안 도쿄의 어느 가까운 곳에 겐
카쿠와 버젓이 살림을 차린 하녀 출신의 오요시(お芳)였다.
오스즈는 오요시의 얼굴을 보았을 때 의외로 그녀가 늙었다는 것을
느꼈다. 더구나 그것은 얼굴만이 아니었다. 오요시는 4, 5년 전에는 통
통히 살찐 손을 하고 있었다. 그런데 세월은 그녀의 손까지 정맥이 보
일만큼 가늘게 하였다. 그리고 그녀가 몸에 부착한 것도 — 오스즈는

그녀의 싸구려 반지에 뭔가 살림의 때가 묻어 있는 쓸쓸함을 느꼈다.

"이건 오빠가 주인 어르신께 드리라고 해서요."

오요시는 마침내 주눅이 든 것처럼 헌 신문지에 싼 꾸러미 하나를 다실로 들어오기 전 살짝 부엌 한쪽 구석으로 내밀었다. 마침 설거지를 하고 있던 오마츠가 열심히 손을 움직이며 윤기 있는 머리를 반원형으로 틀어 올린 오요시를 가끔씩 옆 눈으로 엿보기도 했다. 하지만 이 신문지로 싼 꾸러미를 보더니 더욱 악의 있는 표정을 지었다. 그것은 또 실지로 문화부뚜막이나 화려한 접시나 주발과는 조화되지 않는 악취를 풍기는 것이었다. 오요시는 오마츠를 바라보지는 않았으나 오스즈의 안색에서 묘한 낌새를 알아챘는지 "이건, 있잖아요, 마늘이에요."라고 설명했다. 그리고 손가락을 물고 있는 아이에게 "자, 도련님 인사하세요."라고 말을 걸었다. 남자아이는 물론 겐카쿠가 오요시를 임신시켜 낳은 분타로(文太郞)였다. 이 아이를 오요시가 "도련님"이라고 부르는 게 오스즈에게는 너무도 딱해 보였다. 하지만 그녀의 상식은 곧 이런 여자에게는 이것도 어쩔 수 없는 일이라고 생각했다. 오스즈는 아무렇지도 않은 얼굴을 하고서 다시 구석에 앉아 있는 모자(母子)에게 마침 있던 과자와 차를 권하며 겐카쿠의 용태를 이야기하기도 하고 분타로의 기분을 맞춰주기도 했다…….

겐카쿠는 오요시와 살림을 차린 후, 세이션(省線) 전차를 바꿔 타야 하는 번거로움에도 불구하고 일주일에 한두 번씩은 반드시 그녀의 집에 다녔다. 오스즈는 이런 아버지의 태도에 처음에는 혐오감을 가지고 있었다. '조금은 어머니의 입장도 생각해 주면 좋을 텐데.' — 그런 생각도 자주 했다. 다만 오토리는 모든 것을 체념한 듯 했다. 오스즈는 그런 만큼 더욱 어머니를 애처롭게 생각했다. 아버지가 소실 집으로 가고 난 후에도 어머니에게는 "오늘은 시 모임이래요." 등으로 뻔

한 거짓말을 하기도 했다. 그 거짓말이 도움이 되지 않는다는 것은 그
녀 자신도 모르는 것은 아니었다. 그러나 가끔 어머니의 얼굴에서 냉
소에 가까운 표정을 보면 거짓말을 한 것을 후회한다 — 기 보다 오히
려 그녀의 마음도 헤아려 주지 못하는 병석의 어머니에게 뭔가 한심
함을 느끼기도 했다.

오스즈는 아버지를 배웅한 다음, 집안일을 생각하기 위해 미싱 일
하던 손을 멈추는 일도 종종 있었다. 젠카쿠는 오요시와 살림을 차리
기 전에도 그녀에게는 '훌륭한 아버지'는 아니었다. 물론 그런 것은 상
냥한 그녀에게는 아무래도 상관없었다. 단지 그녀가 걱정이 되었던
것은 아버지가 서화 골동품까지도 척척 소실 집으로 가져가는 것이었
다. 오스즈는 오요시가 하녀였을 때부터 그녀를 나쁜 사람이라고 생각
한 적은 없었다. 아니, 오히려 보통 사람들보다도 내성적인 여자라고
생각했다. 그러나 도쿄의 어느 지역 변두리에서 생선가게를 하고 있는
오요시의 오빠는 무엇을 계획하고 있는지 알 수 없었다. 실지로 또 그
녀의 눈에는 그가 이상하게도 교활한 남자로 보였다. 오스즈는 가끔 주
키치를 붙들고 그녀의 걱정을 터놓기도 했다. 하지만 그는 응해주지 않
았다. "내 쪽에서 아버님께 말씀드릴 수는 없지." — 오스즈는 그에게
이런 말을 듣고 보면 잠자코 있을 수밖에 달리 방법이 없었다.

"설마 아버님도 라양봉(羅兩峯)⁴⁾의 그림을 오요시가 이해한다고 생
각하시지는 않겠지만요."

주키치도 가끔씩 오토리에게는 살짝 이런 말을 하기도 했다. 하지
만 오토리는 주키치를 올려다보며 언제나 쓴 웃음을 지으며 이렇게
말했다.

---

4) 羅兩峯(1733~1799): 중국 청나라 화가. 산천 인물 화죽(花竹) 그림을 많이 그렸다.
  초현실적인 신경(神経)의 감각을 표현한 것이 특색이다.

"그게 자네 장인의 타고난 성격이야. 어쨌든 나에게조차 '이 벼루는 어때?'라고 말하는 사람이니까."

그러나 그런 일도 이제 와서 생각해 보면 모두 부질없는 걱정이었다. 젠카쿠가 금년 겨울 이후 그만 병이 깊어진 탓에 소실 집도 다닐 수 없게 되고 보니, 주키치가 꺼낸 인연을 끊자는 이야기에 (무엇보다 그 이야기의 조건 등은 사실상 그 보다도 오토리와 오스즈가 만들었다고 하는 게 맞는 말이었다.) 의외로 순순히 승낙했다. 그것은 또 오스즈가 두려워하던 오요시의 오빠도 마찬가지였다. 오요시는 천 엔의 위자료를 받고 가즈사(上総)의 어느 해안에 있는 부모님 집으로 돌아간 다음, 매월 분타로의 양육비로 약간의 돈을 받는다, ─ 그는 이런 조건에 조금도 이견을 달지 않았다. 그뿐만 아니라 소실 집에 놓아둔 젠카쿠의 비장품인 센차(煎茶) 도구 등도 독촉하기도 전에 옮겨 왔다. 오스즈는 전에 의심하고 있었던 만큼 더욱 그에게 호의를 느꼈다.

"이번 일과 관련하여 동생 녀석이 만약 일손이라도 부족할 것 같으면 간병하러 오고 싶다고 합니다만."

오스즈는 이 부탁에 응하기 전에 몸이 편찮은 어머니와 상의를 했다. 그것은 그녀의 실책이라고 해도 분명 틀린 말은 아니었다. 오토리는 그녀의 이야기를 듣더니 내일이라도 오요시에게 분타로를 데리고 오도록 했다. 오스즈는 어머니의 기분 외에도 집안 공기가 어수선해질 것을 두려워해 몇 번이고 어머니에게 다시 생각하도록 했다. 그러나 오토리는 그녀의 말을 도무지 순수하게 받아들이지 않았다. (그러면서도 또 한편으로는 아버지 젠카쿠와 오요시 오빠의 중간에 서있는 관계상 매정하게 상대방의 부탁을 거절할 수 없는 상황에도 처해 있었다.)

"이게 아직 내 귀에 들어오기 전이라면 모르겠지만 ─ 오요시의 입장도 부끄러울 거야."

어쩔 수 없이 오스즈는 오요시의 오빠에게 오요시가 오는 것을 허락했다. 그것도 어쩌면 세상물정을 모르는 그녀의 실책이었는지도 모른다. 실지로 주키치는 은행에서 돌아와 오스즈에게 이런 이야기를 들었을 때 여자처럼 부드러운 미간에 조금 불쾌한 듯한 표정을 지어 보였다. "그야 사람의 손이 늘어나는 것은 고마운 일인 건 틀림없지만 말야. ……아버님한테도 일단 이야기해 보면 좋았을 텐데. 아버님 쪽에서 거절한다면 당신한테도 책임이 없을 테니까." — 그런 말을 입에 올리기도 했다. 평소와 다르게 우울한 마음으로 "그러게요."라고 대답을 했다. 그러나 겐카쿠에게 상의하는 것은 — 오요시에게 여전히 미련이 있는 빈사의 아버지에게 상의하는 것은 지금 와서 생각해 보아도 불가능한 상의임에는 틀림없었다.

……오스즈는 오요시 모자를 상대로 이야기하면서 이런 곡절을 떠올려 보기도 했다. 오요시는 화로에도 손을 내밀지 않고 띄엄띄엄 자칫 끊어지기 십상인 그녀의 오빠에 대한 일이며 분타로에 대한 이야기를 하였다. 그녀의 말은 4, 5년 전처럼 '소레와'를 'S-rya'라고 발음하는 사투리를 고치지 않았다. 오스즈는 이 사투리에 어느새 그녀의 마음도 어느 편안함을 갖기 시작했음을 느꼈다. 동시에 또 장지문 하나 건너에서 기침 한 번 하지 않고 있는 어머니 오토리에게 뭔가 막연한 불안도 느꼈다.

"그럼 일주일 정도 있어줄 수 있을까?"

"네, 이쪽 분들만 괜찮으시다면."

"그래도 갈아입을 옷 정도는 없으면 안 되지 않아?"

"그것은 오빠가 밤에라도 보내 준다고 했으니까요."

오요시는 이렇게 대답하며 따분한 듯한 분타로에게 옷 속에서 캐러

멜을 꺼내 주기도 했다.

"그럼 아버지께 그렇게 말하고 오지요. 아버지도 이제 몸이 약해지셔서 장지문 쪽으로 향한 귀만 동상에 걸리기도 했어요."

오스즈는 화로 앞을 떠나기 전에 무심코 쇠 주전자를 고쳐 걸었다.

"어머니!"

오토리는 뭐라고 대답을 했다. 그것은 그녀의 부르는 소리에 겨우 잠이 깬 듯한 달라붙는 소리였다.

"어머니, 오요시 씨가 왔어요."

오스즈는 한숨 놓은 기분으로 오요시의 얼굴을 보지 않고 서둘러 화로 앞에서 일어섰다. 그리고 다음 방을 지나면서 다시 한 번 "오요시 씨가."라고 말을 했다. 오토리는 누운 채로 잠옷 목깃에 턱을 묻고 있었다. 그러나 그녀를 올려다보더니 눈만큼은 미소에 가까운 것을 띠우고 "그래, 마아 잘"이라고 대답을 했다. 오스즈는 똑똑하게 그녀의 등으로 오요시가 오는 것을 느끼며 눈이 쌓인 정원 쪽 복도를 따라 불안한 듯 조심스럽게 '별채'로 서둘러 갔다.

'별채'는 밝은 복도에서 갑자기 들어온 오스즈의 눈에는 실지 이상으로 어두웠다. 겐카쿠는 마침 일어나 앉은 채로 고노에게 신문을 읽게 하여 듣고 있었다. 그러나 오스즈의 얼굴을 보더니 갑자기 "오요시 왔니?"라고 말을 했다. 그것은 묘하게 절박하면서도 힐문에 가까운 쉰 소리였다. 오스즈는 장지문 쪽에 우뚝 선 채 반사적으로 "에에"라고 대답을 했다. 그리고 — 아무도 입을 열지 않았다.

"바로 여기로 보낼 테니까요."

"응, ……오요시 혼자 왔니?"

"아뇨……."

겐카쿠는 말없이 고개를 끄덕였다.

"그럼 고노 씨, 잠깐 이쪽으로."

오스즈는 고노보다도 한 발 먼저 잰걸음으로 복도를 서둘러 갔다. 마침 눈이 남아 있던 종려나무 이파리 위에서는 할미새가 한 마리 꼬리를 흔들고 있었다. 그러나 그녀는 그런 것 보다는 환자 냄새나는 '별채' 안에서 뭔가 기분 오싹한 것이 따라오는 것처럼 느껴져 견딜 수 없었다.

❖ 4 ❖

오요시가 머물게 되면서 집안 공기는 눈에 띄게 험악해져 갔다. 그것은 먼저 다케오가 분타로를 괴롭히는 것에서 시작되었다. 분타로는 아버지 겐카쿠보다도 어머니 오요시를 닮은 아이였다. 더욱 마음이 여린 것까지 어머니 오요시를 빼다 박은 아이였다. 오스즈는 물론 이런 아이를 딱하게는 여기는 것 같았다. 그러나 가끔은 분타로를 패기가 없는 아이라고 생각하는 일도 있는 것 같았다.

간호부 고노는 직업상 냉정하게 이 흔한 가정적 비극을 바라보고 있었다 ― 기 보다도 오히려 즐기고 있었다. 그녀의 과거는 어두웠다. 그녀는 병든 남편이며 병원 의사 등과의 관계상 몇 번이나 한 덩어리의 청산가리를 먹으려고 했는지 모른다. 이 과거는 어느새 그녀의 마음에 타인의 고통을 향락하는 병적인 흥미를 심어 놓았다. 그녀는 호리코시 가(家)로 들어왔을 때 허리를 쓰지 못하는 오토리가 용변을 볼 때마다 손을 씻지 않는 것을 발견했다.

"이 집의 따님은 지혜롭구나. 우리들도 모르게 물을 가져다 주는 것 같으니까." ― 그런 것도 한때는 의심 많은 그녀의 마음에 그림자를 드리웠다. 그러나 4, 5일 있는 동안 그것은 완전히 교양 있게 자란 오스즈의 실수였다는 것을 알아차렸다. 그녀는 이 발견에 뭔가 만족에 가까운 것을 느끼며 오토리가 용변을 볼 때마다 세면기의 물을 날라다 주었다.

"고노 씨, 당신 덕분에 사람답게 손을 씻을 수 있구려."

오토리는 손을 합장하고 눈물을 흘렸다. 고노는 오토리의 기쁨에는 조금도 마음을 움직이지 않았다. 그러나 그 이후 세 번에 한 번씩은 물을 들고 가야만 하는 오스즈를 보는 것이 유쾌했다. 따라서 이런 그녀에게는 아이들의 싸움도 불쾌하지는 않았다. 그녀는 젠카쿠에게는 오요시나 다케오에게 동정하는 듯한 행동을 해 보였다. 동시에 또 오토리에게는 오요시와 아이에게 악의가 있는 듯한 행동을 해 보였다. 그것은 설사 서서히라고는 해도 확실하게 효과를 주는 것이었다.

오요시가 머물고 나서 일주일 정도 지난 후, 다케오는 또 분타로와 싸움을 했다. 싸움은 단지 돼지 꼬리가 소꼬리보다 두껍다든가 가늘다든가 하는 것에서 시작되었다. 다케오는 그의 공부방 구석에 — 현관 옆 다다미 넉 장 반으로 된 방의 구석에 마른 분타로를 밀어 붙이고는 때리거나 마구 발로 차기도 했다. 마침 그곳에 와 있던 오요시는 울음소리도 내지 않는 분타로를 안아 올리며 이런 다케오를 나무랐다.

"도련님, 힘없는 아이를 괴롭히면 안 됩니다."

그것은 내성적인 그녀로서는 회한하게도 가시가 있는 말이었다. 다케오는 오요시의 무서운 얼굴에 놀라 이번에는 그 자신이 울면서 오스즈가 있는 다실로 도망갔다. 그러면 오스즈도 화가 났는지 미싱 일을 하다말고 오요시 모자가 있는 곳으로 억지로 다케오를 끌고 갔다.

"네가 정말이지 버릇이 없는 거야. 자, 오요시 씨에게 미안하다고 해. 제대로 무릎 꿇고 빌어."

오요시는 이런 오스즈 앞에서 분타로와 함께 눈물을 흘리며 무턱대고 싹싹 빌 수밖에 없었다. 그 또 중재역을 맡는 것은 언제나 간호부 고노였다. 고노는 얼굴을 붉힌 오스즈를 열심히 잡아끌며 항상 또 한 사람 — 가만히 이 소동을 듣고 있을 젠카쿠의 마음을 상상하고 내심으로는 냉소를 띠우고 있었다. 물론 그런 태도는 결코 얼굴색에도 내보인 적은 없었다.

그러나 집안을 불안하게 한 것은 꼭 아이들의 싸움만은 아니었다. 오요시는 어느새 만사 포기한 듯한 오토리의 질투를 불러일으키고 있었다. 우선 오토리는 오요시 자신에게는 한 번도 원망 같은 것을 하소연한 적은 없었다. (이것은 5, 6년 전 오요시가 아직 하녀로 일하고 있을 때도 마찬가지였다.) 그러나 전혀 관계가 없는 주키치에게 이것저것 해대기 십상이었다. 물론 주키치는 대응하지 않았다. 오스즈는 그것을 안타깝게 생각하여 가끔 어머니 대신 사과하기도 했다. 그는 쓴웃음만 지을 뿐, "당신까지 히스테리를 일으켜서는 곤란해."라고 이야기를 돌리는 것이 예사였다.

고노는 오토리의 질투에도 역시 흥미를 느끼고 있었다. 오토리의 질투 그 자체는 물론이고 그녀가 주키치에게 투정을 부리는 기분도 고노는 확실히 알 수 있었다. 그뿐만 아니라 어느새 그녀 자신도 주키치 부부에게 질투에 가까운 것을 느끼고 있었다. 오스즈는 그녀에게는 '공주님'이었다. 주키치도 — 주키치는 어쨌든 평범한 남자임에는 틀림없었다. 그러나 그녀가 경멸하는 한 마리 수컷임에도 틀림없었다. 이런 그들의 행복이 그녀에게는 거의 부정(不正)이었다. 그녀는 이 부정을 바로 잡기 위해서[1] 주키치에게 매우 친근한 태도를 보였다. 어쩌면 그것은 주키치에게는 아무것도 아닐지도 모른다. 하지만 오토리를 초조하게 하기에는 절호의 기회를 부여하는 것이었다. 오토리는 무릎을 드러내 놓고 "주키치 자네는 내 딸로는 — 허릿심이 빠진 할멈의 딸로는 부족한 게야?"라고 표독스런 말을 하기도 했다.

　그러나 오스즈만은 그 때문에 주키치를 의심하지는 않는 것 같았다. 아니 실지로 고노를 딱하게 생각하는 것도 같았다. 고노는 거기에 불만을 가졌을 뿐만 아니라 새삼스럽게 사람이 좋은 오스즈를 경멸하지 않고는 견딜 수 없었다. 그러나 어느새 주키치가 그녀를 피하기 시작한 것은 유쾌했다. 그뿐만 아니라 그녀를 피하는 사이에 오히려 그녀에게 남자다운 호기심을 들어낸 것이 유쾌했다. 그는 전에는 고노가 있을 때도 부엌 쪽 욕실로 들어가기 위해 나체가 되는 것을 개의치 않았다. 그러나 최근에는 그런 모습을 고노에게는 한 번도 보이지 않게 되었다. 그것은 그가 깃털을 뽑은 수탉에 가까운 그의 몸을 부끄러워 하기 때문임이 틀림없었다. 고노는 이런 그를 보며 (그의 얼굴도 역시 주근깨 투성이었다.) 도대체 오스즈 외의 누구에게 호감을 받을 수 있을까, 은근히 그를 경멸하기도 했다.

　서리가 내릴 것처럼 춥고 흐린 어느 날 아침, 고노는 그녀의 방이 된 현관의 다다미 석 장 방에 거울을 마련해 놓고 그녀가 늘 하는 올백으로 머리를 묶고 있었다. 그것은 마침 오요시가 고향으로 돌아가려고 하는 그 전 날이었다. 오요시가 이 집을 떠나는 것이 주키치 부부에게는 기쁜 것 같았다. 하지만 오히려 오토리에게는 더욱 초조감을 전해주는 것 같았다. 고노는 머리를 묶으며 신경질적인 오토리의 소리를 듣고, 언젠가 그녀의 친구가 이야기한 어떤 여자에 대한 것을 떠올렸다. 그녀는 파리에 살고 있는 동안 점점 심한 향수병에 걸려 남편 친구가 귀국하는 것을 좋은 기회로 함께 배를 타기로 했다. 긴 항해도 그녀에게는 의외로 힘든 것은 아닌 듯했다. 그러나 그녀는 기슈 (紀州) 앞바다에 이르자 웬일인지 갑자기 흥분하기 시작하더니 결국 바다에 몸을 던지고 말았다. 일본이 가까워지면 가까워질수록 향수병도 반대로 고조되어 가는 — 고노는 조용히 기름기 있는 손을 닦으며 허리를 움직이지 못하는 오토리의 질투는 물론, 그녀 자신의 질투에도 이런 신비스런 힘이 작용하고 있다는 것을 생각하기도 했다.

"아니, 어머니 왜 그러세요. 이런 곳까지 기어오시고. 참 어머니도 — 고노 씨, 잠깐 와 주세요."

오스즈의 목소리는 '별채'에 가까운 툇마루에서 울려오는 것 같았다. 고노는 이 소리를 들었을 때 투명한 거울 앞에서 비로소 싱긋 냉소를 흘렸다. 그리고 자못 놀란 듯 "네, 지금 가요."라고 대답을 했다.

❖ 5 ❖

젠카쿠는 점점 쇠약해져 갔다. 그의 오랜 병고는 물론이고 그의 등에서 허리에 걸친 욕창의 통증도 심했다. 그는 가끔 신음소리를 내며 겨우겨우 이 고통을 참아 내고 있었다. 그러나 그를 괴롭힌 것은 반드시 육체적 고통만은 아니었다. 그는 오요시가 머무는 동안 다소의 위안을 얻은 대신 오토리의 질투와 아이들의 다툼에 끝없는 고통을 느꼈다. 그러나 그것은 아직 견딜만 했다. 젠카쿠는 오요시가 떠난 후에는 무서운 고독을 느꼈을 뿐만 아니라 긴 그의 일생과 마주보지 않을 수 없었다.

젠카쿠의 일생은 이런 그에게는 너무도 한심스런 일생이었다. 역시 고무도장의 특허를 받았을 당시는 — 도박이나 술로 세월을 보내던 당시는 비교적 그의 일생에서도 밝은 시절이었다. 그러나 거기에도 동료들의 질투며 손해를 보지 않으려는 그 자신의 초조감이 끊임없이 그를 괴롭혔다. 하물며 오요시와 살림을 차린 후로는 — 그는 가정의 분쟁 외에도 그들이 모르는 돈을 마련하기 위해 항상 무거운 짐을 짊어져야만 했다. 게다가 더욱 한심스러운 것으로는 나이가 젊은 오요 시에게 끌려는 있었지만 적어도 요 1, 2년은 얼마나 속으로 오요시 모 자를 죽어 버리라고 생각했는지 모른다.

'한심스럽다고? — 그것도 생각해 보면 특별히 나한테만 해당하는 건 아니야.'

그는 밤에 이런 생각들을 하며 그의 친척이나 지인들에 대한 것을 하나하나 꼼꼼하게 떠올려 보기도 했다. 그의 사위의 부친은 단지 '헌 정을 옹호하기 위해서' 그보다도 힘이 없는 적을 몇 사람이나 사회적 으로 매장시켰다. 그리고 그와 가장 친한 어느 연배의 골동품상은 선 처의 딸과 내통하고 있었다. 그리고 어느 변호사는 공탁금을 횡령했 다. 그리고 어느 전각가(篆刻家)는 — 그러나 그들이 저질은 죄는 이상 하게도 그의 고통에는 아무 변화도 주지 않았다. 그뿐만 아니라 오히 려 삶 그 자체까지 어두운 그림자를 확장시켜 갈 뿐이었다.

"뭘, 이 고통도 길지 않아. 죽어 버리기만 하면……."

이것은 젠카쿠에게도 남아 있는 단 하나의 위로였다. 그는 심신을 파고드는 여러 가지 고통을 달래기 위해 즐거운 기억을 떠올리려고 했다. 그렇지만 그의 일생은 전에도 말한 것처럼 비참했다. 만약 거기 에 조금이라도 빛나는 일면이 있다고 하면 그것은 오로지 아무 것도 모르던 유년시절의 기억뿐이었다. 가끔 비몽사몽 그의 양친이 살던 신슈(信州)의 산골짜기 마을을 — 특히 돌을 깐 판자 지붕이며 누에 냄 새 나는 뽕나무 가지를 떠올렸다. 그 기억도 계속되지는 않았다. 그는 가끔 신음소리를 내면서도 그 사이 사이 관음경을 낭송해 보기도 하 고 옛 유행가를 불러보기도 했다. 더구나 "묘음 관세음, 범음 해조음, 승피 세간음"을 낭송한 후 "갑포레, 갑포레"를 부르는 것은 우습게도 그에게는 과분하다는 생각이 들었다.

"자는 게 극락이야, 자는 게 극락……."

젠카쿠는 모든 것을 잊기 위해 그저 푹 잠들고 싶었다. 실지로 또 고노는 그를 위해 수면제를 주는 것 외에도 헤로인을 주사로 놓아주고 있었다. 하지만 그에게는 수면조차도 결코 편안하다고 만은 할 수 없었다. 그는 때때로 꿈속에서 오요시와 분타로를 만나기도 했다. 그것은 그에게는 — 꿈속의 그에게는 밝은 기분이 드는 것이었다. (그는 어느 날 밤의 꿈속에서는 아직 새 것인 화투 '벚꽃 20'과 이야기를 하고 있었다. 게다가 그 또 '벚꽃 20'은 4, 5년 전의 오요시의 얼굴을 하고 있었다.) 그런 만큼 잠이 깬 후 더욱 그를 비참하게 했다. 젠카쿠는 어느새 잠드는 것에도 공포에 가까운 불안을 느끼게 되었다.

12월 말일도 이제 얼마 남지 않은 어느 날 오후, 젠카쿠는 천장을 바라보고 누운 채로 머리맡에 앉아 있는 고노에게 말을 걸었다.

"고노 씨, 나는 말이오. 오랫동안 훈도시(褌)[5]를 한 적이 없으니 흰 무명을 6척(尺) 사도록 해주시오."

흰 무명을 구하는 것은 일부러 인근 옷감 집으로 오마츠를 보낼 것까지도 없었다.

"훈도시 차는 것은 나 혼자 하겠소. 여기에 접어놓고 나가 주시오."

젠카쿠는 이 훈도시를 이용해서 — 이 훈도시로 목매 죽을 수 있다는 생각으로 간신히 짧은 반나절을 지냈다. 그러나 병석에서 일어나 앉는 것조차 사람 손을 빌리지 않으면 안 되는 그로서는 쉽게 그 기회도 얻을 수 없었다. 그뿐만 아니라 막상 죽음을 실행하려고 보니 젠카쿠에게도 무서웠다. 그는 어두침침한 전등불에 오바쿠(黃蘗)[6] 풍으로

---

5) 남자의 음부를 가리는 폭이 좁고 긴 천.
6) 서도의 유파. 오바쿠 산방 만복사(万福寺)를 창건한 은원(隱元)을 비롯한 일파의 승려들은 서도가 뛰어나 에도 시대의 문혹계(文黑界)에 큰 영향을 주었다. 이것을 오바쿠 풍이라고 한다.

쓴 족자 속 한 줄의 문구를 바라보며 아직도 삶을 욕심낼 수밖에 없는 그 자신을 경멸하기도 했다.

"고노 씨, 잠깐 일으켜 주시오."

그것은 벌써 밤 10시쯤이었다.

"나는 말이오. 지금부터 한 숨 잘 것이오. 당신도 개의치 말고 쉬세요."

고노는 묘하게 젠카쿠를 응시하다가 이렇게 무뚝뚝한 대답을 했다.

"아뇨, 저는 일어나 있겠습니다. 이게 제 임무니까요."

젠카쿠는 그의 계획도 고노에게 간파되었음을 느꼈다. 그러나 잠깐 고개를 끄덕인 채 아무 말도 하지 않고 잠든 시늉을 했다. 고노는 그의 머리맡에 부인잡지 신년호를 펼쳐놓고 뭔가 열중하여 읽고 있는 것 같았다. 젠카쿠 역시 이불 옆에 놓여있는 훈도시를 생각하며 실눈으로 고노를 지켜보고 있었다. 그러자 — 갑자기 우습다는 생각이 들었다.

"고노 씨!"

과연 고노도 젠카쿠의 얼굴을 바라보았을 때는 놀란 듯 했다. 젠카쿠는 잠옷 모양의 이불에 기댄 채 그만 멈추지 못하고 계속 웃고 있었다.

"무슨 일이세요?"

"아니, 아무 일도 아니오. 아무 것도 우스운 게 없어요. —"

젠카쿠는 여전히 웃으며 마른 오른 손을 흔들어 보이기도 했다.

"이번에는……. 왠지 이렇게 우스워서 말이지……. 이번에는 좀 옆으로 해 주시오."

한 시간 정도 지난 후 젠카쿠는 어느새 잠이 들어 있었다. 그날 밤은 꿈도 무시무시했다. 그는 우거진 나무들 속에 서서 중간 부분이 높

은 미닫이 문 틈으로 다실처럼 사용하는 방을 엿보고 있었다. 그곳에
는 또 완전히 벌거벗은 아이 하나가 얼굴을 이쪽으로 두고 누워 있었
다. 그것은 아이라고는 해도 노인처럼 주름투성이였다. 겐카쿠는 소리
를 지르려고 하면서 식은땀 투성이로 잠에서 깼다.……

'별채'에는 아무도 와 있지 않았다. 그뿐만 아니라 아직 어스름했다.
아직? — 그러나 겐카쿠는 탁상시계를 보고 이럭저럭 정오에 가까운
것을 알았다. 순간, 그의 마음은 긴장이 풀린 만큼 밝아졌다. 그러나
또 언제나처럼 금세 우울해졌다. 그는 똑바로 누운 채 그 자신의 호흡
을 세고 있었다. 그것은 마치 누군가에게 "지금이야."라고 재촉 받고
있는 기분이었다. 겐카쿠는 살짝 훈도시를 가까이 잡아당겨 그의 머
리에 감고서 양손으로 힘껏 잡아당겨 보았다.

그때 마침 얼굴을 내민 것은 옷을 껴입어 뚱뚱해 보이는 다케오였다.

"야아, 할아버지가 저런 일을 하고 있어—어."

다케오는 이렇게 소리 지르며 쏜살같이 다실로 뛰어갔다.

❖ 6 ❖

일주일 정도 지난 후 겐카쿠는 가족들에게 둘러싸인 채 폐결핵으로
절명했다. 그의 고별식은 성대(!)했다. (다만 기동이 어려운 오토리만큼
은 그 식에도 참석할 수 없었다.) 그의 집에 모인 사람들은 주키치 부
부에게 안타까움을 전한 후 하얀 고급 견직물로 덮여진 그의 관 앞에
서 분향했다. 하지만 문을 나설 때는 대부분 그에 대한 것을 잊고 있
었다. 물론 그의 친구, 동료만큼은 예외였음이 틀림없다.

"저 영감님도 흡족했을 거야. 젊은 첩도 거느렸고, 적당히 큰돈도
모았으니까." — 그들은 누구 할 것 없이 한결같이 이런 이야기들만

하고 있었다.

그의 관을 실은 장례용 마차는 한 량의 마차를 뒤에 매달고 햇빛도 비치지 않는 12월의 썰렁한 거리에서 어느 화장장으로 달려가고 있었다. 지저분한 뒤쪽 마차에 타고 있는 사람은 주키치와 그의 사촌동생이었다. 그의 사촌동생인 대학생은 마차의 흔들림을 느끼며 주키치와 그다지 이야기도 나누지 않고 문고본을 탐독하고 있었다. 그것은 리프크네히트의 영역본(英訳本), 「추억록」[7]이었다. 하지만 주키치는 밤을 샌 피곤함 때문인지 꾸벅꾸벅 졸거나 아니면 창밖의 신개발지를 바라보며 "이 부근도 완전히 변했군."이라고 마음에도 없는 혼잣말을 하기도 했다.

두 량의 마차는 서리가 녹은 길을 따라 마침내 화장장에 도착했다. 그러나 미리 전화를 걸어 이야기를 해놓았음에도 불구하고 일등 화장기는 만원이 되어 이등만이 남아 있다는 것이었다. 그것은 그들에게는 어느 쪽도 상관없었다. 하지만 주키치는 장인보다도 오히려 오스즈의 생각을 고려하여 반달 모양의 창문 너머로 열심히 사무원과 교섭했다.

"실은 치료 시기를 놓친 환자이기도 해서 적어도 화장할 때만큼은 일등으로 하고 싶습니다만." — 그런 거짓말을 해 보기도 했다. 그것은 그가 예상했던 것보다 효과가 좋은 거짓말 같았다.

"그럼 이렇게 하지요. 일등은 벌써 꽉 찼으니까 특별히 일등 요금으로 특등에서 화장해 드리기로."

주키치는 어느 정도 겸연쩍기도 하여 몇 번이고 사무원에게 고맙다는 말을 했다. 사무원은 구리 테 안경을 쓴 호인물로 보이는 노인

---

7) Wilhelm liebknecht(1826~1900): 리프크네히트. 독일의 사회주의자 마르크스의 충실한 제자로 독일 사회민주당의 창립과 발전에 공헌.

이었다.

"아닙니다. 뭐, 고맙다고까지 할 필요는 없습니다."

그들은 화장기에 봉인을 한 후 지저분한 마차를 타고 화장장 문을 나오려고 했다. 그러자 뜻밖에도 오요시가 혼자 기와 담 앞에 우두커니 서서 그들이 탄 마차에 목례를 했다. 주키치는 조금 당황하여 그의 모자를 벗으려고 했다. 하지만 그들을 태운 마차가 그때는 이미 한쪽으로 기울면서 포플러가 말라 있는 길을 달리고 있었다.

"그 사람이지요?"

"응, ……우리들이 왔을 때도 저기에 있었나 몰라?"

"글쎄요, 거지들만 있었던 것 같은데요. ……저 여자는 앞으로 어떻게 될까요?"

주키치는 시키시마(敷島) 담배에 불을 붙이며 될 수 있는 대로 냉담하게 대답을 했다.

"글쎄, 어떻게 될지……."

그의 사촌동생은 잠자코 있었다. 그러나 그의 상상은 가즈사 어느 해안의 어부 마을을 그리고 있었다. 그리고 그 어부 마을에서 살아야 하는 오요시와 아이도. — 그는 갑자기 험악한 얼굴을 하고 어느새 비치기 시작한 햇빛 속에서 다시 한 번 리프크네히트를 읽기 시작했다.

(1927년 1월)

신기루(蜃気楼)
- 혹은 「속(続) 바닷가 해변」 -

윤상현

❖ 1 ❖

1916년 어느 가을 오후, 나는 도쿄(東京)에서 놀러 온 대학생 K 군과 함께 신기루를 보러 나갔다. 가나가와 현(神奈川県) 후지자와 시(藤沢市) 구게누마(鵠沼) 해안에 신기루가 보이는 것은 이미 누구라도 알고 있을 것이다. 실제로 우리 집에서 일하는 식모는 배가 거꾸로 비친 것을 보고 "요 전 신문에서 본 사진과 똑같아요"라고 말하며 혀를 내둘렀다.

우리들은 해안가에 있는 여관 아즈마야(東屋)를 돌아가는 김에 O 군도 같이 가기를 권하기로 했다. 변함없이 빨간 셔츠를 입은 O 군은 점심 준비라도 하는 냥, 담 너머 보이는 우물가에서 부지런히 펌프질을 하고 있었다. 나는 O 군에게 물푸레나무로 만든 지팡이를 들어 우리들이 왔음을 살짝 알렸다.

"저쪽으로 들어와 주세요. ─ 이런 자네도 와 있었군 그래?"

O 군은 내가 K 군과 함께 놀러 왔다고 생각한 것 같았다.

"우리 신기루를 보러 갈 건데 자네도 함께 가지 않겠는가?"

"신기루? —"

O 군은 갑자기 웃음을 터뜨렸다.

"아무래도 요즘 모두가 신기루 때문에 난리군."

5분 정도 지난 뒤, 우리들은 이미 O 군과 함께 모래가 가득 쌓인 길을 걸어가고 있었다. 길 왼편은 모래벌판이었다. 그곳에 굵직한 소달구지 바퀴자국이 두 갈래, 비스듬히 지나가 있었다. 나는 그 깊게 패인 바퀴자국에 이름 모를 압박에 가까운 것을 느꼈다. 늠름한 천재가 일구어낸 흔적, — 그런 생각마저 들지 않은 것은 아니었다.

"아직 난 몸이 다 낫지 않은가 보네. 저런 바퀴 자국을 보는 것만으로, 이상하게 신경이 예민해 진단 말이야."

O 군은 눈살을 찌푸린 채, 나의 말에 어떤 대답도 하지 않았다. 하지만 내 마음이 O 군에게 확실히 전해졌음은 두말할 필요도 없다.

그 사이 우리들은 소나무 숲 사이를 — 듬성듬성 서 있는 키 작은 소나무 사이를 지나서 히키지(引地) 강가를 걸어갔다. 바다는 넓은 모래사장 너머로 짙푸른 쪽빛으로 활짝 개어 있었다. 다만 에노시마 섬(絵の島)에 있는 집들이나 나무들은 왠지 우울하게 흐려 보였다.

"신시대(新時代)이군요?"

K 군의 말은 뜻밖이었다. 그뿐만 아니라 미소마저 머금고 있었다. 신시대? — 더구나 그 순간 난 K 군이 말한 '신시대'를 발견하였다. 그것은 사방(砂防)용 조릿대 울타리를 뒤로 바다를 바라보고 있는 남녀였다. 다만 얇은 소매없는 외투에 중절모를 쓴 남자는 신시대라고 부르기에는 어울리지 않았다. 그러나 여자의 단발머리는 물론, 파라솔이나 굽낮은 구두만은 확실히 신시대라 할 만하였다.

"행복해 보이는 군요."

"자네가 보기엔 부러운 연인이지."

O 군은 K 군을 놀렸다.

신기루가 보이는 장소는 그들로부터 약 100미터 떨어져 있었다. 우리들은 누구라 할 것 없이 모두가 엎드려, 강 건너 아지랑이가 핀 모래사장을 바라보고 있었다. 모래사장 위로는 파란 뭔가가 한줄기, 리본 정도의 폭으로 흔들거리고 있었다. 그것은 아무래도 바다 빛깔이 아지랑이에 비춰진 것 같았다. 하지만 그 외에 모래사장에는 어떤 배 그림자도 보이지 않았다.

"저걸 신기루라 봐야 하나요?"

K 군은 모래범벅이 된 턱으로, 실망한 듯 그렇게 말했다. 그곳에 어디선가 까마귀 한 마리가 2, 300미터 떨어진 모래사장 위를, 쪽빛으로 흔들거리는 것 위를 스쳐 지나가더니, 재차 건너편으로 내려앉았다. 그 순간 까마귀 그림자가 그 아지랑이 띠 위로 힐끔 거꾸로 비쳐갔다.

"그래도 오늘은 다른 날에 비해 훌륭한 편이군."

우리들은 O 군의 말이 끝나기가 무섭게 모래사장에서 일어섰다. 그러자 어느새 우리들 앞에는 좀 전에 봤던 '신시대' 두 명이 이쪽을 향하여 걸어오고 있었다.

나는 약간 당황하며, 우리들 뒤쪽을 둘러보았다. 그러나 그들은 여전히 100미터 정도 건너편에 있는 조릿대 울타리를 뒤로 뭔가 이야기를 나누는 것 같았다. 우리들은, — 특히 O 군은 맥이 빠진 듯 웃어댔다.

"이쪽이 오히려 신기루인데 그래?"

우리들 앞에 있는 '신시대'는 물론 그들과 다른 사람이었다. 하지만 단발머리 여자나 중절모를 쓴 남자의 모습은 그들과 거의 흡사했다.

'난 어쩐지 기분이 나빴다.'

"전 언제 왔나 생각했죠."

우리들은 이런 이야기를 주고받으면서, 이번에는 히키지 강가를 따라 가지 않고 낮은 모래언덕을 넘어 갔다.

모래언덕은 사방(砂防)용 조릿대 울타리 아래쪽에 난 키 작은 소나무를 누렇게 물들이고 있었다. O 군은 그곳을 지나갈 때 "어이구" 하며 허리를 굽혀 모래 위에서 뭔가를 주워들었다. 그것은 역청¹⁾ 같은 검은 테 속에 로마자가 쓰인 명패였다.

"그건 뭐지? Sr. H Tsuji……Unua……Aprilo……Jaro……1906…….²⁾"

"뭘까요? dua……Majesta……1926……³⁾입니까? 1926이라고 쓰여 있네요."

"이봐, 이건 수장(水葬)한 시체에 붙어 있던 것 아닐까?"

O 군은 이런 추측을 했다.

"하지만 시체를 수장할 때에는 범포(帆布)인지 뭔지에 둘둘 쌀뿐이잖아?"

"그러니까 거기다 이 패를 붙인 거야. 봐, 여기에 못이 박혀 있지. 이것은 원래 십자가 모양을 하고 있던 거야."

이때 우리들은 이미 별장에서나 봄직한 대나무 울타리와 소나무 숲 사이를 걸어가고 있었다. 명패는 아무래도 O 군의 추리가 맞는 듯했다. 나는 또 다시 햇빛 속에서 느낄 리 없는 뭔가 기분 나쁜 것을 느꼈다.

"재수 없는 걸 주웠군"

"무슨, 난 마스코트할 건데. ……근데 1906년에서 1926년이라면 스무 살 때 죽었군. 스무 살이라면……."

"남자일까요? 여자일까요?"

"글쎄. ……그치만 어쨌든 이 사람은 혼혈이었는지 몰라."

---

1) 瀝靑: 천연 아스팔트라는 뜻으로 검정 혹은 짙은 갈색의 고체 유기물질.
2) 에스페란토어로 내용은 '쓰지(辻) 씨……1906년 4월 1일'이라는 뜻.
3) 에스페란토어로 내용은 '1926년 5월 2일'이라는 뜻.

나는 K 군에게 대답하며, 배 속에서 죽어간 혼혈아 청년을 상상했다. 내 상상에 의하면 그의 어머니는 일본인이었다.

"이것도 신기룬가."

갑자기 O 군은 나와 K 군을 아랑곳하지 않은 채 이렇게 혼잣말을 했다. 그것은 어쩌면 무심코 말한 것인지도 몰랐다. 하지만 내 가슴에는 왠지 어렴풋이 와닿는 말이었다.

"잠깐 홍차라도 마시러 갈까?"

우리들은 어느새 집들이 많은 중심가 골목에 서 있었다. 집들이 많은? — 그러나 건조한 모래가 덮힌 길에는 사람들의 왕래는 거의 보이지 않았다.

"K 군은 어떻게 할 건가?"

"저야 편하실 대로……."

그곳에 새하얀 개 한 마리가 맞은편에서 멍하니 꼬리를 늘어뜨리며 왔다.

❖ 2 ❖

K 군이 도쿄로 돌아간 뒤, 나는 재차 O 군과 아내와 함께 히키지 강다리를 건너갔다. 이번에는 오후 7시경, — 저녁 식사를 막 끝낸 후였다.

그날 밤은 별도 보이지 않았다. 우리들은 별로 말없이 인적 없는 모래사장을 걸었다. 모래사장에는 히키지 강어귀 주변에 불빛이 한 개 움직이고 있었다. 그것은 먼 바다로 생선 잡으러 출항한 배의 표시인 것 같았다.

파도 소리는 물론 끊이지 않았다. 하지만 물가에 가까워짐에 따라, 점점 바닷가 냄새가 진동하기 시작했다. 그건 바다 그 자체보다도 우

리들 발 근처로까지 밀어 들어온 해초나 소금기 머문 잡목의 냄새 같
았다. 난 웬일인지 이 냄새를 코 이외에 피부로도 느꼈다.

우리들은 한동안 물가에 서서, 파도에 이는 희미한 하얀 물보라를
바라보고 있었다. 바다는 어디를 둘러보아도 어두컴컴했다. 난 약 10
년 전, 가즈사(上総)에 있는 어느 해안에 체재한 적이 생각났다. 또한 동
시에 그곳에 함께 있었던 어느 한 친구가 생각났다. 그는 자신의 공부
이외에도 「마 죽(芋粥)」이란 내 단편 교정판을 읽어 주기도 했다…….

그 사이 어느샌가 O군은 물가에 웅크린 채, 한 개비 성냥불을 켰다.

"뭘 하고 있어?"

"특별히 뭐라 할 것도 없지만, ……잠깐 이렇게 불을 킨 것만으로도
갖가지 물건이 보이죠?"

O군은 어깨너머로 우리 두 사람을 쳐다보며 말을 걸었다. 과연 한
개비의 성냥불은 초록 청각채나 붉은 우뭇가사리가 흩어져 있는 와중
에 여러 조개껍질을 비추고 있었다. O군은 성냥불이 꺼지자, 다시 새
로운 성냥을 붙이며, 천천히 물가를 걸어갔다.

"아이쿠, 기분 더럽군. 익사체의 다린가 했네."

그건 절반쯤 모래 속에 파묻힌 물갈퀴 한 짝이었다. 그곳에는 또한
해초 속에 커다란 해면도 나뒹굴고 있었다. 그러나 그 성냥불도 꺼져
버리자, 주위는 전보다 더 어두워졌다.

"점심 때 만큼 수확물이 없단 얘긴가?"

"수확물? 아, 그 패 말인가? 그런 건 흔해 빠졌지."

우리들은 쉼없이 들려오는 파도 소리를 뒤로 하며 넓은 모래사장으
로 되돌아갔다. 우리들의 발은 모래 외에도 가끔 해초를 밟기도 했다.

"여기에도 여러 가지 물건들이 있군."

"한 번 더 성냥불을 켜 볼까?"

"좋지. ……어라, 방울 소리가 나는군."

나는 잠시 귀를 기울였다. 그것은 요즘 내게 자주 일어난 착각인가 생각했기 때문이다. 하지만 실제로 방울 소리는 어디선가 나는 것이 틀림없었다. 나는 다시 한 번 O 군에게도 들리는지 어떤지 물으려고 했다. 그러자 두세 걸음 뒤처져 걷던 아내는 웃음소리를 내며 우리들에게 말을 걸었다.

"제 나막신에서 나는 방울 소리일 거예요. ─"

그러나 아내는 뒤돌아보지 않더라도 짚신을 신고 있는 게 틀림없었다.

"전 오늘 밤에 어린 아이가 되어 나막신을 신고 걷는 거예요."

"부인의 소맷자락 안에서 울리고 있으니, ─ 그렇군, 갓난아이 Y의 장남감이군. 방울 달린 셀룰로이드 장난감이야"

O 군도 이렇게 말하며 웃었다. 그 사이에 아내는 우리들을 따라와, 세 사람이 나란히 걸어갔다. 우리들은 아내의 일상 이야기를 기회로 아까보다 재밌고 즐겁게 이야기했다.

나는 O 군에게 어젯밤 꿈 이야기를 했다. 그것은 어느 문화주택[4] 앞에서 트럭 운전수와 이야기하는 꿈이었다. 난 꿈속에서도 확실히 그 운전수를 만난 적 있다고 생각했었다. 하지만 어디서 만났는지는 잠에서 깬 뒤에도 알 수 없었다.

"그것이 문뜩 생각해 보니 3, 4년 전에 단 한 번 대담 취재차 온 부인 기자인 거야."

"그럼, 여자 운전수였다 말인가?"

"아니, 물론 남자였지. 단지 얼굴만은 그 사람이었어. 역시 한 번 본

[4] 다이쇼(大正) 중기 이후에 유행한 서양식 일반용 주택을 말함.

것은 머리 어딘가에 남아 있나봐."

"그렇겠지. 얼굴이라도 인상이 강한 놈은……."

"하지만 난 그 사람의 얼굴에 흥미고 뭐고 아무것도 없었지. 그것만으로 되레 불쾌한 기분이 들어. 어쩐지 의식의 경계 밖에도 여러 가지가 있는 듯한 기분이 들어서……."

"말하자면 성냥불을 켜 보면, 여러 가지 물건이 보이는 이치와 같군."

나는 꿈 이야기를 하면서, 우연히 우리들 얼굴만 똑똑히 보이는 것을 발견했다. 그러나 별빛조차 보이지 않는 것은 좀 전과 조금도 변함없었다. 나는 또다시 왠지 모를 섬뜩함에 몇 번이고 하늘을 쳐다 보았다. 그러자 아내도 낌새를 알아챘는지, 서로가 말없는 사이에 내 의문에 대답했다.

"모래 탓이예요. 그렇죠?"

아내는 팔짱을 끼며 넓은 모래사장을 되돌아보았다.

"그런 것 같군."

"모래란 녀석은 장난꾸러기군. 신기루도 이 녀석이 만든 거니까. ……부인도 아직 신기루를 못 봤나요?"

"아니요. 요 전에 한번, — 단지 파란 뭔가가 보였을 뿐이었지만요."

"오늘 우리들은 본 것도 그것뿐인걸요."

우리들은 히키지 강다리를 건너, 아즈마야 여관 근처의 제방 아래를 걸어갔다. 소나무 나뭇가지는 모두 어느샌가 불기 시작한 바람에 쏴쏴 울고 있었다. 그곳에 키 작은 남자 한 명이 빠른 걸음으로 이쪽을 향해 걸어오는 것 같았다. 나는 문뜩 금년 여름에 본 어떤 착각이 생각났다. 그것은 역시 오늘과 같은 밤에 포플라 가지에 걸린 종이가 헬멧 모양의 모자처럼 보인 것이었다. 하지만 그 남자는 착각이 아니었다. 그뿐만 아니라 서로가 가까워짐에 따라 와이셔츠 가슴 부분도 보였다.

"뭐지, 저 넥타이핀은?"

나는 작은 목소리로 이렇게 말한 뒤, 이내 핀이라 생각했던 것이 담뱃불이었음을 알았다. 그러자 아내는 소매 자락으로 입을 가린 채, 누구보다도 먼저 소리를 죽이며 웃기 시작했다. 그러나 그 남자는 곁눈질 한 번 하지 않고 서둘러 우리 곁을 지나쳐 갔다.

"그럼 잘 자게."

"안녕히 주무세요."

우리들은 가볍게 O군과 작별 인사를 한 후, 솔바람 소리를 들으며 걸어갔다. 또한 솔바람 소리 안에는 벌레들의 울음소리도 희미하게나마 섞여 있었다.

"영감님의 금혼식은 언제죠?"

'영감님'이란 양부(養父)를 말하는 것이었다.

"언제지. ……도쿄에서 보낸 버터는 도착했어?"

"버터는 아직요. 도착한 것은 소시지뿐이예요."

그 사이 우리들은 문 앞에, ……반쯤 열린 문 앞에 와 있었다.

(1927년 2월 4일)

갓파(河童)[*]

부디 Kappa라고 발음해 주십시오.

조사옥

❖ 서문 ❖

이것은 어느 정신 병원에 입원해 있던 환자 제23호가 아무에게나 떠들어 대던 이야기이다. 그는 이미 서른이 넘었을 것이다. 그렇지만 얼핏 보기에는 너무나도 새파랗게 젊은 광인이었다. 그의 반생의 경험은, 아니, 그런 것은 아무래도 좋다. 단지 가만히 양 무릎을 안고 때때로 창밖으로 눈길을 보내면서 — 철창 밖에는 마른 잎조차 보이지 않는 떡갈나무 한 그루가 눈발이 날리는 흐린 하늘을 향해 가지를 뻗고 있었다 — 원장인 S박사와 나를 상대로 장황하게 이 이야기를 떠들어 댔다. 물론 제스처를 섞지 않았던 건 아니다. 예를 들어 '놀랐다'고 할 때에는 갑자기 자기 얼굴을 뒤로 젖히거나 했다…….

나는 그의 말을 꽤 정확하게 옮기려고 노력했다. 만일 이 글이 마음에 차지 않는 사람이 있다면, 도쿄 시외 XX마을에 있는 S정신 병원을

---

* 河童: 형태는 벗은 어린아이의 모습을 하고, 얼굴은 호랑이를 닮았으며 물속에 산다는 상상의 동물.

찾아가 보는 것이 좋을 거다. 나이보다 더 젊어 보이는 제23호는 먼저 정중하게 머리를 숙이고 방석이 없는 의자를 가리킬 것이다. 그리고 우울한 미소를 띠며 조용히 이 이야기를 되풀이 할 것이다. 마지막으로 — 몸을 일으키고는 갑자기 주먹을 휘두르면서 아무에게나 이렇게 소리를 지를 것이다. "나가! 이 악당아! 네 놈도 바보스럽고 질투 많고 추잡하고 뻔뻔스럽고 콧대 높고 잔혹하고 이기적인 동물이겠지. 나가! 이 악당아!"

❖ 1 ❖

3년 전 여름이었습니다. 나는 남들처럼 배낭을 메고 가미코치에 있는 온천장에서 나와 호타카 산으로 올라가려고 했습니다. 호타카 산을 오르려면 아시는 것처럼, 아즈사 강을 거슬러 올라가는 길밖에는 없습니다. 나는 호타카 산은 물론이고 야리가타케에도 올라간 적이 있기 때문에, 아침 안개가 내려오는 아즈사 강 골짜기를—그러나 그 안개는 언제까지고 걷힐 기미가 보이지 않았습니다. 그뿐만 아니라 오히려 짙어지는 것이었습니다. 나는 한 시간쯤인가 걷다가 한번은 가미코치 온천장으로 되돌아갈까도 생각했습니다. 그렇지만 가미코치로 되돌아간다 하더라도 어쨌든 안개가 걷힐 때까지 기다려야 했습니다. 그러나 안개는 시시각각으로 점점 더 짙어질 뿐이었습니다. '에라, 차라리 올라가 버리자.' 이렇게 생각한 나는 아즈사 강 골짜기를 벗어나지 않도록 얼룩조릿대 속을 헤쳐 나갔습니다.

그러나 여전히 나의 눈을 가로막는 것은 짙은 안개뿐이었습니다. 그렇기는 해도 때때로 안개 속에서 굵은 너도밤나무나 전나무가 가지가 푸른 잎을 드리운 것을 볼 수 있었습니다. 또한 방목하는 말이나 소들도 갑자기 내 앞으로 얼굴을 내밀곤 했습니다. 그렇지만 그것들은 보였는가 하면 금세 또 자욱한 안개 속으로 숨어 버리는 것이었습니다. 그러는 동안에 다리에 힘도 빠져 가고 배도 점점 고파지기 시작했습니다. 게다가 안개에 젖은 등산복이나 담요의 무게도 이만저만한 것이 아니었습니다. 나는 결국 고집을 꺾고는 바위에 갈라지는 계곡 물 소리를 의지하여 아즈사 강 골짜기를 따라 내려가기로 했습니다.

나는 물가 바위에 걸터앉아 우선 식사를 하기 시작했습니다. 콘비프 통조림을 따거나 마른 가지를 모아 불을 붙이거나 하고 있는 동안에 이럭저럭 10분은 지났을 것입니다. 그 사이에 심술궂기만 하던 안개는 어느새 어슴푸레하게 걷히기 시작했습니다. 나는 빵을 베어먹으며 잠시 손목시계를 들여다보았습니다. 벌써 1시 20분이 지나 있었습니다. 그런데 그보다도 놀랐던 것은 뭔가 기분 나쁜 얼굴이 하나, 둥근 손목시계 유리 위로 힐끗 그림자를 떨구었던 것입니다. 나는 깜짝 놀라서 뒤돌아보았습니다. 그러자 — 내가 갓파라는 것을 실제로 본 것은 이때가 처음이었던 것입니다 — 내 뒤에 있는 바위 위에서는 그림에서 보았던 갓파 한 마리가 한 손은 자작나무 둥치를 안고 한 손은 눈 위를 가린 채, 신기한 듯이 나를 내려다보고 있었습니다.

나는 아연실색하여 잠시 동안 꼼짝도 하지 않고 있었습니다. 갓파도 역시 놀란 듯, 눈 위에 올린 손조차 움직이지 않았습니다. 그 순간 나는 몸을 날려서 바위 위에 있는 갓파에게로 달려들었습니다. 동시에 갓파도 도망치기 시작했습니다. 아니, 아마 도망쳤겠지요. 실은 잽싸게 몸을 돌리더니 금세 어디론가 사라져 버렸습니다. 나는 황당해하며 얼룩조릿대 속을 둘러보았습니다. 그러자 갓파는 도망칠 태세를 취한 채, 2~3미터 떨어진 저쪽에서 나를 돌아보고 있는 거예요. 그것은 이상할 것도 없지요. 그런데 내게 의외였던 것은 갓파의 몸 색깔이

었답니다. 바위 위에서 나를 보고 있던 갓파는 온통 회색을 띠고 있었
어요. 그런데 이번에는 몸 전체가 완전히 녹색으로 변해 있는 겁니다.
나는 "이 새끼!"라고 소리를 지르며 다시 한 번 갓파에게 달려들었습
니다. 갓파가 도망치기 시작한 것은 물론입니다. 그때부터 나는 30분
정도 얼룩조릿대를 빠져나가서 바위를 뛰어넘으며, 정신없이 갓파를
계속 쫓아갔습니다.

　갓파도 발이 빠르기로는 결코 원숭이에 뒤지지 않아요. 나는 정신
없이 뒤쫓아가는 동안 몇 번이나 그 뒷모습을 놓칠 뻔했습니다. 그뿐
만 아니라 발이 미끄러져서 여러 번 자빠지기도 했습니다. 그런데 굵
직굵직하게 가지를 뻗친 큰 칠엽수(七葉樹) 아래로 오자, 다행히도 방
목하는 소 한 마리가 도망치는 갓파 앞을 가로막고 섰습니다. 더욱이
그것은 뿔이 크고 눈이 충혈된 황소였습니다. 갓파는 이 황소를 보더
니 뭔가 비명을 지르면서 유달리 키가 큰 얼룩조릿대 속으로 재주넘
기를 하듯이 뛰어 들어갔습니다. 나는 '이제 됐다'고 생각했기 때문에
곧바로 그 뒤를 바싹 뒤쫓아 갔습니다. 그런데 거기에는 내가 모른 구
멍이 뚫려 있었던 게지요. 미끈미끈한 갓파의 등에 겨우 손끝이 닿았
는가 했더니 나는 금세 깊은 어둠 속으로 곤두박질하여 굴러떨어져
버렸습니다. 그런데 우리 인간들이란 이런 위기일발의 순간에도 터무
니없는 생각을 합니다.

　나는 "앗!" 하는 순간, 저 가미코치의 온천장 옆에 '갓파교'라는 다리
가 있던 것이 생각났습니다. 그리고 그 뒤의 일은 아무것도 기억이 나
지 않습니다. 나는 단지 눈앞에 번갯불 비슷한 것을 느끼면서 어느새
정신을 잃었습니다.

❖ 2 ❖

겨우 정신을 차려보니 나는 하늘을 향해 누운 채 수많은 갓파들에게 둘러싸여 있었습니다. 그뿐 아니라 두꺼운 입술을 가진 갓파 한 마리가 코에 안경을 걸친 채, 꿇어앉아서 내 가슴에 청진기를 대고 있었습니다. 내가 눈을 뜨자 '조용히' 하라는 손짓을 하고는, 누군가 뒤에 있는 갓파에게 "Quax, quax."라고 말을 했습니다. 그러자 어디선가 갓파 두 마리가 들것을 가지고 다가왔습니다. 나는 이 들것에 실린 채 수많은 갓파들이 떼 지어 있는 사이를 조용히 몇 미터인가 나아갔습니다. 내 양편에 늘어서 있는 거리는 긴자 거리와 조금도 다를 것이 없었습니다. 역시 너도밤나무 가로수 그늘에 각양각색의 가게가 차양을 나란히 하고 있었고, 또 그 가로수 사이로 난 길을 자동차가 여러 대 달리고 있었습니다.

이윽고 나를 태운 들것은 좁은 골목길을 돌아 어떤 집으로 들어갔습니다. 뒤에 안 사실인데, 그 집은 코에 안경을 걸치고 있던 갓파의 — 책이라는 의사의 — 집이었습니다. 책은 나를 깔끔한 침대 위에 눕혔습니다. 그러고는 무엇인지 투명한 물약을 한 잔 마시게 했습니다. 나는 침대 위에 가로누운 채 책이 하는 대로 내맡겼지요. 사실 내 몸은 제대로 움직일 수 없을 정도로 마디마디가 쑤셨으니까요.

책은 하루에 두세 번은 반드시 나를 진찰하러 왔습니다. 또 사흘에 한 번 정도는 내가 맨 처음 보았던 갓파인 백이라는 어부도 찾아왔구요. 갓파들은 우리들 인간이 갓파에 대해 알고 있는 것보다 훨씬 더 우리들을 잘 알고 있었어요. 그것은 우리들 인간이 갓파를 포획하는 것보다 갓파가 인간을 포획하는 일이 훨씬 많기 때문이겠지요. 포획이라는 말이 당치 않다고 해도 우리들 인간은 나 이전에도 때때로 갓파의 나라에 왔었지요. 그뿐 아니라 일생 동안 갓파 나라에서 살았던 사람들도 많았답니다. 왜냐구요? 우리들은 단지 갓파가 아닌 인간이라는 특권 때문에 이 나라에서는 일하지 않고도 살 수 있기 때문이지요. 실제로 백의 말로는, 우연히 이 나라에 온 어떤 젊은 도로 공사부는 그 후 암갓파를 아내로 맞아들여서 죽을 때까지 살았다는 거예요. 게다가 그 암갓파는 이 나라 제일의 미인인데다가 남편인 도로 공사부를 속이는 데에도 절묘했대요.

나는 1주일 정도 지난 후에 이 나라 법률이 정하는 바에 따라, '특별 보호 주민'으로서 책의 이웃에 살게 되었지요. 나의 집은 작았지만 너무나 산뜻하게 정돈되어 있었습니다. 물론 이 나라의 문명은 우리들 인간 세상의 문명, 적어도 일본의 문명과 별로 큰 차이는 없었지요. 거리로 향한 응접실 구석에는 작은 피아노가 한 대 있었고, 또 벽에는 액자에 끼운 동판화 같은 것도 걸려 있었어요. 다만 집 크기는 말할 것도 없고 테이블이나 의자 치수도 갓파의 키에 맞추어 놓았기 때문에, 어린아이 방에 들어간 것 같아서 그것만은 불편하게 생각했습니다.

해거름이 되면 나는 이 방에서 책이나 백을 맞이하여 갓파의 말을 배웠습니다. 아니 그들뿐만이 아니었지요. 특별 보호 주민이었던 나에 대해 누구나 호기심을 가지고 있었기 때문에, 매일 혈압을 재기 위해 일부러 책을 호출해 대는 게엘이라는 유리 회사 사장 같은 이도 역시 내 방을 찾아왔습니다. 그러나 처음 보름 사이에 나와 제일 친하게 지낸 이는 역시 백이라는 어부였습니다.

어느 따뜻한 날 해질녘이었어요. 나는 이 방에서 테이블을 사이에 두고 백과 마주 앉아 있었습니다. 그런데 백은 무슨 생각을 했는지 갑자기 입을 다물어 버리고는 큰 눈을 한층 부릅뜨고 가만히 나를 응시했습니다. 물론 나는 이상하다고 생각했기 때문에, "Quas, Bag, quo quel quan?"이라고 물었습니다. 이것은 일본말로 번역하면, "이봐, 백, 어떻게 된 거야?"라는 뜻입니다. 백은 대답을 하지 않았습니다. 그뿐 아니라 갑자기 일어나서 혀를 낼름 내민 채 마치 개구리가 튀듯이 덤벼들려고까지 했습니다. 나는 점점 기분이 언짢아져서 그냥 의자에서 일어나 한달음에 입구로 뛰어나가려고 했습니다. 마침 그때 방 안으로 얼굴을 내민 이는 다행히도 의사인 책이었습니다.

"이봐, 백, 뭘 하는 거야?"

책은 코에 안경을 걸친 채 이런 백을 노려보았습니다. 그러자 백은 미안한 듯 몇 번이나 머리를 긁적이며 책에게 사과했습니다.

"정말 죄송합니다. 실은 이 나리가 기분 나빠하는 것이 재미있어서 그만 신이 나서 장난을 쳤어요. 부디 나리도 용서해 주세요."

❖ 3 ❖

이야기를 계속하기 전에 갓파에 대해 좀 더 설명을 해야겠습니다. 갓파는 지금까지도 실제로 존재하는지 아닌지 의문스러운 동물입니다. 그러나 내가 그들 사이에서 살아 보았던 만큼 조금도 의심할 여지는 없습니다. 그들이 어떤 동물인가 하면, 머리에 짧은 머리카락이 나 있고 손발에 물갈퀴가 있었는데, 그 두 가지 다 『수호고략』[2]에 나와 있는 모습과 별다른 차이가 없었습니다. 키는 대충 1미터를 넘을까 말까 할 정도였어요. 의사인 책의 말로는 체중이 20파운드에서 30파운드까지, 드물게는 50 몇 파운드 정도 되는 큰 갓파도 있다고 합니다.

---

2) 水虎考略: 갓파를 고증하여 그림으로 그려 놓은 1820년대의 책.

그리고 머리 한가운데에는 타원형의 접시가 있었는데, 그 접시는 연령에 따라 점점 굳어져 가는 것 같았습니다. 실제로 나이 든 백의 접시를 만져 보면 젊은 책의 접시와는 감촉이 전혀 달랐거든요.

그러나 가장 이상한 것은 갓파의 피부 색깔일 겁니다. 갓파는 우리들 인간처럼 일정한 피부색을 가지고 있지 않아요. 잘은 모르지만 그 주위의 색과 같은 색으로 변해 버린다고 합니다. 예를 들어 풀숲 속에 있을 때에는 풀처럼 녹색으로 변하고, 바위 위에 있을 때에는 바위처럼 회색으로 변하는 것입니다. 이것은 물론 갓파뿐만 아니라 카멜레온에게도 있는 일입니다. 어쩌면 갓파는 피부 조직상, 카멜레온에 가까운 것을 가지고 있는지도 모르겠습니다. 나는 이 사실을 발견했을 때, 사이고쿠 지방의 갓파는 녹색이고 도호쿠 지방의 갓파는 붉다고 기록되어 있는 민속학 내용을 상기했습니다. 그뿐만 아니라 백을 쫓아갈 때에 갑자기 어디론가 사라져 버린 일을 생각해 냈어요. 또한 갓파는 피부 밑에 상당히 두꺼운 지방층을 가지고 있는 듯, 이 지하 나라의 온도가 비교적 낮은 편인데도 — 평균 섭씨 10도 안팎입니다. — 옷이라는 것을 모릅니다. 물론 어느 갓파든지 안경을 쓰거나 담뱃갑을 휴대하거나 지갑을 가지고 있거나 하지요. 하지만 갓파는 캥거루처럼 배에 주머니가 있기 때문에 그런 것들을 가지고 다니는 데에도 특별히 불편은 없습니다. 단지 나에게 이상하게 보였던 것은 아랫도리를 감싸지 않는다는 것이었습니다.

나는 언젠가 이 관습에 대해 백에게 물어 보았습니다. 그러자 백은 몸을 뒤로 젖힌 채 한참을 깔깔 웃어 댔습니다. 게다가 "나는 자네가 숨기고 있는 것이 이상해."라고 대답했습니다.

❖ 4 ❖

나는 갓파들이 사용하는 일상적인 말을 차츰 익혀 갔습니다. 또한 갓파의 풍속이나 관습도 이해하게 되었지요. 그 가운데에서 가장 이상했던 것은 우리들 인간이 진지하게 생각하는 것은 우습게 여기고, 우리들 인간이 우습게 여기는 것은 진지하게 생각하는, 이런 종잡을 수 없는 태도였습니다. 예를 들어 우리 인간은 정의라든지 인도(人道)라든지 하는 것을 진지하게 생각하는데 갓파는 그런 얘기를 들으면 배꼽을 쥐고 웃어대는 거예요. 그러니까 그들이 우습다고 하는 관념은 우리들이 우습다고 하는 관념과는 기준이 전혀 달랐어요. 나는 어느 날 의사인 책과 산아 제한에 대해 이야기를 하고 있었습니다. 그런데 책은 큰 입을 벌리고 코안경이 떨어질 정도로 웃기 시작했어요. 나는 물론 화가 나서 뭐가 이상한지 힐문했지요. 잘은 모르지만 책의 대답은 대충 이런 내용이었다고 기억하고 있습니다. 하긴 세세하게는 약간 틀린 부분이 있을지도 모릅니다. 그때는 나도 아직 갓파가 쓰는 말을 완전히 이해하지는 못하고 있었으니까요.

"하지만 부모의 사정만 생각한다는 것은 이상하니까요. 너무 제멋대로잖아요."

그 대신에 우리 인간의 눈으로 보면 갓파의 해산만큼 이상한 것은 또 없지요. 실제로 나는 얼마 후, 백의 아내가 해산하는 것을 보러 그의 집으로 갔습니다. 갓파도 아이를 낳을 때에는 우리 인간과 마찬가지입니다. 역시 의사나 산파의 도움을 빌려서 해산을 하지요. 그렇지만 해산을 하기 전, 아버지는 전화라도 걸듯이 어머니의 생식기에 입을 대고, "너는 이 세상에 태어날지 말지 잘 생각해 보고 대답을 해라." 하고 큰 소리로 묻는 것입니다. 백도 역시 무릎을 꿇고 몇 번이고 되풀이해서 이렇게 물었습니다. 그러고는 테이블 위에 있던 소독용 물약으로 양치질을 했습니다. 그러자 부인의 뱃속에 있는 아이는 다소 주위에 신경을 쓰듯 하며 작은 소리로 이렇게 대답을 했어요. "나는 태어나고 싶지 않아요. 무엇보다도 아버지한테서 정신병이 유전되는 것만 해도 문제구요. 게다가 갓파라는 존재를 나쁘다고 믿고 있으니까요."

백은 이 대답을 들었을 때 부끄러운 듯이 머리를 긁고 있었어요. 그런데 그 자리에 있던 산파는 금세 부인의 생식기에 두꺼운 유리관을 밀어 넣고 무슨 액체를 주사했어요. 그러자 부인은 안심한 듯이 깊은 숨을 쉬었습니다. 동시에 지금까지 부풀어 있던 배는 수소 가스를 뺀 풍선처럼 풀썩 줄어들어 버렸어요.

이런 대답을 할 정도니까 갓파의 아이들은 태어나기가 무섭게 걷는 것은 물론이고 이야기도 합니다. 책의 이야기로는 출산 후 26일 만에 신(神)의 유무에 대해서 강연한 아이도 있었다고 해요. 하긴 그 아이는 두 달 만에 죽어 버렸다고 합니다만.

해산 이야기가 나온 김에 말인데요, 내가 이 나라에 온 지 석 달째가 되었을 때 거리의 모퉁이에서 우연히 본 커다란 포스터 이야기를 하겠습니다. 그 커다란 포스터 밑에는 나팔을 불고 있는 갓파라든지 검을 들고 있는 갓파가 열두세 마리 그려져 있었습니다. 그리고 그 위에는 갓파가 사용하는, 마치 시계태엽과 흡사한 나선 문자가 온통 줄지어 있었어요. 이 나선 문자를 번역하면 대개 이런 내용입니다. 이것도 어쩌면 부분적으로는 틀린 곳이 있을지도 모릅니다. 어쨌든 나는 함께 걷고 있던 갓파 학생 랩이 큰 소리로 읽어주는 말을 하나하나 노트에 적어 두었지요.

유전적 의용대를 모집한다!

건전한 남녀 갓파여!

나쁜 유전을 박멸하기 위해서

불건전한 남녀 갓파와 결혼하라!

나는 물론 그때에도 그런 일은 일어나지 않는다고 랩에게 이야기해 주었습니다. 그러자 랩뿐만 아니라 포스터 근처에 있던 갓파는 모두 깔깔 웃기 시작했습니다.

"일어나지 않는다구요? 하지만 당신 이야기로 봐서는 당신들도 역시 우리들처럼 그렇게 하고 있는 것 같은데요. 당신은 아드님이 가정부에게 반하거나 따님이 운전사에게 반하거나 하는 게 무엇 때문이라고 생각하세요? 그건 모두 무의식적으로 나쁜 유전을 박멸하고 있는 거라구요. 무엇보다도 일전에 당신이 이야기한 인간 의용대 있잖아요. 철도 하나를 뺏기 위해서 서로 죽이는 의용대 말이에요. 그런 의용대에 비하면 우리 의용대는 훨씬 고상하지 않나 생각합니다만."

랩은 진지하게 말했지만 이상하게도 그의 두툼한 배만은 끊임없이 출렁거리고 있었어요. 한데 그 순간 나는 웃기는커녕 당황한 나머지 어떤 갓파를 붙잡으려 했습니다. 내가 방심한 사이 그 갓파가 내 만년필을 훔친 사실을 알아차렸기 때문이지요. 그러나 갓파는 피부가 매끄럽기 때문에 우리들에게는 쉽게 잡히지 않았어요. 그 갓파도 미끄러지듯 빠져나가 쏜살같이 도망쳐 버렸습니다. 마치 모기처럼 야윈 몸을 넘어질 듯이 앞으로 기울이면서.

❖ 5 ❖

나는 이 랩이라는 갓파에게, 백 못지않은 신세를 졌습니다. 그중에서도 잊을 수 없는 것은 톡이라는 갓파를 소개받았다는 사실입니다. 톡은 갓파 시인이지요. 시인이 머리를 기르고 있는 것은 우리 인간과 마찬가지랍니다. 나는 때때로 따분한 시간을 때우려고 톡의 집으로 놀러 갔습니다. 톡은 항상 좁은 방에 고산 식물을 심은 화분을 죽 늘어놓고 시를 쓰거나 담배를 피우거나 하면서 마음 편히 살고 있었어요. 또 방의 구석에서는 암갓파 한 마리가 — 톡은 자유 연애가이기 때문에 마누라라는 것은 두지 않습니다. — 뜨개질인지 무엇인지를 하고 있었습니다. 톡은 내 얼굴을 보면 언제나 미소지으며 이렇게 말하는 것이에요. — 무엇보다도 갓파가 미소 짓는 것은 별로 좋아 보이지 않았습니다. 적어도 나는 처음에는 오히려 기분 나쁘게 느꼈는걸요.

"야, 잘 왔네. 자, 그 의자에 앉게나."

톡은 자주 갓파의 생활이나 예술에 대해 이야기를 했어요. 톡이 믿는 바에 따르면, 평범한 갓파의 생활만큼 바보스러운 것은 없습니다. 부자, 부부, 형제 같은 것들은 모두 서로를 괴롭히는 걸 유일한 낙으로 삼고 생활하고 있는 거예요. 특히 가족 제도라는 것은 그 이상의 바보가 없을 정도로 바보스럽습니다. 톡은 어느 날 창 밖을 가리키며 "봐, 저 바보스런 짓들을!" 하고 토해 내듯이 말했습니다. 창 밖의 거리에는 아직 나이 어린 갓파 한 마리가 부모처럼 보이는 갓파를 비롯하여 일고여덟 마리의 암수 갓파를 목 언저리에 걸치고는 숨을 헐떡거리며 걷고 있었습니다. 그러나 나는 나이 어린 갓파의 희생 정신에 감탄하여 오히려 그의 갸륵함을 칭찬했습니다.

"음, 자네는 이 나라에서도 시민이 될 자격을 가지고 있어……. 그건 그렇고, 자네는 사회주의자인가?"

나는 물론 "qua." — 이것은 갓파의 말로서 '그렇다'라는 뜻입니다 — 라고 대답했습니다.

"그러면 백 명의 보통 사람을 위해서 한 명의 천재를 희생시키는 일도 당연한 일로 받아들이겠구먼."

"그럼 자네는 무슨 주의자인가? 누군가가 톡 군의 신조는 무정부주의라고 했었는데……."

"나 말인가? 나는 초인 — 직역하면 초갓파입니다 — 이지."

톡은 의기양양하게 말을 던졌습니다. 이런 톡의 예술관은 독특합니다. 톡이 믿는 바에 따르면, 예술은 어떤 것의 지배도 받지 않는 예술을 위한 예술입니다. 따라서 예술가란 무엇보다도 먼저 선악을 초월한 초인이어야 한다는 것입니다. 그러나 이것은 꼭 톡만의 의견은 아닙니다. 톡의 동료 시인들은 대개 같은 의견을 가지고 있는 듯했습니다. 실제로 나는 톡과 함께 가끔 초인 구락부에 놀러 갔습니다. 초인 구락부에 모여드는 갓파들은 시인, 소설가, 희곡 작가, 비평가, 화가, 음악가, 조각가, 아마추어 예술가들입니다. 그러나 모두가 초인입니다. 그들은 전등불이 밝은 살롱에서 언제나 쾌활하게 서로 이야기하고 있었습니다. 그뿐만 아니라 때로는 득의양양하게 그들의 초인다움을 서로 드러내고 있었지요. 예들 들어 어느 조각가는 양치식물이 심어진 화분 사이에서 나이 어린 갓파를 붙잡고 계속 남색을 하며 농락하고 있었어요. 또 어떤 암갓파 소설가는 테이블 위에 올라선 채로 압생트를 60병이나 마셔 보였습니다. 하지만 이 소설가는 60병 째에 테이블 밑으로 굴러 떨어지더니 금세 죽어버렸지요.

나는 어느 달 밝은 밤에, 시인 톡과 팔짱을 낀 채 초인 구락부에서 돌아왔습니다. 톡은 여느 때와는 달리 침울해져서 입을 다물고는 한

마디도 하지 않았습니다. 그러는 사이에 톡과 나는 불빛이 비치는 작은 창문 앞을 우연히 지나갔습니다. 그 창문 저쪽에는 부부 같은 암수 갓파가 두세 마리의 아이 갓파와 함께 만찬이 차려진 테이블에 마주 앉아 있었습니다. 그러자 톡은 한숨을 쉬면서 갑자기 나에게 이렇게 이야기했지요.

"나는 초인적 연애라고 생각하고 있는데 말이야, 저런 가정의 모습을 보면 역시 부러움을 느낀다네."

"하지만 그것은 아무리 생각해도 모순인 것 같지 않나?"

톡은 달빛 아래에서 가만히 팔짱을 낀 채 그 작은 창문 쪽을, 평화로운 다섯 마리 갓파들의 만찬을 지켜보고 있었습니다. 그러고는 잠시 후에 이렇게 대답했어요.

"저기에 있는 계란 부침은 뭐니뭐니해도 역시 연애 따위보다는 위생적이거든."

❖ 6 ❖

실제로 또 갓파의 연애는 우리들 인간의 연애와는 상당히 다른 양상을 보입니다. 암갓파는 이거다 싶은 수갓파를 발견하기 무섭게 수갓파를 붙잡는 데 어떠한 수단도 가리지 않습니다. 가장 정직한 암갓파는 무턱대고 수갓파를 쫓아가는 것입니다. 실제로 나는 미친 듯이 수갓파를 쫓아가고 있는 암갓파를 본 적이 있습니다. 아니, 그뿐만이 아닙니다. 젊은 암갓파는 물론이고 그 갓파의 부모와 형제까지 한패가 되어 뒤쫓아가는 것입니다. 수갓파야말로 비참합니다. 그도 그럴 것이, 죽어라 하고 도망쳐서 운 좋게 붙잡히지 않았다 하더라도 두세 달은 몸져누워 버리니까요. 어느 날 나는 집에서 톡의 시집을 읽고 있었습니다. 바로 그때 랩이라는 학생이 그곳에 뛰어들어왔습니다. 랩은 구르듯 들어오자마자 마루 위에 쓰러진 채 숨이 끊어질 듯 이렇게 말하는 것입니다.

"큰일났다. 드디어 안겨 버리고 말았다!"

나는 눈 깜짝할 사이에 시집을 던져 버리고 현관문을 잠가 버렸습니다. 열쇠 구멍으로 밖을 내다보니 유황 가루를 얼굴에 칠한 키가 작은 암갓파 한 마리가 아직 문 앞에서 서성거리고 있는 거예요. 랩은 그날부터 몇 주일 동안을 나의 침상에 누워 있었습니다. 그뿐만 아니라 어느새 랩의 주둥이는 완전히 썩어 떨어져 버렸습니다.

그렇지만 때로는 암갓파를 열심히 쫓아다니는 수갓파도 없는 것은 아닙니다. 그러나 그것도 사실은 쫓아가지 않고는 견딜 수 없도록 암갓파가 조종하는 것입니다. 나 역시 미치광이처럼 암갓파를 쫓고 있는 수갓파도 보았지요. 암갓파는 도망가면서도 가끔씩 일부러 멈춰서서 보거나 네 발로 기어 보이거나 합니다. 게다가 마침 이때다 싶은 순간이 오면, 자못 낙심한 척하며 쉽게 붙잡혀 버리는 것입니다. 내가 본 수갓파는 암갓파를 안은 채, 한참을 거기서 뒹굴고 있었습니다.

그러다 겨우 일어난 갓파는 실망이라고 할까 후회라고 할까, 아무튼 뭐라고도 형용할 수 없는 불쌍한 얼굴을 하고 있었습니다. 그러나 그것은 아직 괜찮은 편입니다. 이것도 내가 본 것인데, 작은 수갓파 한 마리가 암갓파를 쫓아가고 있었습니다. 암갓파는 여느 때처럼 유혹적인 둔주(遁走)를 하고 있었지요. 그때 맞은편 길에서 큰 수갓파 한 마리가 숨을 몰아쉬며 걸어왔습니다. 암갓파는 어떤 기회에 문득 이 수갓파를 보더니 "큰일났어요. 살려주세요. 저 갓파가 나를 죽이려고 해요!" 하고 외마디 소리를 질렀습니다. 그러자 큰 수갓파는 금세 작은 갓파를 붙잡아 길 한가운데에서 깔아뭉갰지요. 작은 갓파는 물갈퀴 달린 손으로 두세 번 허공을 향해 허우적대더니 결국 죽어 버렸습니다. 그렇지만 그때는 이미 암갓파가 싱글벙글하면서 큰 갓파의 목덜미에 꽉 매달려 버린 뒤였지요.

내가 알고 있던 수갓파는 전부 미리 짠 것처럼 암갓파에게 추격당했습니다. 물론 처자식이 있는 백도 역시 추격당했던 것입니다. 심지어 두세 번은 붙잡혔습니다. 단지 맥이라는 철학자 — 맥은 시인 톡의 옆집에 사는 갓파입니다 — 만은 한번도 붙잡힌 적이 없습니다. 이는 무엇보다 맥만큼 못생긴 갓파도 드물기 때문이겠지요. 더군다나 맥은 별로 거리에 얼굴을 내밀지 않고 집에만 있기 때문입니다. 나는 맥의 집으로도 가끔 이야기하러 갔습니다. 맥은 항상 약간 어두운 방에 일곱 가지 색으로 만든 색유리 랜턴을 켜 놓고 다리가 긴 책상 앞에 앉아서, 두꺼운 책들만 읽고 있었습니다. 어느 날 나는 이런 맥과 함께 갓파의 연애에 관해 서로 이야기를 나누었습니다.

"왜 정부는 암갓파가 수갓파를 추격하는 것을 더 엄중하게 단속하지 않는 거예요?"

"그건 우선 관리 중에 암갓파가 적기 때문이지요. 암갓파는 수갓파보다도 훨씬 질투심이 강하거든요. 암갓파 관리만 증가하면 수갓파는 분명히 지금처럼 추격당하지 않고 지낼 수 있겠지요. 그러나 그 효력도 뻔한 거지요. 왜냐구요? 관리 사이에서도 암갓파는 수갓파를 추격하니까요."

"그럼 당신처럼 사는 것이 가장 행복한 셈이군요."

그러자 맥은 의자에서 일어나 나의 양손을 잡은 채, 한숨을 쉬면서 이렇게 말했습니다.

"당신은 갓파가 아니니까 모르시는 것도 당연합니다. 그런데 나도 어떤 때는, 저 무서운 암갓파에게 추격당하고 싶은 마음이 일기도 한

답니다."

❖ 7 ❖

나는 또 시인 톡과 음악회에도 자주 갔습니다. 그런데 지금도 잊을 수 없는 것은 세 번째로 갔던 음악회에서 생긴 일입니다. 연주회장의 모습은 일본과 별로 다를 게 없습니다. 무대를 향해 경사가 진 좌석에는 암수 갓파가 300~400마리, 모두 프로그램을 손에 들고 연주음에 열심히 귀기울이고 있는 거예요. 이 세 번째 음악회에 갔을 때 나는 톡과 톡의 암갓파 그리고 철학자 맥과 함께 맨 앞좌석에 앉아 있었습니다. 첼로 독주가 끝나자 묘하게 실눈을 한 갓파 한 마리가 아무렇게나 악보를 낀 채 무대 위로 올라왔습니다. 이 갓파는 프로그램에 소개된 대로 고명한 크라백이라는 작곡가입니다. 프로그램이 가리키는 대로, 아니 프로그램을 볼 필요조차 없습니다. 크라백은 톡이 속해 있는 초인 구락부의 회원이기 때문에 나도 얼굴만은 알고 있었지요. 'Lied—Craback' — 이 나라의 프로그램도 대개는 독일어를 늘어놓고 있었습니다.

크라백은 열렬한 박수를 받으며 청중을 향해 잠시 인사를 한 뒤, 조용히 피아노 앞으로 걸어갔습니다. 그러고는 역시 자신이 만든 리드를 아무렇게나 치기 시작했습니다. 톡의 말에 의하면, 크라백은 이 나라가 낳은 음악가 가운데 전무후무한 천재라고 합니다. 나는 크라백의 음악은 물론, 취미로 쓰는 서정시에도 흥미를 가지고 있었기 때문에, 큰 활 모양의 피아노 소리에 열심히 귀를 귀울이고 있었습니다. 톡과 맥도 황홀하기는 어쩌면 나보다도 더했을 거예요. 그런데 저 아름다운 — 적어도 갓파들의 이야기에 의하면 — 톡의 암갓파만은 프로그램을 꽉 쥔 채, 때때로 자못 초조한 듯이 긴 혀를 낼름낼름 내밀었습니다. 잘은 모르지만 맥의 말에 따르면, 이 암갓파는 한 10년 전에 크라백을 붙잡는 데 실패했기 때문에 아직도 이 음악가를 눈엣가시처럼 여기고 있답니다.

크라백은 온몸에 정열을 담아서 싸우듯이 피아노를 치기 시작했습니다. 그때 갑자기 "연주 금지!"라는 소리가 회장 안에 천둥처럼 울려 퍼졌습니다. 나는 이 소리에 깜짝 놀라서 나도 모르게 뒤를 돌아보았습니다. 소리의 주인공은 다름 아닌 맨 뒷좌석에 앉아 있던 키가 큰 순경이었습니다. 순경은 내가 돌아보았을 때, 느긋하게 자리에 앉은 채, 다시 한 번 아까보다 더 큰 소리로 "연주 금지!"라고 소리쳤습니다. 그리고…….

그리고 그 다음에는 대혼란이 일어났습니다. "경관 횡포!", "크라백, 연주해! 연주해!", "바보!", "개새끼!", "물러가라!", "지지마라!" — 이런 소리가 터져나오는 가운데 의자는 넘어지고 프로그램은 날아다니고, 게다가 누가 던졌는지 빈 사이다 병이랑 돌멩이랑 베어먹다 만 오이마저 난무하는 것이었지요. 나는 어안이 벙벙해서 톡에게 그 이유를 물으려고 했습니다. 하지만 톡도 흥분한 듯 의자 위에 우뚝 서서, "크라백, 연주해, 연주해." 하며 계속 외치고 있었습니다. 그뿐만 아니라 톡의 암갓파도 어느새 적의를 잊었는지, "경관 횡포!" 하고 톡과 마찬가지로 소리치고 있었지요. 나는 어쩔 수 없이 맥 쪽을 보며 "어떻게 된 거예요?" 하고 물어보았습니다.

"이것 말입니까? 이런 건 이 나라에서는 흔히 있는 일이지요. 원래 그림이니 문예니 하는 것은……."

맥은 뭔가 날아올 때마다 목을 약간씩 움츠리며 계속해서 조용히 설명했습니다.

"원래 그림이니 문예니 하는 것은 어쨌든 누가 보아도 무엇을 표현하고 있는지 잘 알 수 있으니까 이 나라에서는 결코 발매나 전시를 금지하지 않습니다. 그 대신에 있는 것이 연주 금지입니다. 하여간에 음악만은 아무리 풍기문란한 곡이라도 귀가 없는 갓파로서는 알 수가 없으니까요."

"그러면 저 순경은 귀가 있는 겁니까?"

"글쎄, 어떨까 싶군요. 아마도 방금 연주된 선율을 듣다가 아내와 함께 자고 있을 때의 심장 박동이라도 떠올린 게지요."

이러는 동안에도 소동은 한층 더 심해질 뿐이었습니다. 크라백은 피아노에 앉은 채 오만하게 우리를 돌아보고 있었지요. 그렇지만 아무리 오만하게 앉아 있더라도 갖가지 물건이 날아오는 것은 피하지 않을 수 없었습니다. 그래서 애써 취한 태도도 결국 2~3초 간격으로 변했습니다. 그러나 대체로는 대음악가의 위엄을 유지하면서 가는 눈을 무섭게 번득이고 있었지요. 나도 물론 위험을 피하기 위해서 톡을 작은 방패로 삼고 있었습니다. 하지만 역시 호기심에 이끌려서 열심히 맥과 계속 이야기했습니다.

"그런 검열은 난폭하잖아요?"

"아니죠, 어느 나라의 검열보다도 오히려 진보되었을 정도라구요. 예를 들어 XX를 보세요. 실제로 바로 한 달쯤 전에도……."

맥이 이렇게 말하는 순간, 공교롭게도 그의 머리 위로 빈 병이 떨어졌습니다. "quack." — 이것은 단지 감탄사입니다. — 맥은 비명을 지른 채 그만 정신을 잃었습니다.

❖ 8 ❖

나는 유리 회사의 사장인 게엘에게 이상하게도 호의를 가지고 있었습니다. 게엘은 자본가 중의 자본가입니다. 아마 이 나라의 갓파 가운데 게엘만큼 배가 큰 갓파는 한 마리도 없을 것입니다. 그러나 여주를 닮은 아내와 오이를 닮은 아이를 양쪽에 두고 안락의자에 앉아 있는 모습은 거의 행복 그 자체입니다. 나는 때때로 재판관인 펩과 의사인 책을 따라서 게엘 가(家)의 만찬에 갔습니다. 또 게엘의 소개장을 가지고 게엘과 게엘의 친구들이 약간씩 관계하고 있는 여러 공장들도 둘러보았습니다. 그 여러 공장들 중에서도 특히 나에게 재미있었던 곳은 서적 제조 회사의 공장이었지요. 나는 젊은 갓파 기사와 공장 안에 들어가 수력 전기를 동력으로 한 큰 기계를 보았을 때, 새삼스럽게 갓파 나라의 기계 공업이 진보된 모습을 보고 경탄했습니다. 확실하지는 않지만 그곳에서는 1년에 700만 부의 책을 만든다고 합니다. 하지만 나를 놀라게 한 것은 책의 부수가 아닙니다. 그만큼이나 되는 책을 만드는 데 조금도 힘이 들지 않는다는 사실입니다. 아무튼 이 나라에서는 책을 만들기 위해 단지 깔때기 모양으로 된 기계의 입에 종이와 잉크와 회색 분말을 넣을 뿐이니까요. 그 원료들은 기계 속에 들어가면 채 5분도 지나지 않아서 국판, 사륙판, 국반절판 등의 책이 되어 나오는 것입니다.

나는 폭포처럼 떨어지는 갖가지 책들을 바라보면서, 몸을 약간 뒤로 젖힌 갓파 기사에게 그 회색 분말은 뭔지 물어 보았습니다. 그러자 기사는 검은빛으로 빛나는 기계 앞에 멈춰 선 채 흥미 없다는 듯이 이렇게 대답을 했습니다.

"이것 말입니까? 이것은 당나귀의 뇌예요. 한 번 건조시킨 뒤에 대충 분말로 만든 것뿐이랍니다. 시가는 1톤에 2~3전입니다만."

물론 이런 공업상의 기적은 서적 제조 회사에서만 일어나는 것은 아닙니다. 그림 제조 회사에서도, 음악 제조 회사에서도 마찬가지로 일어나고 있는 것입니다. 그리고 실제로 게엘의 말에 의하면, 이 나라에서는 평균 한 달에 700~800종의 기계가 새로 고안되어, 무엇이든지 척척 갓파들의 손을 기다리지 않고 대량 생산되고 있다고 합니다. 따라서 직공이 해고되는 것도 4만~5만 마리 이하로는 내려가지 않는다고 합니다. 그런데다가 이 나라에서는 매일 아침 신문을 읽어 봐도 한 번도 파업이라는 글자를 보지 못합니다. 나는 이것을 이상하게 생각했기 때문에, 언젠가 또 펩이랑 책과 게엘 가의 만찬에 초대받은 기회에 그 이유를 물어 보았습니다.

"그건 모두 먹어 버리기 때문이지요."

식후 담배를 입에 문 게엘은 너무나도 쉽게 이렇게 말했습니다. 그러나 '먹어 버린다'는 것이 어떤 것인지 이해할 수가 없었습니다. 그러자 코안경을 쓴 책은 내가 이상스럽게 생각하는 것을 알아차린 듯, 끼어들어서 설명을 더 해 주었습니다.

"그 직공을 모두 죽여 버리고 고기를 식용으로 사용하는 것이지요. 여기 있는 신문을 보세요. 이번 달에는 6만 4,769마리의 직공이 해고되었으니까 그만큼 고기값도 내린 셈이지요."

"직공은 가만히 죽임을 당하나요?"

"소란을 피워도 어쩔 수 없지요. 직공 도살법이 있으니까."

이것은 야생 복숭아 화분을 뒤로 한 채 쓸쓸한 얼굴을 하고 있던 펩의 말입니다. 나는 물론 불쾌하게 느꼈습니다. 그러나 주인공인 게엘은 물론, 펩과 책도 그런 것은 당연하다고 생각하고 있는 것 같았습니다. 실제로 책은 웃으면서 비웃듯이 내게 말을 걸었습니다.

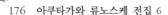

"말하자면 굶어 죽거나 자살하거나 하는 수고를 국가가 생략시켜 주는 것이지요. 유독 가스를 조금 맡게 하는 정도니까 큰 고통은 없어요."

"그렇지만 그 고기를 먹는다는 것은……."

"농담하지 마세요. 저 맥이 들으면 분명히 박장대소하며 웃을 거예요. 당신 나라에서도 제4계급의 딸들은 매춘부가 되어 있잖아요? 직공의 살을 먹는 것 따위에 분개하는 것은 감상주의지요."

이런 문답을 듣고 있던 게엘은 가까운 테이블 위에 있던 샌드위치 접시를 권하면서, 태연히 나에게 이렇게 말했습니다.

"어때요? 하나 잡수시겠어요? 이것도 직공의 고기입니다만."

나는 물론 견딜 수 없어졌습니다. 아니, 그뿐만이 아닙니다. 펩과 책의 웃음소리를 뒤로 하고 게엘 가의 응접실에서 뛰쳐나왔습니다. 마침 지붕 위 하늘에 별빛도 보이지 않는 스산한 밤이었습니다. 집으로 돌아오는 어둠 속에서 끊임없이 구역질을 했습니다. 밤눈에 보기에도 희멀겋게 흘러내리는 구토를.

❖ 9 ❖

그러나 유리 회사 사장인 게엘은 사람을 좋아하는 갓파였음에 틀림없습니다. 나는 때때로 게엘과 함께 게엘이 속해 있는 구락부에 가서 유쾌하게 하룻밤을 지냈습니다. 그 구락부는 톡이 속해 있는 초인 구락부보다도 훨씬 쾌적했기 때문입니다. 그뿐만 아니라 게엘의 이야기는 철학자인 맥의 이야기처럼 깊이를 가지고 있지는 않다고 하더라도, 나에게 전혀 새로운 세계를 — 넓은 세계를 — 보여 주었습니다. 게엘은 항상 순금으로 된 스푼으로 커피를 저으면서, 쾌활하게 여러 가지 이야기를 하곤 했습니다.

분명하지는 않지만 어느 안개가 짙은 밤에 나는 겨울 장미가 가득 꽂힌 화병을 사이에 두고 게엘의 이야기를 듣고 있었습니다. 그 방은 분명히 방 전체는 물론, 의자랑 테이블도 흰 바탕에 가는 금테를 두른 시세션(secession)풍의 방이었던 것으로 기억하고 있습니다. 게엘은 여느 때보다도 의기양양해서 얼굴에 미소를 가득 띤 채, 마침 그 당시 천하를 뒤흔들고 있던 쿠오락스 당 내각의 일 등을 이야기했습니다. 쿠오락스라는 말은 별다른 의미가 없는 감탄사이기 때문에 '어?'라고나 번역할 수 있겠지요. 아무튼 이 정당은 무엇보다도 먼저 '갓파 전체의 이익'을 표방하고 있었습니다.

"쿠오락스 당을 지배하고 있는 것은 이름 높은 정치가인 로페입니다. '정직은 최선의 외교입니다.'라고 비스마르크가 말했지요. 그러나 로페는 내정에서도 정직을 살리고 있는 것입니다."

"하지만 로페의 연설은……."

"자, 내 말을 들으세요. 그 연설은 물론 모두 거짓말입니다. 하지만 거짓말이라는 것은 누구나 알고 있으니까 결국 정직과 다름없겠지요. 그것을 통틀어 거짓이라고 하는 것은 당신들만의 편견이지요. 우리들 갓파는 당신들처럼……. 그러나 그건 어쨌든 상관없어요. 내가 이야기하고 싶은 것은 로페에 관한 것입니다. 로페는 쿠오락스 당을 지배하고 있는 자이며, 그 로페를 지배하고 있는 것은 Pou-Fou 신문 — 이 '푸푸'라는 말도 역시 의미가 없는 감탄사입니다. 만일 굳이 번역한다면 '아!'라고나 할 수 있겠지요 — 의 사장인 쿠이쿠이입니다. 하지만 쿠이쿠이도 그 자신이 주인이라고 할 수는 없습니다. 쿠이쿠이를 지배하고 있는 것은 당신 앞에 있는 게엘입니다."

"그렇지만, 실례가 될지 모르겠습니다만, 푸푸 신문은 노동자 편 신

문이 아닌가요? 한데 쿠이쿠이 사장이 당신의 지배를 받고 있다는 것
은……."

"푸푸 신문의 기자들은 물론 노동자 편입니다. 그러나 기자들을 지
배하는 이는 쿠이쿠이인데다가 쿠이쿠이는 이 게엘의 후원을 받지 않
으면 안 될 입장에 있지요."

게엘은 변함없이 미소를 띤 채 순금 스푼으로 장난을 치고 있었습니
다. 이런 게엘을 보자, 나도 게엘을 미워하기보다는 푸푸 신문의 기자
들에게 동정이 일어났습니다. 그러자 게엘은 말없이 앉아있는 내게서
이런 생각을 읽은 듯 큰 배를 부풀리며 이렇게 말하는 것이었습니다.

"뭐, 푸푸 신문의 기자들도 전부 노동자 편은 아니지요. 적어도 우
리 갓파들은 누구의 편을 들기보다는 먼저 우리들 자신의 편을 드니
까요……. 한데 성가시게도 이 게엘조차 역시 타인의 지배를 받고 있
다는 겁니다. 당신은 그게 누구라고 생각합니까? 그것은 나의 아내이
지요. 아름다운 게엘 부인이랍니다."

게엘은 큰 소리로 웃었습니다.

"그건 오히려 행복이지요?"

"아무튼 나는 만족하고 있습니다. 그러나 이것도 당신 앞에서만, 갓
파가 아닌 당신 앞에서만 드러내 놓고 크게 말할 수 있는 것입니다."

"그러면 결국 쿠로락스 내각은 게엘 부인이 지배하고 있는 것이군
요."

"글쎄, 그렇게도 말할 수 있겠네요……. 하지만 7년 전에 일어난 전
쟁의 경우는 확실히 어떤 암갓파 때문에 시작된 것임에 틀림없습니
다."

"전쟁? 이 나라에도 전쟁이 있었던가요?"

"있었고말고요. 앞으로도 또 언제 일어날지 모릅니다. 무엇보다도

이웃 나라가 있는 한에는……."

나는 실제로 이때 비로소 갓파 나라도 국가적으로 고립되어 있지 않다는 사실을 알았습니다. 게엘의 설명에 의하면, 갓파는 항상 수달을 가상의 적으로 삼고 있다고 합니다. 더욱이 수달은 갓파에게 뒤지지 않는 군비를 갖추고 있다는 것이에요. 나는 이 수달을 상대로 한 갓파의 전쟁 이야기에 적잖이 흥미를 느꼈습니다 ─ 무엇보다 수달이 갓파의 강적이니 하는 이야기는 『수호고략』의 저자는 물론, 『산도민담집(山島民譚集)』의 저자 야나기다 구니오 씨조차 모르지 않았나 싶은 새로운 사실이니까.

"그 전쟁이 일어나기 전에도 물론 양국 다 방심하지 않고 조용히 상대방을 살피고 있었지요. 이는 어느 쪽이나 마찬가지로 상대방을 두려워하고 있었기 때문입니다. 그러던 차에 이 나라에 있던 수달 한 마리가 어느 갓파 부부를 방문했습니다. 그 부부 중의 암갓파는 남편을 죽일 생각을 하고 있었습니다. 무엇보다 남편은 난봉꾼이었으니까요. 게다가 생명 보험에 들어 있었던 것도 약간의 유혹이 되었을지도 모르지요."

"당신은 그 부부를 아세요?"

"네. 아니, 수갓파만은 알고 있습니다. 내 아내는 이 갓파를 악인인 것처럼 말하고 있습니다만, 내가 보기에는 악인이라기보다 오히려 암갓파에게 붙잡히는 것을 두려워하고 있는, 피해망상증이 심한 광인입니다. 그래서 이 암갓파는 남편이 마실 코코아 잔 속에 청산가리를 넣어 두었던 것입니다. 그런데 그것이 어떻게 잘못되어 손님인 수달이 남편 것을 마시게 된 것입니다. 물론 수달은 죽어 버렸지요. 그리고……."

"그 뒤에 전쟁이 일어났습니까?"

"네. 공교롭게도 그 수달은 훈장을 받았던 자였으니까요."

"전쟁은 어느 쪽이 이겼습니까?"

"물론 이 나라가 이겼습니다. 36만 9,500마리의 갓파들이 그 때문에 장렬하게 전사했습니다. 그러나 적국에 비하면 그 정도의 피해는 아무것도 아니었습니다. 이 나라에 있는 모피란 모피는 대부분이 수달의 모피입니다. 나도 그 전쟁 때에는 유리를 제조하는 외에도 석탄 찌꺼기를 전지에 보냈습니다."

"석탄 찌꺼기는 어디에 사용되는 겁니까?"

"물론 식량으로 쓰이지요. 우리 갓파들은 배만 고프면 아무거나 먹게 되어 있으니까요."

"그것은……. 부디 화내지 말아 주세요. 그건 전쟁터에 있는 갓파들에게는……. 우리 나라에서는 추문이지만요."

"이 나라에서도 추문임에는 틀림없습니다. 그러나 내가 이렇게 말하고 있으면 아무도 추문시하지는 않습니다. 철학자인 맥도 말한 적이 있지요. '그대의 악은 그대 스스로 말하라. 그리하면 그대의 악은 저절로 소멸하리라.' ……더욱이 나는 이익뿐만 아니라 애국심에 불타고 있었으니까요."

그때 마침 이 구락부의 급사가 들어왔습니다. 급사는 게엘에게 절을 한 다음 낭독이라도 하듯이 이렇게 말했습니다.

"댁의 옆집에서 화재가 났습니다."

"화……화재!"

게엘은 놀라서 일어났습니다. 물론 나도 일어났지요. 하지만 급사는 태연하게 다음 말을 덧붙였습니다.

"그러나 벌써 불길은 잡았습니다."

게엘은 급사를 전송하면서 울다가 웃는 듯한 표정을 지었습니다.

이런 얼굴을 보자, 나는 어느샌가 이 유리 회사 사장을 미워하고 있음을 깨달았습니다. 하지만 이 순간의 게엘은 대자본가도 그 무엇도 아닌 그냥 갓파로서 서 있는 것입니다. 나는 화병 속에서 겨울 장미꽃을 빼내서는 게엘의 손에 건넸습니다.

"불길은 잡았다고 해도 부인은 틀림없이 놀라셨겠지요. 자, 이것을 가지고 돌아가세요."

"고맙소."

게엘은 나의 손을 잡았습니다. 그리고 갑자기 히죽 웃으며 작은 소리로 이렇게 말했습니다.

"옆집은 내가 세 준 집이니까 화재 보험금만은 받을 수 있어요."

나는 이때의 게엘의 미소 — 경멸할 수도 없고 증오할 수도 없는 — 를 지금도 생생하게 기억하고 있습니다.

❖ 10 ❖

"어떻게 된 거야? 왜 또 우울한 얼굴을 하고 있지?"

화재가 있었던 다음 날이었지요. 나는 담배를 입에 문 채 우리 집 응접실 의자에 앉아 있는 학생 랩에게 이렇게 말했습니다. 실제로 랩은 오른쪽 다리 위에 왼쪽 다리를 포갠 채, 썩은 주둥이도 보이지 않을 정도로 멍하니 마루 위만 보고 있었습니다.

"랩 군, 어떻게 된 거냐고 묻고 있지 않나!"

"아니, 뭐, 별것 아녜요."

랩은 겨우 머리를 들고 슬프게 코멘소리로 대답했습니다.

"나는 오늘 창밖을 보면서, '어, 벌레잡이제비꽃이 피었네.'라고 무심코 중얼거렸습니다. 그러자 내 여동생은 갑자기 안색이 변하더니,

'어차피 나는 벌레잡이제비꽃이라구.' 하면서 마구 신경질을 부리지 않겠습니까? 게다가 또 우리 어머니는 여동생 역성을 크게 드는 사람이라서 역시 나에게 싸움을 거는 것입니다."

"벌레잡이제비꽃이 피었다고 하는 것이 왜 여동생한테 불쾌한 걸까?"

"글쎄, 아마 수캇파를 붙잡는다는 의미로 받아들인 거겠지요. 게다가 어머니와 사이가 나쁜 숙모도 싸움에 끼어들었으니 점점 더 큰 소동이 되어 버렸습니다. 게다가 일 년 내내 술에 취해 있는 아버지는 이 싸움에 대해서 듣더니, 누구랄 것 없이 아무에게나 던지기 시작한 것입니다. 이것만 해도 결말이 나지 않던 참에 내 남동생은 그 사이에 어머니 지갑을 훔쳐서는 곧장 영환지 뭔지를 보러 가버렸습니다. 나는…… 정말 나는 이제……."

랩은 양 손에 얼굴을 묻고는 아무 말도 하지 않고 울어 버렸습니다. 물론 나는 그를 동정했습니다. 동시에 가족 제도에 대한 시인 톡의 경멸을 상기하기도 했습니다. 나는 랩의 어깨를 두드리며 열심히 위로했습니다.

"그런 것은 어디서나 흔히 있는 일이야. 자, 용기를 내게나."

"하지만…… 하지만 주둥이라도 썩지 않았으면……."

"그건 포기할 수밖에 없지, 뭐. 자, 톡의 집에라도 가지."

"톡 씨는 나를 경멸하고 있어요. 나는 톡 씨처럼 대담하게 가족을 버릴 수가 없으니까요."

"그럼 크라백 군의 집으로 가세."

나는 그 음악회 이래 크라백과도 친구가 되었기에, 여하튼 이 대음악가의 집으로 랩을 데리고 가기로 했습니다. 크라백은 톡에 비하면 훨씬 사치스럽게 생활하고 있었습니다. 이 말은 자본가인 게엘처럼

살고 있다고 하는 의미는 아닙니다. 단지 여러 가지 골동품을 — 타나
그라 인형3)이랑 페르시아의 도자기를 — 가득히 진열한 방에 터키풍
의 긴 의자를 놓고 크라백 자신의 초상화 밑에서 항상 아이들과 놀고
있는 것입니다. 하지만 그날은 어떻게 된 것인지 팔짱을 낀 채 쓴웃음
을 지으며 앉아있었습니다. 그뿐만 아니라 그의 발밑에는 휴지가 온
통 흩어져 있었습니다. 분명 랩도 시인 톡과 함께 자주 크라백을 만나
고 있었을 겁니다. 그러나 그 모습을 보고는 두려움을 느낀 듯, 그날
은 정중하게 인사를 한 뒤 가만히 방 한구석에 앉아 있었습니다.

"어떻게 된 거야, 크라백 군?"

나는 인사를 하는 둥 마는 둥 하며 이렇게 대음악가에게 물었습니다.

"어떻게 된 거냐구? 멍청이 비평가 같으니! 나의 서정시가 톡의 서
정시와 비교가 되지 않는다는 거야."

"하지만 자네는 음악가이고……."

"그 말뿐이라면 참을 수도 있어. 나는 록에 비하면 음악가라는 이름
을 붙일 자격도 없다는 거야!"

록이란 자는 크라백과 자주 비교되는 음악가입니다. 하지만 공교롭
게도 초인 구락부의 회원이 아닌 관계로 나는 한 번도 이야기해 본 적
이 없었습니다. 그러나 무엇보다도 주둥이가 뒤집어져 올라간, 성깔이
있는 듯한 얼굴만은 사진으로 자주 보았지요.

"록도 천재임에는 틀림없지. 그러나 록의 음악에는 자네의 음악에
넘쳐흐르는 근대적인 정열이 없어."

"자네는 정말 그렇게 생각하나?"

"그렇게 생각하고말고."

---

3) 기원전 4~3세기경 그리스에서 만든 테라코타제 인형.

　그러자 크라백은 얼른 일어나 타나그라 인형을 거머쥐더니 갑자기 마루 위로 내던졌습니다. 랩은 어지간히 놀란 듯, 뭔가 소리를 지르며 도망치려고 했습니다. 하지만 크라백은 랩과 나에게 '놀라지 마'라는 손짓을 잠시 한 뒤 이번에는 냉정하게 이렇게 말하는 것입니다.

　"그건 자네도 속인들과 마찬가지로 들을 귀가 없기 때문이야. 나는 록을 두려워하고 있어……."

　"자네가? 겸손한 척하는 것은 그만두게."

　"누가 겸손한 척한다는 거야? 자네들에게 그런 척해 보일 정도라면 비평가들 앞에서 먼저 척해 보이겠어. 크라백은 천재라고. 그 점에서는 록을 두려워하지 않아."

　"그럼 무엇을 두려워하고 있는 거야?"

　"뭔가 정체를 알 수 없는 것을, 말하자면 록을 지배하고 있는 별을."

　"아무래도 내게는 납득이 가지 않는데."

　"그럼 이렇게 말하면 알겠지. 록은 내 영향을 받지 않아. 하지만 나는 어느 사이엔가 록의 영향을 받아 버린단 말이야."

　"그건 자네 감수성이……."

　"자, 들어 봐, 감수성 따위의 문제가 아니야. 록은 항상 느긋하게 그 녀석만이 할 수 있는 일을 하고 있어. 그러나 나는 좌불안석이야. 그것은 록의 눈으로 보면, 어쩌면 한걸음 차이일지도 모르지. 그렇지만 내게는 10마일이나 차이가 나 보여."

　"그렇지만 선생님의 영웅곡은……."

　크라백은 실눈을 한층 가늘게 뜨고 화가 치미는 듯이 랩을 쏘아보았습니다.

　"입 다물어. 자네 따위가 뭘 알아? 나는 록을 알고 있어. 록에게 굽실거리는 개 따위보다도 록을 잘 알고 있다구."

"자, 좀 조용히 해."

"만일 조용히 하고 있을 수 있다면……. 나는 항상 이렇게 생각하고 있어. 우리들이 모르는 무엇인가가 나를, 크라백을 조소하기 위해서 록을 내 앞에 세운 거야. 철학자인 맥은 이런 것을 뭐든지 알고 있어. 항상 저 색유리 랜턴 아래서 낡아빠진 책만 읽고 있는 주제에."

"왜?"

"요즘 맥이 쓴 『바보의 말』이라는 책을 읽어 보게."

크라백은 나에게 책 한 권을 건넸습니다. 아니, 집어던졌습니다. 그리고 또 팔짱을 낀 채 퉁명스럽게 이렇게 내뱉었습니다.

"그럼 오늘은 이만 실례하지."

나는 풀이 죽은 랩과 함께 다시 거리로 나가기로 했습니다. 거리에는 많은 갓파들이 오가고 있었으며 너도밤나무 가로수 그늘에는 여전히 각양각색의 가게들이 줄지어 있었습니다. 우리는 아무 말 없이 그냥 걸었습니다. 그때 마침 그곳을 지나고 있던, 수염이 긴 시인 톡과 마주쳤습니다. 톡은 우리 얼굴을 보자 배주머니에서 손수건을 꺼내어 몇 번이고 이마를 닦았습니다.

"아아, 오랜만이군. 오늘은 오랜만에 크라백을 방문하려고 하는데……."

나는 이 예술가들을 싸우게 만들고 싶지 않아서, 크라백이 무척이나 불쾌해했었다고 듣기 싫지 않게 톡에게 말했습니다.

"그래? 그럼 그만두기로 하지. 어쨌든 크라백은 신경 쇠약이니까……. 나도 요 2~3주간은 잠을 못 자서 죽겠다구."

"우리와 함께 산보하는 게 어때?"

"아니야. 오늘은 그만두겠어. 아니!"

톡은 이렇게 소리치기가 무섭게 내 팔을 단단히 붙잡았습니다. 게다가 어느새 온몸에 식은땀을 흘리고 있는 것입니다.

"어떻게 된 거야?"

"어떻게 된 거예요?"

"아니, 저 자동차 창문 안에서 녹색 원숭이 한 마리가 고개를 내민 것처럼 보였어."

나는 약간 걱정이 되어 아무튼 의사인 책에게 진찰받도록 권했습니다. 그러나 톡은 무슨 말을 해도 들을 기색조차 보이지 않았습니다. 그뿐만 아니라 뭔가 의심스러운 듯이 우리 얼굴을 번갈아 보면서 이런 말까지 꺼내는 것이었습니다.

"나는 결코 무정부주의자가 아니야. 그것만은 꼭 잊지 말아 줘. 그럼 안녕. 책 따위는 딱 질색이야."

우리는 멍하니 멈춰 선 채 톡의 뒷모습을 바라보고 있었습니다. 우리는, 아니, '우리'가 아닙니다. 학생인 랩은 어느 사이엔가 길 한복판에 다리를 벌리고 서서는 허리를 구부려 양 허벅지 사이로 얼굴을 디밀고는 끊임없이 오가는 자동차와 갓파들을 보고 있는 것이었어요. 나는 이 갓파도 정신이 이상해졌나 싶어 놀라서 랩을 일으켰습니다.

"정신 나갔어? 뭐 하는 거야?"

그러나 랩은 눈을 비비면서 의외로 침착하게 대답을 했습니다.

"아니, 너무 우울하니까 거꾸로 세상을 바라본 거예요. 그렇지만 역시 마찬가지로군요."

❖ 11 ❖

이것은 철학자 맥이 쓴 『바보의 말』 중의 어느 장입니다.

바보는 항상 타인들을 바보라고 믿고 있다.

우리가 자연을 사랑하는 것은 자연이 우리를 미워하거나 질투하지 않기 때문이라는 이유가 없는 것도 아니다.

가장 현명한 생활은 한 시대의 관습을 경멸하면서, 또한 그 관습을 조금도 깨지 않도록 생활하는 것이다.

우리가 가장 자랑하고 싶은 것은 우리가 가지고 있지 않은 것 뿐이다.

누구든 우상 파괴에 이의를 갖는 자는 없다. 동시에 또한 누구든 우상이 되는 일에 이의를 표명하는 자도 없다. 그러나 우상의 자리에 태연히 앉아 있을 수 있는 자는 신들로부터 가장 은총을 받은 자 — 바보거나 악인이거나 영웅 — 이다(크라백은 이 장 위에 손톱자국을 남기고 있었습니다).

우리들 생활에 필요한 사상은 3000년 전에 다 바닥을 드러냈는지도 모른다. 우리는 단지 오래된 장작에 새로운 불씨를 더할 뿐이다.

우리의 특색은 우리 자신의 의식을 언제나 초월하는 것이다.

행복은 고통을 동반하고, 평화는 권태를 동반한다면?

자기를 변호하는 것은 타인을 변호하는 것보다 곤란하다. 의심하는 자는 변호사를 보라.

자만, 애욕, 의혹 — 모든 죄는 3000년 동안 이 세 가지로부터 발생되었다. 동시에 또한 아마도 모든 덕도.

물질적인 욕망을 억제하는 것이 꼭 평화를 가져오지는 않는다. 우리는 평화를 얻기 위해서는 정신적인 욕망도 억제하지 않으면 안 된다(크라백은 이 장 위에도 손톱자국을 남기고 있었습니다).

우리는 인간보다도 불행하다. 인간은 갓파만큼 진화되지 않았다(나는 이 장을 읽었을 때 무의식 중에 웃어 버렸습니다).

한다고 하는 것은 할 수 있다는 것이고, 할 수 있다는 것은 하는 것이다. 결국 우리의 생활은 이런 순환 논법을 벗어날 수는 없다. 즉, 시종 불합리하다.

보들레르는 백치가 된 뒤 그의 인생관을 단 한마디로, 여음(女陰)이라는 한마디로 표현했다. 그러나 보들레르 자신을 나타내 주는 것은 그가 꼭 이렇게 말했다는 데 있지 않다. 오히려 그의 천재, 그의 생활을 유지시키기에 충분했던 시적 천재를 신뢰했기 때문에 위(胃)라는 한마디를 잊었다는 데 있다(이 장에도 역시 크라백의 손톱자국은 남아 있었습니다).

만일 이성으로 일관한다면, 우리는 당연히 우리 자신의 존재를 부정해야만 한다. 이성을 신(神)으로 삼은 볼테르가 행복하게 일생을 마쳤다고 하는 것은 바로 인간이 갓파보다도 진화되지 않았다는 사실을 나타내는 것이다.

❖ 12 ❖

비교적 쌀쌀한 어느 오후였습니다. 나는 『바보의 말』을 읽다가 싫증이 나서 철학자인 맥을 찾아갔습니다. 그런데 어떤 외로운 마을 길 모퉁이에 모기처럼 야윈 갓파 한 마리가 멍하니 벽에 기대어 있었습니다. 그런데 그 갓파는 틀림없이 언젠가 내 만년필을 훔쳐간 녀석이었습니다. 나는 잘 됐다 싶어, 마침 그곳을 지나가던 건장한 순경을 불러 세웠습니다.

"저 갓파를 좀 조사해 주세요. 저 갓파는 한 달 전쯤에 내 만년필을 훔쳤으니까요."

순경은 오른손에 쥔 봉을 올려 — 이 나라의 순경은 칼 대신에 상수리나무로 만든 봉을 가지고 있었습니다. — "이봐, 자네."라며 그 갓파에게 소리를 쳤습니다. 나는 어쩌면 그 갓파가 도망칠지도 모른다고 생각했습니다. 그런데 의외로 침착하게 순경 앞으로 다가왔습니다. 그뿐만 아니라 팔짱을 낀 채로 너무나 의기양양하게 나의 얼굴과 순경의 얼굴을 말똥말똥 쳐다보는 것이었습니다. 그러나 순경은 화도 내지 않고 배에 있는 주머니에서 수첩을 꺼내어 당장 심문에 착수했습니다.

"이름은?"

"그룩"

"직업은?"

"2~3일 전까지는 우편 배달부를 했습니다."

"좋아, 그런데 이 사람의 신고에 따르면 자네가 이 사람의 만년필을 훔쳤다는데 말이야."

"네. 한 달 전쯤에 훔쳤습니다."

"뭣 때문에?"

"아이에게 장난감으로 주려구요."

"그 아이는?"

순경은 비로소 상대방 갓파에게 날카로운 시선을 보냈습니다.

"1주일 전에 죽어버렸습니다."

"사망진단서를 가지고 있는가?"

야윈 갓파는 배주머니에서 종이 한 장을 꺼냈습니다. 순경은 그 종이를 훑어보더니 갑자기 싱글싱글 웃으면서 상대방의 어깨를 두드렸습니다.

"좋아, 수고했네."

나는 어이가 없어서 순경의 얼굴을 바라보았습니다. 더구나 그러는 동안에 야윈 갓파는 뭔가 중얼거리며 우리를 남겨 놓고 가버렸습니다. 나는 겨우 정신을 차려서 순경에게 이렇게 물어 보았습니다.

"왜 저 갓파를 붙잡지 않는 거예요?"

"저 갓파는 무죄입니다."

"그럼 내 만년필을 훔친 것은……."

"아이한테 장난감으로 주려고 한 거겠지요. 그렇지만 그 아이는 죽었어요. 만일 미심쩍으면 형법 1285조를 찾아보세요."

순경은 이렇게 내뱉고는 재빨리 어디론가 가 버렸습니다. 나는 어쩔 수 없이 '형법 1285조'라는 말을 되뇌면서 맥의 집으로 서둘러 갔습니다. 철학자 맥은 손님을 좋아합니다. 실제로 그날도 침침한 방에는 재판관인 펩과 의사인 책, 유리회사 사장인 게엘 등이 모여서 칠색 색유리 랜턴 밑에서 담배 연기를 뿜어대고 있었습니다. 재판관 펩이 그곳에 와 있던 게 내게는 무엇보다 다행이었습니다. 나는 의자에 앉기가 바쁘게 형법 제1285조를 찾는 대신에 재빨리 펩에게 물었습니다.

"펩 군, 대단히 실례지만 이 나라에서는 죄인을 벌하지 않습니까?"

펩은 끝이 금박지에 싸인 담배의 연기를 유유하게 뿜어내더니, 너무나 하찮다는 듯이 대답을 했습니다.

"벌하고말고요. 사형까지 집행할 정도니까요."

"그런데 나는 한 달 전쯤에……."

나는 자세한 사정을 이야기한 후에 바로 그 형법 1285조에 대해서 물어 보았습니다.

"으음, 그건 이런 것입니다. '어떤 죄를 지었다 하더라도 범행을 유발한 원인이 소실된 뒤에는 해당 범죄자를 처벌할 수 없다.' 즉, 당신 경우로 말한다면, 그 갓파는 이전에는 부모였지만 지금은 더 이상 부모가 아니니까 범죄도 자연히 소멸하는 것입니다."

"그것은 정말 불합리하군요."

"농담하지 마세요. 부모였던 갓파와 부모인 갓파를 동일하게 보는 것이야말로 불합리합니다. 그래그래, 일본 법률에서는 동일하게 보게 되어 있지요. 그건 정말 우리한텐 아주 우습게 보입니다. 후후후."

펩은 담배를 집어던지면서 의미 없는 엷은 웃음을 흘리고 있었습니다. 그러고 있는데 끼여든 것은 법률과는 인연이 없는 책이었습니다.

책은 코에 건 안경을 조금 바로잡고 나에게 이렇게 질문했습니다.

"일본에도 사형이 있습니까?"

"있고말고요. 일본에서는 교수형입니다."

나는 냉담한 체하는 펩에게 다소 반감을 느끼고 있었기 때문에 이 기회에 비꼬아 주었습니다.

"이 나라의 사형은 일본보다 문명화되어 있겠지요?"

"물론 그렇습니다."

펩은 역시 차분했습니다.

"이 나라에는 교수형 따위는 없습니다. 드물게는 전기를 사용하기도 하지요. 그러나 대개는 전기도 사용하지 않습니다. 단지 죄명을 들려 줄 뿐입니다."

"그렇게만 해도 갓파는 죽는 겁니까?"

"죽고말고요. 우리들 갓파의 신경 작용은 당신들보다 미묘하니까요."

"그건 사형뿐만이 아닙니다. 살인에도 그 수법이 사용되고 있지요."

색유리 빛으로 온 얼굴이 보라색으로 물든 게엘은 붙임성 있는 미소를 지어보였습니다.

"나는 일전에도 어느 사회주의자에게 '네놈은 도둑이야.'라는 소리를 듣고 심장 마비를 일으킬 뻔했지요."

"그런 일은 의외로 많은 것 같습니다. 내가 아는 어떤 변호사도 역시 그 때문에 죽어 버렸으니까요."

나는 이렇게 말참견을 한 갓파 — 철학자 맥을 돌아보았습니다. 맥도 역시 여느 때와 마찬가지로 미소를 띤 채 아무도 바라보지 않으면서 이야기하고 있는 것이었습니다.

"그 갓파는 누군가로부터 개구리라는 소리를 듣고 — 물론 당신도 아시지요. 이 나라에서 개구리라는 말을 듣는 것은 갓파 같지 않은 갓파를 의미한다는 정도는 — '나는 개구리일까? 개구리가 아닌 걸까?' 하고 매일 생각하다가 마침내 죽어 버린 것입니다."

"그것은 곧 자살이군요."

"하긴 그 갓파에게 개구리라고 말한 녀석은 그를 죽일 생각으로 말했던 것이지요. 당신들의 눈으로 보면 역시 그것도 자살이라고 하는⋯⋯."

맥이 막 이렇게 말했을 때입니다. 갑자기 방 저쪽에서, 분명 시인 톡의 집에서 날카로운 피스톨 소리 한 발이 공기를 튀기듯 울려 퍼졌습니다.

❖ 13 ❖

우리는 톡의 집으로 달려갔습니다. 톡은 오른손에 피스톨을 쥐고는 위를 향한 채 고산 식물을 심은 화분 위에 쓰러져 있었습니다. 그의 머리에 있는 접시에서는 붉은 피가 흐르고 있었습니다. 그 옆에서는 암갓파 한 마리가 톡의 가슴에 얼굴을 묻고 큰 소리를 지르며 울고 있었습니다. 나는 암갓파를 안아 일으키면서 — 원래 나는 끈적끈적한 갓파의 피부에 손을 대는 것을 별로 좋아하지는 않았지만 — "어떻게 된 거예요?" 하고 물었습니다.

"어떻게 된 건지 모르겠어요. 그냥 뭔가 쓰고 있나 보다 했더니 갑자기 피스톨로 머리를 쐈어요. 아아, 나는 어떻게 하면 좋아요? qur-r-r-r-r, qur-r-r-r-r." — 이것은 갓파의 우는 소리입니다.

"어쨌거나 톡 군은 제멋대로였지."

유리 회사 사장인 게엘은 슬픈 듯이 머리를 흔들면서 재판관인 펩에게 이렇게 말했습니다. 그러나 펩은 아무 말도 하지 않고 끝을 금종이로 만 담배에 불을 붙이고 있었습니다. 그러자 지금까지 무릎을 꿇고 톡의 상처 자리를 살피고 있던 책은 너무나도 의사다운 태도로 우리 다섯 명 — 실은 한 사람과 네 마리 — 에게 선언했습니다.

"이제 안 되겠어요. 톡 군은 원래 위장병이 있었으니까 그것만으로도 우울해지기 쉬웠지요."

"뭔가 쓰고 있었다고 하던데요."

철학자 맥은 변호하듯이 이렇게 혼잣말을 뱉으며 책상 위에 있는 종이를 집어 들었습니다. 우리는 모두 목을 빼고 — 하지만 나만은 예외입니다 — 폭이 넓은 맥의 어깨너머로 종이 한 장을 들여다보았습니다.

자, 떠나자. 사바세계를 떠난 골짜기로.
바위들은 험하고, 산수는 맑고,
약초 꽃은 향기로운 골짜기로.

맥은 우리를 돌아보고 엷은 쓴웃음을 지으며 이렇게 말했습니다.
"이건 괴테의 「미뇽의 노래」 표절이에요. 그렇다면 톡 군이 자살한
것은 시인으로서도 지쳐 있었다는 이야기로군요."
그러고 있는데 우연히 자동차를 타고 온 것은 음악가 크라백이었습
니다. 크라백은 이런 광경을 보고는 잠시 문 앞에 멈춰 서 있었습니
다. 하지만 그는 우리 앞으로 다가오더니 호통치듯이 맥에게 말을 걸
었습니다.
"그것은 톡의 유언장입니까?"
"아니, 마지막으로 쓰고 있던 시입니다."
"시?"
역시 맥은 조금도 동요하지 않고 머리를 곤두세운 크라백에게 톡의
시 원고를 건넸습니다. 크라백은 주위는 아랑곳없이 열심히 그 시 원
고를 읽기 시작했습니다. 더구나 맥의 말에는 거의 대답조차 하지 않
는 것이었습니다.
"당신은 톡 군의 죽음을 어떻게 생각합니까?'
"자, 떠나자. ……나도 또 언제 죽을지 모릅니다. ……사바세계를
떠난 골짜기로……."
"당신 역시 톡 군과는 친구였지요?"
"친구? 톡은 늘 고독했습니다. ……사바세계를 떠난 골짜기로 ……

단지 톡은 불행하게도……. 바위들은 험하고……."

"불행하게도?"

"산수는 맑고……. 당신들은 행복합니다. ……바위들은 험하고……."

나는 아직도 울음을 그치지 않는 암갓파를 동정하며 가만히 어깨를 안아서는 방 한구석의 긴 의자가 있는 곳으로 데리고 갔습니다. 거기에는 두 살이나 세 살 정도 되는 갓파 한 마리가 아무것도 모르고 웃고 있었습니다. 나는 암갓파 대신에 아이 갓파를 달래 주었습니다. 그러자 어느 사이엔가 내 눈에도 눈물이 고이는 것이 느껴졌습니다. 내가 갓파 나라에 살면서 눈물을 흘린 것은 이때가 처음이자 마지막이었습니다.

"그런데 이런 제멋대로인 갓파와 함께 사는 가족은 안됐군요."

"어쨌든 뒷일도 생각하지 않으니까요."

재판관인 펩은 여전히 새 담배에 불을 붙이면서 자본가인 게엘에게 대답을 하고 있었습니다. 그때 우리를 놀라게 한 것은 음악가 크라백이 지른 큰 소리였습니다. 크라백은 시 원고를 쥔 채 누구에게랄 것도 없이 소리를 질러 댔습니다.

"잘 됐다! 멋진 장송곡을 만들 수 있겠어!"

크라백은 가는 눈을 반짝이며 잠시 맥의 손을 쥐더니 갑자기 현관 쪽으로 달려갔습니다. 물론 이때에는 이웃에 사는 갓파 여럿이 톡의 집 현관에 모여 신기한 듯이 집 안을 들여다보고 있었지요. 그러나 크라백은 이 갓파들을 좌우로 마구 밀어내며 훌쩍 자동차에 올라탔습니다. 그러자 자동차는 굉음을 내면서 금세 어디론가 사라져 버렸습니다.

"이봐, 이봐, 그렇게 들여다보면 안 돼."

재판관인 펩은 순경 대신에, 모여 있는 갓파들을 밀어내며 톡 집의 문을 닫아 버렸습니다. 그 때문인지 방 안은 갑자기 조용해졌습니다.

우리는 이런 고요 속에서, 고산 식물의 꽃향기가 섞인 톡의 피 냄새를 맡으며 뒤처리를 의논했습니다. 그러나 철학자 맥만은 톡의 시체를 바라보며 멍하니 무엇인가를 생각하고 있었습니다. 나는 맥의 어깨를 두드리며, "무엇을 생각하고 있었어요?" 하고 물었습니다.

"갓파의 생활을요."

"갓파의 생활이라뇨?"

"우리 갓파는 뭐니뭐니해도, 갓파의 생활을 완수하기 위해서는……."

맥은 다소 부끄러운 듯이 이렇게 작은 소리로 덧붙였습니다.

"아무튼 우리 갓파 이외에 다른 어떤 힘을 믿는 것이지요."

❖ 14 ❖

나에게 종교라는 것을 생각나게 한 것은 이런 맥의 말입니다. 나는 물론 물질주의자이니까 진지하게 종교를 생각한 적은 한 번도 없었습니다. 하지만 이때는 톡의 죽음에 어떤 감동을 받았기 때문에 도대체 갓파의 종교는 무엇일까 하고 생각하기 시작한 겁니다.

나는 곧바로 학생인 랩에게 이 문제를 물어 보았습니다.

"기독교, 불교, 이슬람교, 배화교 등이 있습니다. 그중에서도 가장 세력이 있는 것은 뭐니뭐니해도 근대교(近代敎)일 거예요. 생활교(生活敎)라고도 합니다만." ― '생활교'라는 번역은 들어맞지 않을지도 모릅니다. 이 원어는 Quemoocha입니다. cha는 영어의 -ism이라는 의미에 해당하겠지요. quemoo의 원형 quemal을 해석하면 단순히 '살다'라기보다는 '밥을 먹기도 하고, 술을 마시기도 하고, 교합을 행하기도 한다.'는 의미입니다.

"그럼 이 나라에도 교회라든지 사원이라든지 하는 게 있다는 거로군."

"무슨 말씀이세요? 근대교대사원 같은 것은 이 나라에서 제일가는 대건축물인걸요. 어때요, 구경 좀 하시겠어요?"

어느 후텁지근한 흐린 오후에 랩은 의기양양하게 나와 함께 이 대사원으로 갔습니다. 과연 그것은 니콜라이 당(堂)의 열 배나 되는 대건축물이었지요. 그뿐만 아니라 모든 건축 양식이 다 사용되었더군요. 나는 이 대사원 앞에 서서 높은 탑과 둥근 지붕을 바라보면서 왠지 기분이 언짢아지기까지 했습니다. 실제로 그것들은 하늘을 향해 뻗은 무수한 촉수처럼 보였습니다. 우리는 현관 앞에 멈춰 선 채 — 현관과 비교해 보아도 우리가 얼마나 작았는지요! — 건축물이라기보다 오히려 터무니없는 괴물에 가까운 희대의 대사원을 잠시 동안 올려다보았습니다.

대사원의 내부도 역시 광대했습니다. 그 고린도풍의 둥근 기둥 사이로 참배객 여러 명이 걸어다니고 있었습니다. 그들도 우리처럼 아주 작게 보였습니다. 그때 우리는 허리가 굽은 갓파 한 마리를 만났습니다. 랩은 그 갓파에게 조금 머리를 숙여 목례를 한 뒤 정중하게 이렇게 말을 걸었습니다.

"장로님, 건강하시니 무엇보다 다행이군요."

상대방 갓파도 인사를 한 뒤 역시 정중하게 대답을 했습니다.

"아니, 랩 씨 아닙니까? 당신도 여전히 — 라고 하면서 잠시 말을 잇지 못했던 것은 아마 랩의 주둥이가 썩어 있는 것이 눈에 띄었기 때문이었겠지요 — 아아, 아무튼 괜찮은 것 같군요. 그런데 오늘은 어떻게……."

"오늘은 이분을 모시고 왔어요. 이분은 아마 아시는 바와 같이……."

그러더니 랩은 거침없이 나에 대해서 말했습니다. 아무래도 랩은 대사원에 좀처럼 오지 않았던 것을 변명이라도 하는 것 같았습니다.

"그래서 이분의 안내를 좀 부탁드리고 싶습니다만."

장로는 점잖게 미소 지으면서 먼저 나에게 인사를 하고 조용히 정면 계단을 가리켰습니다.

"안내라고 해도 아무것도 도움이 될 것은 없습니다."

"우리 신도들은 정면 제단에 있는 '생명나무'에게 예배를 드리지요. '생명나무'에는 보시다시피 금색과 녹색 과실이 달려 있습니다. 저 금색 과실을 '선과(善果)'라고 하고 녹색 과실을 '악과(惡果)'라고 합니다……."

나는 이런 설명을 듣고 있는 동안 벌써 따분해지기 시작했습니다. 그것은 모처럼 하는 장로의 말이 낡은 비유처럼 들렸기 때문입니다. 나는 물론 열심히 듣고 있는 척했습니다. 하지만 가끔씩 대사원 내부로 가만히 시선을 보내는 것을 잊지 않고 있었습니다.

고린도풍의 기둥, 고딕풍의 둥근 천장, 아라비아 냄새가 나는 바둑판 무늬의 마루, 시세션 흉내를 낸 기도 책상. 이런 것들이 만들어 내는 조화는 묘하게 야만적인 미를 갖추고 있었습니다. 그러나 나의 눈길을 끈 것은 무엇보다도 양쪽 감실 속에 있는 대리석 반신상이었지요. 어쩐지 그 상들을 언젠가 본 적이 있는 것처럼 느껴졌습니다. 그도 그럴만했지요. 그 허리가 굽은 갓파는 '생명나무'에 대한 설명을 마치자, 이번에는 나랑 랩과 함께 오른쪽 감실 앞으로 다가가 그 감실 속에 있는 반신상에 대해 이렇게 설명을 하기 시작했습니다.

"이것은 우리 성도 중의 한 사람, 모든 것에 반역한 성도 스트린드베리입니다. 이 성도는 몹시도 괴로워한 끝에 스웨덴보리의 철학 덕분에 구원받은 것처럼 말하고 있습니다. 하지만 실은 구원받지 못했습니다. 이 성도는 그냥 우리들처럼 생활교를 믿고 있었습니다. 아니,

믿을 수밖에 없었겠지요. 이 성도가 우리에게 남긴 『전설』이라는 책을 읽어 보세요. 이 성도도 자살 미수자였다는 사실을 성도 자신이 고백하고 있습니다.

나는 조금 우울해져서 다음 감실로 시선을 돌렸습니다. 다음 감실에 있는 반신상은 콧수염이 텁수룩한 독일인이었습니다.

"이것은 자라투스트라의 시인 니체입니다. 이 성도는 자신이 만든 초인에게서 구원을 찾으려 했습니다. 그러나 역시 구원받지 못하고 미쳐 버리고 말았지요. 만일 미치지 않았더라면 어쩌면 성도가 될 수 없었을지도 모릅니다……."

장로는 잠깐 침묵한 뒤에 제3감실 앞으로 안내했습니다.

"세 번째에 있는 것은 톨스토이입니다. 이 성도는 누구보다도 고행을 했습니다. 그것은 원래 귀족이었기 때문에 호기심이 많은 공중(公衆)에게 괴로움을 보이는 것을 싫어했기 때문입니다. 이 성도는 사실상 믿어지지 않는 그리스도를 믿으려고 노력했습니다. 아니, 믿고 있는 것처럼 공언한 적도 있었습니다. 그러나 마침내 만년에는 비장한 거짓말쟁이였던 사실이 견딜 수 없어졌습니다. 이 성도도 때때로 서재 들보에 공포를 느낀 이야기는 유명합니다. 그래도 성도라고 쳐 줄 정도니까 물론 자살한 것은 아닙니다."

제4감실 속에 있는 반신상은 우리 일본인 중의 한 명이었습니다. 나는 이 일본인의 얼굴을 보았을 때에 정말이지 그리움을 느꼈습니다.

"이것은 구니키다 돗보입니다. 기차에 치어 죽는 부인의 마음을 분명히 알고 있던 시인입니다. 그러나 그 이상의 설명은 당신에게는 불필요할 겁니다. 그러면 다섯 번째 감실 속을 봐 주십시오."

"이건 바그너가 아닙니까?"

"그렇습니다. 국왕의 친구였던 혁명가입니다. 성도 바그너는 만년엔

식전 기도까지 했습니다. 그러나 물론 기독교도라기보다 생활교 신도 중의 한 사람이었지요. 바그너가 남긴 편지에 의하면 사바세계의 고통이 몇 번이나 이 성도를 죽음 앞으로 몰아붙였는지 모릅니다."

우리는 그때 이미 제6감실 앞에 서 있었습니다.

"이것은 성도 스트린드베리의 친구들입니다. 그는 아이가 많은 아내 대신에 열서너 살 되는 타히티 여자를 아내로 맞아들인 장사꾼 출신의 프랑스 화가입니다. 이 성도의 굵은 혈관 속에는 뱃사람의 피가 흐르고 있었습니다. 그러나 입술을 보세요. 비소(砒素)인지 뭔지 모를 흔적이 남아 있습니다. 제7감실 속에 있는 것은⋯⋯이제 지치셨지요? 그럼 이쪽으로 와 보세요."

나는 실제로 피곤했기 때문에 랩과 함께 장로를 따라서 복도 옆에 있는, 향냄새가 나는 방으로 들어갔습니다. 작은 방 한구석에 놓인 검은 비너스상 밑에는 산포도 한 송이가 바쳐져 있었습니다. 나는 장식이 전혀 없는 승방을 상상했던 만큼 좀 의외였습니다. 그러자 장로는 내 모습에서 나의 이런 기분을 느낀 듯, 우리에게 의자를 권하기 전에 반쯤은 안됐다는 말투로 설명했습니다.

"아무쪼록 우리들의 종교가 생활교라는 것을 잊지 말아 주십시오. 우리들의 신인 '생명나무'의 가르침은 '왕성하게 살아라.' 하는 것이기 때문에⋯⋯. 랩 씨 당신은 이분에게 우리 성서를 보여 드렸습니까?"

"아니, ⋯⋯실은 나 자신도 거의 읽은 적이 없는걸요."

랩은 머리 위에 있는 접시를 긁으면서 솔직하게 대답을 했습니다. 그러나 장로는 여전히 조용한 미소를 지으면서 이야기를 계속 했습니다.

"그것만으로는 알 리가 없지요. 우리들의 신은 하루 동안에 이 세계를 만들었습니다. '생명나무'는 나무라고는 하지만 전지전능합니다. 그뿐만 아니라 암갓파를 만들었습니다. 그런데 암갓파는 따분한 나머지

수갓파를 원했습니다. 우리들의 신은 이 탄식을 불쌍히 여겨 암갓파
의 뇌수를 취하여 수갓파를 만들었습니다. 우리들의 신은 이 두 마리
의 갓파에게 '먹어라, 교합하라, 왕성하게 살아라.' 하고 축복을 내렸습
니다."

나는 장로의 말을 들으며 시인 톡을 생각했습니다. 시인 톡은 불행
하게도 나처럼 무신론자입니다. 나는 갓파가 아니기 때문에 생활교를
몰랐던 것도 무리는 아닙니다. 그렇지만 갓파 나라에 태어났던 톡은
물론 '생명나무'를 알고 있었을 테지요. 나는 이 가르침에 따르지 않았
던 톡의 최후를 불쌍히 여겼기 때문에, 장로의 말을 가로막듯이 톡에
관해서 얘기를 꺼냈습니다.

"아아, 그 가엾은 시인 말이지요?"

장로는 내 말을 듣고 깊은 한숨을 내쉬었습니다.

"우리의 운명을 정하는 것은 신앙과 상황과 우연뿐입니다. 하긴 당
신들은 그 밖에도 유전에 대해 가르치시겠지요? 아니, 나도 부러워하
고 있습니다. 랩 군 같은 이는 나이도 젊고……."

"나도 주둥이만 제대로 되어 있었다면 어쩌면 낙천적이었을지도 모
릅니다."

장로는 우리에게서 이런 말을 듣자 다시 한 번 깊은 한숨을 쉬었습
니다. 더구나 그 눈은 눈물을 머금은 채 가만히 검은 비너스상을 응시
하고 있었습니다.

"나도 실은……. 이건 내 비밀이니까 아무쪼록 아무에게도 말하지
말아 주세요……. 나도 실은 우리들의 신을 믿을 수가 없습니다. 그러
나 언젠가 나의 기도는……."

마침 장로가 이렇게 말했을 때입니다. 갑작스럽게 방문이 열렸는가
했더니 큰 암갓파 한 마리가 갑자기 장로에게 달려들었습니다. 물론

우리는 이 암갓파를 붙잡아 저지하려고 했습니다. 하지만 암갓파는 눈 깜짝할 사이에 마루 위에 장로를 내동댕이쳤습니다.

"이 영감아! 오늘도 또 내 지갑에서 한잔할 돈을 훔쳐갔지!"

10분 정도 지난 뒤에 우리는 실제로 도망치듯이 장로 부부를 뒤에 남겨 두고 대사원의 현관을 내려왔습니다.

"저걸 보면 분명히 저 장로도 '생명나무'를 믿지 않는군요."

잠시 아무 말도 없이 걷다가 랩은 나에게 이렇게 말했습니다. 하지만 나는 대답을 하기보다 나도 모르게 대사원을 돌아보았습니다.

대사원은 잔뜩 흐린 하늘에 역시 높은 탑과 둥근 지붕을 무수한 촉수들처럼 뻗치고 있었습니다. 뭔가 사막의 하늘에 보이는 신기루처럼 기분 나쁜 분위기를 띤 채.

❖ 15 ❖

그러고는 한 1주일 후에 나는 우연히 의사 책에게서 이상한 말을 들었습니다. 톡의 집에서 유령이 나온다고 하는 이야기였지요. 그 무렵에는 이미 암갓파는 어딘가 다른 곳으로 가 버리고 우리 친구 시인의 집도 사진사의 스튜디오로 변해 버렸습니다. 듣자니까 책은 물질주의자이기 때문에 사후의 생명 따위를 믿지 않습니다. 실제로 그 이야기를 할 때에도 악의 있는 미소를 띠면서, "역시 영혼이라는 것도 물질적인 존재로 보여요." 하는 식으로 주석 같은 것을 덧붙이고 있었습니다. 나도 유령을 믿지 않는 것은 책과 다르지 않습니다. 하지만 시인인 톡에게는 친밀감을 느끼고 있었기 때문에 당장 서점으로 달려가서 톡의 유령에 관한 기사와 톡의 유령 사진이 나와 있는 신문과 잡지를 사 왔습니다. 정말 그 사진들을 보았더니 어딘지 톡 같아 보이는 갓파 한 마리가 남녀노소 갓파들의 뒤에 희미하게 모습을 드러내고 있었습니다. 그러나 나를 놀라게 했던 것은 톡의 유령 사진보다도 톡의 유령에 관한 기사, 특히 톡의 유령에 관한 심령학협회의 보고였습니다. 나는 그 보고를 상당히 충실하게 번역해 두었기 때문에 아래에 그 대강의 내용을 싣기로 하겠어요. 단, 괄호 안에 있는 것은 내 자신이 덧붙인 주석입니다.

시인 톡 군의 유령에 관한 보고(심령학협회 잡지 제8274호 소재)

우리 심령학협회는 일전에 자살한 시인 톡 군의 옛집이고 현재는 XX사진사의 스튜디오인 □□가(街) 제251호에서 임시 조사회를 개최하였다. 참석한 회원은 아래와 같다(존칭은 생략한다).

우리 17명의 회원들은 심령학협회 회장 펙 씨와 함께 9월 17일 오전 10시 30분, 우리가 가장 신뢰하는 미디엄 호프 부인을 동반하고 그 스튜디오 안에 있는 한 방에 모였다. 호프 부인은 그 스튜디오에 들어서자마자 이미 심령적인 공기를 느끼고 전신에 경련을 일으키면서 수차례에 걸쳐 구토를 했다. 부인이 말하는 바에 의하면, 이는 시인 톡 군이 독한 담배를 사랑한 결과 그 심령적인 공기도 역시 니코틴을 함유하고 있기 때문이라고 한다.

우리 회원들은 호프 부인과 함께 원탁을 둘러싸고 말없이 앉아있었다. 부인은 3분 25초 후에 아주 급격한 몽유 상태에 빠졌고 그 위에 시인 톡 군의 심령이 내리게 되었다. 우리 회원들은 연령순에 따라서 부인에게 내린 톡 군의 심령과 아래와 같은 문답을 시작하였다.

문 자네는 왜 유령으로 나타나는가?

답 사후의 명성을 모르기 때문이네.

문   자네, 혹은 심령 제군은 사후에도 계속 명성을 원하는가?

답   적어도 나는 바라지 않을 수 없네. 그렇지만 내가 만난 일본의 한 시인은 사후의 명성을 경멸하고 있었지.

문   자네는 그 시인의 이름을 알고 있나?

답   나는 불행하게도 잊었네. 단지 그가 즐겨 짓던 17자 시 한수를 기억할 뿐.

문   그 시는 어떤 것인가?

답   '한적한 옛 연못에 개구리 뛰어드는 물소리.'

문   자네는 그 시를 좋은 작품이라고 생각하나?

답   나는 꼭 나쁜 작품이라고도 생각지 않네. 단지 '개구리'를 '갓파'라고 한다면 더욱 광채가 나고 아름다울 걸세.

문   그렇다면 그 이유는 무엇인가?

답   우리 갓파들은 어떤 예술에든 갓파가 등장하기를 사무치게 바라고 있기 때문이지.

이때 회장 펙 씨는 우리 17명의 회원들에게 이 자리는 심령학 협회의 임시조사회이지 합평회가 아니라고 주의를 주었다.

문   심령 제군의 생활은 어떠한가?

답   제군의 생활과 다름이 없네.

문   그렇다면 자네는 자네 자신이 자살한 것을 후회하는가?

답   반드시 후회한다고는 할 수 없네. 나는 심령체 생활에 싫증이 나면 다시 한 번 피스톨을 가지고 자활(自活)할 걸세.

문   자활(自活)하기는 쉬운가, 어떤가?

톡 군의 심령은 이 질문에 답하는 대신 다시 질문을 던졌다. 이는 톡 군을 아는 이에게는 매우 자연스러운 반응이다.

답   자살하기는 쉬운가, 어떤가?

문 제군의 생명은 영원한가?

답 우리들의 생명에 관해서는 갖가지 설이 분분하여 믿을 수가 없네. 다행히 우리 사이에도 기독교, 불교, 이슬람교, 배화교 등의 여러 종교가 있다는 것을 잊지 말게나.

문 자네 자신이 믿는 것은?

답 나는 항상 회의주의자이네.

문 그렇지만 자네는 적어도 심령의 존재를 의심하지는 않겠지?

답 제군처럼 확신할 수는 없네.

문 자네의 교우 관계는?

답 나의 교우 관계는 동서고금에 걸쳐 300명 이하는 아니네. 그중 저명한 자를 들면 클라이스트, 마인렌델, 와이닌겔…….

문 자네의 교우는 자살자뿐인가?

답 꼭 그렇지는 않네. 자살을 변호하는 몽테뉴 같은 이는 내가 존경하는 벗 중의 한 명이네. 단지 나는 자살하지 않았던 염세주의자인 쇼펜하우어 같은 패들과는 교제하지 않네.

문 쇼펜하우어는 건재한가?

답 그는 목하 심령적 염세주의를 수립하고, 자활(自活)할지 말지 가부에 대해 계속 논하고 있네. 그렇지만 콜레라도 세균병인 것을 알고 대단히 안도의 숨을 쉬고 있는 것 같네.

우리 회원들은 연달아서 나폴레옹, 공자, 도스토예프스키, 다윈, 클레오파트라, 석가, 데모스테네스, 단테, 센노 리큐 등의 심령 소식을 질문했다. 그러나 톡 군은 불행히도 상세하게 대답하지 않고 오히려 톡 군 자신에 관한 여러 가지 가십을 질문했다.

문 내 사후의 명성은 어떤가?

답   어느 비평가는 '군소 시인' 중의 한 명이라고 했네.

문   그는 내가 시집을 보내지 않은 데에 원한을 품은 자들 중의 한 명일 걸세. 내 전집은 출판되었나?

답   자네 전집은 출판되었지만 팔림새가 별로 신통치가 않은 것 같네.

문   내 전집은 300년 뒤에, 그러니까 저작권을 상실한 후에 만인이 구입하게 될 것이네. 나와 동거하던 여자 친구는 어떤가?

답   그녀는 서점을 하는 랙 군의 부인이 되었네.

문   불행히도 그녀는 랙 군이 의안(義眼)인 것을 아직 모르겠군. 우리 아이는 어떻게 지내나?

답   국립 고아원에 있다고 들었네.

톡 군은 잠시 침묵한 뒤에 새로이 질문을 시작했다.

문   우리 집은 어떻게 됐나?

답   모 사진사의 스튜디오가 되었네.

문   내 책상은 어떻게 됐지?

답   어떻게 되었는지를 아는 자가 없네.

문   나는 내 책상 서랍에 비장의 편지 한 묶음을……. 그렇지만 이는 다행히도 바쁜 제군과는 관계없네. 이제 곧 우리 심령계는 서서히 황혼에 묻히려 하네. 나는 제군과 결별해야 하네. 그러면 제군, 그러면 나의 선량한 제군…….

호프 부인은 마지막 말과 함께 갑자기 정신이 다시 돌아왔다. 우리 17명의 회원들은 이 문답이 진실임을 하늘의 신에 맹세코 보증하고자 한다. 그리고 우리들이 신뢰하는 호프 부인에 대한 보수는 일찍이 부인이 여배우였을 때의 일당에 따라서 지불한다.

❖ 16 ❖

나는 이런 기사를 읽은 뒤로 이 나라에 있는 것이 점점 우울해졌습니다. 하루빨리 우리 인간들의 나라로 돌아가고 싶었지요. 그러나 아무리 찾아다녀도 내가 떨어진 구멍은 보이지 않았습니다. 그러는 동안 그 백이라는 어부 갓파에게서 이 나라의 교외에 살고 있다는 어떤 나이 든 갓파에 대해 듣게 되었습니다. 책을 읽기도 하고 피리를 불기도 하면서 조용히 살고 있다고 합니다. 나는 이 갓파에게 물어 보면 어쩌면 이 나라를 빠져나가는 길도 알 수 있지 않을까 해서 당장 교외로 나갔습니다. 그러나 도착해 보니 작은 집 안에는 나이 든 갓파는커녕 머리 접시도 굳지 않은 겨우 열두세 살 된 갓파 한 마리가 유유하게 피리를 불고 있었습니다. 나는 물론 다른 집에 들어온 것이 아닐까 했습니다. 그래도 다시 확인하느라고 이름을 물어 보았더니 역시 백이 가르쳐 준 나이 든 갓파임에 틀림없었습니다.

"그런데 당신은 아이처럼 보입니다만……."

"자네는 아직 모르나? 나는 어떻게 된 운명인지 어머니 배에서 나왔을 때에는 백발 머리를 하고 있었어. 그러더니 점점 나이가 젊어져서 지금은 이렇게 아이가 된 거야. 그렇지만 나이를 계산해 보면 태어나기 전을 60이라고 해도 이럭저럭 115 내지 116은 되었을지도 몰라."

나는 방 안을 둘러보았습니다. 거기에는 내 기분 탓인지 검소한 의자와 테이블 사이에 뭔가 맑고 행복한 기운이 감돌고 있는 것처럼 보이는 것이었습니다.

"당신은 어쩐지 다른 갓파보다도 행복하게 생활하고 있는 것 같군요."

"글쎄, 그건 그럴지도 모르지. 나는 젊어서는 노인이었고 나이가 들어서는 젊은이가 되어 있어. 그래서 노인처럼 욕구에 목마르지도 않고 젊은이처럼 색(色)에도 빠지지 않아요. 아무튼 내 생애는 설령 행복하지 않다 하더라도 평안했음에는 틀림없을 거야."

"과연 그만하면 평안한 거지요."

"아니, 그것만으로는 아직 평안해지지 않아. 나는 몸도 튼튼했고 일생 동안 먹는 데에 곤란하지 않을 정도의 재산을 가지고 있었어. 그러나 가장 행복했던 것은 역시 태어났을 때에 노인이었던 것이라고 생각해."

나는 잠시 이 갓파에게 자살한 톡의 이야기니 매일 의사를 찾고 있는 게엘의 이야기 등을 했습니다. 그런데 왠지 나이 든 갓파는 내 이야기 따위에 별로 흥미가 없는 듯한 얼굴을 하고 있었습니다.

"그러면 당신은 다른 갓파처럼 살아있다는 사실에 각별히 집착하고 있는 것은 아니군요?"

나이 든 갓파는 내 얼굴을 보면서 조용하게 이렇게 대답을 했습니다.

"나도 다른 갓파처럼 이 나라에 태어날지 말지를 일단 부모에게서 듣고 나서 어머니의 배 속을 떠난 거야."

"그러나 나는 우연한 기회에 이 나라에 굴러 떨어져 버렸어요. 제발 내가 이 나라에서 나갈 수 있는 길을 가르쳐 주세요."

"나갈 수 있는 길은 하나밖에 없어."

"그 길은?"

"그것은 자네가 여기로 온 길이야."

나는 이 대답을 들었을 때 왠지 몸에 털이 곤두섰습니다.

"공교롭게도 그 길을 못 찾는 거예요."

나이 든 갓파는 윤기 나는 눈으로 물끄러미 내 얼굴을 응시했습니다. 그러고는 가까스로 몸을 일으켜 방구석으로 걸어가더니 천장에서 거기에 드리워져 있던 밧줄 하나를 당겼습니다. 그러자 지금까지 알아차리지 못했던 천장에 난 창문이 하나 열렸습니다. 그리고 둥근 천장에 난 창문 밖에는 소나무와 노송이 가지를 뻗은 저편으로 넓은 하늘이 푸르디푸르게 활짝 개어 있었습니다. 아니, 큰 화살촉을 닮은 야리가타케의 산봉우리도 솟아 있었지요. 나는 비행기를 본 아이처럼 뛰어오르며 기뻐하였습니다.

"자, 저기로 나가면 돼."

나이 든 갓파는 이렇게 말하면서 조금 전의 밧줄을 가리켰습니다. 지금까지 내가 밧줄이라고 생각했던 것은 실은 밧줄로 된 사다리였습니다.

"그럼 저기로 나가도록 할게요."

"다만 미리 말해 두겠는데 말이야, 나가서 후회하지 않도록."

"걱정 마세요. 후회 같은 것은 하지 않아요."

나는 이렇게 대답하기가 무섭게 이미 밧줄 사다리를 기어오르고 있었습니다. 나이든 갓파의 머리 위 접시를 아득하게 내려다보면서.

❖ 17 ❖

나는 갓파 나라에서 돌아온 뒤에 한동안은 우리 인간들의 피부 냄새에 견딜 수 없었습니다. 우리 인간과 비교하면 갓파는 정말 청결한 거지요. 그뿐만 아니라 갓파만 보고 있던 나에게는 인간들의 머리가 너무나도 기분 나쁘게 보였습니다. 어쩌면 당신은 이것을 이해할 수 없을지도 모릅니다. 그러나 눈이랑 입은 차치하고라도 이 코라는 곳은 묘하게 무서운 느낌을 불러일으키는 것입니다. 나는 물론 가능한 한 아무도 만나지 않을 궁리를 했지요. 하지만 인간들에게도 어느새

익숙해져서 반 년 후엔 어디에든 갈 수 있게 되었습니다. 그래도 곤란
했던 것은 뭔가 이야기를 하고 있는 동안에 무심코 갓파 나라의 말을
내뱉어 버리는 것이었지요.

"자네 내일 집에 있을 건가?"

"Qua."

"뭐라고?"

"아, 있을 거란 말이었어."

대체로 이런 식이었던 겁니다.

그러나 갓파 나라에서 돌아온 뒤 꼭 1년 정도 지났을 때, 나는 어떤
사업에 실패했기 때문에 — (S박사는 그가 이렇게 말했을 때 "그 말은
그만둬요."라며 주의를 주었습니다. 잘은 모르지만 S박사의 말에 따르
면, 그가 이 말을 할 때에는 간호하는 사람도 감당할 수 없을 정도로
난폭해진다는 것이었습니다.)

그럼 그 이야기는 그만둡시다. 그러나 어떤 사업에 실패했기 때문
에 나는 또 갓파 나라로 돌아가고 싶어졌습니다. 그렇습니다. '가고 싶
은'것이 아닙니다. '돌아가고 싶다'고 생각하기 시작한 겁니다. 갓파 나
라는 그 당시 나에게는 고향처럼 느껴졌으니까요.

나는 살짝 집을 빠져나와 주오선(線) 기차를 타려고 했습니다. 그랬
는데 하필이면 순경에게 붙들려 결국 병원에 집어넣어진 것입니다.

나는 이 병원에 들어왔을 당시에도 갓파 나라에 대해서 계속 생각
했습니다. 의사 책은 어떻게 하고 있을까요? 철학자 맥도 변함없이 일
곱 가지 빛깔의 색유리 랜턴 아래에서 무엇인가 생각하고 있을지도
모릅니다. 특히 내 친구였던 주둥이가 썩은 학생 랩은……. 오늘처럼
흐린 어느 오후였지요. 이런 추억에 젖어 있던 나는 나도 모르게 소리
를 지를 뻔했습니다. 왜냐 하면 어느새 들어왔는지 백이라는 어부 갓

파 한 마리가 내 앞에 멈춰 서서 몇 번이고 머리를 숙이고 있었기 때문입니다. 나는 마음을 가다듬은 뒤에 울었는지 웃었는지도 모르겠습니다. 하지만 아무튼 오랜만에 갓파 나라의 말을 쓰는 것에 감동했던 것은 확실합니다.

"이봐, 백, 어떻게 왔어?"

"네, 문병하러 왔어요. 잘은 모르지만 아프다던가 해서요."

"어떻게 그런 것을 알고 있어?"

"라디오 뉴스에서 알았어요."

백은 의기양양하게 웃고 있었지요.

"그렇다손 치더라도 어떻게 잘도 왔네?"

"뭐, 문제없어요. 도쿄의 강이나 연못은 갓파에게는 길이나 마찬가지니까요."

나는 갓파도 개구리처럼 수륙 양서 동물인 것을 새삼스럽게 깨달았습니다.

"그렇지만 이 부근에는 강이 없는데."

"아니, 이리로 온 것은 수도 철관을 빼고 온 겁니다. 그리고 소화전을 조금 열고……."

"소화전을 열고?"

"나리는 잊으셨는지요? 갓파 중에도 기술자가 있다는 것을."

그때부터 나는 2~3일마다 여러 갓파의 방문을 받았습니다. S박사에 의하면, 내 병은 조발성 치매증이라는 것이랍니다. 그러나 그 의사 책은 — 이것은 당신에게도 아주 실례가 되는 일임에 틀림없습니다 — 조발성 치매증 환자는 내가 아니라 S박사를 비롯하여 당신들 자신이라고 말했습니다. 의사 책도 올 정도니까 학생 랩이랑 철학자 맥이 문병하러 온 것은 물론입니다. 하지만 낮에는 그 어부 백말고는 아무도 찾아오지 않습니다. 특히 두세 마리가 함께 오는 것은 밤, 그것도 달이 있는 밤입니다. 나는 어젯밤에도 달빛 속에서 유리 회사 사장 게엘이랑 철학자 맥 이야기를 했습니다.

그뿐만 아니라 음악가 크라백도 바이올린을 한 곡 켜 주었습니다. 저것 보세요, 저쪽 책상 위에 검은 백합 꽃다발이 놓여 있지요? 저것도 어젯밤에 크라백이 선물로 가지고 와 준 것입니다……. (나는 뒤를 돌아다보았다. 그렇지만 책상 위에는 꽃다발은커녕 아무것도 놓여 있지 않았다)

그리고 이 책도 철학자 맥이 일부러 가져다 준 것입니다. 첫 번째 시를 좀 읽어 보세요. 아니, 당신은 갓파 나라의 말을 아실 리가 없습니다. 그럼 대신 읽어 보겠어요. 이것은 최근에 출판된 톡의 전집 중한 권입니다. (그는 낡은 전화번호부를 펴서 이런 시를 큰 소리로 읽기 시작했다.)

야자꽃과 대나무 속에서
석가는 이미 잠들어 있다.

길바닥에 마른 무화과와 함께
그리스도도 이미 죽은 것 같다.

그러나 우리는 쉬어야만 한다,
설사 연극의 배경 앞이라 해도.

(그 배경 뒤를 보면, 누더기투성이인 캔버스뿐)

그렇지만 나는 이 시인처럼 염세적이지는 않습니다. 갓파들이 때때로 와 주는 한에는……. 아아, 이 사실은 잊고 있었습니다. 당신은 내 친구였던 재판관 펩을 기억하고 있지요? 그 갓파는 직장을 잃은 뒤에 정말 미쳐 버렸습니다. 잘은 몰라도 지금은 갓파 나라의 정신병원에 있다고 합니다. 나는 S박사만 승낙해 준다면 문병하러 가고 싶은데요.

(1927년 2월 11일)

유혹(誘惑)
- 어느 시나리오 -

임명수

❖ 1 ❖

천주교도 고력(古曆)[1] 한 장, 거기에 이렇게 쓰여 있다.

예수 탄생 이래 1634년.[2] 세바스찬[3]이 기록하여 바친다.

2월. 소(小)[4]

26일. 산타 마리아의 수태 고지일(告知日).[5]

27일. 도밍고(domingo 주일)

3월. 대(大)

5일. 주일. 프란시스코(Francesco Paola, 1416~1507)[6]

---

1) 당시 나가사키(長崎) 외해(外海) 지방의 기독교 신자들에게 전해진 교회 달력. 제식(祭式) 스케줄 배분과 산타 마리아 생애의 주요 사항, 성인들의 기념일을 기록했다.
2) 서기 1634년, 에도 시대 간에이(寬永) 11년.
3) 본명은 불명. 전설적 인물. 나가사키 항 밖 후카호리(深堀)에서 태어나 스승 산 주앙과 함께 그 지방 전도에 진력하였고 박해를 피해 구로사키(黑崎)로 피신하였으나 체포되어 나가사키에서 참수형을 당했다.
4) 음력으로 작은 달(일수 28일). 큰 달(30일).
5) 마리아 수태고지일(3월 25일).

12일…….

❖ 2 ❖

일본 남부 어느 산길. 커다란 장나무 가지가 뻗어 있는 저편에 동굴 입구가 하나 보인다. 잠시 후 나무꾼 두 사람이 이 산길을 내려온다. 나무꾼 한 사람이 동굴을 가리키며 다른 한 사람에게 뭔가 말을 건다. 그리고 두 사람은 동시에 십자를 긋고 경건히 동굴을 향해 배례한다.

❖ 3 ❖

커다란 장나무 가지 끝. 꼬리가 긴 원숭이 한 마리가 가지 위에 앉은 채 멀리 보이는 바다를 가만히 지켜보고 있다. 바다 위에는 돛단배가 한 척. 돛단배는 이쪽 방향으로 오는 것 같다.

❖ 4 ❖

바다를 달리는 돛단배 한 척.

❖ 5 ❖

돛단배 안. 네덜란드인 뱃사공이 두 사람, 돛대 밑에서 주사위를 굴리고 있다. 그러던 중 다툼이 생겨 한 사공이 벌떡 일어나자마자 다른

6) 이탈리아 수도사. 성인. 기념일 4월 2일.

한 사공의 옆구리를 나이프로 푹 찌른다. 수많은 사공들이 사방에서
두 사람 주위로 몰려든다.

❖ 6 ❖

반듯이 누운 사공의 사체 얼굴. 갑자기 그의 콧구멍에서 턱 위로 꼬
리가 긴 원숭이 한 마리가 기어 나온다. 그리고 주위를 둘러보고는 바
로 다시 콧구멍으로 들어가 버린다.

❖ 7 ❖

위에서 비스듬히 내려다보이는 해면. 갑자기 공중에서 사공의 시체
한구가 떨어진다. 시체는 물보라 속으로 모습을 감춰 버린다. 그리고
는 그저 파도 위에 원숭이 한 마리가 허우적거릴 뿐.

❖ 8 ❖

바다 저편에 보이는 반도.

❖ 9 ❖

앞서 말한 산길의 장나무 가지 끝. 원숭이는 줄곧 열심히 바다 위에
떠 있는 돛단배를 바라보고 있다. 그런데 이윽고 양손을 들어 올리고
만면에 화색을 띤다. 그러자 다른 원숭이 한 마리가 어느새 같은 가지
위에 흔들거리며 앉아있다. 두 마리의 원숭이는 손짓을 하면서 한동

안 뭔가 이야기를 나눈다. 그리고는 나중에 온 원숭이는 긴 꼬리를 나뭇가지에 감고 혹하며 밑으로 매달린 채 먼 곳을 보는 듯이 손을 이마에 대고 장나무 가지와 잎에 가려진 전방을 바라보기 시작한다.

❖ 10 ❖

앞서 말한 동굴 밖. 파초와 대나무로 우거진 동굴의 밖에는 아무것도 움직이는 게 없다. 그러면서 점점 해가 저문다. 그러자 동굴 안에서 박쥐 한 마리가 펄럭펄럭 공중으로 날아올라 간다.

❖ 11 ❖

동굴 안. 세바스찬이 혼자서 바위벽에 걸린 십자가 앞에서 기도하고 있다. '산 세바스찬'은 검은 법의(미사복)를 입은 마흔 가까운 일본인. 불을 붙인 한 자루의 촛불은 책상, 물병 등을 비추고 있다.

❖ 12 ❖

촛불 그림자가 드리워진 바위 벽. 거기에는 물론 '산 세바스찬'의 옆얼굴도 선명하게 비추고 있다. 꼬리가 긴 원숭이 그림자 하나가 그 옆얼굴의 목 줄기를 타고 조용히 머리 위로 오르기 시작한다. 이어서 또 다른 원숭이 그림자가 하나.

❖ 13 ❖

'산 세바스찬'이 합장한 양손. 그의 양손은 어느새 네덜란드산 파이
프를 쥐고 있다. 처음에는 파이프에 불이 붙어 있지 않았다. 그러다가
허공으로 담배연기가 피어오르기 시작한다……

❖ 14 ❖

동굴 안. '산 세바스찬'은 급히 일어나 파이프를 바위 위로 던져 버
린다. 그러나 파이프에서는 여전히 담배연기가 피어오르고 있다. 그는
놀란 표정을 지은 채 두 번 다시 파이프에 다가가지 않는다.

❖ 15 ❖

바위 위에 떨어진 파이프. 파이프는 서서히 술이 들어 있는 프레스
코(frasco) 술병으로 변해 버린다. 그뿐만 아니라 또다시 프레스코 유리
술병도 '꽃만주'7)로 변해 버린다. 마지막으로 그 '꽃만주'도 지금은 이
미 음식물이 아니다. 거기에는 한 젊은 절세미인이 요염하게 무릎을
편 채 비스듬히 누군가의 얼굴을 올려다보고 있다……

❖ 16 ❖

'산 세바스찬'의 상반신. 그는 황급히 십자를 긋는다. 그리고는 한숨

---

7) 표면에 꽃무늬가 있는 네덜란드식 생과자.

놓은 표정을 짓는다.

❖ 17 ❖

꼬리가 긴 원숭이 두 마리가 한 자루 촛불 밑에 쭈그려 앉아 있다. 두 마리 다 얼굴을 찡그리면서.

❖ 18 ❖

동굴 안. '산 세바스찬'은 다시 한 번 십자가 앞에서 기도하고 있다. 그때 올빼미 한 마리가 어디선가 살짝 날아와 앉고는 훅하고 촛불을 꺼버린다. 그러나 한줄기 달빛만은 희미하게 십자가를 비추고 있다.

❖ 19 ❖

바위벽에 걸려 있는 십자가. 십자가는 다시금 격자형의 직사각형 창으로 바뀌기 시작한다. 직사각형 창밖은 이엉을 엮은 초가집 한 채가 있는 풍경. 집 주위에는 아무도 없다. 그러면서 집은 저절로 창문 앞으로 다가오기 시작한다. 동시에 집 내부도 보이기 시작한다. 거기에는 '산 세바스찬'을 닮은 노파가 홀로 한손으로 물레를 돌리면서, 다른 한손으로 열매가 달린 벚나무 가지를 들고 두세 살 먹은 아이를 어르고 있다. 아이도 역시 그의 아이임에 틀림없다. 그러나 집 내부는 물론, 사람들도 역시 안개처럼 장방형 창문을 뚫고 빠져나가 버린다. 다음으로 보이는 것은 집 뒤 밭. 밭에는 마흔 가까운 여자가 혼자 열심히 이삭을 팬 보리를 베어 말리고 있다……

❖ 20 ❖

장방형 창을 들여다보고 있는 '산 세바스찬'의 상반신. 그저 비스듬
히 뒷모습을 보이고 있다. 밝은 곳은 창밖뿐. 창밖은 이제 밭이 아니
다. 수많은 남녀노소의 머리가 그곳에 하나 가득 움직이고 있다. 그리
고 또 그 수많은 머리 위에는 십자가에 매달린 남녀 세 사람이 아주
높이 양팔을 벌리고 있다. 가운데 십자가에 매달린 남자는 그와 똑같
다. 그는 창문 앞을 떠나려다 엉겁결에 비틀거리며 쓰러지려 한다.

❖ 21 ❖

앞에 등장했던 동굴 안. '산 세바스찬'은 십자가 밑 바위 위에 쓰러
져 있다. 그리고 겨우 얼굴을 들고 달빛이 비치는 십자가를 올려다보
고 있다. 십자가는 어느새 청정한 탄생불(誕生仏)[8]로 변해 버린다. '산
세바스찬'은 놀란 듯이 이 석가 상을 지켜본 후, 급히 다시 일어나 십
자를 긋는다. 달빛을 스치는 큰 부엉이 한 마리의 그림자. 탄생불은
다시금 원래의 십자가로 변해 버린다.

❖ 22 ❖

앞서 말한 산길. 달빛 비치는 산길은 검은 탁자로 변해 버린다. 탁
자 위에는 트럼프카드 한 세트. 거기에 남자의 두 손이 나타나 조용히
카드를 치고는 좌우로 카드를 나누어주기 시작한다.

---

8) 석가 탄생시의 자태를 나타낸 불상.

❖ 23 ❖

앞에 등장했던 동굴 안. '산 세바스찬'은 머리를 축 늘어뜨리고는 동굴 안을 걷고 있다. 그러자 그의 머리 위로 둥근 빛이 하나 반짝이기 시작한다. 동시에 동굴 안도 서서히 밝아지기 시작한다. 그는 문득 이 기적을 알아차리고 동굴 한가운데 멈춰 선다. 처음에는 경이의 표정. 그리고 서서히 회열의 표정. 그는 십자가 앞에 무릎을 꿇고 엎드려 다시금 열심히 기도를 올린다.

❖ 24 ❖

'산 세바스찬'의 오른쪽 귀. 귓불 안에는 나무 한그루가 겹겹이 둥근 열매를 달고 있다. 귓구멍 안은 꽃이 피어 있는 초원. 풀은 모두가 산들바람에 흔들리고 있다.

❖ 25 ❖

앞서 말한 동굴 안. 그냥 이번에는 바깥에 면해 있다. 둥근 빛(圓光)을 머리에 얹은 '산 세바스찬'은 십자가 앞에서 일어나 조용히 동굴 밖으로 걸어 나간다. 그의 모습이 안 보이게 되자, 십자가는 저절로 바위 위에 떨어진다. 동시에 물병 속에서 원숭이 한 마리가 튀어나와 아주 조심스럽게 십자가에 다가가려 한다. 그리고 바로 뒤따라 또 한 마리가.

❖ 26 ❖

동굴 밖. '산 세바스찬'은 달빛 속에서 점점 이쪽으로 걸어온다. 그의 그림자는 왼쪽에는 물론 오른쪽에도 비치고 있다. 게다가 그 오른쪽 그림자는 차양이 넓은 모자를 쓰고 긴 망토를 두르고 있다. 그는 상반신으로 동굴 밖을 거의 막을 정도의 거리에서 멈춰 서서 하늘을 올려다본다.

❖ 27 ❖

별만 여기저기 반짝였던 하늘. 갑자기 커다란 컴퍼스 하나가 위에서 성큼성큼 내려온다. 그것은 점점 아래로 내려오면서 역시 점점 양 허벅지를 좁히고, 드디어 양다리가 갖춰졌는가 싶더니 서서히 뿌옇게 사라져 버린다.

❖ 28 ❖

넓게 펼쳐진 어둠 속에 걸린 여러 개의 태양. 그 태양 주위에는 지구가 또 여러 개 돌고 있다.

❖ 29 ❖

앞에 등장했던 산길. 둥근 광채를 머리 위에 얹은 세바스찬은 두 개의 그림자를 드리운 채, 조용히 산길을 내려간다. 그리고 장목(樟木)[9]

---

9) 녹나무.

그루터기에 우두커니 서서 가만히 그의 발밑을 응시한다.

❖ 30 ❖

비스듬히 위에서 내려다보이는 산길. 산길에는 달빛 속에 돌멩이가
널브러져 있다. 돌멩이는 점차 돌도끼로 변하고 어느새 또 단검으로
바뀌다가 마지막으로 피스톨로 변해 버린다. 그러나 그것도 이제는
피스톨이 아니다. 어느새 또 원래의 보통 돌멩이로 변해 있다.

❖ 31 ❖

그 산길. '산 세바스찬'은 멈춰선 채 역시 발밑을 응시하고 있다. 그
림자가 두 개 있는 것도 변함이 없다. 그리고 이번에는 머리를 들고
장목 가지를 바라보기 시작한다.

❖ 32 ❖

달빛을 받은 장목 가지. 거친 나무껍질로 무장한 가지는 처음에는
아무것도 보여 주고 있지 않다. 그러나 점차로 거기에, 세상을 군림했
던 신들의 얼굴이 하나씩 선명하게 부각되고 있다. 마지막에는 십자
가에 못 박힌 고난(苦難)의 예수 얼굴. 마지막에는? — 아니 '마지막에
는'이 아니다. 그것도 순식간에 4절지 도쿄XX 신문으로 변해 버린다.

❖ 33 ❖

그 산길 측면. 차양 넓은 모자에 망토를 두른 그림자는 저절로 똑바로 일어난다. 하기야 일어났을 때는 이제는 단순한 그림자가 아니다. 산양처럼 수염을 늘어뜨린 눈이 날카로운 네덜란드인 선장이다.

❖ 34 ❖

산길. '산 세바스찬'은 장목 밑에서 선장과 뭔가 이야기를 하고 있다. 그의 얼굴은 엄숙한 빛을 띠고 있다. 그러나 선장은 입술에 끊임없이 냉소를 띠고 있다. 그들은 한참 이야기를 나눈 뒤 함께 옆길로 들어간다.

❖ 35 ❖

바다가 내려다보이는 곳 위. 그들은 그곳에 멈춰 선 채 뭔가 열심히 이야기하고 있다. 그러던 중 선장은 망토 속에서 망원경 하나를 꺼내 '산 세바스찬'에게 '좀 보라'는 손짓을 한다. 그는 조금 망설이고는 망원경으로 바다 위를 들여다본다. 그들 주위에 있는 초목은 물론, '산 세바스찬'의 법의는 해풍에 계속 펄럭이고 있다. 그러나 선장의 망토는 움직이지 않는다.

❖ 36 ❖

망원경에 비친 처음 광경. 그림이 여러 장 걸려 있는 방 안에 네덜란드인 남녀가 테이블에 마주 앉아 이야기하고 있다. 촛불이 비치는 테이블 위에는 술잔과 기타와 장미꽃 등. 거기서 서양인 한 남자가 갑자기 방문을 밀치고 검을 빼든 채 들어온다. 다른 한 서양인 남자도 순간적으로 테이블에서 조금 떨어지자마자 검을 빼들어 상대와 맞서려고 한다. 그러나 이미 그때는 상대 검에 심장이 찔려 바닥에 벌렁 나자빠져 버린다. 네덜란드인 여자는 방구석으로 허겁지겁 피하고는 양손으로 얼굴을 감싼 채 가만히 이 비극을 바라보고 있다.

❖ 37 ❖

망원경에 비친 두 번째 광경. 커다란 책장 등이 이어진 방 안에 네덜란드인 남자가 혼자서 멍하니 책상에 앉아 있다. 전등 빛이 비추는 책상 위에는 서류와 장부와 잡지 등. 거기에 한 네덜란드 아이가 힘차게 문을 열고 들어온다. 네덜란드인은 이 아이를 껴안고 몇 번이나 얼굴에 입을 맞추고서는 "저리로 가라"는 손짓을 한다. 아이는 고분고분 나간다. 그리고 다시 네덜란드인은 책상에 앉아 서랍에서 뭔가 꺼내는가 싶더니 갑자기 그의 머리 주위에 연기가 난다.

❖ 38 ❖

망원경에 비친 세 번째 광경. 어느 러시아인 반신상이 놓여 있는 방 안에 한 네덜란드인 여자가 열심히 타이프를 치고 있다. 거기에 한 네덜란드인 노파가 조용히 문을 열고 여자에게 다가가 한 통의 편지를 내밀면서 "읽어보라"는 손짓을 한다. 여자는 전등 빛에 비춰 이 편지를 쓱 훑어보자마자 격한 히스테리를 일으킨다. 노파는 어리둥절한

채 뒷걸음치면서 문 쪽으로 물러난다.

❖ 39 ❖

망원경에 비친 네 번째 광경. 표현파[10] 그림에서나 볼 수 있는 방 안에서 네덜란드인 남녀가 테이블에 마주 앉아 이야기하고 있다. 신 비한 빛이 비치는 테이블 위에는 시험관과 깔때기와 풀무 등. 거기에 그들보다 키가 큰 서양인 남자인형이 하나 그로테스크하게 살짝 문을 밀치고 조화 다발을 들고 들어온다. 꽃다발을 건네기도 전에 기계가 고장이 난 듯 갑자기 남자를 덮쳐 아무렇지도 않게 바닥으로 밀어 넘 어뜨린다. 서양인 여자는 허겁지겁 방구석으로 피하고 양손으로 얼굴 을 감싼 채 갑자기 계속 웃는다.

❖ 40 ❖

망원경에 비친 다섯 번째 광경. 이번에도 아까 말한 방과 다르지 않 다. 단지 전의 방과 다른 점은 아무도 거기에 없다는 것이다. 그러다 가 갑자기 방 전체는 엄청난 연기와 함께 폭발해 버린다. 남은 것은 그저 전체가 불타 버린 들판뿐. 그런데 그것도 조금 지나자 한그루 버 드나무가 강가에 자라나고 긴 풀이 펼쳐진 들판으로 변하기 시작한다. 그 들판에서 날아오르는, 셀 수 없을 정도로 많은 백로의 무리.

---

10) 고흐(Vincent Willem van Gogh)의 영향을 받아 20세기 초 독일에서 시작된 예술운
    동. 감정표현을 중시함.

❖ 41 ❖

앞서 말한 곳 위. '산 세바스찬'은 망원경을 들고 뭔가 선장과 이야
기하고 있다. 선장은 약간 머리를 흔들고는 하늘의 별 하나를 따 보여
준다. '산 세바스찬'은 물러서고는 황급히 십자를 그으려 한다. 그러나
이번에는 그을 수가 없는 것 같다. 선장은 별을 손바닥에 올려 그에게
'보라'는 손짓을 한다.

❖ 42 ❖

별을 올린 선장 손바닥. 별은 서서히 돌멩이로 바뀌고, 돌멩이는 다
시금 감자로 변하고, 감자는 세 번째로 나비로 바뀌고, 나비는 끝으로
아주 작은 군복 모습을 한 나폴레옹으로 변해 버린다. 나폴레옹은 손
바닥 중앙에 서서 잠시 주위를 바라본 후, 휙하고 이쪽에서 등을 돌리
고는 손바닥 밖에다 소변을 본다.

❖ 43 ❖

그 산길. '산 세바스찬'은 선장을 따라 총총히 그곳으로 돌아간다.
선장은 잠깐 멈춰 서서 마치 쇠고리라도 벗기는 것처럼 '산 세바스찬'
의 원광을 치워 버린다. 그리고 그들은 장목 아래에서 재차 뭔가 말을
건네기 시작한다. 길 위에 떨어진 원광은 서서히 커다란 회중시계가
된다. 시각은 2시 30분.

❖ 44 ❖

산길이 꾸불꾸불한 지점. 단지 이번에는 나무와 바위는 물론 산길
에 서 있는 그들 자신도 비스듬히 위에서 내려다보고 있다. 달빛 속
풍경은 어느새 수많은 남녀로 가득 찬 근대 카페로 변해 버린다. 그들
뒤는 악기의 숲. 정중앙에 서 있는 그들을 비롯하여, 죄다 비늘처럼
촘촘하다.

❖ 45 ❖

카페 안. '산 세바스찬'은 수많은 무용수들에게 둘러싸인 채 당혹스
러운 모습으로 주위를 둘러보고 있다. 거기에 때때로 떨어지는 꽃다
발. 무용수들은 그에게 술을 권하기도 하고 그의 목에 매달리기도 한
다. 그러나 얼굴을 찡그리는 그는 어찌할 수 없는 것 같다. 네덜란드
인 선장은 바로 뒤에 서서 여전히 냉소를 머금은 얼굴을 딱 절반만 슬
쩍 내보인다.

❖ 46 ❖

카페 마루. 마루 위에는 구두를 신은 몇 개의 다리가 계속 움직이고
있다. 그 다리들은 또 어느새 말 다리와 사슴 다리로 변해 있다.

❖ 47 ❖

카페 구석. 금단추 옷을 입은 한 흑인이 커다란 북을 치고 있다. 이

혹인도 또 어느새 한그루 장목으로 변해 버린다.

❖ 48 ❖

그 산길. 선장은 팔짱을 낀 채, 장목 그루터기에서 정신을 잃은 '산 세바스찬'을 내려다보고 있다. 그리고는 그를 안아 올려 반 끌듯이 건너편 동굴로 올라간다.

❖ 49 ❖

동굴 안. 이번에도 밖으로 면해 있다. 달빛은 이제 비치고 있지 않다. 그들이 돌아왔을 때는 자연히 주위도 어스레해져 있다. '산 세바스찬'은 선장을 붙잡고 재차 말을 건다. 선장은 여전히 냉소를 머금을 뿐 그의 말에 아무런 대답도 하지 않는 것 같다. 그러나 두세 마디 말하자 아직도 어슴푸레한 바위 그늘을 가리키고는 '보라'는 손짓을 한다.

❖ 50 ❖

동굴 안 구석. 턱수염을 기른 사체가 하나 바위벽에 기대어 있다.

❖ 51 ❖

그들의 상반신. '산 세바스찬'은 놀람과 공포에 질린 모습으로 선장에게 뭔가 말을 건다. 선장은 한마디로 대답한다. '산 세바스찬'은 몸을 뒤로 빼고 당황하며 십자를 그으려고 한다. 그러나 이번에도 그을

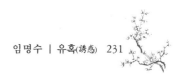

수가 없다.

❖ 52 ❖

유다(Judas)……

❖ 53 ❖

그 사체 ─ 유다의 옆얼굴. 누군가의 손은 이 얼굴을 붙잡고 마사지 하듯이 얼굴을 문지른다. 그러자 머리는 투명해지고 마치 한 장의 해 부도처럼 선명하게 골수를 노출시켜 버린다. 골수는 처음에는 희미하 게 30개의 은을 비치고 있다. 그러나 그 위에 어느새 각각 조소와 연 민을 띤 사도들[11]의 얼굴도 비치고 있다. 그뿐만 아니라 그들이 있는 맞은편에는 집, 호수, 십자가, 음란한 모양의 손, 올리브나무가지,[12] 노인 등 ─ 갖가지 모습도 비치고 있는 것 같다.

❖ 54 ❖

동굴 안 구석. 바위벽에 기대어 있는 사체는 서서히 젊어지기 시작 하여 이윽고 갓난아이로 변해 버린다. 그러나 이 갓난아이 턱에도 턱 수염만큼은 여전히 남아 있다.

---

11) 복음을 전파하기 위해 뽑힌 12명의 제자. 12사도.
12) 최후의 만찬과 관련(마태복음 26장).

❖ 55 ❖

갓난아이 사체의 발바닥. 양쪽 발바닥 한가운데에 장미꽃이 한 송이씩 그려져 있다. 그러나 그것들은 순식간에 바위 위에 꽃잎을 떨어뜨려 버린다.

❖ 56 ❖

그들의 상반신. '산 세바스찬'은 점점 흥분하여 또 뭔가 선장에게 말을 건다. 선장은 아무런 대답도 하지 않는다. 그러면서도 아주 엄숙히 '산 세바스찬'의 얼굴을 주시하고 있다.

❖ 57 ❖

모자에 반 그늘진, 눈이 날카로운 선장의 얼굴. 선장은 천천히 혀를 내밀어 보인다. 혀 위에는 스핑크스13)가 한 마리.

❖ 58 ❖

동굴 안 구석. 바위에 기댄 갓난아이 사체는 다시금 서서히 변하기 시작하여 이윽고 목마를 탄 두 마리의 원숭이가 되어 버린다.

---

13) Sphinx. 그리스신화. 상반신은 여자, 하반신은 날개 달린 사자의 모습. 인간의 양
　　면성을 상징.

❖ 59 ❖

동굴 안. 선장은 '산 세바스찬'에게 뭔가 열심히 말을 하고 있다. 그러나 '산 세바스찬'은 머리를 숙인 채 선장의 말은 듣지 않는 것 같다. 선장은 갑자기 그의 팔을 붙잡고 동굴 밖을 가리키면서 그에게 '보라'는 손짓을 한다.

❖ 60 ❖

달빛을 받은 산속 풍경. 이 풍경은 자연히 말미잘이 가득한 험준한 바위들로 변해 버린다. 허공을 표류하는 해파리 무리. 그러나 그것도 사라져 버리고 나중에는 작은 지구 하나가 광활한 어둠 속에서 돌고 있다.

❖ 61 ❖

광활한 어둠 속에서 돌고 있는 지구. 지구는 도는 속도를 늦추면서 어느새 오렌지로 변해 있다. 거기에 나이프가 하나 나타나 딱 절반으로 오렌지를 잘라 버린다. 하얀 오렌지 절단면은 한 개의 자침(磁針)을 보여 주고 있다.

❖ 62 ❖

그들의 상반신. '산 세바스찬'은 선장에게 매달린 채 가만히 허공을 응시하고 있다. 뭔가 광인(狂人)에 가까운 표정. 선장은 역시 냉소를 머금은 채 속눈썹 하나 움직이지 않는다. 그뿐만 아니라 다시금 망토 속에서 해골을 하나 꺼내 보인다.

❖ 63 ❖

선장 손 위에 올려져 있는 해골. 해골 눈에서는 불나방 한 마리가 펄럭펄럭 공중으로 날아올라 간다. 그리고는 또 세 마리, 두 마리, 다섯 마리.

❖ 64 ❖

동굴 안의 허공. 허공은 전후좌우로 어지럽게 날고 있는 무수한 불나방들로 가득 차 있다.

❖ 65 ❖

그 불나방들 중 한 마리. 불나방은 허공을 나는 사이에 한 마리의 독수리로 변해 버린다.

❖ 66 ❖

동굴 안. '산 세바스찬'은 여전히 선장한테 매달려 어느새 눈을 감고 있다. 그뿐만 아니라 선장 팔에서 떨어지자 바위 위에 쓰러져 버린다. 그러나 다시 상반신을 일으켜 재차 선장의 얼굴을 올려다본다.

❖ 67 ❖

바위 위에 쓰러져 버린 '산 세바스찬'의 하반신. 그의 손은 몸을 지
탱하면서 우연히 바위 위의 십자가를 집는다. 처음에는 자못 머뭇머
뭇, 그리고는 또 갑자기 꼬옥.

❖ 68 ❖

십자가를 치켜올린 '산 세바스찬'의 손.

❖ 69 ❖

등을 지고 있는 선장의 상반신. 어깨 너머로 뭔가를 들여다보고 실
의에 찬 쓴웃음을 띤다. 그리고는 조용히 턱수염을 문지른다.

❖ 70 ❖

동굴 안. 선장은 서슴없이 동굴을 나와 어슴푸레한 산길을 내려온
다. 따라서 산길 풍경도 점차 아래로 옮겨간다. 선장 뒤에는 원숭이가
두 마리. 선장은 장목 밑으로 당도하자 잠시 멈춰 모자를 쥐고 무언가
보이지 않는 물체에게 인사를 한다.

❖ 71 ❖

동굴 안. 그저 이번에도 밖에 면해 있다. 십자가를 꼬옥 쥔 채 바위

위에 쓰러져 있는 '세바스찬'. 동굴 밖은 서서히 아침 햇빛을 암시하기
시작한다.

❖ 72 ❖

위에서 비스듬히 내려다보이는, 바위 위의 '산 세바스찬'의 얼굴. 그
의 얼굴은 볼 위에 서서히 눈물을 흘리기 시작한다. 힘없는 아침 햇빛
속에서.

❖ 73 ❖

산길. 아침 햇살이 비친 산길은 저절로 다시금 원래처럼 검은 테이
블로 변해 버린다. 테이블 왼쪽에 정렬되어 있는 것은 스페이드 1과
그림 카드14)뿐.

❖ 74 ❖

아침 햇살이 내리쬐이는 방. 주인은 마침 문을 열고 누군가를 막 내
보내는 참이다. 이 방 구석의 테이블 위에는 술병과 트럼프카드 등.
주인은 테이블 앞에 앉아 궐련에 불을 붙인다. 그리고는 하품을 크게
한다. 턱수염을 기른 주인의 얼굴은 네덜란드인 선장과 똑같다.

(1927.3.7)

---

14) 카드의 킹, 퀸, 잭.

후기

'산 세바스찬'은 전설적 색채를 띤 유일한 일본의 천주교도이다. 우라카와 와사부로(浦川和三郎, 1876~1955) 씨15) 저『일본 공교회(公教会)의 부활』제18장 참조.

---

15) 가톨릭 사제. 기독교 역사가. 주로 연구서와 글을 통해 선교 활동에 진력했다.

아사쿠사 공원(淺草公園)
- 어느 시나리오 -

홍명희

❖ 1 ❖

아사쿠사(淺草)의 인왕문(仁王門) 안에 매단, 불이 안 켜진 큰 제등(大提灯). 제등은 점차로 위로 올라가 혼잡한 나카미세(仲店)[1] 상점가를 바라보게 된다. 단, 큰 제등의 하부만은 사라지지 않는다. 문 앞에 어지러이 나는 무수한 비둘기들.

❖ 2 ❖

가미나리몬(雷門)에서 세로로 본 나카미세 상점가. 정면 저 멀리 인왕문이 보인다. 나무는 모두 고목들뿐.

---

1) 신사나 절의 경내 및 참배로에 있는 상점가. 도쿄의 센소지(淺草寺)의 경우는 정문인 가미나리몬(雷門)에서 인왕문(仁王門)까지 약 250미터의 참배로 양쪽에 형성된 오래된 상점가를 말하는데, 현재 기념품 및 전통과자 등을 파는 89개의 점포가 모여 있어 일본적인 정서를 느낄 수 있는 대표적인 관광지이기도 하다.

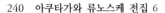

❖ 3 ❖

나카미세 상점가의 한쪽. 외투를 입은 한 남자가 열두세 살쯤 되어 보이는 소년과 함께 어슬렁어슬렁 상점가를 걷고 있다. 소년은 아버지의 손을 벗어나 종종 완구점 앞에 멈추어 서기도 한다. 물론 아버지는 이런 소년을 꾸짖기도 한다. 하지만 가끔 그 자신도 소년의 존재를 잊은 듯이 모자 가게의 진열창 등을 바라보고 있다.

❖ 4 ❖

이 부자(父子)의 상반신. 아버지는 영락없는 촌놈처럼 수염을 아무렇게나 투박하게 길렀다. 소년은 귀엽다기보다는 오히려 가련한 얼굴을 하고 있다. 그들 뒤에는 혼잡한 상점가. 그들은 이쪽으로 걸어온다.

❖ 5 ❖

비스듬하게 본 어느 완구점. 소년은 이 가게 앞에 잠시 멈춰선 채, 줄을 타고 올라갔다 내려갔다 하는 장난감 원숭이를 바라보고 있다. 완구점 안에는 아무도 보이지 않는다. 소년의 모습은 무릎 위까지.

❖ 6 ❖

줄을 타고 올라갔다 내려갔다 하는 원숭이. 원숭이는 연미복을 입고 실크 모자를 위로 쓰고 있다. 이 줄과 원숭이의 뒤쪽은 깊은 어둠만이 있을 뿐.

❖ 7 ❖

이 완구점이 있는 상점가 쪽. 원숭이를 보고 있던 소년은 갑자기 아버지가 없다는 사실을 알아차리고 두리번두리번 근처를 둘러보기 시작한다. 그리고 저쪽에서 뭔가를 발견하고는 그쪽으로 쏜살같이 달려간다.

❖ 8 ❖

아버지인 듯한 남자의 뒷모습. 단, 이것도 무릎 위까지. 소년은 이 남자에게 매달려 외투 소매를 꽉 잡는다. 놀라서 뒤돌아본 남자의 얼굴은 공교롭게도 촌놈 같은 아버지가 아니다. 깔끔하게 콧수염을 손질한 도시인 같은 신사다. 소년의 얼굴에 실망과 당혹감이 넘나든다. 신사는 소년을 남긴 채, 재빨리 저쪽으로 가 버린다. 소년은 저 멀리 가미나리몬을 뒤로 하고 멍하니 혼자 서 있다.

❖ 9 ❖

또다시 아버지인 듯한 사람의 뒷모습. 단, 이번에는 상반신. 소년은 이 남자를 따라가서는 주뼛주뼛 그 얼굴을 올려다본다. 그들 뒤편에는 인왕문.

❖ 10 ❖

이 남자의 앞을 향한 얼굴. 그는 마스크로 입을 가렸는데, 인간보다

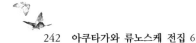

는 동물에 가까운 얼굴을 하고 있다. 뭔가 악의가 느껴지는 미소.

❖ 11 ❖

상점가의 한쪽 편. 소년은 이 남자를 보내고 어찌할 바를 모르는 듯
이 서 있다. 어디를 보아도 아버지의 모습이 안 보이는 모양이다. 소
년은 잠시 생각한 후, 목적도 없이 걷기 시작한다. 양장을 한 두 소녀
가 그를 뒤돌아본 것도 모른 채.

❖ 12 ❖

안경점의 진열창. 근시용 안경, 원시용 안경, 쌍안경, 돋보기, 현미
경, 도수 없는 안경 등이 진열된 가운데 서양인 인형의 목 하나가 안
경을 쓰고 미소 짓고 있다. 그 창문 앞에 잠시 멈춰선 소년의 뒷모습.
단, 비스듬히 뒤에서 본 상반신. 인형의 목은 어느새 인간의 목으로
변해 버린다. 그뿐만 아니라 이렇게 소년에게 말을 건다. ―

❖ 13 ❖

"안경을 사서 쓰세요. 아버지를 찾기 위해서는 안경을 써야만 하니
까요."
"내 눈은 아프지 않아요."

❖ 14 ❖

비스듬히 본 조화(造花) 가게의 진열창. 조화는 모두 대바구니나 화분 안에 피어 있다. 그중에서도 가장 큰 것은 왼쪽에 있는 참나리 꽃. 진열창의 판유리는 소년의 상반신을 비추기 시작한다. 뭔가 유령처럼 어렴풋이.

❖ 15 ❖

진열창의 판유리 너머에, 조화를 사이를 둔 소년의 상반신. 소년은 판유리에 손을 대고 있다. 숨이 닿아서인지 어느새 얼굴만이 어렴풋이 흐려져 버린다.

❖ 16 ❖

진열창 안의 참나리 꽃. 단, 뒤쪽은 어둡다. 참나리 꽃 아래에 늘어져 있는 봉오리도 어느새 점차 피기 시작한다.

❖ 17 ❖

"나의 아름다움을 보세요."
"하지만 너는 조화가 아니냐?"

❖ 18 ❖

모서리에서 본 담배 가게의 진열창. 담배 갑, 잎담배 갑, 파이프 등
이 진열된 가운데 비스듬히 안내문 한 장이 걸려 있다. 안내문에는
'담배 연기는 천국의 문입니다.'라고 쓰여 있다. 천천히 파이프에서 떠
오르는 연기.

❖ 19 ❖

연기가 가득한 진열창의 정면. 소년은 그 오른쪽에 서 있다. 단, 이
것도 무릎 위까지. 연기 속에는 어렴풋이 성(城)이 세 개 떠오르기 시
작한다. 성은 Three Castles의 상표[2]를 입체화 한 것에 가깝다.

❖ 20 ❖

그 성 중 하나. 성 문에는 병졸 한 명이 총을 들고 서 있다. 그 쇠창
살 문의 안쪽에는 종려나무 몇 그루도 살랑거리고 있다.

❖ 21 ❖

이 성문 위. 거기에는 가로로 어느새 이런 문구가 떠오르기 시작한
다. ― '이 문으로 들어가는 자는 영웅이 된다.'

---

2) 영국의 고급 담배인 'Three Castles'.

❖ 22 ❖

이쪽으로 걸어오는 소년의 모습. 앞에 나온 담배 가게의 진열창은 비스듬히 소년 뒤에 서 있다. 소년은 잠시 뒤돌아본 후, 후다닥 또 걸어가 버린다.

❖ 23 ❖

종만 보이는 종루의 내부. 누군가가 줄을 당겨 천천히 종이 울리기 시작한다. 한 번, 두 번, 세 번, — 종루 밖은 소나무뿐.

❖ 24 ❖

비스듬히 본 사격 가게. 표적으로는 뒤에 담배 갑을 쌓고, 앞에 하카타 인형(博多人形)³)을 늘어놓았다. 바로 앞에는 한 줄로 진열된 공기총들. 인형 하나는 드레스를 입고 부채를 든 서양 여자의 모습이다. 소년은 주뼛주뼛 이 가게로 들어가 공기총 하나를 들고 완전히 무분별하게 표적을 노린다. 사격 가게에는 아무도 없다. 소년의 모습은 무릎 위까지.

❖ 25 ❖

서양 여자 인형. 인형은 조용히 부채를 펼치고 완전히 얼굴을 숨겨

3) 후쿠오카 현(福岡県) 하카타(博多) 지방에서 생산하는 토제(土製) 인형.

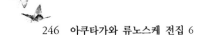

버린다. 그리고 코르크 총알이 이 인형에 맞는다. 물론 인형은 위를 보고 쓰러진다. 인형 뒤에도 어둠만이 있을 뿐.

❖ 26 ❖

앞에 나온 사격 가게. 소년은 또 공기총을 들고 이번에는 열심히 과녁을 노린다. 세 발, 네 발, 다섯 발, — 그러나 하나도 못 맞춘다. 소년은 마지못해 은화를 내고 가게 밖으로 나가 버린다.

❖ 27 ❖

처음에는 어둑어둑한 가운데 단지 네모난 것만 보일 뿐. 그러는 사이에 이 네모난 것이 갑자기 전등을 켠 듯, 옆에 이런 글자가 떠오른다. — 위에 '공원6구(公園六区)', 아래에 '야간경비 대기소'. 위의 글자는 검은 바탕에 흰 색, 아래 글자는 검은 바탕에 빨강이다.

❖ 28 ❖

극장 뒤의 상부. 불 켜진 창문 하나가 보인다. 곧게 낙수홈통을 내린 벽에는 포스터 여러 장이 벗겨진 흔적.

❖ 29 ❖

이 극장 뒤의 하부. 소년은 거기에 멈춰선 채, 잠시 동안은 어느 쪽으로도 가려 하지 않는다. 그리고 높은 창문을 올려다본다. 하지만 창문에는 아무도 보이지 않는다. 단지 늠름한 불테리어 한 마리가 소년의 발밑을 지나간다. 소년의 냄새를 맡으면서.

❖ 30 ❖

같은 극장 뒤의 상부. 불 켜진 창문에는 무희 한 명이 나타나 눈 아래의 길거리를 냉담하게 바라본다. 물론 이 모습은 역광 때문에 얼굴 등이 확실하지 않다. 하지만 어느새 소년을 닮은 가련한 얼굴이 나타난다. 무희는 조용히 창문을 열고 작은 꽃다발을 아래로 던진다.

❖ 31 ❖

길에 선 소년의 발 밑. 작은 꽃다발 하나가 떨어진다. 소년은 손으로 이것을 줍는다. 꽃다발은 길거리를 떠나자마자 어느새 가시 다발로 변해 있다.

❖ 32 ❖

검은 게시판 하나. 게시판에는 분필로 ‘북쪽 바람, 맑음’이라는 글자가 쓰여 있다. 하지만 흐려지면서 ‘남쪽 강한 바람. 비’라는 글자로 변해 버린다.

❖ 33 ❖

비스듬히 본 문패 노점, 천막 밑에 전시된 견본은 도쿠가와 이에야스(德川家康),4) 니노미야 손토쿠(二宮尊德),5) 와타나베 가잔(渡辺崋山),6) 곤도 이사미(近藤勇),7) 지카마쓰 몬자에몬(近松門左衛門)8) 등의 이름을 늘어놓고 있다. 이런 이름도 어느새 흔한 이름이 되어 버린다. 그뿐만 아니라 그 문패 너머에 희미하게 떠오르는 호박 밭⋯⋯.

❖ 34 ❖

연못 너머에 늘어선 영화관 몇 채. 물론 연못에는 전등 그림자가 몇 개 비친다. 연못 왼쪽에 선 소년의 상반신. 소년의 모자는 바람 때문에 순식간에 연못으로 날아가 버린다. 소년은 이래저래 애태우다가 이쪽을 향해 걷기 시작한다. 거의 절망에 가까운 표정.

❖ 35 ❖

카페의 진열창. 설탕 탑, 생과자, 빨대를 꽂은 소다수 컵들 너머에 몇 사람인가의 그림자가 움직이고 있다. 소년은 이 진열창 앞을 지나서 진열창 왼쪽에 서 버린다. 소년의 모습은 무릎 위까지.

---

4) (1542~1616), 에도 막부를 세운 무인, 정치가.
5) (1787~1856), 통칭 긴타로(金太郞)로 에도 시대 말기의 농업개량가.
6) (1793~1841), 에도 시대 말기의 무사, 화가.
7) (1834~1868), 에도 시대 말기의 가신으로 막부를 타도하고자 했던 세력을 상대로 조직된 신센구미(新選組)의 대장으로 활약했다.
8) (1653~1724), 에도 시대 중기의 극작가로 인형극인 조루리(淨瑠璃)와 가부키(歌舞伎) 극본으로 많은 명작을 남겼다.

❖ 36 ❖

이 카페의 외부. 부부인 듯한 중년 남녀가 유리문 안으로 들어간다. 여자는 망토를 입은 아이를 안고 있다. 카페가 있던 무대는 어느새 저절로 돌아서 요리사 방의 뒤쪽이 나타난다. 요리사 방 뒤에는 굴뚝이 하나. 또한 거기에는 노동자 두 명이 부지런히 삽을 옮기고 있다. 휴대용 석유등(カンテラ)을 하나 켜둔 채······.

❖ 37 ❖

테이블 앞에 어린이 의자가 놓여 있고, 그 의자 위에 상반신을 보인 앞의 아이. 아이는 방긋 웃으며 목을 흔들고 손을 들기도 한다. 아이 뒤에는 아무 것도 안 보인다. 거기에 어느새 장미꽃이 하나씩 조용히 떨어지기 시작한다.

❖ 38 ❖

비스듬히 보이는 자동 계산기. 계산기 앞에는 두 개의 손이 끊임없이 움직이고 있다. 물론 여자의 손임에 틀림없다. 그리고 끊임없이 열리는 서랍. 서랍 안은 동전뿐이다.

❖ 39 ❖

앞에 나온 카페의 진열창. 소년의 모습도 변함없다. 잠시 후, 소년은 천천히 뒤돌아보고 발 빠르게 이쪽으로 걸어온다. 하지만 얼굴만

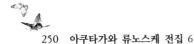

이 비추어졌을 때, 잠시 멈추어 서서 뭔가를 본다. 다소 놀람에 가까운 표정.

❖ 40 ❖

새까맣게 모인 사람들 사이에 선 상인. 그는 펼친 옷가지들 사이에 서서 오비(帶)9) 하나를 흔들면서 열심히 사람들에게 호소하고 있다.

❖ 41 ❖

그의 손에 든 오비 하나. 오비는 사방으로 흔들리면서 한쪽 끝을 두세 자(二三尺) 드러내고 있다. 오비 무늬는 확대한 눈송이. 눈송이는 점차로 돌면서 빙글빙글 오비 밖으로도 떨어지기 시작한다.

❖ 42 ❖

노점 속옷 집. 내의가 매달린 아래에 한 할머니가 화로를 쬐고 있다. 할머니 앞에도 속옷들. 털실로 짠 것도 섞여 있다. 화로 옆에는 검은 고양이 한 마리가 때때로 앞발을 핥고 있다.

❖ 43 ❖

화로 옆에 앉아 있는 검은 고양이. 왼쪽에 소년의 하반신이 보인다.

---

9) 기모노를 입을 때 허리 위에 감아서 기모노를 몸에 고정시키는 허리띠와 같은 것으로 폭이 넓은 장신구이다.

검은 고양이도 처음에는 가만히 있다. 그러나 어느새 머리 위에 술이 긴 터키 모자를 쓰고 있다.

❖ 44 ❖

"도련님, 스웨터 하나 사세요."
"나는 모자도 못 사요."

❖ 45 ❖

노점 속옷 집을 뒤로, 지친 얼굴의 소년의 상반신. 소년은 눈물을 흘리기 시작한다. 하지만 드디어 정신을 차리고 높은 하늘을 우러러보면서 한 번 더 이쪽으로 걷기 시작한다.

❖ 46 ❖

별이 희미하게 반짝이는 저녁 하늘. 거기에 큰 얼굴 하나가 어렴풋이 떠오른다. 얼굴은 소년의 아버지인 듯하다. 애정이 담겨 있지만, 왠지 무한히 슬픈 표정. 그러나 이 얼굴도 잠시 후, 안개처럼 어디론가 사라져 버린다.

❖ 47 ❖

세로로 본 길거리. 소년은 이쪽으로 등을 보인 채 길을 걸어간다. 길에는 인적이 드물다. 소년 뒤에서 걸어가는 남자. 이 남자는 살짝

뒤돌아서 마스크를 쓴 얼굴을 보인다. 소년은 한 번도 뒤돌아보지 않는다.

❖ 48 ❖

비스듬히 본 격자문 집의 외부. 집 앞에는 인력거 세 대가 뒤로 서 있다. 인적은 역시 드물다. 결혼식 예복 차림의 신부(角隠しをつけた花嫁)10)가 몇 사람과 함께 격자문을 나와 조용히 앞의 인력거를 탄다. 인력거 세 대는 전부 사람들을 태우고는 신부를 태운 인력거를 따라 달려간다. 그 뒤에 소년의 뒷모습. 물론 집 앞에 선 사람들은 소년에게 눈길조차 주지 않는다.

❖ 49 ❖

'XYZ회사 특제품, 미아,11) 문예적 영화'라고 쓴 직사각형 판자. 이 판자를 앞뒤로 끼운 샌드위치맨12)은 나이 든 사람이지만, 상점가를 걷던 도시 신사와 어딘지 모르게 닮았다. 뒤쪽은 앞쪽보다 사람들의 왕래가 많고 여러 가게가 즐비한 거리. 소년은 거기를 지나가다가 샌드위치맨이 나누어 주는 광고지 한 장을 받아간다.

---

10) 일본 전통 결혼식의 신부는 머리에 쓰노카쿠시(角隠し)라는 흰 비단 천을 쓰고 기모노를 입는다.
11) 실제로 이러한 영화는 없었다.
12) 광고판을 몸의 앞과 뒤에 걸고 다니는 사람으로 광고지를 나누어 주기도 한다.

❖ 50 ❖

세로로 본 앞의 길거리. 목발을 짚은 상의용사 한 사람이 천천히 저
쪽으로 걸어간다. 상의용사는 어느새 타조로 변한다. 하지만 잠시 걸
어가다가 또다시 상의용사가 되어 버린다. 골목 모퉁이에는 우체통이
하나.

❖ 51 ❖

"서둘러라. 서둘러. 언제 어느 때 죽을지 모른다."

❖ 52 ❖

길거리 모퉁이에 서 있는 우체통. 우체통은 서서히 투명해져서 무
수한 편지가 차곡차곡 쌓인 원통 내부를 드러내 보인다. 하지만 삽시
간에 이전의 보통 우체통으로 변해 버린다. 우체통 뒤에는 어둠이 있
을 뿐.

❖ 53 ❖

비스듬히 본 기생집 거리(芸者屋町). 연회에 나가는 게이샤(芸者) 두
명이 신등불(御神灯)13)이 켜진 격자문을 나와 조용히 이쪽으로 걸어온
다. 둘 다 아무런 표정도 보이지 않는다. 게이샤들이 지나쳐 간 후, 저

---

13) 기생집 입구에 다는 제등.

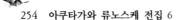

쪽으로 걸어가는 소년의 모습. 소년은 살짝 되돌아본다. 이전보다도 더욱 쓸쓸한 표정. 소년은 조금씩 작아져 간다. 거기에 저쪽에 서 있던 키 작은, 성대모사 하는 코미디언(声色違い)14) 하나가 역시 이쪽으로 걸어온다. 눈앞에 가까이 온 그를 보니 어딘가 소년을 닮았다.

❖ 54 ❖

큰 철사 원에 매달아 놓은 몇 개의 가모지(かもじ).15) 가모지 중에는 '머리카락 포함 앞머리 세우는 도구(すき毛入り前髪立て)'라고 쓴 안내문도 달려 있다. 이 가모지는 어느새 이발소의 봉으로 변해 버린다. 봉 뒤에도 어둠만 있을 뿐.

❖ 55 ❖

이발소의 외부. 큰 창유리 너머에는 남녀 몇 명이 움직이고 있다. 소년은 거기로 지나가다가 살짝 내부를 들여다본다.

❖ 56 ❖

머리를 깎고 있는 남자의 옆얼굴. 이것도 잠시 후, 큰 철사 원에 매달린 가모지 몇 개로 변해 버린다. 가모지 사이에 달린 안내문 한 장. 안내문에는 이번에는 '딴머리(入れ毛)'라고 쓰여 있다.

---

14) 가부키 배우의 목소리를 흉내 내는 코미디언.
15) 일본 전통 머리를 할 때, 여자들의 머리숱이 많아 보이게 하려고 덧넣은 딴머리. 아사쿠사 공원 근처에 가모지 가게가 많았다.

❖ 57 ❖

시세션풍16)으로 완성된 병원. 소년은 앞쪽에서 다가가 돌계단을 올라간다. 그러나 문 안으로 들어간 것 같은데 금방 또다시 계단을 내려온다. 소년이 왼쪽으로 간 후, 병원은 조용히 앞쪽으로 가까워져서 드디어 현관만 남는다. 그 유리문을 밖으로 열고 나오는 간호사 한 사람. 간호사는 현관에 선 채, 저 멀리 뭔가를 바라보고 있다.

❖ 58 ❖

무릎 위에 올린 간호사의 양손. 위에 얹은 왼손에는 약혼반지 하나가 끼워져 있다. 하지만 반지는 갑자기 저절로 아래로 떨어져 버린다.

❖ 59 ❖

하늘을 조금 남긴 콘크리트 담. 이것도 서서히 투명해져서 철창 안에 모인 원숭이 몇 마리를 보여 준다. 그리고 또 담 전체는 꼭두각시 인형 무대로 변해 버린다. 무대는 서양풍의 실내. 거기에 서양인 인형 하나가 주뼛주뼛 주변을 살피고 있다. 복면을 쓴 걸 보니 이 방에 잠입한 도둑인 듯하다. 방구석에는 금고가 하나.

---

16) Secession. 건축과 미술 양식의 하나로 간단 명확한 형태와 산뜻한 색감으로 세련된 느낌을 준다.

❖ 60 ❖

금고를 억지로 열고 있는 서양인 인형. 단, 이 인형의 손발에 붙은
얇은 실도 몇 줄인가는 확실하게 보인다…….

❖ 61 ❖

비스듬히 앞에 나온 콘크리트 담. 담은 이제 아무 것도 나타내지
않는다. 거기를 지나가는 소년의 그림자. 그 뒤를 이번에는 꼽추의 그
림자.

❖ 62 ❖

앞에서 비스듬히 내려다본 거리. 거리 위에는 낙엽 하나가 바람에
날려 날아다닌다. 거기에 또 날려 와 떨어지는 더 작은 낙엽 하나. 마
지막으로 잡지 광고인 듯한 종이 한 장도 나부껴 온다. 종이는 공교롭
게도 찢겨 있는 듯하다. 하지만 확실하게 보이는 것은 '생활17), 정월
호'라는 초호활자(初号活字)18)다.

❖ 63 ❖

큰 상록수 밑에 있는 벤치. 나무 너머로 보이는 것은 앞에 나온 연

---

17) 이러한 이름의 잡지는 실재하지 않았던 것 같다.
18) 과거에는 활자 크기에 따라 초호에서 8호까지 9종류가 있었는데, 초호는 가장 큰
    사이즈

못의 일부인 듯. 소년은 다가가 실망한 듯 걸터앉는다. 그리고 눈물을 닦기 시작한다. 그러자 앞에 나온 꼽추 한 사람이 역시 벤치에 와서 걸터앉는다. 때때로 뒤의 상록수가 바람에 흔들린다. 소년은 문득 꼽추를 응시한다. 하지만 꼽추는 돌아보지도 않는다. 그뿐만 아니라 호주머니에서 군고구마를 꺼내 걸신들린 듯이 먹기 시작한다.

❖ 64 ❖

군고구마를 먹고 있는 꼽추의 얼굴.

❖ 65 ❖

앞에 나온 상록수 그늘 아래의 벤치. 꼽추는 역시 군고구마를 먹고 있다. 소년은 드디어 일어나서 고개를 떨어뜨리고는 어디론가 걸어간다.

❖ 66 ❖

비스듬히 위에서 내려다본 벤치. 나무 벤치 위에는 동전지갑 하나가 남아 있다. 그러자 누군가의 손 하나가 살짝 그 지갑을 든다.

❖ 67 ❖

앞에 나온 상록수 그늘에 있는 벤치. 단 이번은 비스듬하다. 벤치 위에는 꼽추 하나가 지갑 안을 뒤지고 있다. 그러는 사이에 꼽추의 좌

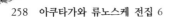

우에는 다른 꼽추들이 나타나 벤치 위는 결국 꼽추 천지가 되어 버린
다. 게다가 그들은 똑같이 모두 열심히 지갑 안을 뒤지고 있다. 서로
뭔가 이야기하면서.

❖ 68 ❖

사진 가게의 진열창. 남녀 사진 몇 장이 각각 액자에 걸려 있다. 하
지만 그 남녀의 얼굴도 어느새 노인으로 변해 버린다. 그러나 그중 단
한 장, 프록코트[19]에 훈장을 붙인 턱수염 노인의 상반신만은 변함이
없다. 단지 그 얼굴은 어느새 앞에 나온 꼽추의 얼굴이 되어 있다.

❖ 69 ❖

옆에서 본 관음당(観音堂).[20] 소년은 그 아래를 걸어간다. 관음당 위
에는 초승달이 하나.

❖ 70 ❖

관음당 정면의 일부. 단, 문은 닫혀 있다. 그 앞에서 절하고 있는 몇
몇 사람들. 소년은 다가가 이쪽으로 등을 보인 채, 관음당을 잠시 우러
러본다. 그리고 갑자기 이쪽을 보고 후다닥 비스듬히 걸어가 버린다.

---

19) 남성용 검정 예복의 상의의 일종.
20) 센소지의 본당으로 전화(戦火)로 소실된 것을 재건하였다.

❖ 71 ❖

비스듬히 위에서 내려다본 큰 직사각형의 수수발(手水鉢).[21] 바가지 몇 개가 떠 있는 물에는 불 그늘도 팔랑팔랑 비치고 있다. 거기에 또 비쳐지는 초췌한 소년의 얼굴.

❖ 72 ❖

큰 석등롱의 하부. 소년은 거기에 앉아 양손으로 얼굴을 감싸고 울기 시작한다.

❖ 73 ❖

앞에 나온 석등롱 하부의 뒤. 남자 한 사람이 멈춰선 채, 뭔가에 귀 기울이고 있다.

❖ 74 ❖

이 남자의 상반신. 얼굴만은 이쪽을 향하지 않고 있다. 하지만 조용히 돌아본 것을 보니 마스크를 쓴 이전의 남자다. 그뿐만이 아니라 그 얼굴도 잠시 후, 소년의 아버지로 변해 버린다.

---

21) 본래, 신사와 절에서 입을 헹구고 몸을 정결하게 하기 위한 물을 담아두는 그릇을 가리켰으나, 이후 다도에서는 노지(露地)에 놓는 등 쓰쿠바이(つくばい)라는 독특한 양식을 형성해 갔다.

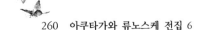

❖ 75 ❖

앞에 나온 석등롱의 상부. 석등롱은 기둥을 남긴 채, 저절로 불꽃이
되어 불타올라 버린다. 불꽃이 수그러진 후, 거기에 피기 시작한 국화
꽃 한 송이. 국화꽃은 석등롱의 가사보다도 크다.

❖ 76 ❖

앞에 나온 석등롱의 하부. 소년은 이전과 다름없다. 모자를 깊이 눌
러 쓴 순경 한 명이 다가가 소년의 어깨에 손을 댄다. 소년은 놀라서
일어서서 순경과 무언가를 이야기한다. 그리고 순경에게 손을 이끌린
채, 조용히 저쪽으로 걸어간다.

❖ 77 ❖

앞에 나온 석등롱 하부의 뒤. 이번에는 아무도 없다.

❖ 78 ❖

인왕문의 큰 제등. 큰 제등은 점차로 위로 올라가서 앞에서와 같이 상
점가를 바라보게 된다. 단, 큰 제등의 하부만은 사라지지 않는다.

(1927(쇼와2)년 3월 14일)

다네코의 우울()

최정아

다네코는 남편의 선배라는 어느 실업가로부터 그 딸의 결혼피로연 초청장을 받았을 때, 마침 출근하려던 남편에게 이렇게 열심히 물었다.

"나도 가지 않으면 실례일까요?"

"그야 실례지."

남편은 넥타이를 매면서 거울 속의 다네코에게 대답했다. 그러나 그것은 옷장 위에 세워놓은 거울에 비치고 있었던 관계상 다네코라기 보다 차라리 다네코의 눈썹에게 대답을 했다 — 는 것에 가까웠다.

"그게, 제국호텔에서 하는 거잖아요."

"제국호텔 — 인가?"

"어머, 모르셨어요?"

"응. ……이봐, 조끼!"

다네코는 서둘러 조끼를 집어 들고, 다시 한 번 피로연 얘기를 꺼냈다.

"제국호텔이라면 양식이겠네요?"

"당연한 얘기를 하는군."

"그래서 난 고민이에요."

"왜?"

"왜겠어요……. 나는 양식 먹는 법을 한 번도 배운 적이 없는 걸요."

"아무도 배우거나 하지 않아……!"

남편은 겉옷을 걸치자마자 무심한 듯 봄 중절모를 썼다. 그리고 잠시 옷장 위에 놓인 결혼피로연 초청장을 훑어보고, "뭐야, 4월 16일이잖아?"라고 말했다.

"그게 16일이든 17일이든……."

"그러니까 아직 3일이나 남았잖아. 그 사이에 연습하라는 얘기야."

"그럼 당신이 날 내일 일요일에라도 꼭 어디로 좀 데려가 줄래요?"

그러나 남편은 아무 말도 하지 않고 서둘러 회사로 가 버렸다. 다네코는 남편을 배웅하면서 조금 우울해지지 않을 수 없었다. 거기엔 그녀의 몸 상태도 한몫하고 있음이 분명했다. 아이가 없는 그녀는 혼자가 되자 화로 앞에 있는 신문을 들고 뭔가 그럴 만한 기사는 없는가 하고 일일이 난외까지 훑어보았다. 그러나 '오늘의 메뉴'는 있어도 양식 먹는 법과 같은 것은 없었다. 양식 먹는 법이라고 하는 것은? — 그녀는 문득 여학교[1] 교과서에 그런 것도 나와 있었던 것 같은 느낌이 들어 곧바로 서랍장 서랍에서 오래된 가정독본을 두 권 꺼냈다. 그 책들은 어느새 손때 묻은 자국마저 그을려 있었다. 그뿐만 아니라 또 숨기려야 숨길 수 없는 과거의 냄새를 풍기고 있었다. 다네코는 가녀린 무릎 위에 그 책들을 펼치고 그 어떤 소설을 읽을 때보다도 열심히 목차를 읽어 내려갔다.

"면직물 및 마직물 세탁, 손수건, 앞치마, 버선, 식탁보, 냅킨, 레이

1) 전전기 일본 구제 중등교육학교의 하나로, 고등여학교를 말함. 입학 자격을 6년간의 소학교 교육 수료자로 하는 5년제 학교. 교육 내용에는 당시 남자 중학교와는 다른 독자성이 보이며, 중류 계층 이상의 여자를 대상으로 하는 현모양처 교육에 주안점이 있었다.

스, ……깔개, 다타미, 융단, 리놀륨,2) 코크카펫,3) ……주방용구, 도자
기류, 유리그릇류, 금은제 그릇류…….”

첫 번째 책에 실망한 다네코는 남은 책 한 권을 서둘러 검사하기
시작했다.

“붕대법, 원통형붕대, 붕대건, ……출산, 신생아의 의복, 산실, 산구,
……수입 및 지출, 노동임금, 이자, 기업소득, ……일가의 관리, 가풍,
주부의 마음가짐, 근면과 절검, 교제, 취미…….”

다네코는 실망하여 책을 던지고 일어서서 커다란 전나무 경대 앞으
로 머리를 빗으러 갔다. 하지만 양식 먹는 법만은 아무래도 신경이 쓰
여서 어쩔 수가 없었다.

다음 날 오후, 남편은 다네코가 걱정하는 것을 보다 못해 일부러 그
녀를 긴자(銀座)4) 뒷골목에 있는 레스토랑에 데리고 갔다. 다네코는 테
이블로 향하며 우선 그곳에 그들 이외에 아무도 없다는 사실에 안심
했다. 그러나 이 가게도 장사가 안 되는구나 하고 생각하자 남편의 보
너스에도 영향을 미친 불경기를 느끼지 않을 수 없었다.

“안됐네요. 이렇게 손님이 없어서야.”

“모르시는 말씀. 일부러 손님이 없는 시간을 골라서 온 거라고.”

그리고 나서 남편은 나이프와 포크를 집어 들고 양식 먹는 법을 가
르치기 시작했다. 그것 역시 정확한 것은 아님에 틀림없었다. 그러나
그는 아스파라거스5) 하나하나에 칼질을 하면서 여하튼 다네코를 가

---

2) Linoleum. 서양 건축에 사용되는 바닥재. 아마인유의 산화물인 리녹신, 고무, 수
지 등의 혼합물을 올이 굵은 삼베와 비슷한 버랩이나 펠트 천에 도포하여 만든
다. 고무 제품을 닮아 표면이 매끈하고 광택이 난다.
3) Cork Carpet. 아일랜드 코크 지방에서 산출되는 카펫.
4) 도쿄 도(東京都) 주오 구(中央區)의 번화가.
5) 백합과에 속한 여러해살이풀. 유럽 원산. 식용, 관상용.

르치는 데 그의 전지식을 기울이고 있었다. 그녀도 물론 열심이었다. 그러나 마지막에 오렌지며 바나나 등이 나왔을 때는 절로 이런 과일의 가격을 생각하지 않을 수 없었다.

그들은 이 레스토랑을 뒤로 하고 긴자 뒤편을 걷고 있었다. 남편은 마침내 의무를 다했다는 만족을 느끼고 있는 듯했다. 그러나 다네코는 마음속으로 몇 번이나 포크 사용법이며 커피 마시는 법 등을 되새기고 있었다. 그뿐만 아니라 만일 틀렸을 때는 — 이라고 하는 병적인 불안도 느끼고 있었다. 긴자 뒤편은 조용했다. 아스팔트 위로 떨어지는 햇살 역시 조용하게 봄기운을 띠고 있었다. 그러나 다네코는 남편의 말에 적당히 대답하며 자꾸 뒤처지는 발걸음을 옮기고 있었다…….

제국호텔 안에 들어가는 것은 물론 그녀에게는 처음이었다. 다네코는 몬푸쿠6)를 입은 남편 뒤를 따라 좁은 계단을 오르며 오야(大谷)석7)이나 벽돌을 사용한 내부에 무언가 섬뜩한 느낌을 가졌다. 그뿐만 아니라 커다란 쥐 한 마리가 벽을 타고 달리는 것을 느끼기까지 했다. 느꼈다? — 그것은 실제로 '느꼈다'였다. 그녀는 남편의 소매를 당기며 "어머, 여보, 쥐가" 하고 말했다. 그러나 남편은 뒤돌아보더니 잠시 당혹스러운 표정을 짓고, "어디에……? 착각이야."라고 대답했을 뿐이다. 다네코는 남편에게 이런 답을 듣기 전부터 자신이 착각하고 있음을 알고 있었다. 그러나 알고 있으면 있는 만큼 더욱 더 자신의 신경에 집착하지 않을 수 없었다.

그들은 테이블 구석에 앉아 나이프와 포크를 움직이기 시작했다. 다네코는 쓰노카쿠시8)를 쓴 신부에게도 가끔 눈길을 주었다. 그러나

---

6) 집안의 문양을 넣은 기모노.
7) 일본 도치키 현(栃木県) 우쓰노미야 시(宇都宮市) 오타니(大谷町)에서 나는 결이 거친 돌.
8) 흰색 비단을 앞머리에 씌워 틀어 올린 뒷머리에 고정시킨 머리쓰개. 지금은 일

그것보다도 신경이 쓰인 것은 물론 접시 위의 요리였다. 그녀는 빵을 입속으로 넣는 데에도 온몸의 신경이 떨리는 것을 느꼈다. 더구나 나이프를 떨어뜨렸을 때에는 그저 어쩔 줄 모르고 있을 수밖에 없었다. 하지만 만찬은 다행이도 서서히 막바지에 다다랐다. 다네코는 접시 위의 샐러드를 봤을 때, "샐러드가 딸린 것이 나왔을 때는 이제 식사도 끝난 거라고 생각해."라고 한 남편의 말을 떠올렸다. 그러나 겨우 한 숨 돌렸다 싶었는데 이번에는 샴페인[9] 글라스를 들고 일어서지 않으면 안 되었다. 그것은 이 만찬 중에서도 가장 괴로운 몇 분이었다. 그녀는 주뼛주뼛 의자에서 일어나 양손으로 눈 위까지 잔을 들어 올린 채 어느새 등뼈까지 떨리기 시작하는 것을 느꼈다.

그들은 어느 전차의 종점에서 좁은 골목을 돌아서 갔다. 남편은 상당히 취한 듯했다. 다네코는 남편의 발걸음에 주의하면서 들떠 있는 듯 자꾸 뭔가를 이야기했다. 그러다가 그들은 전등이 밝게 켜진 '식당' 앞을 지나게 되었다. 그곳에는 셔츠 한 장 차림의 남자가 하나 '식당'의 여종업원과 장난을 치며 문어를 안주로 술을 마시고 있었다. 그것은 물론 그녀의 눈에 힐끗 보였을 뿐이었다. 그러나 그녀는 이 남자를, — 이 수염이 덥수룩하게 난 남자를 경멸하지 않을 수 없었다. 동시에 또 자연히 그의 자유를 부러워하지 않을 수도 없었다. 이 '식당'을 지나자 다음은 가정집뿐이었다. 따라서 주위도 어두워지기 시작했다. 다네코는 이런 밤 속에서도 뭔가 나무의 새싹 냄새가 나는 것을 느끼고 어느새 마음에 절절히 그녀가 태어난 시골을 떠올리고 있었다. 50엔 채권을 두세 장 사고서 "그래도 부동산[10](!)이 늘었단 말이야"라

___

본의 전통혼례에 사용되고 있으나 원래는 절에 참배할 때 사용되었다.
9) Champagne(프). 프랑스 샹파뉴 지방에서 산출되는 고급 포도주.
10) 일본 민법상 부동산은 토지 및 토지의 정착물(가옥 등)을 말한다. 채권은 장기용 자자본을 만들기 위해 발행하는 것으로 부동산이 아니다.

며 좋아하던 엄마도…….

다음날 아침 묘하게 기운 없는 얼굴을 한 다네코는 이렇게 남편에게 말했다. 남편은 이때도 역시 거울 앞에서 넥타이를 매고 있었다.

"당신 오늘 아침 신문 읽었어요?"

"응."

"혼조인가 어딘가의 도시락 가게 처녀가 미치광이가 됐다는 기사를 읽었어요?"

"미쳤다고? 왜?"

남편은 조끼에 팔을 넣으며 거울 속 다네코에게 눈을 돌렸다. 다네코라고 하기보다도 다네코의 눈썹에게. ―

"직공인가 뭔가한테 키스를 당했기 때문이래요."

"그런 일로 사람이 미치기까지 하는가."

"당연히 미치지요. 미칠 거라 생각해요. 나도 어제 밤에 무서운 꿈을 꿨어요……."

"어떤 꿈을? ― 이 넥타이도 이제 올해까지로군."

"뭔가 큰 실수를 저질러서, ― 뭘 했는지 몰라요. 뭔가 큰 실수를 해서 기차 선로에 뛰어드는 꿈이어요. 바로 그때 기차가 들어와서 ―"

"치였다고 생각했을 때 눈이 뜨였겠지."

남편은 이미 겉옷을 걸쳐 입고 봄 중절모를 쓰고 있었다. 그러나 아직 거울 앞에 선 채 넥타이의 매듭을 매만지고 있었다.

"아니요, 치이고 나서도 꿈속에서는 멀쩡하게 살아 있었어요. 단지 몸은 엉망진창이 되고 눈썹만 선로에 남아 있는 것이었지만, ……역시 요 며칠 양식 먹는 법만 신경을 쓴 때문일 거예요."

"그럴지도 모르겠네."

다네코는 남편을 배웅하면서 반은 혼잣말처럼 계속해서 이야기했다.

"어제 큰 실수를 저질렀다면 나도 무슨 일을 했을지 모르니까."

그러나 남편은 아무 말도 하지 않고 서둘러 회사로 가 버렸다. 다네코는 겨우 혼자가 되자, 그날도 화로 앞에 앉아 찻잔에 따라 놓은 식어 버린 반차(番茶)11)를 마시기로 했다. 그러나 그녀의 마음은 왠지 침착함을 잃고 있었다. 그녀 앞에 놓여 있던 신문엔 벚꽃이 만개한 우에노(上野) 공원12) 사진이 실려 있었다. 그녀는 물끄러미 이 사진을 바라보며 다시 한 번 반차를 마시려 했다. 그러나 반차는 어느샌가 고드름을 닮은 기름을 띄우고 있었다. 게다가 그것은 어쩐지 그녀의 눈썹과 똑같았다.

"……."

다네코는 턱을 괸 채 머리를 빗을 기력조차 내지 못하고 반차만 바라보고 있었다.

(1927년 3월 28일)

---

11) 질이 낮은 엽차.
12) 일본 도쿄 도(東京都) 다이토 구(台東区)에 있는 공원. 벚꽃의 명소.

고치야(古千屋)

임만호

❖ 一 ❖

가시이(樫井) 전투[1]가 있었던 것은 1615년 4월 29일이었다. 오사카 성을 거점으로 도요토미 히데요리(豊臣秀頼)의 군세 중에서도 유명한 반단에몬 나오유키(塙団右衛門直之), 단나와 로쿠로뵤에시게마사(淡輪六郎兵衛重正) 등은 모두들 이 전투 때문에 전사했다. 특히 반단에몬 나오유키는 금빛의 작은 깃발을 등에 꽂고 열십자 모양의 창을 높이 쳐들고서 창끝이 부러질 때까지 싸우다 가시이 마을 안에서 전사했다.

4월 30일 오후 2시 무렵, 이들 군 세력을 격파한 아사노 다지마노카미 나가아키라(浅野但馬守長晟)는 은거 중인 도쿠가와 이에야스(徳川家康)에게 승전보를 전할 때 나오유키(直之)의 목을 헌상했다. (이에야스는 4월 17일 이래 니조(二条)의 성에 머무르고 있었다. 그것은 장군 히데타다[2]가 에도에서 교토로 올라오는 것을 기다린 후 오사카 성을 공격하

---

1) 가시이(樫井)는 지금의 오사카 부(大阪府) 이즈미사노 시(泉佐野市) 가시이 초(樫井町).
2) 도쿠카와 히데타다(徳川秀忠). 도쿠카와 2대 장군.

기 위해서이었다.) 이 심부름을 한 것은 나가아키라의 하인인 세키조
베에(関宗兵衛)와 데라카와키마노스케(寺川左馬助) 두 사람이었다.

이에야스는 혼다사도노카미 마사즈미(本多佐渡守正純)에게 명하여 나
오유키의 수급을 직접 확인하고자 했다. 마사즈미는 옆방으로 물러가
서 가만히 둥근 나무통의 뚜껑을 열고 나오유키의 목을 확인했다. 그
리고서 뚜껑위에 불심을 나타내는 '만(卍)'자를 쓰고 다시금 화살촉을
감춘 후, 이렇게 이에야스에게 아뢨다.

"나오유키의 목은 무더운 날씨 탓에 볼살이 썩어 문드러진 상태입
니다. 그런 연유로 악취도 매우 심하옵니다만, 직접 확인을 하시겠는
지요?"

그러나 이에야스는 개의치 않았다.

"누구나 죽고 나면 똑같다. 아무튼 이리로 가져오도록 해라."

마사즈마는 다시 옆방으로 물러가서 호로(母衣)3)를 덮은 수급 통 앞
에서 언제까지나 꼼짝하지 않고 앉아 있었다.

"빨리 가져오지 않고 뭐하느냐?"

이에야스는 옆방을 향해 소리를 질렀다. 엔슈 요코스카(遠州横須賀)
의 하급무사였던 반단에몬 나오유키(塙田右衛門直之)는 어느새 천하에
이름이 알려진 뛰어난 무사 중의 한 사람으로 꼽히고 있었다. 그뿐만
아니라 이에야스의 첩인 오만(お万) 님도 그녀가 낳은 요리노부(頼宣)4)
를 위해서 한때는 그에게 매년 200량의 금을 베풀고 있었다. 말년의
나오유키는 무예 이외에도 다이류(大竜) 스님5)의 제자로 들어가 선종
을 수양했었다. 이에야스는 이러한 나오유키의 수급을 직접 확인하고

---

3) 호로(母衣): 옛날 갑옷의 등에 붙여서 화살을 막는 도구. 대나무를 뼈대로 하여
   천을 씌운 것.
4) 도쿠카와 이에야스(徳川家康)의 열 번 째 아들.
5) 임제종묘심사(臨済宗妙心寺)의 주지스님.

싶어 하는 것도 결코 우연은 아니었던 것이다.

그러나 마사즈미는 대답을 하지 않은 채, 역시 옆방에서 대기하고 있던 나루세하이토노 쇼마사나리(成瀬隼人正正成)[6]와 도이오이노 가미 도시카쓰(土井大炊頭利勝)[7]가 묻지도 않았는데 말을 걸었다.

"아무튼 사람이라는 것은 나이를 먹음에 따라 정만 질겨진다는 말을 들었습니다. 오고쇼(大御所: 은거 중인 이에야스) 님 정도의 무사도 역시 이것만큼은 일반서민과 별반 다를 것이 없군요. 마사즈미도 무사도만큼은 다소 알고 있습니다. 나오유키의 목은 첫 번째이기도 하고 눈을 크게 부릅뜨고 있기에 수급을 직접 확인하시겠다는 말씀은 따르지 않았습니다. 그런데 굳이 보시겠다고 가져오라고 분부하신 것은 그 좋은 증거가 아니겠습니까?"

이에야스는 꽃과 새가 그려진 맹장지문 너머로 마사즈미의 이야기를 들은 후 물론 두 번 다시 나오유키의 목을 확인하겠다는 말을 하지 않았다.

❖ 二 ❖

그러자 같은 30일 밤, 이이카몬노카미 나오타카(井伊掃部頭直孝)[8]의 군영에서 하녀로 일하는 여인네 하나가 갑자기 미치듯이 소리치기 시작했다. 그녀는 갓 서른이 된 고치야(古千屋)라는 이름의 여인네였다. "반단에몽 정도의 무사의 수급도 오고쇼(이에야스)가 직접 확인하지 않는가? 아무개도 한 군세의 대장이었던 것을. 이런 모욕을 당해서는 반

---

6) 이에야스의 시동 출신으로 도쿠카와 요시나오(德川義直)의 가신.
7) 이에야스의 사촌 남동생으로 히데타다(德川秀忠)의 신하.
8) 히코네의 보초병(彦根番士).

드시 천벌을 받을 것이다……."

고치야는 연달아 소리치며 그때마다 공중으로 뛰어오르려고 했다. 그러한 그녀의 행동은 좌우에 있는 남녀들의 힘으로도 거의 막을 수가 없는 것이었다. 처절한 고치야의 외침은 물론 그들의 그녀를 잡아 진정시키려는 소동도 대단한 것이었다.

이이(井伊) 군영의 소란은 자연스레 도쿠가와 이에야스의 귀에도 들어가지 않을 수 없었다. 그뿐만이 아니라 나오타카(直孝)는 이에야스를 알현하여 고치야에게 나오유키(直之)의 악령이 씐 탓에 누구나 할 것 없이 모두 두려워하고 있다는 것을 고했다.

"나오유키가 원망하는 것도 이상할 거 없다. 그럼 바로 수급을 확인하도록 하자."

이에야스는 커다란 초 불빛 속에서 이렇게 단호하게 하명을 하였다.

으슥한 밤중에 니조(二条) 성의 거실에서 나오유키의 목을 직접 확인하는 것은 대낮보다도 오히려 엄숙했다. 이에야스는 갈색 하오리9)를 걸치고 아래를 묶은 하카마10)를 입은 채 법도대로 나오유키의 목을 확인했다. 그리고 목 좌우에는 갑옷과 투구를 갖춰 입은 호위무사가 두 사람 모두 칼 손잡이에 손을 댄 채 이에야스가 수급을 직접 확인 하는 동안 꼼짝 않고 목을 주시하고 있었다. 나오유키의 수급은 볼살이 썩어 문드러진 목이 아니었다. 하지만 적동색(赤銅色)을 띠어 혼다 마사즈미(本多正純)가 고한 것처럼 큰 두 눈을 부릅뜨고 있었다.

"이것으로 반단에몽도 필시 만족했겠지요."

호위무사 중 한 사람인 — 요코타 진에몽(横田甚衛門)11)은 이렇게 말

---

9) 羽織: 상의 겉옷.
10) 袴: 하의 겉옷.
11) 오다 노부나가와 도요토미 히데요시 시대의 무인. 처음에 다케다(武田)를 섬기다가 훗날 도쿠가와 이에야스를 섬김.

하고 이에야스에게 가볍게 절을 했다.

그러나 이에야스는 고개를 끄덕일 뿐 이 말에 뭐라 대답을 하지 않았다. 그뿐만이 아니라 나오타카를 곁으로 불러서는 그의 귀에 입을 댈 듯한 자세로, "그 여자의 출신만큼은 조사해 놓으라." 하고 작은 목소리로 그에게 명을 내렸다.

❖ 三 ❖

이에야스가 수급을 확인했다는 이야기는 물론 이이(井伊) 군영에도 전해지지 않을 수가 없었다. 고치야는 이 이야기를 듣자마자 "만족, 만족이야."라고 소리치고서는 잠시 동안 미소를 짓고 있었다. 그리고는 정말 지칠 대로 지쳤다는 듯 깊은 잠에 빠져들었다. 이이 군영 사람들은 가까스로 안도하는 심정이 되었다. 실제로 고치야가 남자처럼 굵고 커다란 목소리로 비난을 퍼부어 대는 짓은 기분이 나쁜 행위인 것에 틀림이 없었다.

그러는 동안에 날은 밝아 갔다. 나오타카(直孝)는 서둘러 고치야를 불러들여 그녀의 출신을 물어보기로 했다. 그녀는 이런 군영에 있기에는 너무나도 연약한 여자였다. 특히 어깨가 처져 있는 모습은 가련하기보다도 불쌍했다.

"너는 어디서 태어났느냐?"

"게이슈 히로시마(芸州広島) 성 안입니다."

나오타카는 가만히 고치야를 바라보며 이런 질문을 문답을 거듭한 후 천천히 마지막 질문을 했다.

"너는 반단에몽과 연관이 있는 자이더냐?"

고치야는 깜짝 놀란 것 같았다. 하지만 잠시 주저하다가 의외로 또

렷하게 대답을 했다.

"네 부끄럽습니다만……."

나오유키(直之)는 고치야의 말에 따르면 그녀와의 사이에 아이 하나가 있다고 한다.

"그 때문일까요. 어제 밤도 수급 확인을 하지 않으신다는 말을 듣고 여자 몸인데도 원통하다는 생각이 들자 어느새 실신하여 무언인가를 무심코 지껄였다고 들었습니다. 두말할 것도 없이 저로서는 알 수 없는 말들뿐이었습니다만……."

고치야는 양손을 바닥에 짚은 채로 분명 흥분해 있는 것 같았다. 그런 행동은 그녀의 수척해진 모습에 마치 아침 햇살에 빛나는 살얼음 같은 분위기를 띄게 했다.

"됐다. 됐어. 이제 물러가 쉬거라."

나오타카는 고치야를 물린 후, 다시 한 번 이에야스를 알현하고 상세하게 고치야의 신상에 대해 고하였다.

"역시 반단에몽과 연관이 있는 자였습니다."

이에야스는 비로소 미소를 지었다. 인생은 그에게는 도카이도(東海道)의 지도처럼 명료했다. 이에야스는 고치야의 광적인 행동에도 언젠가 인생이 자신에게 가르쳐준, 모든 일에는 표리(表裏)가 있다는 사실을 느끼지 않을 수 없었다. 이 추측은 이번에도 칠순을 넘긴 그의 경험에 일치하고 있었다…….

"그렇기도 하겠지."

"그 여인네를 어떻게 처리할까요?"

"됐다, 역시 하녀 일을 시켜라."

나오타카는 약간 조바심이 난 것 같았다.

"하지만 주군을 능멸한 죄는……."

이에야스는 잠시 동안 잠자코 있었다. 그러나 그의 마음의 눈은 인생의 심연에 있는 암흑에 — 그리고 또한 암흑 속에 있는 다양한 괴물을 향하고 있었다.

"제 판단대로 처리해도 괜찮으시겠습니까?"

"음, 주군을 능멸했다……."

그것은 실제로 나오타카에게는 의심할 여지가 없는 사실이었다. 그러나 이에야스는 어느새 유달리 커다랗게 눈을 뜬 채 마치 적군이라도 마주 대하고 있는 것처럼 당당하게 대답을 했다. —

"아니, 나는 속지 않아."

(1927년 7월)

겨울(冬)

이민희

　나는 무거운 외투에 아스트라한[1] 모자를 쓰고 이치가야(市ヶ谷)에 있는 형무소로 걸어갔다. 자형(姉兄)이 사오일 전에 그 형무소에 들어 갔기 때문이다. 내 역할은 친척 모두를 대신하여 자형을 위로하는 것에 불과했지만, 내 마음속에 형무소에 대한 호기심이 섞여 있다는 사실 또한 거기에는 분명히 있었다.

　2월을 앞둔 거리에는 팔려고 내놓은 깃발 따위가 남아 있기는 했지만, 마을은 온통 추위로 인해 메말라 있었다. 나는 비탈길을 오르면서 나 자신 또한 육체적으로 피곤한 상태라는 것을 마음속 깊이 느꼈다. 숙부는 작년 11월에 후두암으로 고인이 되었다. 그 후 내 먼 친척 소년은 정월에 출가를 하였다. 그리고 — 나에게 있어서 자형의 수감은 그 무엇보다도 큰 타격이었다. 나는 자형의 남동생과 본래 나와는 인연이 먼 교섭이라는 것을 거듭하지 않으면 안 되었다. 게다가 그 사건에 얽힌 친척 간의 감정상의 문제는 도쿄(東京) 태생이 아니면 통하기

---

1) Astrakhan: 러시아의 아스트라한 지방에서 나는 새끼 양의 털가죽. 또는 그것을 본떠 짠 직물.

어려운 문제를 야기하기 십상이었다. 나는 자형과 면회한 후, 한 주간이라도 어딘가 가서 몸과 마음을 쉬고 싶다는 마음이 저절로 생겼다……

이치가야 형무소는 마른 풀이 자란 높은 둑으로 둘러쳐져 있었다. 그뿐만 아니라, 어딘지 모르게 중세 느낌을 풍기는 문에는, 굵은 나무 격자문 건너편으로 서리 낀 노송나무 등이 있는, 자갈돌을 깐 정원이 내다보였다. 나는 이 문 앞에 서서 반백의 긴 수염을 늘어뜨린, 사람 좋아 보이는 간수에게 명함을 건넸다. 그리고 바로 문과는 얼마 떨어지지 않은, 차양에 두터운 이끼가 말라붙은 면회인 대기실로 안내되었다. 그곳에는 이미 나 이외에도 돗자리 놓인 의자 위에 여러 사람이 앉아있었다. 그중에서 가장 눈에 띄는 이는 구로치리멘2)으로 만든 하오리3)를 걸친, 어느 잡지를 읽고 있는 서른 네다섯으로 보이는 여성이었다.

묘하게 무뚝뚝한 또 한 명의 간수는 때때로 여기 대기실로 와서는 억양이라고는 전혀 없는 목소리로 면회 바로 전 순번에 해당하는 사람들의 번호를 부르고는 돌아갔다. 하지만 나는 아무리 기다려도 좀처럼 불러주지 않았다. 아무리 기다려도 — 내가 형무소 문을 통과한 것은 이래저래 10시가 되었을 즈음이었다. 그런데 내 손목시계는 벌써 1시 10분 전이다.

당연 배도 고프기 시작했다. 허나 그보다 참을 수 없는 것은 불기라고는 전연 찾아볼 수 없는 대기실의 추위였다. 나는 끊임없이 제자리걸음 하며 조바심 드는 마음을 억누르고 있었다. 그러나 많은 인원의 면회인 대부분은 의외로 아무렇지 않은가 보다. 그중에서도 단젠4)을

---

2) 黑縮緬: 견직물 중 최상품으로 검은 표면이 잘게 주름이 진 것이 특징.
3) 羽織: 일본 옷 위에 입는 짧은 겉옷.

두 겹 겹쳐 입은 도박꾼 같은 남자는 신문 하나 읽으려 들지 않고 여유롭게 밀감만 먹어대고 있었다.

하지만 그 많던 면회인도 간수가 부르러 올 때마다 점점 줄어들었다. 나는 결국 대기실 앞으로 나와 자갈 깔린 정원을 걷기 시작했다. 거기에는 분명 겨울에 걸맞은 빛도 비추고 있었다. 게다가 어느새 일기 시작한 바람도 내 얼굴로 옅은 먼지를 보내고 있었다. 나는 자연과 하나가 되어 어찌 됐든 4시가 될 때까지는 대기실로 들어가지 않겠다고 결심했다.

어찌 된 일인지 나는 4시가 되어도 호명되지 않았다. 그뿐만 아니라, 나보다 나중에 온 사람들도 어느새 불려가 만났는지 거의 대부분 보이지 않았다. 나는 더 이상 참지 못하고 대기실로 들어가 도박꾼 같은 남자에게 인사를 한 후, 내 경우를 들려주고 상담했다. 하지만 그는 인사도 받는 둥 마는 둥 나니와부시[5]에 가까운 목소리로 이렇게 대답할 뿐이다.

"하루에 한 사람밖에 못 만나니까 말이죠. 당신 전에 누군가 와서 만났겠죠."

이런 그의 말은 당연 나를 불안에 빠지게 했다. 나는 번호를 부르러 온 간수에게 도대체 자형을 면회하는 것이 가능한지 아닌지 물어보기로 했다. 그러나 간수는 내 말에는 전연 대답을 하지 않은 채 내 얼굴도 보지 않고 돌아가 버렸다. 동시에 도박꾼 같은 남자도 두세 명의

---

4) 丹前: 솜을 두껍게 넣은 소매 넓은 일본 옷으로 방한용 실내복 또는 잠옷으로 쓰임. 단젠은 도테라(縕袍)의 관서(関西)식 명칭으로 에도(江戶) 시대 유나(湯女: 접대부의 일종)를 두고 호객하던 단젠부로(丹前風呂: 대중목욕탕의 일종)에 출입하는 사람들의 풍속으로부터 유래.
5) 浪花節: 샤미센(三味線)을 반주로 주로 의리나 인정을 노래한 대중적인 창(唱)을 가리킨다.

면회인과 함께 간수 뒤를 따라가고 말았다. 나는 대기실 바닥 한가운데 서서 기계적으로 궐련에 불을 붙여보았다. 허나 시간이 지남에 따라 점점 무뚝뚝한 간수에 대한 미움이 깊어지는 것을 느끼기 시작했다. (나는 이런 모욕을 받았을 때, 그 자리에서 바로 불쾌하게 여기지 않은 것에 대하여 늘 이상하게 생각하고 있다.)

간수가 다시 한 번 부르러 온 것은 그럭저럭 5시가 되려고 할 즈음이었다. 나는 아스트라한 모자를 벗고는 간수에게 앞에서 한 질문을 또 하려 들었다. 그러자 간수는 옆을 향한 채 내 말을 듣기도 전에 재빨리 저쪽으로 가 버리고 말았다. '해도 너무하군.'이라는 말은 실로 이런 순간의 내 감정을 표현한 말임에 분명하다. 나는 피우다만 궐련을 내던지고는 대기실 건너편에 있는 형무소 현관을 향하여 걸어갔다.

현관 돌계단을 올라 왼쪽을 보니 거기에도 와후쿠[6]를 입은 사람 여럿이 유리창 건너편에서 사무를 보고 있었다. 나는 그 창을 열어 검은 명주로 짠 가문(家紋)을 박아 넣은 옷을 입은 남자에게 가능한 조용히 말을 걸었다. 하지만 얼굴색이 바뀌었다는 사실은 나 자신 분명 의식하고 있었다.

"저는 T를 면회하러 온 사람입니다. T를 면회하는 것은 불가능한 겁니까?"

"번호가 불릴 때까지 기다려 주세요."

"저는 10시경부터 기다리고 있습니다."

"그 사이에 부르러 올 테죠."

"부르러 오지 않으면 기다리는 겁니까? 날이 저물어도 말입니까?"

"뭐, 어쨌든 기다리세요. 우선은 기다려 주세요."

---

6) 和服: 양복에 대한 일본 옷.

상대는 내가 난동이라도 피울까봐 걱정하는 모양이다. 나는 화가
난 가운데서도 이 남자에게 약간의 동정심이 일었다. '내가 모든 친척
의 대리라고 한다면 저쪽은 형무소의 총대리다' — 그런 이상한 기분
이 일지 않은 것도 아니었다.

"벌써 5시가 지났습니다. 면회만은 할 수 있도록 부탁드립니다."

이렇게 툭 말을 뱉어 놓은 채, 우선은 면회실로 돌아가기로 했다.
이미 저물기 시작한 대기실 안에는 마루마게7)를 한 여성이 한 명, 이
번에는 잡지를 무릎 위에 엎어 놓고는 얼굴을 꼿꼿이 들고 있다. 제대
로 본 그녀의 얼굴은 어딘지 모르게 고딕(Gothic) 양식의 조각 같다. 나
는 이 여자 앞에 앉아 새삼스럽게 형무소 전체에 대한 약자의 반감을
느끼기 시작했다.

내가 간신히 호명된 때는 6시가 거의 다 되어서였다. 이번에는 눈
이 부리부리한 기민해 보이는 간수에게 안내되어 겨우 면회실 안으로
들어갔다. 그곳은 방이라고는 해도 사방 길이가 두석 자8) 정도에 불
과했다. 그뿐만 아니라, 내가 들어간 곳 이외에도 페인트칠한 문이 몇
개이고 늘어선 모습은 흡사 공동변소 같았다. 면회실 정면으로 마찬
가지로 좁은 복도너머 반달형 창문이 하나 있어 면회인은 이 창문 건
너편으로 얼굴을 나타내는 구조였다.

자형은 창문 너머로 — 빛 잃은 유리창 너머로 통통하게 살찐 얼굴
을 내밀었다. 내 예상과 달리 변함없는 자형의 모습은 얼마간 나에게
힘이 되었다. 우리는 감정에 치우침 없이 간단히 용건을 말했다. 하지
만 내 오른쪽에서는 오빠를 만나러 온 듯한 열여섯, 열일곱 살로 보이
는 여자가 한없이 울고 있었다. 나는 자형과 이야기하면서 새어나오

---

7) 丸髷: 일본 부인 머리형의 하나로 둥글게 틀어 올린 머리 모양.
8) 길이의 단위로 한 자는 약 30.3cm이므로 두석 자는 60~90cm에 해당한다.

는 그녀의 울음소리에 주의를 기울이지 않을 수 없었다.

"이번 일은 정말 억울하게 당한 거니까, 아무쪼록 모두에게 그렇게 전해줘."

자형은 판에 박은 듯 똑똑 끊어서 말했다. 나는 그저 자형을 쳐다볼 뿐 아무런 대답도 하지 못했다. 그러나 자형의 말에 답할 수 없다는 사실만으로도 저절로 숨 막히는 답답함을 느꼈다. 실로 내 왼편에서는 군데군데 머리가 벗겨진 한 노인이, 이쪽과 마찬가지로 반달모양 창 너머 자식으로 보이는 남자에게 이렇게 말하고 있었다.

"만나러 오기 전 혼자 있을 때는 여러 가지 생각을 했는데, 막상 만나고 보니 다 잊어버려서 말이지."

면회실 밖으로 나왔을 때, 왠지 자형에게 미안한 마음이 들었다. 그러나 한편으로는 그것이 우리 둘 다의 책임인 것처럼 느껴지기도 했다. 나는 현관을 향하여 들어올 때와 마찬가지로 간수에게 안내되어 추위가 몸에 스며드는 형무소 복도를 큰 걸음으로 걸어갔다.

어느 야마노테[9]에 있는 자형 집에는 나와 피를 나눈 사촌누이가 한 명, 온종일 내가 오기만을 기다리고 있을 터이다. 나는 어수선한 마을 안에서 겨우 요쓰야미쓰케(四谷見附) 정류소로 나와 만원전차를 탔다. '만나러 오기 전 혼자 있을 때는'이라는 이상하리만치 힘없는 노인의 말은 지금도 내 귓가에 맴돌고 있다. 그 말은 나에게 여자의 울음소리보다 한층 인간적으로 들렸다. 나는 손잡이를 잡은 채 어스름 저녁 빛 속에서 전등을 켠 고지마치(麹町)의 집들을 바라보며 새삼 '사람마다 제각각이다'라는 말을 떠올리지 않을 수 없었다.

그로부터 30분쯤 지난 후, 나는 자형 집 앞에 서서 콘크리트 벽에

---

9) 山の手: 일반적으로 지대가 높은 곳에 있는 주택지를 말하는데, 도쿄에서는 무사시노(武藏野) 동부를 가리킨다.

붙은 벨 버튼에 손가락을 대고 있었다. 어렴풋이 전해지는 벨소리에 현관 유리문 속 전등이 켜졌다. 이어 나이든 여자가 한 명 가는눈으로 유리문을 열자, '어머……' 하는 감탄사를 흘리며, 길거리로 난 이층 방으로 나를 안내했다. 방안 테이블 위로 외투랑 모자를 던졌을 때, 나에게는 일시적으로 지금까지 잊고 있었던 피곤함이 몰려왔다. 집안 일 하는 여자는 가스난로에 불을 붙이고는 나 홀로 남겨 두고 나가 버렸다. 자형이 다소 수집벽이 있는 터라 이 방 벽에는 유화랑 수채화가 두세 장 걸려 있다. 나는 멍하니 벽에 걸린 그림들을 비교하다가 새삼 스럽게 유위전변[10) 따위의 옛말을 떠올리게 되었다.

그러는 차에 앞뒤 줄지어 들어온 이는 사촌누이와 자형의 남동생이었다. 누이 또한 자형과 마찬가지로 내가 예상했던 것보다 훨씬 안정된 듯 보였다. 나는 그들에게 가능한 정확히 자형의 말을 전했으며, 이번 일에 대한 조치를 상담하기 시작했다. 누이는 어떻게 처리할지 딱히 뭐라 말하지 않았다. 게다가 이야기하는 중간에도 아스트라한 모자를 들고는 이렇게 물었다.

"이상하게 생긴 모자네. 일본산이 아니지?"

"그거요? 그건 러시아 사람이 쓰는 모자예요."

그러나 자형의 동생은 자형 이상으로 '현장에서 일하는 사람'인만큼 앞으로 있을 여러 가지 장해를 내다보고 있었다.

"아무튼 일전에도 형 친구들은 ××신문 사회부 기자를 통해 명함을 보내왔습니다. 그 명함에는 입막음 돈 중 절반을 자기들이 부담했으니 남은 돈을 건네주라고 쓰여 있었습니다. 그도 그럴 것이 이쪽에서 알아봤더니 그 신문 기자에게 이야기를 한 자도 형의 친구니까 말이

---

10) 有爲轉變: 만물은 항상 변하여 머물지 않는다는 뜻으로 세상사(世上事)의 덧없음을 이르는 말.

죠. 물론 절반 따위 건넨 적 없어요. 그저 잔금을 받게 하려고 보낸 겁니다. 그 신문 기자도 보통은 아니고 하여……."

"어찌 됐든 나도 신문 기잡니다. 거북한 말은 사양하겠습니다."

나는 스스로를 다잡기 위해서라도 농담처럼 말할 수밖에 없었다. 허나 자형의 동생은 취기 띤 눈을 굴리면서 마치 연설이라도 하는 듯 계속 말했다. 실로 서슬이 시퍼런 그 모습은 실로 농담조차 함부로 꺼낼 수 없게 만들었다.

"게다가 예심판사를 화나게 하려고 일부러 판사를 붙잡고서는 형을 변호하는 무리도 있으니까 말이죠."

"그런 거라면 당신이 말려보면……."

"아니, 물론 그렇게 했습니다. 후의는 깊이 감사합니다만, 판사의 감정을 상하게 하면 오히려 그 마음마저 저버리게 되니 머리 숙여 부탁드렸습니다."

사촌누이는 가스난로 앞에 앉은 채 아스트라한 모자를 장난감으로 삼고 있었다. 나는 정직하게 자백하자면 자형의 동생과 이야기하면서 오직 이 모자만 신경 쓰였다. 불에 떨어지기라도 하면 어떻게 하지. — 때때로 그런 생각도 하면서. 이 모자는 내 친구가 베를린에 있는 유대인 마을에서 찾다가 못 찾은 것을 우연히 모스크바로 발길을 돌렸을 때 겨우 손에 넣은 것이다.

"그렇게 말했는데도 말을 안 들어요?"

"말을 안 듣는 정도가 아녜요. 나는 너희들을 위해서 애쓰고 있는데 실례되는 말 하지 말라고 한다니까요."

"과연, 그렇게 나오면 달리 방도가 없지요."

"방법이 없습니다. 법률상의 문제는 물론, 도덕상의 문제도 해결이 안 되니까요. 어찌 됐든 겉보기에는 친구를 위해서 시간과 수고를 아끼지 않는 형국이니까요. 하지만 실제로는 친구에게 닥칠 함정 파는 일을 도와주고 있는 — 저도 꽤나 노력하자는 주의입니다만, 그 작자한테는 두 손 두 발 다 들었다니까요."

이런 이야기를 나누는 도중 갑자기 우리를 놀라게 한 것은 'T 군 만세'라는 소리였다. 나는 한손으로 커튼을 올려 창 너머 거리로 눈길을 보냈다. 많은 사람들이 좁은 길을 가득 채우고 있다. 그뿐만 아니라, '××초청년단(××町青年団)'11)이라고 쓴 제등이 여러 개 움직이고 있다. 사촌누이와 자형의 동생과 얼굴이 마주치자 나는 문득 자형에게는 '××청년단' 단장이라는 직함도 있다는 사실이 떠올랐다.

"감사의 말을 전하러 나가야겠지요?"

누이는 그제야 '할 수 없다'는 표정으로 누가 나갈지 우리 두 사람을 번갈아 본다.

"뭐, 제가 다녀올게요."

자형의 동생은 대수롭지 않은 듯 즉시 방에서 나갔다. 나는 그의 '노력하자 주의'에 일종의 부러움을 느끼면서 누이의 얼굴을 보지 않도록 벽 위의 그림 따위를 바라보는 척 했다. 그러나 나에게는 아무 말도 하지 않은 채 있는 자체가 괴로움이었다. 그렇다고 하여 섣불리 말을 꺼내 두 사람 모두 감상에 빠지는 것은 더욱 싫었다. 나는 말없이 궐련에 불을 붙이고는 벽에 걸린 그림 한 장에 — 자형 초상화에서 원근법이 이상하게 사용된 곳을 찾아내고 있었다.

"이쪽은 지금 만세를 부를 계제가 아닌걸. 그런 걸 해봤자 아무 소용없는데 말이지……."

---

11) 青年団: 일정 지역에 거주하는 청년으로 조직된 자치단체로, 제2차 세계대전시 수양(修養)·사회봉사(社会奉仕)에서 전후 학습 및 레크리에이션 목적으로 성격이 변하였다.

사촌누이는 이상하리만치 아무 일 없다는 듯한 목소리로 마침내 말을 걸었다.

"초나이12)에서 아직 알리지 않았나보지?"

"아마도……. 그런데 도대체 어찌 된 일이야?"

"뭐가요?"

"T말이야. 내 남편."

"그야 T의 입장이 되어보면 여러 가지 사정이 있겠지요."

"그런가?"

나는 어느새 초조해져 사촌누이를 뒤로 하고 창가로 걸어갔다. 창 아래 사람들은 여전히 만세를 부르고 있었다. 이어 '만세, 만세' 하며 세 번 반복하여 외친다. 자형의 동생은 현관 앞으로 나와 제각기 제등을 들고 있는 많은 사람들에게 인사를 한다. 그뿐만 아니라, 좌우에는 아직 어린 두 딸도 그의 손에 이끌린 채, 땋아 늘어뜨린 머리를 때때로 어색하게 조아리고 있었다…….

그로부터 몇 년이 지난 어느 몹시 추운 날 밤. 나는 자형 집 거실에서 최근에 피기 시작한 박하파이프를 입에 문 채, 사촌누이와 마주 앉아 이야기를 나누고 있었다. 칠일재13)를 넘긴 집안은 기분 나쁠 정도로 조용했다. 자형의 백골 위패 앞에는 등의 심지가 하나 불을 밝히고 있다. 그리고 위패를 놓은 책상 앞에는 두 딸이 요기14)를 걸치고 있다. 나는 부쩍 나이 들어 보이는 누이의 얼굴을 바라보면서 문득 그 옛날 나를 괴롭혔던 어느 하루의 일을 떠올렸다. 그러나 내 입에서 나온 말은 이처럼 하나 마나 한 소리뿐이었다.

---

12) 町内: 지역 주민 자치 조직.
13) 七日齋: 죽은 후 이레째에 드리는 불공.
14) 夜着: 솜을 둔 옷 모양의 이불.

"박하파이프를 피고 있으면 추위가 한층 더 몰려오는 것 같아요."

"그래? 나도 손발이 차가워서 말이지."

사촌누이는 너무나도 무심히 나가히바치[15]의 숯을 바로 놓고 있었다……

(1927(昭和2)년 6월 4일)

---

15) 長火鉢: 직사각형의 목제 화로.

편지(手紙)

조성미

나는 지금 온천여관(숙소)에 머물고 있습니다. 피서할 마음이 없지는 않지만 아직은 느긋하게 책을 읽거나 글을 쓰고 싶다는 마음도 확실히 있습니다. 여행 안내 광고에 의하면 여기는 신경쇠약에 효험이 있다고들 합니다. 그 때문인지 광인(狂人)도 두 사람 정도 있습니다. 한 사람은 27, 28세 되는 여자입니다. 이 여자는 아무 말도 하지 않고 아코디언만 연주하고 있는데, 옷차림새는 깔끔해서 어딘지 상당한 가문의 부인인 듯합니다. 그뿐만 아니라 두세 번 마주친 바로는 어딘가 약간 혼혈아같이 윤곽이 뚜렷한 얼굴입니다. 다른 한 광인은 불긋불긋하게 이마가 벗겨진 마흔 살 정도의 대머리 남자입니다. 이 남자는 왼쪽 팔에 솔잎 문신을 한 점으로 보아 분명히 광인이 되기 전에는 뭔가 활기 있게 장사라도 했었던 것 같습니다. 물론 나는 이 남자와는 이따금 목욕탕 안에서도 함께 목욕하기도 합니다. 이곳에 머물고 있는 대학생인 K 군은 이 남자의 문신을 가리키며 느닷없이 '자네 부인의 이름이 마쓰 씨로군?' 하고 말하는 겁니다. 그러자 이 남자는 목욕탕에 몸을 담근 채 아이처럼 얼굴을 붉혔습니다…….

K 군은 나보다도 10살이나 젊은 사람입니다. 게다가 같은 여관의 M 씨 모녀와 상당히 친밀하게 지내는 사람입니다. M 씨는 옛날식으로 말하면 가부키 배우 얼굴 같다고나 할까요?

나는 M 씨의 여학교 시절에 뒤로 땋아 늘어뜨린 머리에 띠를 하고 검도를 배웠었다는 말을 듣고 필시 우시와카마루(牛若丸1))인지 뭔가를 닮았다고 느꼈습니다. 하긴 이 M 씨 모녀는 S 군과도 역시 교제하고 있습니다. S 군은 K 군의 친구입니다. 나는 늘 소설 따위를 읽다보면 두 남성을 차별화하기 위해서 한 사람은 뚱뚱한 남자로, 다른 한 사람은 마른 남자로 만드는 것이 좀 우스꽝스러웠습니다. 그리고 또 한 사람을 호방한 남자로, 한 사람은 섬세하고 나약한 남자로 하는 것 또한 미소 짓지 않을 수 없었습니다.

실제로 K 군이나 S 군은 두 사람 모두 뚱뚱하지 않을 뿐만 아니라 두 사람 모두 상처받기 쉬운 신경의 소유자입니다. 하지만 K 군은 S 군처럼 쉽게 약점을 보이지 않습니다. 실제로 또 약점을 보이지 않는 수행이라도 쌓으려는 모양인 것 같습니다.

K 군, S 군, M 씨 모녀 ― 내가 교제하고 있는 사람은 이들뿐입니다. 하긴 사귄다고 한들 다만 함께 산책하거나 이야기를 나눌 뿐입니다. 어쨌든 여기에는 단 두 군데뿐인 온천여관 외에 카페 하나도 없습니다. 나는 이러한 적막함을 전혀 부족하다고 느끼지 않습니다. 그러나 K 군과 S 군은 가끔 '우리들의 도시에 대한 향수'라고 하는 말에는 공감하고 있습니다. M 씨 모녀의 경우는 복잡합니다. 그들은 귀족주

---

1) 미나모토노 요시쓰네(源義経, みなもとのよしつね, 1159~1189): 일본 헤이안 시대 말기, 가마쿠라 시대 초기의 무장으로 일본인들에게 비교적 인기 있는 박명한 비극적 영웅으로 전설화되어 있다. 미나모토노 요시토모(源義朝)의 9남이며, 가마쿠라 막부의 초대 쇼군인 미나모토노 요리토모(源賴朝)의 이복동생이다. 아명은 우시와카마루(牛若丸)이다.

의자입니다. 따라서 이러한 산속에 만족할 리가 없습니다. 그러나 그 불만 가운데 만족감을 느끼고 있는 것입니다. 적어도 그럭저럭 한 달 뿐인 만족을 느끼고 있는 것입니다.

내 방은 2층 구석에 있습니다. 나는 이 방 구석 책상을 마주하고 오전에만 제대로 공부합니다. 오후에는 함석 지붕에 햇볕이 내리쬐기 때문에 그 뜨겁게 내리쬐는 햇볕만으로도 도저히 책을 읽을 수 없습니다. 그렇다면 무엇을 하는가 하면 K 군과 S 군을 오게 해서 트럼프나 장기로 소일한다든지 여기 특산품인 조립 세공품 목침을 베고 낮잠을 자거나 할 뿐입니다. 5, 6일 전 오후의 일입니다. 나는 평상시대로 목침을 벤 채 두꺼운 감물을 먹인 종이 표지의 「오쿠보무사시아부미(大久保武蔵鐙, おおくぼむさしあぶみ)」[2]를 읽고 있었습니다. 그러자 거기에 맹장지[3]를 열고 갑자기 얼굴을 내민 사람은 아래 방에 있는 M 씨였습니다. 나는 약간 당황하여 바보스러울 정도로 똑바로 고쳐 앉았습니다.

"어머나 모두들 같이 안계세요?"

"네. 오늘은 아무도……. 뭐 괜찮으면 들어오시지요."

M 씨는 맹장지를 연 채 내 방 툇마루 끝에 잠시 멈춰 섰습니다.

"이 방은 덥죠?"

역광선이 된 M 씨의 모습은 귀만 진홍빛으로 투명하게 보였습니다. 나는 뭔가 의무에 가까운 심정으로 M 씨 옆에 서기로 했습니다.

"당신 방은 시원하지요?"

"네, 하지만 아코디언 소리가 나서."

---

2) 에도 시대에 널리 읽힌 실록본으로 작자 미상. 오쿠보히코자에몬(大久保彦左衛門)을 중심으로 한 이야기로 에도 시대의 측면사(側面史)로써 흥미가 있다. 가부키, 강담(講談)으로 되어 있다.
3) 광선을 막으려고 안과 밖에 두꺼운 종이를 겹바른 장지.

"아~, 그 광인의 방 맞은편이었죠?"

우리들은 이런 이야기를 나누면서 잠시 툇마루 끝에 잠시 서 있었습니다. 석양을 받은 함석지붕은 물결 모양으로 넘실넘실 빛나고 있습니다. 거기에 정원의 어린잎이 난 벚나무 가지에서 송충이 한 마리가 굴러 떨어졌습니다. 송충이는 얇은 함석 지붕 위에 희미한 소리를 내는가 싶더니 두세 번 몸을 꿈틀댄 채 금방 축 늘어져 죽고 말았습니다. 그것은 실로 어처구니없는 죽음입니다. 동시에 또 실로 허망하기 이를 데 없는 죽음입니다.

"튀김 냄비 속에라도 빠진 것 같네요."

"저는 송충이를 너무 싫어해요."

"나는 손으로도 잡을 수 있는데요."

"S 씨도 그런 말씀을 하셨어요."

M 씨는 진지하게 내 얼굴을 보았습니다.

"S 씨도요?"

내 대답은 M 씨한테는 내키지 않는 것처럼 들렸던 것일까요? (나는 사실 M 씨라기보다도 M 씨라는 소녀의 심리에 흥미를 가지고 있었습니다만.) M 씨는 약간 토라진 것처럼 이렇게 말하고 난간을 떠났습니다.

"그러면 나중에 또."

M 씨가 돌아간 후, 나는 또 목침을 베면서, 「오쿠보무사시아부미」를 계속 읽었습니다. 하지만 활자를 읽어 내려가는 동안에 가끔 그 송충이 생각이 났습니다…….

내가 산책하러 나가는 것은 언제나 대부분은 저녁 식사 전입니다. 이러한 때에는 M 씨 모녀를 비롯해 K 군이나 S 군도 함께 나옵니다. 그 산책하는 장소 또한 이 마을 앞뒤로 두 세 개 동의 소나무 숲밖에는 없습니다. 이 이야기는 송충이가 떨어지는 것을 봤을 때보다도 어쩌면 먼저 일어난 사건일 겁니다. 우리들은 평소와 다름없이 시끄럽게 떠들면서 소나무 숲 속을 걷고 있었습니다. 우리들은? — 무엇보다 M 씨의 어머니만은 예외입니다. 이 부인은 나이보다는 적어도 열 살 정도는 늙어 보일 겁니다. 나는 M 씨 일가에 관한 일은 아무것도 모르는 한 사람입니다. 그러나 언젠가 읽은 신문 기사에 의하면, 이 부인은 M 씨와 M 씨의 오빠를 낳은 사람은 아닌 것 같습니다. M 씨의 오빠는 어딘가 입학 시험에 낙방했기 때문에 아버지의 피스톨로 자살했습니다. 내 기억이 확실하다면 오빠가 자살했던 것도 모두 이 후처로 들어온 부인에게 책임이 있는 것처럼 신문은 쓰고 있었습니다. 이 부인이 나이가 들어 보인 것도 어쩌면 그런 이유에서가 아닐까요? 나는 아직 오십을 넘지 않았는데 머리가 흰 부인을 볼 때마다 아무래도 그런 생각이 자꾸 들었습니다. 하지만 어찌됐든 우리들 네 명만은 계속해서 떠들어대고 있었습니다. 그러자 M 씨는 무엇을 보았는지, "어머나, 아니" 하고 K 군의 팔을 꼭 잡았습니다.

"왜 그러세요? 나는 뱀이라도 나온 줄 알았어요."

그것은 실제 아무것도 아닌 단지 마른 모래산 위에 조그마한 개미 몇 마리가 거의 죽어가는 빨간 벌(赤蜂)을 질질 끌고 가고 있었습니다. 벌은 하늘을 향해 벌렁 누운 채 이따금 찢어지기 시작하는 날개를 파닥거리며 개미떼를 내쫓고 있습니다. 하지만 개미떼는 떨어져나갔는가 했더니 곧바로 또 벌의 날개와 다리에 매달려 붙어 버립니다. 우리들은 거기에 멈춰 서서 잠시 이 벌이 버둥거리는 것을 바라보고 있었습니다. 실제로 M 씨도 처음과는 어울리지 않게 묘하게 진지한 얼굴을 한 채로 역시 K 군의 측에 서있었습니다.

"가끔 벌침을 쏘지요."

"벌침은 갈고리 모양처럼 구부러져 있는 것이군요."

나는 모두 입을 다물고 있어서 M 씨와 이런 이야기를 하고 있었습니다.

"자, 갑시다. 나는 이런 거 보는 게 너무 싫어요."

M 씨의 어머니는 누구보다 앞서서 걷기 시작했습니다. 우리도 덩달아 걷기 시작했습니다. 소나무 숲은 도로를 남긴 채 적막하게 키 자란 풀을 늘리고 있었습니다. 우리가 이야기하는 소리, 특히 K 군의 웃음소리는 이 소나무 숲속에 의외로 높은 반향을 일으켰습니다. K 군은 S 군이나 M 씨에게 K 군의 여동생 이야기를 하고 있었습니다. 이 시골에 있는 여동생은 여학교를 막 졸업한 모양입니다. 하지만 듣건대 남편 될 사람은 담배도 피우지 않는데다가 술도 마시지 않는 품행 방정 신사여야만 한다고 한답니다.

"우리들은 모두 낙제군요?"

S 군은 나에게 이렇게 말했습니다. 하지만 내 눈에는 애처로울 정도로 묘하게 겸연쩍은 얼굴을 하고 있었습니다.

"담배도 피우지 않고 게다가 술도 마시지 않는다니, ……결국 형님한테만 해당되는 군요."

K 군도 순간적으로 덧붙여 말했습니다. 나는 대충 성의 없이 대답하면서 점점 이 산책이 싫어지기 시작했습니다. 그래서 돌연 M 씨가 "이제 돌아갑시다."라고 했을 때에는 휴 하고 안도의 한숨을 쉬었습니다. M 씨는 상쾌한 얼굴을 한 채, 우리가 뭐라 말하기도 전에 휙 하고 발길을 돌렸습니다. 하지만 온천여관으로 돌아가는 도중에는 M 씨 모녀만 이야기하고 있었습니다. 우리는 물론 아까와 같은 소나무 숲속을 걸어갔습니다. 그러나 그 빨간 벌은 이미 어딘가로 가고 없었습니다.

그리고 보름 정도 지난 후의 일입니다. 나는 잔뜩 흐린 날씨 탓인지 아무 것도 할 생각이 없었기 때문에 연못이 있는 뜰로 내려갔습니다.

그러자 M 씨의 어머니가 가운데가 들어간 1인용 배 모양 의자에 걸터앉아 도쿄의 신문을 읽고 있었습니다. M 씨는 오늘 K 군이나 S 군과 온천여관 뒤에 있는 Y산에 올라갔을 것입니다. 이 부인은 나를 보자 돋보기를 벗고 인사했습니다.

"이쪽 의자를 드릴까요?"

"아니요 이대로 좋습니다."

나는 마침 거기에 있던 낡은 등의자에 걸터앉기로 했습니다.

"어젯밤은 못 쉬셨지요?"

"아니요, ……무슨 일이라도 있었습니까?"

"그 미친 남자분이 갑자기 복도로 뛰어다니는 바람에."

"그런 일이 있었습니까?"

"예, 어느 은행에서인가 예금 인출 소동을 신문에서 읽고 나서 발병한 거라고 하네요."

나는 그 소나무 잎 문신을 한 광인의 일생을 떠올렸습니다. 그리곤 비웃어도 어쩔 수 없습니다. 내 남동생이 가지고 있는 주권 따위를 떠올렸습니다.

"S 씨 같은 분은 불평하셨어요……."

M 씨의 어머니는 언젠가 나에게 넌지시 돌려서 S 군에 관해 묻기 시작했습니다. 하지만 나는 어떠한 대답에도 "그렇죠?"라든가 "라고 생각합니다."라고 덧붙였습니다. (나는 언제나 한 인간을 그 사람 자체로서 밖에 생각할 수 없습니다. 가족이나 재산, 사회적 지위 따위는 저절로 냉담해지는 겁니다. 게다가 제일 나쁜 것은 그 사람 자체로서만 생각할 때라도 언젠가 나 자신을 닮은 점만 그 사람 가운데에서 끄집어낸 후, 마음대로 좋고 싫음을 결정하고 있는 것입니다.) 그뿐만 아니라 이 부인이 S 군의 신원을 조사하는 의중에 어떤 우스꽝스러움을

느꼈습니다.

"S 씨는 신경증으로 오셨나요?"

"예, 뭐 신경증이라고 하지요?"

"정말로 때가 묻지 않으셨어요."

"그거야 뭐 어쨌든 귀한 집 도련님이니까요……. 하지만 이제 대충 터득했을 거라 여겨집니다만."

나는 이러한 이야기 속에 문득 연못가에서 악어 민물 게가 기어가고 있는 것을 발견했습니다. 게다가 그 민물 게는 등껍데기의 반이 부서진 또 한 마리의 민물 게를 조금씩 질질 끌고 가는 참입니다. 나는 언젠가 크로포트킨(P.Kropotkin)[4]의 『상호부조론(相互扶助論)』[5] 가운데 나왔던 게의 이야기를 생각해냈습니다. 크로포트킨이 가르치는 바에 따르면, 게는 언제나 상처를 입은 동료를 도우러 가준다고 합니다. 그러나 또 어느 동물학자의 실례를 관찰한 바에 따르면, 그것은 언제나 상처를 입은 동료를 잡아먹기 위한 행동이라는 것입니다. 나는 점점 창포(菖蒲) 뒤에 2마리의 민물 게가 숨는 것을 보면서 M 씨의 어머니와 이야기하고 있었습니다. 하지만 어느샌가 우리 이야기에 전혀 흥미를 잃고 있었습니다.

"모두들 저녁에 돌아오지요?"

나는 이렇게 말하고 일어섰습니다. 동시에 또 M 씨의 어머니 얼굴

---

4) 표트르 알렉세예비치 크로포트킨(1842.12.9.~1921.2.8.): 러시아 출신의 지리학자이자 아나키스트 운동가, 철학자였다. 보로딘(Бородин)이라는 가명으로 활동하기도 하였다. 그의 생애는 세계 5대 자서전 중 하나로 꼽히는 『한 혁명가의 회상』으로 잘 알려져 있으나 노년기의 활동은 소비에트의 검열로 자세히 알려진 바가 없다. '아나키스트들의 왕자'라고 불리기도 한다.

5) 『상호부조론』(Mutual Aid, a Factor of Evolution, 1902)에서 다윈의 이론에 반대해 종의 진화에 가장 중요한 요소는 경쟁이 아닌 협동이라고 주장했다. 또한 그는 사유재산에 반대해 물자와 인력의 무상분배를 주장하였다.

에 어떤 표정을 느꼈습니다. 그건 약간의 놀라움과 함께 뭔가 본능적인 증오를 슬며시 드러내는 표정이었습니다. 그러나 이 부인은 금방 차분하게 대답했습니다.

"예, 딸도 그렇게 말했어요."

나는 방으로 돌아오자, 다시 툇마루 끝 난간에 매달려서 소나무 숲 위로 무성하게 솟아오른 Y산 정상을 바라보았습니다. 산 정상은 바위들 위에 희미한 햇빛을 뿌리고 있습니다. 나는 이러한 경치를 보면서 문득 우리네 인간을 사랑하고 싶은 기분을 느꼈습니다……

M 씨 모녀는 S 군과 함께 2, 3일 전 도쿄로 돌아갔습니다. K 군은 아무래도 이 온천 숙소에서 여동생을 만나기로 약속했기 때문에 (그것은 아마 내가 돌아가고 일주일 정도 더 늦어지겠지요.) 귀가 준비를 한다고 합니다. 나는 K 군과 둘만 있을 때에 어느 정도 편안함을 느꼈습니다. 무엇보다 K 군을 위로하고 싶은 기분 대신에 오히려 K 군과 상대하는 것을 분명히 황송해하고 있었습니다. 하지만 어쨌든 K 군과 함께 비교적 느긋하게 지내고 있습니다. 실제로 어젯밤도 목욕하면서 한 시간이나 세자르·프랑크(Cesar Franck)[6]에 대해 토론했습니다.

나는 지금 내 방에서 이 편지를 쓰고 있습니다. 여기는 벌써 초가을로 접어들었습니다. 나는 오늘 아침 잠이 깨었을 때, 내 방 미닫이 위로 작은 Y산과 소나무 숲 거꾸로 비치고 있는 것을 발견했습니다. 그것은 다름 아닌 문에 빛이 들어와 비쳤기 때문이겠지요. 그러나 나는 배를 바닥에 깔고 엎드려 담배 한 개비를 피우면서 이 묘하게 맑게 갠 소소한 초가을 풍경에 더없이 고요함을 느꼈습니다……

---

6) 세사르 프랑크(César Franck, 1822.12.10.~1890.11.8.): 벨기에 출신의 프랑스 작곡가이자 오르간 연주자이다. 베토벤, 와그너 등의 영향하에 프랑스 교향악파를 창시했다.

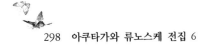

그럼 안녕히 계세요. 도쿄도 이제 아침저녁은 꽤 지내실 만하겠지요.
부디 자녀분들께도 안부 전해 주세요.

(1927년 6월 7일)

세 개의 창(三つの窓)

김정희

❖ 1. 쥐 ❖

일등전투함 ××가 요코스카(横須賀) 군항[1]으로 들어간 것은 6월이 막 시작되었을 때였다. 군항을 둘러싼 산들은 모두 비 때문에 흐려 보였다. 원래 군함이 정박하기만 하면 쥐가 그냥 번식하지 않았던 예가 없었다. — ×× 역시 마찬가지였다. 장마 속에서 깃발을 내린 2만 톤급 ××의 갑판 아래에, 어느 틈엔가 쥐는 손궤라든지 호주머니 등에도 달라붙기 시작했다.

이런 쥐를 잡기 위해 쥐 한 마리 잡은 자는 하루 동안 상륙을 허락한다는 부함장의 명령이 하달된 것은 정박 후 3일이 지나지 않았을 때였다. 물론 수병이나 기관병은 이 명령이 하달됐을 때부터 열심히 쥐 사냥에 매달렸다. 쥐는 그들의 노력 덕분에 점점 줄어갔다. 그러므

---

1) 가나가와 현(神奈川県) 남동부 연안 일대가 넓은 의미의 요코스카 항이지만, 군항은 요코스카 본항(本港)을 말한다. 막부 말(幕府 末) 제철소 건설로 시작하여, 유신 후, 해군 요코스카 조선소, 진수부 조선부(鎮守府 造船部), 해군공창(海軍工廠)과 함께 중요한 군사 시설이었다.

로 그들은 한 마리 쥐를 가지고도 서로 싸우지 않을 수가 없었다.

"요즈음 가지고 온 쥐는 대개 갈기갈기 찢어져 있어. 여러 사람이 달라붙어 서로 잡아당겼으니까."

하급 장교실에 모인 장교들은 이런 이야기를 하며 웃기도 했다. 소년 같은 얼굴을 한 A 중위도 역시 그들 중에 한 사람이었다. 곱게 자란 A 중위는 장마철의 흐린 하늘 같은 인생에 대해 사실 아무것도 몰랐다. 그러나 그도 수병이나 기관병이 상륙하고 싶어 하는 마음은 잘 알고 있었다. A 중위는 담배를 피우면서 그들과 섞여 이야기할 때는 언제나 이렇게 대답을 하고 있었다.

"그럴 테지. 나라도 갈기갈기 찢을지도 모르니까."

그의 말은 독신자인 그만이 할 수 있는 말임에 틀림이 없었다. 그의 친구인 Y중위는 1년 전에 결혼을 했기 때문에 대체로 수병이나 기관병에게 일부러 냉소적인 자세를 취하고 있었다. 그것은 또한 어떤 것에도 쉽게 약점을 보이지 않으려는 평소의 그의 태도와도 일치했다. 짧은 갈색 콧수염의 그는 한 잔의 보리 맥주에 취할 때조차 책상 위에 턱을 괴고, 때때로 A 중위에게 이렇게 말하기도 했다.

"어때, 우리들도 쥐 사냥을 해 보는 건?"

어느 비가 갠 아침, 갑판 사관(士官)이었던 A 중위는 S라고 하는 수병에게 상륙을 허락했다. 그것은 그가 작은 쥐 한 마리, — 그것도 사지가 제대로 된 작은 쥐 한 마리를 잡았기 때문이었다. 남보다 갑절이나 체격이 좋은 S는 드문 햇볕을 쬐며 폭이 좁은 사다리를 내려갔다. 그러자 동료 수병이 가볍게 사다리를 오르면서, 마침 그와 엇갈리려는 순간에 농담처럼 말을 걸었다.

"어이, 수입인가?"

"응, 수입이다."

그들의 문답은 A 중위의 귀에 들어가지 않을 리가 없었다. 그는 S를 다시 불러, 갑판 위에 세운 채 그들의 문답 의미를 묻기 시작했다.

"수입이란 무엇인가?"

S는 단정하게 똑바로 서서 A 중위를 보고 있으나 분명히 기가 죽어 있는 듯했다.

"수입이라는 것은 밖에서 가지고 온 것입니다."

"무엇 때문에 밖에서 가지고 오는가?"

A 중위는 물론 무엇 때문에 가지고 오는 것인가를 알고 있었다. 그러나 S가 대답을 하지 않는 것을 보자, 갑자기 그에게 화가 나서 있는 힘을 다해 그의 뺨을 세게 후려갈겼다. S는 좀 비틀거렸지만 곧바로 부동자세를 취했다.

"누가 밖에서 가지고 왔나?"

S는 또 아무런 대답도 하지 않았다. A 중위는 그를 쳐다보면서, 또 다시 그의 옆얼굴을 후려갈기는 장면을 상상하고 있었다.

"누구야?"

"제 집사람입니다."

"면회 왔을 때 가지고 온 것인가?"

"네."

A 중위는 왠지 속으로 웃지 않을 수가 없었다.

"무엇에 넣어 가지고 왔는가?"

"과자 상자에 넣어 가지고 왔습니다."

"네 집은 어디에 있는가?"

"히라사카(平坂下)2) 근처입니다."

---

2) 가나가와 현(神奈川県) 요코스카 시(横須賀市) 와카마츠 초(若松町)에 있다.

"너의 부모님은 건강하시냐?"

"아니요. 아내와 둘이 살고 있습니다."

"아이는 없느냐?"

"네."

S는 이러한 문답 속에서도 불안한 모습을 하고 있었다. A 중위는 그를 세워둔 채 잠시 요코스카의 거리로 눈을 돌렸다. 요코스카 거리는 산속인데도 너저분하게 지붕을 쌓아 올리고 있었다. 그것은 햇빛을 받고 있지만, 묘하게 초라한 경치였다.

"너의 상륙은 허가하지 않겠다."

"네."

S는 A 중위가 잠자코 있는 것을 보고, 어떻게 할까 망설이고 있는 것 같았다. 그러나 A 중위는 다음에 명령할 말을 속으로 준비하고 있었다. 그러나 잠시 아무 말도 하지 않고 갑판 위를 걷고 있었다. '이 녀석은 벌을 받는 것을 두려워하고 있다.' ─ 그런 기분도 모든 상관처럼 A 중위에게는 유쾌하지 않은 것은 아니었다.

"이제 됐다. 저쪽으로 가라."

A 중위는 겨우 이렇게 말했다. S는 거수경례를 한 후, 휙 하고 그를 뒤로하며 승강구 쪽으로 걸어가려고 했다. 그는 웃지 않으려고 노력하면서 S와 5, 6보 거리를 두고, 갑자기 또 "어이 기다려."라고 불러 세웠다.

"네."

S는 잽싸게 뒤돌아보았다. 그러나 불안은 또 다시 몸 안에 넘치는 것 같았다.

"너에게 할 말이 있다. 히라사카 근처에는 크래커를 파는 가게가 있는가?"

"네."

"그 크래커를 한 봉지 사 와라."

"지금 말입니까?"

"그렇다. 지금 바로."

A 중위는 햇볕에 그을린 S의 볼에 눈물이 흐르는 것을 놓치지 않았다. ―

그로부터 2, 3일 후, A 중위는 하급 장교실 테이블에서 여자 이름의 편지를 훑어보고 있었다. 핑크색 편지지에 볼품없는 펜글씨로 쓴 것이었다. 그는 대충 읽고 나자, 담배 한 개에 불을 붙이면서 마침 앞에 있던 Y 중위에게 그 편지를 건넸다.

"뭐야, 이건? …… '어제 일은 남편의 죄가 아니고, 모두 어리석은 제 생각에서 벌어진 일이니, 모쪼록 나쁘게 생각하지 마시고, 용서해 주시기를 바랍니다. ……또한 베풀어 주신 호의는 이후에도 잊지 않고'……."

Y 중위는 편지를 든 채, 점점 경멸스러운 낯빛을 띠었다. 그리고는 무뚝뚝하게 A 중위의 얼굴을 보고, 비웃듯이 말했다.

"선행을 쌓았다는 마음이 들지?"

"응, 조금 안 그런 것도 아니야."

A 중위는 가볍게 받아 넘긴 채, 둥근 창밖을 바라보고 있었다. 둥근 창 밖에 보이는 것은 빗줄기가 세차게 내리는 바다뿐이었다. 그러나 그는 잠시 후 갑자기 무언가를 부끄러워 하 듯이 이렇게 Y 중위에게 말했다.

"그런데 묘하게 허전하네. 그녀석의 따귀를 후려갈길 때는 불쌍하다고도 어떻다고도 생각하지 않은 주제에……."

Y 중위는 잠시 의혹도 망설임도 없는 표정을 보였다. 그로부터 아

무런 대답을 하지 않고 책상 위에 있는 신문을 읽기 시작했다. 하급 장교실 안에는 마침 두 사람 외에 아무도 없었다. 그러나 테이블 위 컵에는 샐러리가 몇 개 놓여 있었다. A 중위도 신선한 샐러리 잎을 보면서 역시 담배만 피우고 있었다. 이와 같은 무뚝뚝한 Y 중위에게 희한하게도 친밀감을 느끼면서…….

❖ 2. 세 사람 ❖

일등전투함 ××는 어느 해전이 끝난 후, 다섯 척의 군함을 거느리면서, 조용히 진해만(鎭海灣)3)을 향해 갔다. 바다는 어느새 밤이 되어 있었다. 그러나 좌현의 수평선 위에는 커다란 낫 모양의 붉은 달이 한 가닥 하늘에 걸려 있었다. 2만 톤급 ×× 안은 물론 아직 어수선했다. 그러나 거기에는 승리한 후답게 활기에 차 있는 것만은 분명했다. 다만 소심한 K 중위만은 이런 와중에도 피곤에 지친 얼굴로 무언가 일을 찾으려고 일부러 여기저기를 돌아다니고 있었다.

이 해전이 시작되기 전날 밤, 그는 갑판을 걷고 있는 사이에 희미한 각등(角灯) 빛을 발견하고, 살짝 그쪽으로 걸어갔다. 그러자 그곳에는 젊은 군악대 악사 한 사람이 갑판 위에 배를 깔고 엎드려 누워서, 적의 눈을 피해 각등 불빛으로 성경을 읽고 있었다. K 중위는 왠지 감동하여 그 악사에게 친절하게 말을 건넸다. 악사는 잠시 놀란 것 같았다. 그러나 상대인 상관이 꾸지람을 하는 것이 아님을 알고는, 바로 여성스러운 미소를 띠우며 머뭇머뭇 그의 말에 대답하기 시작했다. ……그러나 이젠 그 젊은 악사도 중심에 있는 돛대 밑에 넣어 둔 포탄

---

3) 대한민국 거제도, 가덕도에 둘러싸인 천연의 양항(良港)으로, 남해안 동부에 있는 만. 전에는 일본해군의 군사 기지였다.

에 맞아 시체가 되어 누워 있었다. K 중위는 그 시체를 볼 때, 갑자기
"죽음은 사람을 조용하게 만든다."라는 문장이 생각났다. 만약 K 중
위 자신도 포탄 때문에 갑자기 죽었다면, ― 그것은 그에게 어떠한 죽
음보다도 행복처럼 느껴지게 될 것이었다.

그러나 이 해전 앞에 생긴 일은, 감수성이 예민한 K 중위의 마음에
지금도 분명히 남아 있었다. 전투 준비를 마친 일등전투함 ××는 역
시 다섯 척의 군함을 거느리고, 파도가 높은 바다를 향해 나아갔다.
그러자 우현의 한 대포 뚜껑이 웬일인지 열려 있지 않았다. 게다가 이
미 수평선에는 적 함대가 올린 연기도 몇 군데 희미하게 피어올라 있
었다. 이 실수를 본 수병들 중 한 사람은 대포의 몸통 위에 걸쳐 앉기
가 무섭게, 가볍게 포문으로 기어가서 양다리로 뚜껑을 밀어 올리려
고 했다. 그러나 뚜껑을 여는 것은 의외로 쉽지 않은 모양이었다. 수
병은 바다를 아래로 한 채, 몇 번이고 양다리를 올리려고 했다. 그러
나 때때로 얼굴을 들어서 하얀 이를 드러내며 웃기도 하였다. 그 사이
에 ××는 큰 물결에 진로를 오른쪽으로 돌리기 시작했다. 동시에 또
한 바다는 오른쪽 뱃전 전체에 엄청난 파도를 퍼부었다. 그것은 물론
순식간에 대포에 올라 탄 수병의 모습을 삼켜 버리기에 충분한 것이
었다. 바다 속에 빠진 수병은 죽을 힘을 다하여 한 손을 뻗어 올려 무
언가 큰 소리로 외쳐대고 있었다. 구명대는 수병들의 외치는 소리와
함께 바다에 던져졌다. 그러나 물론 ××는 적 함대를 앞에 둔 이상,
보트를 내릴 수는 없었다. 수병은 구명대를 붙들기는 했지만 점점 더
멀어져 갈 뿐이었다. 그의 운명은 조만간 익사할 수밖에 없었다. 그뿐
만 아니라 상어는 그 바다에 결코 적다고는 할 수 없었다…….

젊은 악사의 전사를 보는 K 중위의 마음은 이 해전 전에 생긴 기
억과 대조되지 않을 수 없었다. 그는 해군병학교에 들어갔지만 언젠

가 한번은 자연주의⁴⁾ 작가가 되는 것을 상상하고 있었다. 그뿐만 아
니라 해군병학교를 졸업하고 나서도 모파상의 소설 등을 애독하고 있
었다. 인생은 이렇게 K 중위에게는 어두운 일면을 주로 보여 줄 뿐이
었다. 그는 ××에 탄 후, 이집트의 석관에 쓰여 있던 '인생—전투'라고
하는 말을 상기하고, ××의 장교나 하사관은 물론, ×× 그 자체야 말
로 말 그대로 이집트인의 격언을 강철에 조판했다고 생각하기도 했다.
그래서 악사의 시체 앞에서는 무언가 모든 전투가 끝난 조용함을 느
끼지 않을 수가 없었다. 그러나 그 수병처럼 어떻게 해서라도 살려고
하는 괴로움도 참을 수 없다고 느껴졌다.

　K 중위는 이마의 땀을 닦으면서 바람이라도 쐬려고 후부 갑판 승
강구로 올라갔다. 그러자 12촌(약 31cm)의 포탑 앞에 얼굴의 수염을 깨
끗하게 밀은 갑판 사관 한 사람이 양손을 뒤로 한 채, 어슬렁어슬렁
갑판을 걷고 있었다. 그 앞에는 한 하사가 광대뼈가 튀어나온 얼굴을
반쯤 숙인 채, 포탑을 뒤로 하고 반듯이 서있었다. K 중위는 조금 불
쾌해져, 불안한 표정으로 갑판 사관 쪽으로 가까이 갔다.

　"뭐야?"

　"뭐, 부함장의 점검 전에 변소에 들어가 있었어요."

　그것은 물론 군함 속에서는 그다지 드물지 않은 일이었다. K 중위
는 거기에 앉아서, 기둥을 제거한 좌현의 바다랑 붉은 낫 같은 달을
바라보았다. 주위는 갑판 사관의 구두 소리 외에 인기척도 아무것도

---

4) Naturalism. 19세기 말, 자연과학의 발달에 따라, 문학도 과학적·분석적으로 인간
의 내면을 그리려는 사조로, 프랑스의 소설가 에밀 졸라 등이 주창했다. 일본에
서도 빨리 이어져 모리 오가이(森鷗外), 나가이 가후(永井荷風) 등에 의해 도입되었
다. 실험의학을 배운, 졸라의 진리 탐구 문학은 드디어 사실 있는 그대로를 객관
적으로 표현하려고 하는 일본 자연주의 문학 운동을 촉구했고, 러일 전쟁 후, 시
마자키 도손(島崎藤村)이나 다야마 가타이(田山花袋)의 등장이 그 획을 그었다.

들리지 않았다. K 중위는 조금은 마음이 편안해지는 것을 느끼며 그 제야 오늘의 해전 중의 기분 등을 떠올렸다.

"다시 한 번 부탁 드립니다. 선행상은 빼앗겨도 어쩔 수 없습니다."

하사는 갑자기 얼굴을 들고, 이렇게 갑판 사관에게 말했다. K 중위는 무심결에 그를 쳐다보고, 어두운 그의 얼굴 위에 무언가 진실한 표정을 느꼈다. 그러나 쾌활한 갑판 사관은 언제나처럼 팔짱을 낀 채 조용히 갑판을 걷기 시작했다.

"바보 같은 소리 하지 마."

"그렇지만 여기에 서 있는 한, 제 부하에게 얼굴을 들 수 없습니다. 진급이 늦어지는 것도 각오하고 있습니다."

"진급이 늦어지는 것은 중대한 일이다. 그것보다 그곳에 서 있어."

갑판 사관은 이렇게 말한 후, 가볍게 또 갑판을 걷기 시작했다. K 중위도 이성적으로는 갑판 사관에 동의했다. 그뿐만 아니라 그 하사의 명예심을 감상적이라고 생각하는 마음도 없지 않았다. 그러나 계속 머리를 떨구고 있는 하사는 묘하게 K 중위를 불안하게 했다.

"여기에 서 있는 것은 부끄럽습니다."

하사는 낮은 음성으로 계속 부탁했다.

"그것은 네가 초래한 일이야."

"벌은 달게 받겠습니다. 다만 서 있는 것만은……"

"그저 치욕이라는 말만으로 생각하면, 어느 쪽도 결국 똑같은 것이 아닌가?"

"그러나 부하에게 위엄을 잃는 것은, 저로서는 괴로운 일입니다."

갑판 사관은 아무런 대답도 하지 않았다. 하사는 — 하사도 단념한 듯이 보이며, "입니다"에 힘을 준 후, 한마디도 하지 않은 채 멈추어 서 있었다. K 중위는 점점 불안해져서 (게다가 또 한편으로 이 하사

의 감상주의에 속지 않아야지 하는 마음도 없는 것은 아니었다.) 무언
가 그를 위해서 말하고 싶었다. 그러나 그 '무언가'도 입으로 냈을 때
는 특색이 없는 말로 변해 있었다.

"조용하군."

"응."

갑판 사관은 이렇게 답하고서 이번에는 턱을 쓰다듬으며 걷고 있었
다. 해전 전날 밤, K 중위에게 "옛날 기무라 시게나리(木村重成)[5]는……"
라고 말하면서, 특히 공들여 깎은 턱을…….

이 하사는 벌을 다 받은 후, 언제부터인지 행방불명이 되었다. 그러
나 투신하는 것은 물론 당직이 있는 한 절대로 생길 수 없는 일이 분
명했다. 그뿐만 아니라 자살하기 쉬운 석탄창고 속에도 없다는 것이
반나절도 지나지 않아 밝혀졌다. 그러나 그가 행방불명이 된 것은 확
실히 그의 죽음을 의미했다. 그는 어머니랑 남동생에게 각각 유서를
남겼다. 그에게 벌을 준 갑판 사관은 누가 봐도 침착해 보이지 않았
다. 소심한 K 중위만은 남보다 더 그를 동정해서, 못 마시는 맥주를
몇 잔이나 마시지 않을 수 없었다. 그러나 동시에 또 상대가 취하는
것을 걱정하지 않을 수 없었다.

"아무튼 그 녀석은 고집불통이었어. 그러나 죽지 않아도 되잖아? ─"

상대는 의자에서 떨어지려 하면서 몇 번 이런 푸념을 반복했다.

"나는 그저 서 있으라고만 했을 뿐이야. 그랬는데 뭐 죽지 않아
도……."

××가 진해만에 정박한 후, 굴뚝 청소하러 들어간 기관병은 우연히

---

5) 1593~1615. 도요토미 히데요리(豊臣秀頼)의 신하. 출진 때, 죽음을 각오하고, 투구
  에 향을 피웠다는 이야기로 유명하다. 실제로 오사카 여름 전투에서 목이 베여,
  이에야스(家康)에게 보내진 그 목에서는 향기가 났다고 한다.

그 하사를 발견했다. 그는 굴뚝 속에 늘어진 쇠사슬 하나로 목을 매달고 있었다. 그러나 그 하사의 옷은 물론, 살갗이나 살도 타버렸기 때문에 늘어져 있는 것은 해골뿐이었다. 이러한 이야기는 하급 장교실에 있던 K 중위에게도 전달되었다. 그는 이 하사가 포탑 앞에 멈추어 선 모습을 떠올리고 아직 어딘가 붉은 달이 낮같이 걸려 있는 것처럼 느껴졌다.

이 세 명의 죽음은 K 중위의 마음에 언제까지나 어두운 그림자를 던지고 있었다. 그는 언젠가 그들 속에서 인생 전체를 느끼기 시작했다. 그러나 세월은 이 염세주의자를 어느 틈에 부내에서도 평판이 좋은 해군 소장의 한 사람으로 꼽기 시작했다. 그는 휘호(揮毫)를 권유받아도 거의 붓을 들지 않았다. 그러나 어쩔 수 없을 경우에는 반드시 화첩 등에 이렇게 썼다.

君看双眼色　(그대 보게나, 두 눈 빛을)
不語似無愁6) (말하지 않으면, 근심이 없는 것처럼 보이겠지)

❖ 3. 일등전투함×× ❖

일등전투함××는 요코스카 군항의 부두에 들어오게 되었다. 수선공사는 쉽거나 순조롭지는 않았다. 2만 톤급의 ××는 높은 양 뱃전의 안팎에 무수한 직공을 모여들게 해서 몇 번이나 평소와 다른 짜증을 느꼈다. 그러나 바다에 떠 있는 것도, 굴이 들러붙을 것을 생각하면 근질거리는 기분도 들었다.

---

6) 君看双眼色…. 아쿠타가와가 애독한 「禪林句集」 시구(詩句)의 하나. 제1창작집 『羅生門』의 표지에도 기록되어 있다.

요코스카 군항에는 ××의 친구인 △△도 정박해 있었다. 1만 2천 톤급 △△는 ××보다도 어린 군함이었다. 그들은 넓은 바다를 건너 때때로 소리 나지 않는 이야기를 했다. △△는 ××의 연령에는 물론, 조선 기사의 실수로 키가 고장 나기 쉬운 것에 동정하고 있었지만 ××를 위로하기 위해 한 번도 그러한 문제를 서로 이야기한 적이 없었다. 그뿐만 아니라 몇 번이나 해전을 해왔던 ××에 대한 존경 때문에 늘 경어를 사용하고 있었다.

그러자 어느 흐린 오후, △△는 화약고가 타들어갔기 때문에 갑자기 무서운 폭발음을 내고, 반쯤 바다 속에 누워 버렸다. ××는 물론 놀랐다. (그렇지만 많은 직공들은 이 ××가 흔들리는 것을 물리적으로 해석한 것이 틀림없었다.) 해전도 하지 않은 △△는 갑자기 흉한 꼴이 되어버렸다. — 그것은 실제로 ××에게는 거의 믿을 수 없을 정도였다. 그는 애써 놀라움을 감추고 멀리서 △△를 격려하기도 했다. 그러나 △△는 기울어진 채, 불길이나 연기가 피어오르는 속에서 다만 신음소리를 낼 뿐이었다.

그로부터 3, 4일이 지난 후, 2만 톤급의 ××는 양현에 수압이 실리지 않았기 때문에 점점 갑판도 말라 터지기 시작했다. 이 모습을 본 직공들은 드디어 수선 공사를 서둘렀지만, ××는 어느 틈에 그 자신을 포기하고 있었다. △△는 아직 나이도 어린데 눈앞의 바다에 잠겨 버렸다. 이러한 △△의 운명을 생각하면, 그의 생애는 적어도 기쁨이나 괴로움을 다 겪어보았다. ××는 아주 옛날에 있었던 어느 해전 시절을 생각하기 시작했다. 그때는 깃발도 갈기갈기 찢어져, 돛대조차 부러져 버린 해전이었다…….

2만 톤급 ××는 새하얗게 건조한 부두 속에 뱃머리를 높이 쳐들고 있었다. 그의 앞에는 순양함이나 구축정 몇 척도 출입하고 있었다. 또

새로운 잠항정(潛航艇)이나 수상 비행기도 보였다. 그러나 그들은 ××
에게 허무함을 느끼게 할 뿐이었다. ××는 개기도 하고 흐리기도 한
요코스카 군항을 바라본 채, 꼼짝 않고 그의 운명을 계속 기다리고 있
었다. 그 사이에도 역시 스스로 갑판이 조금씩 휘어 오는 것에 얼마간
불안을 느끼면서…….

(1927년 6월 10일)

톱니바퀴(齒車)

조사옥

❖ 1. 레인코트 ❖

나는 아는 사람의 결혼식 피로연에 참석하려고, 가방 하나만 든 채
그 안쪽에 있는 피서지에서 도카이도 선(線)의 어느 정거장으로 자동
차를 달렸다. 찻길 양 옆으로는 대부분 소나무들만 빽빽이 들어서 있
었다. 상행 열차를 탈 수 있는 가능성은 희박했다. 차 안에는 마침 나
말고도 어떤 이발소 주인도 함께 타고 있었다. 그는 대추처럼 포동포
동하게 살이 찌고 턱수염을 기른 남자였다. 시간에 신경을 쓰며 나는
때때로 그와 이야기를 나눴다.

"묘한 일도 다 있지요? ×× 씨 저택에서는 낮에도 유령이 나온다더
군요."

"낮에도요?"

석양이 깔린 저 멀리 소나무 산을 바라보면서 나는 적당히 맞장구
를 쳤다.

"그런데 날씨가 좋은 날에는 나오지 않는다는군요. 가장 많이 볼 수

있는 날은 비 오는 날이래요."

"비 오는 날에 몸을 적시러 오는 것 아닐까요?"

"농담마세요. 그런데 레인코트를 입은 유령이라는군요."

자동차는 경적을 울리면서 한 정거장 옆으로 갖다 댔다. 그 이발소 주인과 헤어진 나는 정거장 안으로 들어갔다. 그러자 예상대로 상행 열차는 2~3분 전에 이미 출발하고 없었다. 대합실 벤치에는 레인코트를 입은 남자 한 명이 멍하니 바깥을 내다보고 있었다. 나는 지금 막 들은 유령 이야기를 생각해냈다. 쓴웃음이 나왔지만, 어쨌거나 다음 열차라도 타기 위해서 정거장 앞 카페에 가 있기로 했다.

그곳은 카페라는 이름을 붙이기엔 좀 뭣한 곳이었다. 나는 구석 테이블에 앉아 코코아를 한 잔 주문했다. 테이블에 씌워진 오일클로스[1]는 흰 바탕에 가늘고 푸른 선을 거칠게 격자 모양으로 친 것이었다. 그러나 벌써 군데군데 우중충한 바탕 천을 드러내고 있었다. 아교풀 냄새가 나는 코코아를 마시면서 인기척이 없는 카페 내부를 둘러보았다. 때 묻은 카페 벽에는 '닭고기 계란덮밥'이니 '커틀릿'이니 하는 메뉴 쪽지가 여럿 붙어 있었다.

'산지 직송 계란, 오믈렛.'

나는 이런 메뉴 쪽지를 보며 도카이도 선에서 가까운 시골을 느꼈다. 그곳은 보리밭이나 양배추밭 사이로 전기 기관차가 다니는 시골이었다……

다음 상행 열차를 탄 것은 해질 무렵이 다 되어서였다. 나는 항상 이등석에 타곤 했다. 그런데 어떤 사정이 있어서 그때는 삼등석에 타기로 했다.

---

1) 기름으로 방수 처리한 천.

기차 안은 꽤 붐볐다. 그래도 내 앞뒤에는 오이소인지 어딘지로 소풍을 갔다 오는 듯한 초등학교 여학생들뿐이었다. 나는 담배에 불을 붙이면서 여학생 무리를 무심히 바라보고 있었다. 그들은 모두 쾌활했다. 그뿐만 아니라 계속 재잘댔다.

"사진사 아저씨, 러브신이라는 게 뭐야?"

역시 소풍을 따라온 것으로 보이는, 내 앞에 있던 '사진사 아저씨'는 뭐라고 말을 얼버무렸다. 그러나 열네댓 살로 보이는 여학생 한 명은 계속 여러 가지 것들을 묻고 있었다. 문득 그 학생에게 축농증이 있다는 것을 느끼고 왠지 미소 짓지 않을 수 없었다. 그리고 또 내 옆에 있던 열두세 살로 보이는 여학생 중 한 명은 젊은 여교사의 무릎 위에 앉아서, 한 손으론 그녀의 목을 껴안고 또 한 손으론 그녀의 뺨을 어루만지고 있었다. 게다가 누군가와 이야기하는 동안에 짬짬이 여교사에게 이렇게 말을 걸고 있었다.

"예뻐요, 선생님은. 눈이 참 예쁘시네요."

내게는 그들이 여학생이라기보다 어엿한 성인 여성으로 보였다. 사과를 껍질째 깨물거나 캐러멜 종이를 까고 있는 것을 제외한다면……. 그중 나이가 제법 들어 보이는 여학생 한 명은 내 곁을 지날 때에 누군가의 발을 밟은 듯이 보였는데 "죄송합니다."라고 말을 건넸다. 그녀만은 다른 학생들보다 조숙했는데 오히려 그 점이 내게는 여학생다워 보였다. 나는 담배를 문 채 이런 모순을 느낀 나 자신을 냉소하지 않을 수 없었다.

어느새 전등을 켠 기차는 이윽고 한 정거장에 도착했다. 나는 바람이 찬 플랫폼으로 내려가서 한 번 다리를 건넌 뒤, 쇼 선(線) 전차를 기다리기로 했다. 그때 우연히 회사원 T군과 마주치게 되었다. 우리는 전차를 기다리는 동안 불경기 같은 것에 대해서 이야기를 나눴다.

T군은 물론 나 같은 사람보다는 이런 문제에 대해선 잘 알고 있었다. 하지만 억세게 보이는 그의 손가락에는 불경기와는 별로 인연이 없어 보이는 터키석 반지가 끼워져 있었다.

"굉장한 것을 끼고 있군 그래."

"이거? 장사하러 하얼빈에 가있던 친구가 사라고 해서 마지못해 산 거야. 그녀석도 이젠 손들었지. 협동조합과 거래를 못 하게 되었으니까."

우리가 탄 쇼 선 전차는 다행히도 기차만큼 붐비지는 않았다. 우리는 나란히 앉아서 여러 가지 이야기를 했다. T군은 바로 올봄에 파리에 있는 근무처에서 도쿄에 돌아온 지 얼마 되지 않는다고 했다. 그래서 우리 화제엔 파리 이야기가 나오기 십상이었다. 카일로 부인 이야기, 게 요리 이야기, 외유 중인 어느 전하의 이야기…….

"의외로 프랑스는 곤경에 처해 있진 않아. 단지 원래 프랑스인 자체가 세금 내길 싫어하는 국민이라 내각이 항상 무너져서 그렇지……."

"그러니까 프랑은 폭락하고 말이야."

"그건 신문만 읽고 있으면 그렇지. 그러나 그쪽에 있어 봐. 신문지상의 일본이라는 나라도 쉴 새 없이 대지진이나 대홍수라네."

그때 레인코트를 입은 남자가 우리 맞은편으로 와서 앉았다. 나는 기분이 약간 언짢아져서 조금 전에 들었던 유령 이야기를 T군에게 해 주고 싶어졌다. 그러기에 앞서 T군이 지팡이 손잡이를 왼쪽으로 휙 돌리더니, 얼굴은 앞을 향한 채 작은 소리로 나에게 말했다.

"저기 여자가 한 명 있지? 쥐색 모직 숄을 두른……."

"저 서양식 머리 스타일을 한 여자 말이야?"

"응, 보자기에 싼 것을 안고 있는 여자 말이네. 지난 여름 가루이자와에서 저 여자를 본 적이 있어. 꽤 세련된 양장 같은 걸 입고 있었지."

그러나 그녀는 분명히 누가 보아도 초라한 차림을 하고 있었다. 나는 T 군과 이야기하면서 그녀를 가만히 쳐다보았다. 그녀는 양 미간에 어딘가 정신이상자 같은 느낌을 주는 얼굴을 하고 있었다. 게다가 보자기 꾸러미 속에서는 표범 모양의 스펀지가 비어져 나와 있었다.

"가루이자와에 있었을 당시 젊은 미국인과 춤을 추고 있었지 아마? 모던⋯⋯뭐라고 했던 것 같은데?"

내가 T 군과 헤어질 때 레인코트를 입은 남자의 모습은 어느새 보이지 않았다. 나는 쇼 선 전차가 있는 어떤 정거장에서 빠져 나와 역시 가방을 늘어뜨린 채, 한 호텔을 향해 걸어갔다. 길 양쪽에는 대부분 큰 건물들이 서 있었다. 나는 그 길을 걷고 있는 동안 문득 소나무 숲을 떠올렸다. 그뿐만 아니라 시야에서 묘한 것을 발견해 냈다. 묘한 것을? — 그것은 끊임없이 돌고 있는 반투명한 톱니바퀴였다. 나는 이런 경험을 전에도 몇 번인가 했었다. 톱니바퀴는 점차 수가 불어나 시야를 거의 반쯤 가려 버렸다. 그러나 그것도 오랫동안은 아니었다. 잠시 후에 사라져 버리는 대신에 이번에는 두통이 느껴졌다. — 언제나 이런 식이었다. 안과 의사는 이 착란 현상 때문에 나에게 담배를 줄이라고 자주 말했다. 그러나 이 톱니바퀴는 내가 담배와 친해지기 전인 스무 살 전에도 보이곤 했었다. 나는 또 시작됐구나 하면서 왼쪽 눈의 시력을 시험하기 위해 한쪽 손으로 오른쪽 눈을 가려 보았다. 왼쪽 눈은 아무렇지도 않았다. 그러나 오른쪽 눈의 눈꺼풀 뒤에서는 톱니바퀴가 몇 개나 돌고 있었다. 나는 오른쪽 빌딩이 점차 사라져 가는 것을 보면서 부지런히 길을 걸어갔다.

호텔 현관에 들어섰을 때에는 톱니바퀴도 이제 완전히 사라져 보이지 않았다. 하지만 두통은 여전했다. 나는 외투와 모자를 맡기고 방을 하나 예약해 달라고 했다. 그러고는 어떤 잡지사에 전화를 걸어 돈에 대해서 의논했다.

결혼식 피로연 만찬은 이미 시작된 듯했다. 나는 테이블 구석에 앉아 나이프와 포크를 움직이기 시작했다. 정면에 있는 신랑과 신부를 비롯하여, 흰 凸자형 테이블에 앉은 50명 남짓한 하객들의 표정은 한결같이 밝았다. 하지만 내 마음은 밝은 전등 아래에서 점점 우울해져 갈 뿐이었다. 나는 이 기분에서 벗어나 보려고 옆에 있던 손님에게 말을 걸었다. 그는 마치 사자처럼 하얗게 센 구레나룻을 기른 노인이었다. 그뿐만 아니라 나도 이름을 알고 있는 유명한 한학자였다. 그래서인지 이야기의 화제는 어느새 고전으로 빠져 들어갔다.

"기린은 말하자면 일각수지요. 그리고 봉황도 역시 피닉스라는 새의……."

이 유명한 한학자는 나의 이런 말에 꽤 흥미를 느끼는 것 같았다. 나는 기계적으로 말하고 있는 동안에 점점 병적인 파괴욕이 생겨나, 요순(堯瞬)이 가공 인물인 것은 물론이고 『춘추』의 저자도 훨씬 나중인 한대(漢代)의 사람이라고 말했다. 그러자 이 한학자는 노골적으로 불쾌한 표정을 지으며, 내 얼굴을 전혀 보지 않은 채 거의 호랑이가 으르렁대듯이 내 말을 잘라버렸다.

"만일 요순이 없었다면 공자께서 거짓말을 하셨다는 셈인데, 성인이 거짓말을 하실 리는 없습니다."

나는 그만 입을 다물어 버렸다. 그러고는 접시에 놓인 고깃덩어리에 나이프와 포크를 가져갔다. 그때 작은 구더기 한 마리가 조용히 고깃덩어리 가장자리에서 꿈틀거리고 있었다. 구더기는 순간 내 머릿속에 'Worm'이라는 영어 단어를 떠오르게 했다. 그 단어는 기린이나 봉황처럼 어떤 전설적인 동물을 의미하고 있는 말인 것 또한 틀림없었다. 나는 나이프와 포크를 놓고 어느새 내 잔에 샴페인이 채워지는 것을 바라보고 있었다.

만찬이 끝난 뒤, 나는 미리 예약해 놓은 방에 틀어박혀 있으려고 인기척 하나 없는 복도를 걸어갔다. 나에게는 복도가 호텔이라기보다 감옥 같은 느낌을 주었다. 그러나 다행히도 두통만은 어느 사이엔가 덜해졌다.

가방은 물론이고 모자와 외투도 내 방에 가져다 두었다. 나는 벽에 걸어 놓은 외투가 나 자신이 서 있는 모습으로 보여, 서둘러서 그것을 구석에 있는 옷장 속에 집어던졌다. 그러고선 경대 앞으로 가서 가만히 거울 속에 내 얼굴을 비추었다. 거울에 비친 내 얼굴은 피부 밑의 뼈대까지 드러내고 있었다. 구더기는 금세 이런 나의 기억 속에 선명히 떠올랐다.

나는 문을 열고 복도로 나가 정처없이 걸어 갔다. 로비로 나가는 구석에 놓여 있는 녹색 갓의 키가 큰 스탠드 전등 하나가 유리문에 선명하게 비치고 있었다. 그것은 나의 마음에 무언가 평화로운 느낌을 주는 것이었다. 그 앞에 있는 의자에 앉아서, 나는 여러 가지 일들을 생각했다. 하지만 거기 역시 5분도 채 앉아 있을 수 없었다. 이번에도 레인코트는 내 옆에 있던 긴 의자의 등받이에, 그야말로 축 늘어진 채로 걸려 있었다.

'게다가 지금은 대한(大寒)이라는데.'

나는 이렇게 생각하면서 다시 한 번 복도를 되돌아갔다. 복도 구석에 있는 급사 대기실에는 급사라곤 한 명도 보이지 않았다.

그러나 그들의 이야기 소리만은 내 귀를 이따금씩 스쳐 갔다. 뭐라고 말을 걸었을 때 대답하는듯한 'All right'이라는 영어였다. '올라이트?' ― 나는 어느새 이 대화의 의미를 어떻게든 파악해 보려고 초조해했다. '올라이트, 올라이트?' 도대체 무엇이 올라이트란 말일까?

내 방은 물론 죽은 듯이 조용했다. 내겐 문을 열고 들어간다는 것이 묘하게도 기분이 나빴다. 조금 주저한 끝에 단단히 맘먹고 방 안으로 들어갔다. 그러고는 거울이 보이지 않도록 책상 앞 의자에 앉았다. 의자는 도마뱀 가죽에 가까운, 푸른 모로코 가죽으로 만든 안락의자였다.

나는 가방을 열어 원고지를 꺼내서는 단편 하나를 써내려 가려 했다. 그렇지만 잉크를 찍은 펜은 언제까지고 움직이려 들지 않았다. 그뿐만 아니라 겨우 움직였나 했더니 같은 말만 계속 쓰고 있었다. All right……All right……All right, sir……All right…….

그러던 차에 갑자기 침대 옆에 있는 전화가 울리기 시작했다. 나는 놀라서 일어나, 수화기를 귀에 대고 대답했다.

"누구세요?"

"저예요. 저……."

상대방은 누나의 딸이었다.

"뭐야? 무슨일이 있어?"

"네, 저, 큰일이 났어요. 그러니까……. 너무나 큰일이라서 지금 막 외숙모에게도 전화를 걸었어요."

"큰일?"

"네, 그러니까 바로 와주세요, 당장요."

그렇게 전화는 끊어졌다. 나는 원래대로 수화기를 내려 놓은 다음 반사적으로 인터폰 벨을 눌렀다. 그러나 그 순간 내 손이 떨리고 있다는 것을 나 자신도 확실히 알 수 있었다. 급사는 쉽게 오지 않았다. 나는 초조함보다도 괴로움을 느끼며 몇 번이고 벨을 눌렀다. 운명이 나에게 가르쳐 준 '올라이트'라는 단어를 간신히 이해하면서.

매형은 그 날 오후, 도쿄에서 별로 멀지 않은 어느 시골에서 기차에 치여 죽었다. 더욱이 계절에 어울리지 않는 레인코트를 걸치고 말이다. 나는 지금도 호텔 방에서 전부터 써 오던 단편을 계속 쓰고 있다. 한밤중이라 복도에는 아무도 없다. 하지만 때때로 문 밖에서 날개 소리가 들릴 때도 있다. 어디선가 새라도 키우고 있는지도 모르겠다.

❖ 2. 복수 ❖

나는 호텔 방에서 아침 8시경 눈을 떴다. 그런데 침대를 내려 오려는데 이상하게도 슬리퍼가 한쪽밖에 보이지 않았다. 그것은 요 1~2년 동안 항상 나에게 공포와 불안을 가져다주는 현상이었다. 또한 샌들을 한쪽만 신은 그리스 신화 속의 어느 왕자를 떠올리게 하는 현상이었다. 나는 벨을 눌러 급사를 불러서, 슬리퍼 한 쪽을 찾아 달라고 부탁하기로 했다. 급사는 의아한 얼굴로, 좁은 방안을 이리저리 찾아다녔다.

"여기에 있습니다. 이 욕실 속에요."

"왜 또 그런 곳에 가 있었을까?"

"글쎄, 쥐가 한 짓인지도 모르겠어요."

급사가 물러간 후에, 나는 우유를 넣지 않은 채 커피를 마시면서, 쓰던 소설을 마무리하기 시작했다. 응회암을 사각으로 짠 창문은 눈이 내린 정원으로 향해 있었다. 나는 펜을 잠시 멈출 때마다 멍하니 눈을 바라보거나 했다. 눈은 봉오리를 맺은 침정화(沈丁花) 밑에서 도시의 매연으로 이미 더러워져 있었다. 이는 왠지 내 마음을 아프게 하는 풍경이었다. 나는 담배를 피우면서 어느새 펜을 움직이지 않고 여러 가지 것들을 생각했다. 아내와 아이들과 무엇보다도 매형에 대해서……

매형은 자살하기 전에 방화 혐의를 받고 있었다. 그것은 사실 어쩔 수 없는 일이기도 했다. 집이 불타기 전에 그는 집의 실제 가격보다 배가 넘는 화재 보험에 가입했기 때문이다. 그런데다 위증죄까지 범했기 때문에 집행유예 중인 몸이었다. 정작 나를 불안하게 했던 것은 그가 자살을 했다는 사실보다 오히려 내가 도쿄로 돌아 갈 때마다 반드시 화재를 목격한다는 것이었다. 나는 때때로 기차 안에서 산을 태우고 있는 불을 보기도 하고, 혹은 자동차 안에서 — 그때는 가족 모두와 함께 있었다 — 도키와 교(橋) 부근 화재를 보기도 했다. 그런 일들은 그의 집이 불타기 전에도 화재가 발생하리란 예감이 저절로 들게 만들었다.

"올해는 집에 불이 날지도 모르겠어."

"그런 재수 없는 소리를……. 그래도 화재가 나면 큰일이지요. 보험도 제대로 들지 않았고……."

우리는 이런 이야기를 주고받기도 했다. 그러나 우리 집은 타지 않았다. — 나는 애써 망상을 떨치고 다시 한 번 펜을 움직여 보기로 했다. 하지만 펜은 아무리 해도 한 줄도 쉽사리 나아가지 않았다. 마침내 나는 책상 앞을 떠나 침대 위에 드러누운 채로 톨스토이의 『Polikouchka』를 읽기 시작했다. 이 소설의 주인공은 허영심과 병적인 성향과 명예심이 묘하게 뒤섞인 복잡한 성격의 소유자였다. 더군다나 그의 일생의 회비극은 약간 수정을 하기만 하면 바로 내 일생의 캐리커처였다. 특히 그의 회비극 속에서 운명의 냉소를 느끼게 하는 일들은 점차 나를 기분 나쁘게 했다. 나는 한 시간도 채 지나지 않아 침대 위에서 일어나기가 무섭게 커튼이 드리워진 방 한구석으로 책을 힘껏 던졌다.

"죽어 버려!"

그러자 큰 쥐 한 마리가 커튼 밑에서 기어나와 욕실을 향해 바닥 위를 가로질러 달려갔다. 나는 한달음에 욕실로 뛰어가서는 문을 열고 안을 샅샅이 뒤졌다. 그러나 흰 욕조 뒤에도 쥐 같은 것은 보이지 않았다. 나는 갑자기 기분이 상하고 당황하여 슬리퍼를 구두로 갈아 신고는 인기척이 없는 복도로 걸어 나갔다.

복도는 오늘도 변함없이 감옥처럼 우울했다. 나는 머리를 떨군 채 계단을 오르락내리락 하고 있는 동안에 어느새 요리사들의 방에 들어서 있었다. 요리사들의 방은 의외로 밝았다. 하지만 한쪽에 늘어서 있는 화덕 중엔 불이 지펴져 있는 것이 여러 개였다. 나는 그곳을 빠져 나오면서, 흰 모자를 쓴 요리사들이 차갑게 나를 보고 있는 것을 느꼈다. 동시에 내가 떨어진 지옥을 느꼈다. '신이여, 나를 벌하소서. 노하지 마소서. 아마도 나는 멸망할지니.' — 이런 기도도 이런 순간에 저절로 내 입에 오르내렸다.

나는 호텔 밖으로 나가 눈 녹은 물에 푸른 하늘이 비치는 길을 걸어 부지런히 누나 집으로 갔다. 길을 따라 늘어서 있는 공원의 수목들은 하나같이 가지와 잎이 검은빛을 띠고 있었다. 게다가 마치 우리 인간들처럼 각각의 그루마다 앞뒤가 있어 보였다. 그 또한 내게는 불쾌하다기보다는 공포에 가까운 감정을 가져다주었다. 나는 단테의 지옥 편에 나오는 수목이 된 영혼을 떠올리며, 빌딩들만 줄지어 있는 전차 선로 맞은편으로 갔다. 그러나 거기서도 100미터도 무사히 걸을 수 없었다.

"지나는 길에 실례합니다만⋯⋯."

그는 금단추가 달린 제복을 입은 스물두셋 되어 보이는 청년이었다. 나는 말없이 이 청년을 보다가, 그의 코 왼쪽에 검은 점이 있는 것을 발견했다. 그는 모자를 벗은 채 머뭇머뭇 나에게 이렇게 말을 걸었다.

"A 씨가 아니십니까?"

"그렇습니다만."

"아무래도 그런 느낌이 들어서요……."

"제게 무슨 용무가 있으신가요?"

"아니, 단지 뵙고 싶었을 뿐입니다. 저도 선생님의 애독자라서……."

나는 그제서야 잠시 모자를 벗어 묵례를 했을 뿐, 이내 그를 뒤로 하고 계속 걸어갔다. 선생님, A 선생님. ― 그게 나에게는 요즘 가장 불쾌한 말이었다. 나는 내가 모든 죄악을 범하고 있다고 믿고 있었다. 그런데도 그들은 기회만 나면 나를 선생님이라고들 부르는 것이었다. 나는 거기서 나를 비웃는 무엇인가를 느끼지 않을 수 없었다. 무엇인가를? ― 그러나 나의 물질 주의는 신비주의를 거절하지 않을 수 없었다. 나는 바로 두세 달 전에도 한 작은 동인지에 이런 말을 발표했었다. ― "나는 예술적 양심을 비롯하여, 그 어떤 양심도 가지고 있지 않다. 내가 가지고 있는 것은 신경뿐이다." ……

누나는 세 명의 아이들과 함께 골목 구석에 있는 바라크에 피난해 있었다. 갈색 종이만을 붙여서 만든 바라크 안은 바깥보다도 오히려 추울 정도였다. 우리는 화로에 손을 쬐면서 여러 가지 일들에 관해 이야기했다. 풍채가 건장했던 매형은 남들보다 야월 대로 야윈 나를 본능적으로 경멸했다. 그뿐만 아니라, 내 작품이 부도덕하다고 공공연히 떠들어대기도 했다. 나는 언제나 냉담하게 이런 그를 내려다보며, 단 한 번도 허심탄회하게 그와 이야기한 적이 없었다는 걸 기억해 냈다. 그러나 누나와 이야기를 나누면서 점점 그도 나처럼 지옥에 떨어져 있었음을 조금씩 알게 되었다. 실제로 그는 침대차 안에서 유령을 보았다던가 하는 것이었다. 하지만 나는 담배에 불을 붙이며 애써 돈 이야기만 계속했다.

"아무튼 절박한 때라서 뭐든지 팔까 해."

"그건 그래. 타이프라이터 같은 건 얼마간 돈이 될 테니까."

"응, 그리고 그림 같은 것도 있고."

"파는 김에 N 씨(매형)의 초상화도 팔테야? 그러나 그건……."

나는 바라크 벽에 액자 없이 걸린 한 장의 콘테화를 보자, 쉽게 농담을 해서는 안 될 것 같았다. 기차에 치여 죽은 그는 기차로 인해 얼굴이 완전히 형체도 알아보기 힘든 고깃덩어리가 되어 겨우 콧수염만 남아 있었다고 했다. 물론 이 이야기는 말만 들어도 으스스했다. 그러나 그의 초상화는 모두 완벽하게 그려져 있지만, 왠지 콧수염만은 어렴풋했다. 빛에 반사되어 그런가 보다 하며 나는 이 한 장의 콘테화를 여러 각도에서 보려고 했다.

"왜 그래?"

"아무것도 아냐……. 근데 저 초상화는 입 주위만……."

누나는 잠시 뒤돌아보았지만 아무것도 알아차리지 못한 것처럼 대답했다.

"묘하게 수염만 연한 것 같지?"

내가 본 것은 착각이 아니었다. 하지만 착각이 아니라고 한다면 — 나는 점심을 차리기 전에 일어서기로 했다.

"아직 괜찮지 않아?"

"또 내일이라도……. 오늘은 아오야마까지 가야하니까."

"아, 거기? 왜, 아직 몸이 안 좋아?"

"약만 계속 먹고 있어. 수면제만 해도 힘들어. 베로날, 노이로날, 트리오날, 누마알……."

30분 정도 지나서 나는 어떤 빌딩으로 들어가 승강기를 타고 3층으로 올라갔다. 그리고 어느 레스토랑의 유리문을 밀고 들어가려고 했다. 그런데 유리문은 움직이지 않았다. 또한 거기에는 '정기 휴일'이라고 쓰인 옻칠한 팻말도 걸려 있었다. 나는 점점 더 불쾌해져서, 유리

문 건너편 테이블 위에 쌓인 사과와 바나나를 힐끗 보고는 다시 거리
로 나왔다. 그때 회원처럼 보이는 남자 두 사람이 뭔가 쾌활하게 이야
기하면서, 이 빌딩으로 들어가기 위해서 내 어깨를 스치고 갔다. 그들
중 한 사람은 그 순간에 '안절부절못해서'라고 말한 것 같았다.

나는 길에 멈춰 선 채, 택시가 오기만을 기다리고 있었다. 택시는
쉽게 잡을 수 없었다. 그뿐만 아니라 가끔 지나가는 것은 언제나 노란
색이었다. — 왠지 노란 택시는 항상 교통 사고로 나를 성가시게 했
다. — 그러는 동안에 나는 재수가 좋은 녹색 차를 잡았고, 아무튼 아
오야마 묘지 근처의 정신 병원으로 가기로 했다.

'안절부절못하다 — tantalizing — Tantalus — Inferno —'

탄탈루스는 실제로 유리문 너머로 과일을 바라본 나 자신의 모습이
었다. 나는 두 번이나 내 눈에 떠오른 단테의 지옥을 저주하면서, 물
끄러미 운전사 등 뒤를 바라보았다. 그러는 동안에 또한 모든 것이 거
짓인 듯 느껴졌다. 정치, 실업, 예술, 과학. — 어느 것이나 모두 이런
내게는 이 무서운 인생을 감추고 있는 잡색(雜色) 에나멜 같아 보였다.
나는 점점 답답함을 느끼며 택시의 창문을 활짝 열기도 했다. 그래도
뭔가 심장을 조이는 느낌은 사라지지 않았다.

녹색 택시는 이윽고 진구마에로 달리기 시작했다. 거기에 정신병원
으로 구부러지는 골목길이 분명히 있어야 했다. 그런데 그것도 오늘
만은 왠지 보이지 않았다. 나는 전차 선로를 따라서 몇 번이고 택시를
왕복하게 한 뒤, 드디어 포기하고 도중에 내리기로 했다.

나는 간신히 그 골목길을 찾아내어 진흙투성이인 길을 돌아갔다.
그러자 어느새 길을 잘못 들었는지, 아오야마에 있는 장례식장 앞길
로 나와 있었다. 그러니까 10년 전에 있었던 나쓰메 선생님의 고별식
이래, 나는 한번도 그 문 앞에조차 와 본 적이 없었다. 10년 전의 나도

행복하지는 않았다. 그러나 적어도 평화로웠다. 나는 자갈을 깐 문 앞을 바라보며 '소세키 산방[2]의 파초를 떠올리면서, 내 일생에서도 뭔가 일단락이 지어진 느낌을 가지지 않을 수 없었다. 그뿐만 아니라 10년 만에 이 묘지 앞으로 나를 데리고 온 무엇인가를 느끼지 않을 수도 없었다.

정신 병원을 나와 나는 또 다시 자동차를 잡아 타고 호텔로 돌아가기로 했다. 하지만 호텔 현관에서 내리자 레인코트를 입은 남자 한 사람이 급사와 싸우고 있었다. 급사와? ― 아니, 그것은 급사가 아니라 녹색 옷을 입은 자동차 담당이었다. 나는 호텔에 들어가는 것이 왠지 불길한 느낌이 들어 재빨리 왔던 길로 되돌아갔다. 내가 긴자 거리를 나왔을 즈음에는 그럭저럭 해거름도 가까워 있었다. 나는 양쪽에 죽 늘어선 가게와 사람들이 어지럽게 왕래하고 있는 것을 보자 더 한층 우울해지는 것을 느꼈다. 특히나 거리의 사람들이 죄 따위와는 아무런 상관도 없는 양 경쾌하게 걷고 있는 것이 불쾌했다. 나는 희미하게나마 비치는 전등 불빛 속에 외광(外光)이 섞여 있는 곳을 따라 계속해서 북쪽으로 걸어갔다. 그러다가 내 눈길이 머문 곳은 잡지 같은 것을 가득 쌓아 놓은 책방이었다. 나는 책방으로 들어가 몇 단인가 되는 서가를 멍하니 올려다보았다. 그리고는 『그리스 신화』라는 제목의 책을 한번 훑어보기로 했다. 노란색 표지의 『그리스 신화』는 어린이를 위해서 다시 쓴 것 같았다. 그렇지만 우연히 눈에 들어온 한 줄의 글귀는 금세 나에게 일격을 가했다.

"가장 위대한 제우스신이라 할지라도 복수의 신에게는 당해낼 수 없습니다."

---

2) 나쓰메 소세키의 집.

나는 이 책방을 뒤로 하고 사람들이 붐비는 거리로 걸어갔다. 어느
사이엔가 굽기 시작한 나의 등 뒤로, 끊임없이 나를 노리고 따라다니
는 복수의 신을 느끼면서…….

❖ 3. 밤 ❖

　　나는 마루젠 서점 2층에 있는 한 서가에서 스트린드베리의 『전설』
을 발견하고 두세 쪽 정도 훑어보게 되었다. 내용은 나의 경험과 큰
차이가 없어 보였다. 이 책 역시 노란색 표지였다. 나는 『전설』을 제
자리에 꽂아 놓고, 이번에는 닥치는 대로 두꺼운 책 한 권을 뺐다. 그
러나 이 책에도 삽화 한 장에 우리 인간들과 다를 바 없는 눈과 코가
있는 톱니바퀴만 줄지어 있었다. ― 그것은 알고보니 어느 독일인이
모은 정신병자의 화집이었다. ― 나는 어느새 우울한 가운데 문득 반
항심이 일어나는 것을 느끼며, 자포자기한 도박광처럼 무작정 책장을
넘겼다. 그런데 왠지 어느 책이건 전부 문장이나 삽화 속에 약간의 침
을 숨기고 있었다. 어느 책이건? ―
　　나는 몇 번이고 다시 읽은 『보바리 부인』을 손에 쥐었을 때조차, 결
국 나 자신은 중산계급인 무슈 보바리에 지나지 않음을 느꼈다. 해거
름이 가까운 마루젠 서점 2층에는 나 말고는 손님도 없어 보였다. 나
는 전등 불빛 아래에서 책꽂이 사이를 헤매며 돌아다녔다. 그리고 '종
교'라는 팻말이 걸린 책꽂이 앞에 발을 멈추고, 녹색 표지를 한 책을
훑어보았다. 이 책은 목차의 몇 장인가에 '무서운 네 가지의 적―의혹,
공포, 교만, 관능적 욕망'이라는 말을 나열하고 있었다. 나는 이런 말
을 보기가 무섭게 한층 더 반항심이 일어나는 것을 느꼈다. 그들이 적
이라고 부르는 것은 적어도 나에게는 감수성이나 이지의 다른 이름에

지나지 않았다. 하지만 전통적인 정신 역시 근대적인 정신처럼 나를 불행하게 하는 것은 도저히 더 이상 견딜 수 없었다. 나는 이 책을 쥔 채 문득 언젠가 필명으로 사용한 '수릉여자(寿陵余子)'를 생각해 냈다. 그것은 한단(邯鄲)의 걸음을 배우기 전에 수릉(寿陵)의 걸음을 잊어버려, 사행포복(蛇行匍匐)하여 귀향했다고 하는 『한비자』에 나오는 청년의 이름이었다. 오늘의 내 모습은 누가 봐도 '수릉여자'로 보일 수밖에 없었다. 그러나 그때까진 그래도 지옥에 떨어지지 않았던 내가 이 필명을 사용했던 것은⋯⋯. 나는 거대한 책꽂이를 뒤로 하고 애써 망상을 쫓기라도 하려는 듯 마침 맞은편에 있는 포스터 열람실로 들어갔다. 하지만 거기에서도 한 장의 포스터 속에서 성 조지 같은 기사가 날개 달린 용을 찔러 죽이고 있었다. 더욱이 그 기사는 투구 밑으로 내 적 중 한 사람에 가까운 찌푸린 얼굴을 반쯤 드러내고 있었다. 나는 『한비자』에 나오는 '도룡지기(屠龍之技)' 이야기를 떠올리고는, 열람실로 빠지지 않고 폭이 넓은 계단을 내려갔다.

나는 이미 밤이 된 니혼바시 거리를 걸으면서 '도룡'이라는 말을 계속 생각했다. 그것은 또한 내가 가지고 있는 벼루 이름이기도 했다. 이 벼루를 나에게 보낸 것은 어느 젊은 사업가였다. 그는 여러 가지 사업에 거듭 실패하다가 결국 작년 말에 파산해 버렸다. 나는 높은 하늘을 쳐다보며, 무수한 별 빛 속에 이 지구가 얼마나 작은지를 — 따라서 나 자신도 얼마나 작은 존재인지를 — 생각했다. 낮 동안에는 그래도 맑던 하늘이 어느새 완전히 흐려져 있었다. 나는 문득 무엇인가가 내게 적의를 가지고 있음을 느끼고, 전차 선로 건너편에 있는 카페로 피난하기로 했다.

그것은 '피난'임에 틀림없었다. 나는 이 카페의 장미색 벽에서 뭔가 평화에 가까운 것을 느끼고, 가장 안쪽의 테이블에 자리를 잡고 겨우 편안하게 앉았다. 거기에는 다행히 나 말고는 두세 명밖에 손님이 없었다. 나는 코코아 한 잔을 홀짝홀짝 마시면서 평소처럼 담배를 피우기 시작했다. 담배는 장미색 벽을, 희미하지만 푸른 연기로 채워 갔다. 이 부드러운 색깔의 조화도 역시 나에게는 유쾌했다. 하지만 나는 잠시 후에, 왼쪽 벽에 걸린 나폴레옹의 초상화를 발견하고, 또다시 슬슬 불안을 느끼기 시작했다. 나폴레옹은 아직 학생이었을 적에, 그의 지리 노트 마지막 장에 '세인트 헬레나, 작은 섬'이라고 적어 놓았었다. 그것은 어쩌면 우리가 말하듯이 우연이었을지도 모른다. 하지만 나폴레옹 자신조차 공포를 느꼈을 것이 분명하다…….

나는 나폴레옹을 응시한 채, 나 자신의 작품에 대해 생각했다. 그러자 기억 속에 문득 떠올랐던 것은 「주유의 말」에 나오는 아포리즘이었다. ― 특히 "인생은 지옥보다도 지옥적이다."라는 말이었다. ― 그리고 「지옥변(地獄變)」의 주인공 ― 요시히데라고 하는 화가의 운명이었다. 그리고……. 나는 담배를 피우면서 이런 기억을 지워보려고 카페 안을 찬찬히 둘러보았다. 내가 여기로 피난한 것은 채 5분도 되지 않은 조금 전의 일이었다. 그러나 이 카페는 그 짧은 시간 동안에 완전히 분위기가 달라져 있었다. 그중에서도 특히 나를 불쾌하게 했던 것은 마호가니 모조품 의자와 테이블이 주위의 장미색 벽과 조금도 어울리지 않다는 사실이었다. 나는 다시 한 번 남의 눈에는 보이지도 않는 괴로움 속에 빠지는 것이 두려워, 은화를 한 닢 던져 놓기가 무섭게 부랴부랴 이 카페를 나가려고 했다.

"저, 저, 20전인데요……."

내가 던진 것은 동화였던 것이다. 나는 굴욕감을 느끼면서, 혼자 길을 걷고 있는 동안에 문득 멀리 소나무 숲 속에 있는 나의 집을 떠올렸다. 그것은 어느 교외에 있는, 내 양부모님의 집이 아니라 오직 나

를 중심으로 한 가족을 위해서 빌린 집이었다. 나는 한 10여 년 전에
도 이런 집에서 살았다. 그러다 어떤 사정으로 경솔하게도 부모님과
같이 살기 시작했다. 그와 동시에 노예로, 폭군으로, 힘없는 이기주의
자로 변해 갔다. 내가 호텔에 도착한 것은 거의 10시경이었다. 제법
먼 길을 걸어온 나는 내 방으로 돌아갈 힘을 잃고, 굵은 통나무 불이
피워진 난로 앞 의자에 주저앉았다. 그리고 내가 계획하고 있던 장편
에 관해서 생각하기 시작했다. 그것은 스이코 천황에서 메이지 천황
에 이르는 각 시대의 민중을 주인공으로 하여, 약 30여 편의 단편을
시대 순으로 엮는 장편이었다. 나는 불똥이 튀어오르는 것을 보면서,
문득 궁성 앞에 있는 어느 동상을 떠올렸다. 그 동상은 갑주를 입고,
충의(忠義) 그 자체인 양 드높이 말위에 걸터앉아있었다. 그러나 그의
적이었던 것은…….

"거짓말!"

나는 또다시 먼 과거에서 가까운 현대로 미끌어져 떨어졌다. 그러
던 차에 다행히도 마침 그곳으로 한 선배 조각가가 왔다. 그는 변함없
이 빌로드 양복 차림에 짧은 턱수염을 옆으로 꼬부리고 있었다. 나는
의자에서 일어나 그가 내민 손을 마주 잡았다. — 그것은 나의 습관이
아니라, 파리나 베를린에서 반생을 보낸 그의 습관에 따른 것이었다.
그런데 그의 손은 이상하게도 파충류의 피부처럼 축축했다.

"자네 여기 묵고있나?"

"네……."

"일을 하려고?"

"네, 일도 하고 있지요."

그는 가만히 내 얼굴을 응시했다. 나는 그의 눈 속에서 탐정 비슷한
표정을 읽었다.

"어떠세요? 제 방에 가서 이야기라도 나누시죠."

나는 도전적으로 말을 걸었다. — 용기가 부족한 주제에 금세 도전적인 태도를 취하는 것은 나의 나쁜 버릇 중의 하나였다. — 그러자 그는 미소를 지으며 "어디지, 자네 방은?"이라고 말을 받았다.

우리는 친구처럼 어깨를 나란히 한 채, 속삭이듯 이야기하고 있는 외국인들 사이를 지나 내 방으로 갔다. 그는 내 방에 들어오자마자 거울을 뒤로 하고 앉았다. 그리고 여러 가지를 이야기하기 시작했다. 여러 가지 이야기를?

그러나 대개 여자 이야기였다. 나는 죄를 지었기에 지옥에 떨어진 한 사람임에 틀림없었다. 바로 그런 만큼 악덕한 이야기는 점점 나를 우울하게 했다. 일시적이나마 나는 청교도가 되어서 그 여자들을 비웃기 시작했다.

"S 양의 입술을 좀 보세요. 몇 사람과의 키스로 인해서……."

나는 문득 입을 다물고, 거울 속에 비친 그의 뒷모습을 응시했다. 그는 마침 귀 밑에 노란 고약을 붙이고 있었다.

"몇 사람과의 키스로 인해서?"

"그런 사람처럼 생각됩니다만."

그는 미소 지으며 고개를 끄덕였다. 내심으로는 내 비밀을 알아내기 위해서 끊임없이 나를 주시하고 있는 그를 느꼈다. 그렇지만 역시 우리 이야기는 여자들에게서 떠나지 않았다. 나는 그를 미워하기보다 마음이 약한 나 자신을 부끄러워하며 더욱더 우울해지지 않을 수 없었다.

그가 돌아간 후에 나는 침대 위에 드러누운 채로 『암야행로(暗夜行路)』를 읽기 시작했다. 주인공의 정신적인 투쟁 하나하나가 다 내게는 뼈에 사무쳤다. 이 주인공에 비하면 내가 얼마나 바보였던가를 깨닫고 어느새 나는 눈물을 흘리고 있었다. 그리고 동시에 눈물은 나의 이런 기분에 어느새 평화를 가져다주었다. 하지만 그것도 오래 가지는 않았다. 나는 오른쪽 눈에서 다시 한 번 반투명한 톱니바퀴를 느끼기 시작했다. 톱니바퀴는 역시 빙글빙글 돌면서, 점차 수가 늘어 갔다. 나는 두통이 시작되는 것이 두려워 머리맡에 책을 놔둔 채로 0.8그램의 베로날을 먹은 다음 아무튼 푹 자기로 했다.

그렇지만 나는 꿈속에서 풀장을 바라보고 있었다. 그곳에선 남녀 아이들 여러 명이 헤엄을 치기도 하고 잠수를 하기도 했다. 나는 풀장을 뒤로 하고 소나무 숲 쪽으로 걸어갔다. 그러자 누군가 뒤에서 "아버지." 하며 나에게 말을 건넸다. 얼핏 뒤돌아보았더니, 풀장 앞에 아내가 서 있었다. 동시에 심한 후회의 감정을 느꼈다.

"아버지, 수건은?"

"수건은 필요 없어. 아이들을 조심해야 돼."

나는 계속 걷기 시작했다. 하지만 내가 걷고 있는 곳은 어느새 플랫폼으로 바뀌어 있었다. 그것은 시골 정거장처럼 보였는데, 키 큰 나무로 담장이 쳐진 플랫폼이었다. 거기에는 또 H라는 대학생과 나이 든 여자의 모습도 있었다. 그들은 내 얼굴을 보자마자 다가와서, 제각기 내게 말을 걸었다.

"엄청난 화재였지요?"

"나도 겨우 도망쳐 왔어."

나는 어쩐지 이 나이 든 여자를 본 적이 있는 것 같았다. 그뿐만 아니라 그녀와 이야기하고 있다는 사실만으로도 어떤 유쾌한 흥분을 느낄 수 있었다. 그때 마침 기차가 연기를 뿜으면서 조용히 플랫폼으로 다가와 멈춰 섰다. 나 혼자만 이 기차를 탔고, 양쪽으로 하얀 시트를 늘어뜨린 침대 사이를 걸어 들어갔다. 그랬더니 거기 한 침대 위에 미라에 가까운 나체의 여자가 내 쪽을 보며 누워있었다. 그것은 또한 나의 복수의 신 — 어느 광녀(狂女) — 임에 틀림없었다…….

나는 눈을 뜨기가 무섭게 나도 모르게 침대에서 훌쩍 뛰어내렸다. 내 방은 변함없이 전등 빛으로 밝았다. 그렇지만 어딘가에서 날갯짓 소리와 찍찍거리는 쥐 소리가 들려왔다. 나는 문을 열고 복도에 나와서 앞에 놓인 난로로 서둘러 갔다. 그리고 의자에 앉아서는 희미한 불꽃을 바라보았다. 흰옷을 입은 급사 한 명이 장작을 더 넣으려고 다가왔다.

"몇 시지?"

"세시 반 정도 됩니다."

그런데도 저쪽 로비 구석에선 미국인 같은 여자 한 명이 책을 읽고 있었다. 그녀가 입고 있는 것은 멀리서 보더라도 녹색 드레스임에 틀림없었다. 나는 뭔가 구원받은 듯이 느끼며 날이 새기만을 가만히 기다리기로 했다. 오랜 병고에 몹시 괴로워한 나머지, 조용히 죽음을 기다리고 있는 노인처럼…….

❖ 4. 아직? ❖

나는 호텔 방에서 쓰다 만 단편을 겨우 끝내고 어느 잡지사에 보내기로 했다. 하긴 내 원고료는 1주일 체재비로도 모자라는 정도였다. 그러나 나는 일을 끝냈다는 사실에 만족하며 뭔가 정신적인 강장제라도 구해 보려고 긴자에 있는 책방에 잠시 들르기로 했다.

겨울 햇살이 내리쬐는 아스팔트 위에는 휴지 조각 몇 개가 간간이 나뒹굴고 있었다. 휴지 조각들은 빛의 상태 때문인지, 어느 것이나 꼭 장미꽃 같아 보였다. 나는 무엇인가 호의를 느끼며 그 책방으로 들어

갔다. 거기도 평소보다 더 깔끔했다. 단지 안경을 쓴 여학생 한 명이 점원과 뭔가 이야기하고 있는 것이 눈에 거슬렸다. 그렇지만 나는 거리에 떨어진 장미꽃 같은 휴지 조각을 떠올리며 『아나톨 프랑스 대화집』과 『메리메 서간집』을 사기로 했다.

나는 두 권의 책을 안고 어느 카페로 들어갔다. 그러고는 가장 안쪽 테이블에 자리를 잡고 앉아 커피를 기다리기로 했다. 맞은편에는 모자(母子)처럼 보이는 남녀 두 사람이 앉아 있었다. 이들은 나보다도 젊어 보였지만, 거의 나를 꼭 닮은 모습이었다. 더욱이 그들은 연인 사이라도 되는 듯이 얼굴을 바짝 붙인 채 이야기하고 있었다. 나는 그들을 보면서, 적어도 이들은 성적으로도 어머니에게 위안을 주고 있음을 의식하고 있는 것을 깨달았다. 이는 내 기억에도 있는 친화력의 한 예임에 틀림없었다. 동시에 현세를 지옥으로 만드는 어떤 의지의 한 예임에도 틀림없었다. 그러나 나는 또다시 괴로움에 빠지는 것이 두려워, 마침 커피가 온 것을 다행으로 여기며 『메리메 서간집』을 읽기 시작했다. 이 서간집 속에서도 그의 소설에서처럼 날카로운 아포리즘이 번득이고 있었다. 어느새 그 아포리즘들은 기분을 쇠처럼 견고하게 했다. — 이렇게 영향을 받기 쉬운 것도 나의 약점 중 하나였다. — 나는 커피 한 잔을 다 마신 후, '뭐든지 덤벼라' 하는 심정으로 재빨리 카페를 뒤로 하고나왔다.

나는 여러 진열장들을 들여다보며 길을 걸었다. 어느 표구사의 진열장에는 베토벤의 초상화가 걸려 있었다. 그것은 머리카락을 곤두세우고, 마치 천재 그자체인 듯한 초상화였다. 베토벤의 이런 모습이 내겐 우스꽝스럽기 짝이 없었다. 그러던 중 뜻밖에 고등학교 시절의 오랜 친구를 만났다. 응용화학과 대학 교수가 된 이 친구는 반으로 접는 커다란 가방을 안고, 한쪽 눈만 유독 새빨갛게 충혈되어 있었다.

"어떻게 된 거야, 자네 눈은?"

"이거 말이야? 결막염일 뿐이야."

나는 문득 14~15년 전부터 계속, 항상 친화력을 느낄 때마다 내 눈도 그의 눈처럼 결막염을 앓아왔음을 떠올렸다. 하지만 아무 말도 하지 않았다. 그는 내 어깨를 몇 번 두드리더니 우리 친구들에 대해서 이야기하기 시작했다. 그리고 말을 계속하면서 어느 카페로 나를 데리고 갔다.

"오랜만이야. 주순수(朱舜水) 기념식 후 처음이지, 아마."

그는 담배에 불을 붙인 뒤, 대리석 테이블 너머로 이렇게 나에게 말을 꺼냈다.

"그래, 그 주순……."

나는 왠지 주순수라는 말을 정확하게 발음할 수 없었다. 그것은 일본어로 하는 발음이었던 만큼 나를 조금 불안하게 만들었다. 그러나 그는 두서없이 여러 가지에 대해서 이야기해 나갔다. K라는 소설가에 관해서, 그가 산 불도그에 관해서, 루이사이트라는 독가스에 관해서도.

"자네, 요즘엔 전혀 안 쓰는 것 같더군, 『점귀부(店鬼簿)』란 책은 나도 읽었지……. 그건 자네 자서전인가?"

"응, 내 자서전이지."

"그건 좀 병적인 데가 있더군. 요즘 몸은 좀 어때?"

"그냥 그렇게 약만 먹고 있는 형편이야."

"나도 요즘은 불면증에 시달리지만 말이야."

"나도? 자네는 왜 '나도'라고 말하지?"

"그러니까 왜 자네도 불면증이라고 하잖았어. 불면증은 위험하다고……."

그는 충혈된 왼쪽 눈에만 미소 비슷한 것을 떠올렸다. 대답을 하기 전에 나는 '불면증'의 '증'이라는 발음을 내가 정확하게 할 수 없다는 걸 알았다.

'광인의 아들에게는 당연하다.'

나는 10분도 채 지나지 않아 혼자서 거리를 걷고 있었다. 아스팔트 위에 떨어진 휴지 조각은 때때로 인간의 얼굴로 보이곤 했다. 그때 맞은편으로 단발머리를 한 여자가 지나갔다. 그녀는 멀리서 보기에는 아름다웠다. 그렇지만 눈앞에서 보니, 잔주름이 많은데다가 보기 싫은 얼굴을 하고 있었다. 그뿐만 아니라 임신까지 한 것 같았다. 나는 나도 모르게 얼굴을 돌리고 넓은 골목길로 돌아서 갔다. 이렇게 잠시 걷는데도 치질의 고통이 느껴지기 시작했다. 나에게 있어 그것은 좌욕 이외에는 고칠 수 없는 아픔이었다.

'좌욕 ─ 베토벤도 역시 좌욕을 했었다……'

좌욕에 사용하는 유황 냄새는 상상만으로도 코를 엄습하기 시작했다. 그러나 물론 거리 어디에도 유황은 보이지 않았다. 나는 다시 한 번 휴지 장미꽃을 떠올리며, 애써 정신을 차리고 걸어갔다.

한 시간 정도 흐른 후, 나는 내 방에 틀어박힌 채 창문 앞에 있는 책상에 앉아 새로운 소설에 착수했다. 내가 생각해도 이상할 정도로 펜은 척척 원고지 위를 달려갔다. 그러나 그것도 두세 시간 뒤에는 누구인지 내 눈에 보이지 않는 무엇인가에 눌려 버린 듯 멈춰 섰다. 하는 수 없이 나는 책상 앞을 떠나 여기저기 방안을 돌아다녔다. 나의 과대망상은 이런 때에 가장 두드러졌다. 야만적인 기쁨에 젖어든 나에게는 부모도 가족도 없었다. 단지 나의 펜에서 흐르기 시작한 생명만이 존재한다는 기분이 들었다.

그렇지만 나는 4~5분 뒤에 전화를 받지 않으면 안 되었다. 전화기에 대고 몇 번 응답을 해도, 단지 뭔가 애매한 말만 되풀이할 뿐이었다. 그러나 아무튼 '몰'이라고 들렸음에는 틀림없었다. 나는 드디어 전화기에서 벗어나 또 다시 방안을 걷기 시작했다. 어쨌든 '몰'이라는 말만은 묘하게 신경이 쓰였다.

'몰 — mole······.'

몰은 두더지라는 뜻의 영어 단어였다. 이 연상도 내게는 그다지 유쾌하지는 않았다. 하지만 나는 2~3초 이내에 'mole'을 'la mort'라고 철자를 고쳤다. '라 모르'는 — 죽음이라는 뜻의 프랑스어는 — 금세 나를 불안하게 했다. 죽음은 매형에게 다가왔던 것처럼 내게도 다가오고 있는 것 같았다. 그러나 나는 불안하면서도 뭔가 이상하게 느껴졌다. 그뿐만 아니라 어느새인가 미소마저 짓고 있었다. 왜 이상하게 여겨질까? — 그것은 나 자신도 알 수 없었다. 나는 오랜만에 거울 앞에 서서 똑바로 내 그림자와 마주했다. 그림자도 물론 미소 짓고 있었다. 나는 이렇게 뚫어져라 이 그림자를 응시하다가 제2의 나에 대해서 생각했다. 제2의 나 — 독일인들이 말하는 소위 Doppelgaenger[3]는 다행히도 나 자신에게 보인 적은 없었다. 그러나 훗날 미국에서 영화배우가 된 K 군의 부인이 제2의 나를 제국극장 복도에서 보았다고 했다. (나는 갑자기 K 군 부인에게서 "일전에는 그만 인사도 못 드려서······."라는 말을 듣고 당혹했던 것을 기억하고 있다.) 그리고 이제 고인이 된 어느 외다리 번역가도 역시 긴자에 있는 담배 가게에서 제2의 나를 보았다고 했다. 어쩌면 죽음은 나보다는 제2의 나에게 올 지도 모르겠다. 설사 또 내게로 온다고 하더라도 — 나는 거울을 등지고 창문 앞 책상으로 돌아갔다.

응회암을 사각으로 싼 창문은 마른 잔디나 연못을 내다 볼 수 있게

---

3) 동일 인물이 동시에 두 장소에 나타나는 현상으로 일종의 정신병 증상임.

되어 있었다. 나는 이 정원을 바라보면서, 저 멀리 보이는 소나무 숲 속에서 태워 버린 몇 권의 노트와 미완성 희곡을 떠올렸다. 그런 다음 펜을 집어 들어, 다시 한 번 새로운 소설을 쓰기 시작했다.

❖ 5. 적광(赤光) ❖

햇빛이 나를 괴롭히기 시작했다. 실제로 나는 두더지처럼 창문에 커튼을 내리고 낮에도 전등을 켠 채, 쓰던 소설을 부지런히 계속 써 나갔다. 그리고 일에 지치면 텐[4]의 『영국 문학사』를 펴서는, 시인들의 생애를 죽 읽었다. 그들은 누구나 할 것 없이 불행했다. 엘리자베스 왕조의 대가들조차 ─ 당대의 학자였던 벤 존슨[5]조차 그의 엄지 발가락 위에서 로마와 카르타고의 군대가 싸움을 시작하는 것을 볼 정도로 신경이 피로해 있었다. 나는 그들의 이런 불행에서 잔혹한 악의에 충만한 환희를 느끼지 않을 수 없었다.

동풍이 세차게 부는 어느 날 밤에 ─ 그것은 내게는 좋은 징조였다. ─ 나는 지하실을 빠져 나와 어느 노인을 찾아가기로 했다. 그는 어느 성서 회사 지붕 밑에 있는 다락방에서 혼자 잔심부름을 하면서, 기도 나 독서에 정진하고 있었다. 우리는 화롯불에 손을 쬐면서 벽에 걸린 십자가 밑에서 여러 가지 이야기를 나눴다. 왜 나의 어머니는 발광했는지? 왜 나의 아버지 사업은 실패했는지? 왜 나는 벌을 받았는지? ─ 그런 비밀에 대해 알고 있는 그는 묘하게 엄숙한 미소를 떠올리며 언제까지나 내 상대가 되어 주었다. 그뿐만 아니라 때때로 짧은 말 속에 인생의 캐리커처를 그리기도 했다. 나는 이 다락방의 은자(隱者)를 존

---

4) 프랑스의 평론가.
5) 영국의 시인, 극작가.

경하지 않을 수 없었다. 그러나 그와 이야기하고 있는 동안에 그 역시 친화력 때문에 움직여지고 있는 것을 발견했다.

"그 정원수 가게 처녀 아이는 인물도 좋고 마음씨도 좋고……. 그 아이는 내게 친절하게 대해 줍니다."

"몇 살인가요?"

"올해로 열여덟입니다."

그에게 그것은 아버지 같은 사랑일지도 모른다. 그러나 나는 그의 눈 속에 담긴 정열을 느끼지 않을 수 없었다. 그뿐만 아니라 그가 권한 사과는 어느새 노랗게 물든 껍질 위로 일각수의 모습을 드러내고 있었다. ─ 나는 나뭇결이나 커피 잔의 균열에서 때때로 신화적인 동물을 발견하고 있었다. ─ 일각수는 기린임에 틀림없었다. 나는 적의에 가득 찬 한 비평가가 나를 '구백십년대의 기린아'라고 부른 것을 상기하며 이 십자가가 걸린 다락방도 안전지대가 아님을 느꼈다.

"어떠세요, 요즘은?"

"여전히 신경만 초조해하고 있습니다."

"그건 약으로도 안 돼요. 신자가 될 생각은 없습니까?"

"만일 나 같은 사람이라도 될 수 있는 것이라면……."

"아무것도 어려울 건 없어요. 단지 하나님을 믿고, 하나님의 아들 그리스도를 믿고, 그리스도가 행한 기적을 믿기만 한다면……."

"악마를 믿을 수는 있겠지만요……."

"그럼 왜 하나님은 믿지 않으세요? 만일 그림자를 믿는다면 빛도 믿지 않을 수 없잖아요?"

"그러나 빛이 없는 어둠도 있겠지요."

"빛이 없는 어둠이라구요?"

나는 입을 다물 수밖에 없었다. 그도 또한 나처럼 어둠 속을 걷고

있었다. 그러면서 어둠이 있는 이상 빛도 있다고 믿고 있었다. 우리의
논리에서 다른 것은 단지 이 한가지뿐이었다. 그러나 그것은 적어도
내게는 넘을 수 없는 도랑임에 틀림없었다…….

"그렇지만 빛은 반드시 있어요. 그 증거로는 기적이 일어나니까…….
기적 같은 것은 요즘에도 자주 일어나고 있어요."

"그럼 악마가 행하는 기적은……."

"왜 또 악마 따위를 말하는 거예요?"

나는 요 1~2년 동안 내 자신이 경험한 것을 그에게 이야기하고 싶
은 유혹을 느꼈다. 그렇지만 그가 가족한테 알려서, 나 역시 어머니처
럼 정신 병원에 들어가게 될 것을 두려워하지 않을 수 없었다.

"저기 있는 것은?"

이 늠름한 노인은 낡은 책꽂이를 돌아보며, 어딘지 목양신(牧羊神)
같은 표정을 지었다.

"도스토예프스키 전집입니다. 『죄와 벌』은 읽으셨어요?"

나는 물론 10년 전에도 네다섯 권의 도스토예프스키 책을 읽은 바
있었다. 그런데 우연찮게 여기서 그가 『죄와 벌』이라고 말한 데 감동
하여, 이 책을 빌려서 아까 그 호텔로 돌아가기로 했다. 전등 빛이 요
란하고 사람의 왕래가 많은 거리는 역시 나에게는 불쾌했다. 특히 아
는 사람이라도 만나게 되는 것은 특히 참을 수 없었다. 나는 애써 어
두운 길을 택하여 도둑처럼 걸어갔다.

그러나 잠시 후, 나는 위에 통증을 느끼기 시작했다. 이 아픔을 멈
추게 하는 것은 오로지 한 잔의 위스키뿐이었다. 나는 술집 하나를 발
견하고 그 문을 열고 들어가려고 했다. 그런데 좁은 술집 안에는 담배
연기가 자욱한 가운데 예술가처럼 보이는 청년 몇 명이 무리를 지어
술을 마시고 있었다. 게다가 그 틈 한가운데에서 귀를 덮은 머리 모양

을 한 여자 한 명이 열심히 만돌린을 켜고 있었다. 금세 당혹감을 느
낀 나는 문 앞에서 들어가지 않고 돌아섰다. 그러나 어느새 내 그림자
가 좌우로 흔들리고 있음을 발견했다. 게다가 나를 비추고 있는 것은
기분 나쁘게도 붉은 빛이었다. 나는 길에 멈춰 섰다. 그렇지만 나의
그림자는 조금 전처럼 끊임없이 좌우로 움직이고 있었다. 나는 조심
조심 뒤를 돌아다보고 간신히 이 술집 천막에 매달린 색유리 랜턴을
발견했다. 랜턴은 세찬 바람으로 서서히 공중에서 움직이고 있었다.

　다음에 들어간 곳은 어느 지하 레스토랑이었다. 나는 바 앞에 서서,
위스키를 한잔 주문했다.

　"위스키를요? '블랙 앤드 화이트'뿐입니다만……."

　나는 소다수 속에 위스키를 넣어 말없이 한 모금씩 마시기 시작했
다. 내 옆에서는 신문 기자처럼 보이는 서른 전후의 두 남자가 뭔가
작은 소리로 이야기하고 있었다. 그뿐만 아니라 불어를 사용하고 있
었다. 그들에게 등을 돌린 채 앉아 있던 나는 전신에 그들의 시선을
느꼈다. 그것은 실제로 전파처럼 내 몸에 와 닿는 것이었다. 확실히
그들은 내 이름을 알고 내 말을 하고 있는 것 같았다.

　"Bien……. tres mauvais……. pourquoi……?"

　"Pourquoi……? le diable est mort……!"

　"Oui. oui……. d'enfer ……."

　나는 은화를 한 닢 던져 주고 ― 그것은 내가 가지고 있는 마지막
은화였다. ― 이 지하실 밖으로 벗어나기로 했다. 밤바람이 불어 스치
는 거리는 어느 정도 위의 통증이 가라앉은 내 신경을 튼튼하게 해 주
었다. 나는 라스콜리니코프를 떠올리며 몇 번이나 참회하고 싶은 욕
망을 느꼈다. 하지만 그것은 나 자신 이외에게도 ― 아니, 나의 가족
이외에게도 비극을 낳게 히는 것임에 틀림없었다. 그뿐만 아니라 이

욕망조차 진실인지 아닌지 의심스러웠다. 만일 내 신경이 남들만큼만 튼튼해지면 — 그러려면 내가 어딘가로 가지 않으면 안 되었다. 마드리드, 리오, 혹은 사마르칸트로…….

그러는 사이 한 가게 처마에 달아 놓은 흰 소형 간판이 갑자기 나를 불안하게 했다. 그것은 자동차 타이어에 날개가 있는 어떤 상표를 그린 것이었다. 나는 이 상표를 보며 인공 날개를 의지한 고대 그리스인을 떠올렸다. 그는 공중으로 날아올라 간 끝에, 태양빛에 날개를 태워서 마침내 바닷속에 빠져 죽었다. 마드리드, 리오, 혹은 사마르칸트로 — 나는 이런 나의 꿈을 비웃지 않을 수 없었다. 동시에 복수의 신에게 쫓긴 오레스테스를 생각하지 않을 수도 없었다.

나는 운하를 따라 어두운 길을 걸어갔다. 그러면서 어느 교외에 있는 양부모의 집을 떠올렸다. 양부모는 물론 내가 돌아오기만을 기다리며 살고 있음에 틀림없었다. 아마 나의 아이들도……. 그러니 거기로 돌아가게 되면, 나도 모르는 사이에 나를 속박해 버릴 어떤 힘을 두려워하지 않을 수 없었다. 운하에는 물결이 인 물 위에 전마선(伝馬船) 한 척이 정박해 있었다. 전마선 바닥에서는 희미한 빛줄기가 새어 나오고 있었다. 그곳에서도 몇 명인가 되는 가족들이 생활하고 있음에 틀림없었다. 서로 사랑하기 위해서 서로 미워하면서 말이다. 하지만 나는 다시 한 번 전투적인 정신을 불러일으키며, 위스키의 취기를 느낀 채 호텔로 돌아가기로 했다.

나는 또한 책상을 향해 앉아 『메리메 서간집』을 계속해서 읽었다. 그것은 어느 사이엔가 내게 생활력을 불어넣어 주었다. 그러나 나는 말년에 메리메가 신교도가 된 사실을 알고는, 갑자기 가면 뒤에 숨겨진 메리메의 얼굴을 느끼기 시작했다. 그도 또한 역시 우리들처럼 어둠 속을 걷고 있는 한 사람이었던 것이다. 어둠 속을?

이런 내게는 『암야행로』가 무서운 책으로 느껴지기 시작했다. 나는 우울함을 잊기 위해서 『아나톨 프랑스 대화집』을 읽기 시작했다. 하지만 이 근대의 목양신도 역시 십자가를 짊어지고 있었다.

　한 시간 정도 흘렀을까 급사가 나에게 우편물 한 다발을 건네주러 얼굴을 내밀었다. 우편물 중의 하나는 라이프치히의 책방에서 온 것인데 나에게 「근대 일본의 여자」라는 소논문을 쓰라고 요청하는 것이었다. 왜 그들은 특히 나에게 이런 소논문을 쓰게 하는 것일까? 또한 이 영어 편지에는 "마치 일본화(日本畫)처럼 우리는 흑과 백 이외에는 색채가 없는 여자의 초상화라도 만족한다."라는 친필의 추신이 있었다. 나는 이런 한 행에서 '블랙 앤드 화이트'라는 위스키 이름을 떠올리며, 이 편지를 갈기갈기 찢어 버렸다. 그리고 이번에는 손에 닿는 대로 편지 봉투를 하나 찢고 노란 편지지를 훑어보았다. 이 편지를 쓴 사람은 내가 모르는 청년이었다. 그러나 두세 줄도 채 읽기 전에 '당신의 『지옥변』은 ……'이라는 말은 나를 견딜 수 없을 만큼 초조하게 만들었다. 세 번째로 뜯은 편지는 내 조카에게서 온 것이었다. 겨우 한숨 돌리고, 나는 가정상의 문제 등을 천천히 읽어 내려갔다. 그렇지만 그것조차도 마지막에 이르러서 갑자기 나에게 일격을 가했다.

　"시가집 『적광(赤光)』의 재판(再版)을 보낼테니까……."

　적광! 나는 무엇인가 냉소를 느끼며 내 방 밖으로 피난하기로 했다. 복도에는 사람 모습이라곤 하나도 보이지않았다. 나는 한 손으로 벽을 짚은 채 로비로 걸어갔다. 그런 다음 의자에 앉아, 어쨌든 담배에 불이라도 붙이기로 했다. 담배는 하필 '에어십'이었다. — 나는 이 호텔에 자리잡고부터는 언제나 '스타'만 피우기로 했었다. — 인공 날개는 다시 한 번 내 눈앞에서 아른거리기 시작했다. 나는 저쪽에 있는 급사를 불러, '스타'를 두 갑 주문했다. 그러나 급사의 말을 그대로 받아들인다면, 공교롭게도 스타만이 품절이었다.

"에어십이라면 있습니다만……."

나는 고개를 가로저으며 넓은 로비를 둘러보았다. 저쪽에서는 외국인 네댓 명이 테이블을 둘러싸고 이야기하고 있었다. 더구나 그들 중에 한 사람 — 빨간 원피스를 입은 여자 — 이 작은 소리로 그들과 이야기 하면서 가끔씩 나를 보는 것 같았다.

"Mrs. Townshead……."

나의 눈에 보이지 않는 무언가가 이렇게 내게 속삭이고 갔다. 미시즈 타운즈헤드라는 이름은 물론 내가 모르는 사람이었다. 설령 그것이 저쪽에 있는 여자의 이름이라 하더라도 — 나는 또 의자에서 일어나 발광하는 것을 두려워하면서 내 방으로 돌아가기로 했다.

내 방에 돌아오자마자, 바로 어느 정신병원으로 전화를 걸 생각이었다. 그런데 거기로 들어간다는 것은 나에게는 죽는 것과 다름없었다. 몹시 망설인 끝에 나는 이 공포심을 달래기 위해서 『죄와 벌』을 읽기 시작했다. 그러나 우연히 펼친 장엔 『카라마조프의 형제들』의 한 구절이 써 있었다.

혹시 책을 잘못 가져 왔나 해서 나는 책표지에 눈을 떨구었다. 『죄와 벌』 — 책표지는 『죄와 벌』임에 틀림없었다. 나는 제본소가 잘못 철했다는 사실에, 또한 그 잘못 철한 장을 펼쳤다는 사실에 운명의 손가락이 작동하고 있음을 느끼고, 어쩔 수없이 읽어 갔다. 그렇지만 한 장도 채 읽기 전에 나는 온몸이 떨리는 것을 느끼기 시작했다. 그 부분은 악마로 인해 고통 받는 이반을 그린 단락이었다. 이반을, 스트린드베리를, 모파상을, 혹은 이방에 있는 나 자신을…….

이런 나를 구원해 줄 수 있는 것은 오로지 잠뿐이었다. 그러나 어느새 수면제는 한 봉지도 남아 있지 않았다. 더 이상 잠 못 이루고 고통스러워하는 일은 견딜 수 없었다. 하지만 절망적인 용기를 내서, 커피를 가지고 오라고 할 바에야 필사적으로 펜을 움직이기로 했다. 2장, 5장, 7장, 10장 ― 원고는 순식간에 완성되어 갔다. 나는 이 소설의 세계를 초자연적인 동물들로 채워갔다. 그뿐만 아니라 동물 한 마리에 직접 나 자신의 초상화를 그리고 있었다. 그렇지만 피로는 서서히 내 머리를 흐리게 하기 시작했다. 나는 드디어 책상 앞을 떠나서, 침대 위에 반듯이 드러누웠다. 그리고 40~50분간은 잔 것 같았다. 그러나 또 누군가가 내 귀에 이런 말을 속삭이는 것을 느끼고, 금세 눈을 뜨고 일어섰다.

"Le diable est mort."

응회암 창문 밖은 어느새 쌀쌀하게 밝아 오기 시작했다. 나는 문 앞에 서서 아무도 없는 방 안을 둘러보았다. 바깥 공기로 흐려진 바로맞은편 창문 유리 너머로 작은 풍경들이 보였다. 그것은 노랗게 물든 소나무 숲 저쪽 너머 바다가 있는 풍경임에 틀림없었다. 나는 조심스레 문 앞으로 다가가, 이 풍경을 만들고 있는 것이 실은 정원의 마른 잔디와 연못이라는 사실을 알게 되었다. 그렇지만 이런 착각은 어느새 나의 집에 대한 향수와 흡사한 것을 불러일으키고 있었다. 나는 9시가 되는대로 어느 잡지사에 전화를 걸어 아무튼 돈을 받은 뒤에, 집으로 돌아갈 결심을 했다. 책상 위에 놓인 가방 속으로 책과 원고를 밀어넣으면서.

❖ 6. 비행기 ❖

나는 도카이도 선의 어느 역을 출발하여 역에서 떨어져 있는 피서지로 자동차를 달렸다. 운전사는 웬일인지 이 추위에 낡은 레인코트

를 걸치고 있었다. 나는 이 우연의 일치에 기분이 나빠져서 그를 보지
않도록 애써 창문 밖으로 눈길을 돌렸다. 그러자 키 작은 소나무가 돋
아 있는 저 너머로 — 아마도 오래 된 가도(街道) 위로 — 장례식 행렬
이 지나가는 것이 눈에 띄었다. 백지를 바른 초롱과 용등(龍燈)은 그 속
에 보이지 않았다. 그런데도 금은색 조화(造花) 연꽃은 상여 앞뒤에서
조용히 흔들리며 지나갔다…….

간신히 집에 돌아온 뒤, 나는 가족들과 수면제의 힘을 빌려 2~3일
은 꽤 평화롭게 지냈다. 2층의 내 방에서는 소나무 숲 위로 희미하게
나마 바다를 내려다볼 수 있었다. 나는 2층 방 책상 앞에 앉아서 비둘
기 소리를 들으며 오전에만 일을 하기로 했다. 새는 비둘기와 까마귀
이외에 참새도 툇마루로 난데없이 날아들곤 했다. 그것 또한 내게는
유쾌한 풍경이었다. '까치가 집에 들어오다.' — 나는 펜을 쥔 채, 그럴
때마다 이 말을 생각해 냈다.

어느 후덥지근한 구름 낀 오후에 나는 잡화점으로 잉크를 사러 나
갔다. 그런데 그 가게에 줄지어 있는 것은 세피아 색 잉크뿐이었다.
세피아 색 잉크는 그 어떤 잉크보다도 항상 나를 불쾌하게 했다. 나는
어쩔 수 없이 가게를 나와 사람들의 왕래가 적은 길을 혼자서 어슬렁
어슬렁 걸어가고 있었다. 그때 저쪽에서 근시같이 보이는 마흔 안팎
의 외국인 한사람이 어깨를 으쓱거리며 지나갔다. 그는 이곳에 살고
있는 피해 망상증 환자인 스웨덴인이었다. 더구나 그의 이름은 스트
린드베리였다. 그와 스쳐지나갈 때 나는 육체적으로 뭔가 와 닿는 것
을 느꼈다.

이 길은 겨우 200~300미터 거리였다. 그런데 그 200~300미터를 지
나가는 동안에 꼭 반쪽만 까만 개 한 마리가 무려 네 번이나 내 곁을
지나갔다. 골목길을 도는 순간 나는 '블랙 앤드 화이트' 위스키를 떠올

렸다. 그뿐만 아니라 방금 지나간 스트린드베리 씨의 넥타이도 흑과 백이었던 것을 상기했다. 나는 아무래도 그것을 우연이라고는 볼 수 없었다. 만약 우연이 아니라면…… 머리만 앞으로 나아가는 것 같아 잠시 길에 멈춰 섰다. 길바닥에는 희미하게 무지갯빛을 띤 유리 어항 하나가 철사 울타리 속에 버려져 있었다. 어항의 밑바닥 주위에는 날개 모양의 형체가 아른거렸다. 그때 소나무가지 끝에서 참새 몇 마리가 날아들었다. 그런데 이 어항 근처에 날아온 참새란 참새는 모두 서로 약속이라도 한 듯이 한꺼번에 공중으로 도망쳐 올라갔다……

나는 처갓집에 들러 툇마루 쪽 등나무 의자에 앉았다. 정원 구석 철망 안에는 흰 레그혼 종류의 닭 몇 마리가 얌전히 걷고 있었다. 그리고 내 발치에는 검은 개 한 마리가 누워 있었다. 나는 아무도 모를 의구심을 풀려고 초조해하면서도 아무튼 겉보기에는 냉담하게 장모님과 처남과 함께 세상 이야기를 했다.

"조용하네요, 여기는……"

"아직 도쿄보다는야."

"이곳에도 시끄러운 일들이 있나요?"

"그럼, 여기도 사람 사는 세상인걸."

장모님은 이렇게 말하며 웃으셨다. 사실 이 피서지 역시 사람 사는 '세상'임에 틀림없었다. 나는 불과 1년도 안 되는 동안에, 이곳에도 얼마나 죄악과 비극이 행해지고 있는 지를 속속들이 알고 있었다. 서서히 환자를 독살하려고 했던 의사, 양아들 집에 방화한 노파, 여동생 재산을 가로채려고 했던 변호사 — 그들의 집을 보는 것은 나에게는 항상 인생 속의 지옥을 보는 것과 다름없었다.

"이 마을에도 정신 나간 사람이 한 사람 있지요?"

"H 말이지? 걔는 미친 애가 아니야, 바보가 돼 버린 거지."

"조발성 치매라는 거예요. 나는 그 녀석을 볼 때마다 기분이 나빠져서 견딜 수가 없어요. 그 녀석은 일전에도 무슨 생각이 들었는지, 마두관세음(馬頭觀世音) 앞에 절을 하고 있었어요."

"기분이 나빠지다니……. 마음을 더 강하게 먹지 않으면 안 돼."

"매형은 나 같은 사람보다 강한데요, 뭐……."

수염이 텁수룩하게 자란 처남도 침상 위에 일어나 앉은 채로 여느 때처럼 조심스레 대화에 가담하기 시작했다.

"강한 가운데도 약한 곳이 있으니까……."

"저런 저런, 그건 정말 곤란해."

나는 이렇게 말하는 장모님을 보며 쓴웃음을 짓지 않을 수 없었다. 그러자 처남도 엷게 미소 지으면서, 멀리 울타리 밖의 소나무 숲을 응시하며 멍하니 이야기를 계속했다. ― 병을 앓고 일어난 지 얼마 되지 않은 젊은 처남은 때때로 나에게는 육체를 떠난 정신 그 자체인 것처럼 보였다.

"인간적인 것을 떠났다 싶으면, 묘하게 인간적인 욕망이 더욱 격렬해지고……."

"선인인가 하면 악인이기도 하고 말이에요."

"아니, 선악을 구분하기보다 뭔가 그것과는 반대의 것이……."

"그럼 어른 속에도 아이가 살고 있다는 건가요?"

"그렇지도 않아. 나는 확실히 말할 순 없지만……. 전기의 양극 같은 것이라고나 할까? 아무튼 반대되는 것을 함께 가지고 있다는 거지."

그때 엄청나게 큰 비행기 소리가 우리를 놀라게 했다. 나는 나도 모르게 하늘을 올려다보며, 소나무가지 끝에 닿지 않을 정도로 아슬아슬하게 날아올라가는 비행기를 발견했다. 그것은 날개 부분을 노란색으로 칠한, 좀처럼 보기 힘든 단엽(單葉) 비행기였다. 닭들과 개 역시 이 소리에 놀라선지 각기 사방으로 도망쳐 다녔다. 특히 개는 짖어대면서도 꼬리를 감춘 채 툇마루 밑으로 들어가 버렸다.

"저 비행기, 추락하지는 않을까?"

"괜찮아요……. 매형은 혹 비행기병이라는 병을 아세요?"

나는 담배에 불을 붙이면서, '아니'라는 말 대신에 고개를 저었다.

"저런 비행기를 주로 타는 사람은 높은 하늘의 공기만 마시게 되니까 점점 이 지상의 공기에 견딜 수 없어져 버린대요……."

장모님 댁을 뒤로 한 채, 나는 가지 하나 움직이지 않는 고요한 소나무 숲 속을 걸으면서 서서히 우울해져 갔다. 저 비행기는 왜 다른 데로 가지 않고 하필 내 머리 위를 날아간 것일까? 또 호텔에서는 왜 담배를 에어십만 팔고 있었을까? 나는 여러 가지 의문에 부딪혀서 괴로워하며, 인기척 없는 길을 택하여 걸어갔다.

바다는 낮은 모래산 너머로 온통 잿빛으로 흐려져 있었다. 그리고 그 모래산에는 그네가 없는 그네틀이 하나 우뚝 서 있었다. 나는 이 그네틀을 바라보며 곧바로 교수대를 연상했다. 실제로 또 그네틀 위에는 까마귀가 두세 마리 앉아 있었다. 까마귀들은 나를 보고서도 날아갈 기색조차 보이지 않았다. 그뿐만 아니라 한가운데에 앉아 있던 까마귀는 큰 주둥이를 하늘로 들면서 정확히 네 번 소리를 내었다.

나는 잔디가 시들어 버린 모래 제방을 따라, 별장이 죽 들어선 좁은 길을 돌아가기로 했다. 내 기억으로는 이 좁은 길 오른편에 자리 잡은 키가 큰 소나무숲 속에 2층짜리 서양식 목조 가옥 한 채가 흰색을 띠고 덩그러니 서 있었어야 했다. ― 나의 친구는 이 집을 '봄이 있는 집'이라 불렀다. ― 하지만 그 집 앞으로 다가가자 거기에는 콘크리트기초위에 욕조가 하나 있을 뿐이었다. 화재 ― 나는 곧바로 이런 단어를 떠올리고 어떻게든 그 쪽을 보지 않으려고 애쓰며 걸어갔다. 그때 자전거를 탄 남자 하나가 정면에서 다가오고 있었다. 짙은 갈색 사냥 모자를 쓴 그 남자는 묘하게 이쪽만을 응시한 채, 핸들 쪽으로 몸을 굽히고 있었다. 나는 문득 그의 얼굴에서 매형의 얼굴을 감지하고, 눈앞에 맞닥뜨리기 전에 옆길로 빠지기로 했다. 그러나 이 좁은 길 한복판에도 썩은 두더지 시체 하나가 배를 드러낸 채 뒹굴고 있었다.

무엇인가가 나를 노리고 있다는 느낌은 한걸음 내디딜 때마다 나를 불안하게 했다. 게다가 반투명한 톱니바퀴도 하나씩 나타나 내 시야를 가리기 시작했다. 드디어 마지막 때가 가까워 온 것이 두려워 나는 고개를 똑바로 세우고 걸어갔다. 톱니바퀴 수가 늘어남에 따라 점점 빨리 돌기 시작했다. 동시에 오른쪽에 있는 소나무 숲은 조용히 가지가 엇갈린 채, 마치 세밀한 컷 글라스를 통해서 보는 것처럼 되어 갔다. 나는 심장의 고동 소리가 격해지는 것을 느끼고, 몇 번이나 길바닥에서 멈춰 서려고 했다. 그렇지만 누군가에게 떠밀리는 것처럼 멈춰 서는 것조차 쉽지 않았다…….

30분 정도 지난 뒤에 나는 내 방이 있는 2층에서 가만히 눈을 감고 누운 채, 두통이 심한데도 억지로 참고 있었다. 그러자 내 눈꺼풀 뒤에서 은색 깃털을 비늘처럼 접은 날개 하나가 보이기 시작했다. 그것은 실제로 망막 위에 확실히 비친 것이었다. 나는 눈을 뜨고 천장을 올려다보다가, 물론 천장에는 아무것도 없는 것을 확인하고 다시 눈을 감기로 했다. 그러나 역시 은색 날개는 분명히 어둠속에 비치고 있었다. 나는 문득 일전에 탔던 자동차의 라디에이터 캡에도 이런 날개가 달려 있었던 게 생각났다…….

그때 누군가 나무 계단을 분주하게 올라오는가 싶더니 금방 또 종종걸음으로 도로 내려갔다. 나는 그 사람이 누군가의 아내임을 알고 깜짝 놀라 몸을 일으키기가 무섭게, 바로 나무 계단 앞에 있는 어슴푸레한 거실로 얼굴을 내밀었다. 그러자 아내는 푹 엎드린 채, 숨을 참고 있는 것처럼 끊임없이 어깨를 들썩이고 있었다.

"어떻게 된 거야?"

"아니, 아무것도 아니에요."

아내는 간신히 얼굴을 들고, 애써 미소 지으며 말을 계속했다.

"어떻게 된 것은 아니지만요, 그냥 어쩐지 당신이 죽어 버릴 것 같은 기분이 들어서……."

그것은 나의 일생 중에서도 가장 무서운 경험이었다. — 나는 이제 이 다음을 계속 써 내려갈 힘이 없다. 이런 기분 속에 살고 있는 것은 뭐라고도 말할 수 없는 고통일 뿐이다. 누군가 내가 잠들어 있는 동안 가만히 목 졸라 죽여 줄 사람은 없을까?

1927년

유고(遺稿)

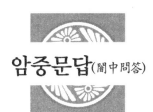

암중문답(闇中問答)

하태후

❖ 1 ❖

어떤 목소리 너는 내 기대와는 전현 다른 인간이었다.

나 그건 내 책임이 아니다.

어떤 목소리 그러나 너는 그 오해에 너 자신도 협력하고 있다.

나 나는 한 번도 협력한 일이 없다.

어떤 목소리 그러나 너는 풍류를 좋아했다. — 혹은 좋아하는 체했지.

나 나는 풍류를 좋아한다.

어떤 목소리 너는 어느 쪽을 좋아해? 풍류냐 아니면 여자냐?

나 나는 어느 쪽도 좋아한다.

어떤 목소리 (냉소) 그것을 모순이라고 생각하지 않는다.

나 누가 모순이라고 생각하지? 한 여자를 좋아하는 건 고토세 찻잔을 좋아하지 않는 건지도 모르지. 그러나 그건 고토세 찻잔을 좋아하는 감각이 없기 때문이야.

어떤 목소리 풍류인은 어느 쪽이든 고르지 않으면 안 돼.

나	나는 풍류인보다도 훨씬 욕심쟁이로 태어났지. 그러나 장래에는 한 여자보다도 고토세 찻잔을 택하는지 몰라.
어떤 목소리	그럼 너는 철저하지 못해.
나	만약 그걸 철저하지 못하다고 한다면 인플루엔자에 걸린 뒤에도 냉수마찰을 하는 사람은 누구보다도 철저한 거지.
어떤 목소리	허세는 그만 둬. 너는 내심 약해져 있다. 그러나 네가 받을 사회적 비난을 되받아치기 위해 당연히 그런 말을 할뿐이지.
나	나는 물론 그럴 작정이다. 우선 생각해봐. 되받아치지 않은 결과 눌려 부서졌다.
어떤 목소리	너는 말할 수 없이 뻔뻔한 놈이다.
나	나는 조금도 뻔뻔하지 않다. 내 심장은 사소한 일에도 얼음에 닿은 것처럼 조마조마하다.
어떤 목소리	너는 능력자냐?
나	물론 나는 능력자의 한 사람이다. 그러나 최다 능력자는 아니다. 만약에 최다 능력자였다면 저 괴테라고 하는 남자처럼 이리저리 궁리하여 우상이 되어 있을 거야.
어떤 목소리	괴테의 연애는 순결했다.
나	그건 거짓말이다. 괴테는 정확하게 삼십오 세에 이탈리아로 도망쳤다. 그렇다. 도망이라고 할 수밖에 없다. 그 비밀을 알고 있는 사람은 괴테 자신을 예외 한다면 슈타인 부인 혼자뿐일 것이다.
어떤 목소리	네가 말하는 건 자기 변호다. 자기 변호만큼 쉬운 것은 없다.

나	자기 변호는 쉽지 않다. 만약 쉽다면 변호사라는 직업이 유지되지 않을 것이다.
어떤 목소리	말주변 좋은 뻔뻔스러운 놈! 아무도 너를 더 이상 상대하지 않을 거야.
나	나는 아직 내게 감격을 줄 나무나 물을 가지고 있다. 그리고 일본 중국 동서의 책을 삼백 권 이상 가지고 있다.
어떤 목소리	그러나 너는 영원히 너의 독자를 잃고 말 것이다.
나	나는 장래에 독자를 가지고 있다.
어떤 목소리	장래의 독자가 빵을 줄까?
나	현세의 독자마저 변변하게 주지 않는다. 내 최고의 원고료는 한 장 십 엔으로 한정되어 있다.
어떤 목소리	그러나 너는 자산을 가지고 있지?
나	내 자산은 혼조에 있는 고양이 이마빡 정도의 땅뿐이다. 내 월수입은 최고시절에도 삼백 엔을 넘은 적이 없다.
어떤 목소리	그러나 너는 집을 가지고 있다. 그리고 근대문예독본의…….
나	그 집 마룻대는 내게는 무겁다. 근대문학독본의 인세는 언제라도 네게 유용하지. 내가 받은 건 사오십 엔이니까.
어떤 목소리	그러나 너는 그 독본의 편집자다. 그것만으로도 네가 부끄럽게 여기지 않으면 안 돼.
나	무엇을 내가 부끄럽게 여기란 말이야?
어떤 목소리	너는 교육자 축에 속한다.
나	그건 거짓말이다. 교육자야말로 우리 축에 속해 있지. 나는 그 일을 되찾는 거야.
어떤 목소리	너는 그래도 나쓰메 소세키 제자냐?

나	나는 물론 나쓰메 소세키 선생의 제자다. 너는 문필을 가까이하는 소세키 선생을 알고 있을지 몰라. 그러나 저 미친 사람 같은 나쓰메 선생은 모를 거야.
어떤 목소리	너는 사상이라는 게 없어. 가끔 있는 건 모순투성이 사상이다.
나	그것은 내가 진보하고 있는 증거다. 바보는 언제까지나 태양을 대야보다도 작다고 생각해.
어떤 목소리	너의 오만은 너를 죽일 걸.
나	나는 때때로 그렇게 생각해. — 혹은 나는 비명횡사할 인간인지도 몰라.
어떤 목소리	너는 죽음을 두렵지 않다고 느끼니? 그러니?
나	나는 죽음을 두려워하고 있다. 죽는 것은 어렵지 않아. 나는 두세 번 목을 맨 놈이다. 그러나 이십 초만 고통스런 후에는 어떤 쾌감마저 느껴졌어. 나는 죽음보다도 불쾌한 일을 만나면 언제라도 죽는 데 주저하지 않을 작정이다.
어떤 목소리	그럼 왜 너는 죽지 않아? 너는 누가 보더라도 법률상의 죄인 아니냐?
나	나는 그것도 알고 있다. 베를렌처럼, 바그너처럼, 또는 위대한 스트린드베리처럼.
어떤 목소리	그러나 너에게 속죄는 없다.
나	아니, 나는 속죄하고 있다. 고통보다 더한 속죄는 없다.
어떤 목소리	너는 방법이 없는 나쁜 놈이다.
나	나는 오히려 선량한 남자다. 만약 악인이었다면 나와 같은 고통은 받지 않는다. 그뿐 아니라 반드시 연애를 이

용해서 여자에게 돈을 뜯어내겠지.

어떤 목소리 그럼 너는 바보일는지도 몰라.

나 그렇다. 나는 바보일는지 모른다. 저 『치인의 참회』와 같은 책은 나와 비슷한 바보가 쓴 거다.

어떤 목소리 게다가 너는 세상물정 어두운 놈이다.

나 세상물정에 밝은 자를 최상으로 한다면 실업가는 누구 보다도 꼭대기겠지.

어떤 목소리 너는 연애를 경멸하고 있었다. 그러나 지금 보니 결국 연애지상주의자였다.

나 아니, 나는 결코 연예지상주의자는 아니다. 나는 시인이 야. 예술가야.

어떤 목소리 그러나 너는 연애를 위해 부모처자를 내팽개치지 않았 어?

나 거짓말. 나는 오직 나 자신을 위해 부모처자를 내팽개쳤다.

어떤 목소리 그럼 너는 에고이스트다.

나 나는 에고이스트가 아니야. 그러나 에고이스트가 되고 싶은 거야.

어떤 목소리 너는 불행하게도 근대의 에고 숭배에 물들어 있다.

나 그래서 나는 현대인이야.

어떤 목소리 현대인은 옛사람보다 보잘 것 없다.

나 옛사람도 역시 한 번은 현대인이었어.

어떤 목소리 너는 처자를 가엾게 여기지 않냐?

나 누가 가엾게 여기지 않는 사람이 있는가? 고갱의 편지 를 읽어봐.

어떤 목소리 철저하게 너는 네가 한 일을 인정할 작정이지.

나	철저하게 인정한다면 너와 아무 문답도 하지 않겠다.
어떤 목소리	그럼 역시 인정하지 않을 건가?
나	나는 단지 포기하고 있다.
어떤 목소리	그러나 너의 책임은 어떻게 하지?
나	사분의 일은 나의 유전, 사분의 일은 나의 경우, 사분의 일은 나의 우연 ― 나의 책임은 사분의 일뿐이다.
어떤 목소리	너는 말할 수 없이 하등한 놈이다!
나	누구라도 나 정도는 하등하지.
어떤 목소리	그럼 너는 악마주의자다.
나	나는 악마주의자는 아니다. 특히 안전지대의 악마주의자에게는 항상 경멸을 느끼고 있다.
어떤 목소리	(한참 동안 말이 없음) 어쨌든 너는 괴로워하고 있다. 그것만은 인정해라.
나	아니, 멍청하게 과대평가 하지마라. 나는 괴로움에 자부심을 가지고 있는지도 몰라. 그 뿐만 아니라 '얻으면 잃을 것을 두려워한다'는 건 다능한 자가 하는 짓이 아닐 거야.
어떤 목소리	너는 정직한 사람일지도 몰라. 그러나 또 한편으로는 익살꾼일지도 몰라.
나	나도 어느 쪽일까 생각하고 있다.
어떤 목소리	너는 언제나 네 자신을 현실주의자로 믿고 있다.
나	나는 그 정도로 현실주의자였다.
어떤 목소리	너는 혹시 망할지도 몰라.
나	그러나 나를 만든 자는 또 다른 나를 만들겠지.
어떤 목소리	그럼 마음대로 고생해라. 나는 너와 헤어질 것이다.

| 나 | 기다려. 부디 그전에 들려줘. 끊임없이 나에게 말을 거는 너는, — 눈에 보이지 않는 너는 누구냐? |
| 어떤 목소리 | 나는 세계의 미명에 야곱과 씨름한 천사다. |

❖ 2 ❖

어떤 목소리	너는 감탄할 정도로 용기를 가지고 있다.
나	아니, 나는 용기를 가지고 있지 않다. 만약 용기를 가지고 있다면, 나는 사자의 입으로 뛰어 들어가지 않고 사자에게 먹히는 걸 기다리고 있겠지.
어떤 목소리	그러나 네가 한 일은 인간다움을 갖추고 있다.
나	가장 인간다운 일은 동시에 가장 동물적인 일이다.
어떤 목소리	네가 한 일은 나쁘지는 않다. 너는 단지 현대 사회제도 때문에 괴로워하고 있다.
나	사회제도가 바뀌었다고 해도 나의 행위는 몇 명인가를 불행하게 만드는 데에 극치를 달리고 있다.
어떤 목소리	그러나 너는 자살하지 않았다. 어쨌든 너는 힘을 가졌다.
나	나는 가끔 자살하려고 했다. 특히 자연스럽게 죽기 위해 하루에 파리를 열네 마리씩 먹었다. 잘게 썰어 찐 것을 들이마시는 것은 아무 것도 아니다. 그러나 깨물어 부수는 것은 더럽다는 생각이 들었다.
어떤 목소리	그 대신 너는 위대하게 되겠지.
나	나는 위대함 따위는 바라지 않는다. 원하는 것은 단지 평화뿐이다. 바그너의 편지를 읽어봐. 사랑하는 처와 이삼인의 아이들과 살아가는데 곤란하지 않을 돈만 있으

면, 위대한 예술 따위는 하지 않고도 만족한다고 썼다. 바그너까지도 그렇다. 그 자아가 강한 바그너마저. 어떤 목소리: 너는 어쨌든 괴로워하고 있다. 너는 양심이 없는 인간은 아니다.

나   나는 양심 따위는 없다. 있는 것은 신경뿐이다.

어떤 목소리   네 가정생활은 불행했다.

나   그러나 내 아내는 언제나 충실했다.

어떤 목소리   너의 비극은 다른 사람들보다도 강인한 이지를 가진 것이다.

나   거짓말. 나의 희극은 다른 사람들보다 빈약한 세상 지혜를 가지고 있는 것이다.

어떤 목소리   그러나 너는 정직하다. 너는 무슨 일이라도 들통 나기 전에 네가 사랑하고 있는 여자 남편에게 모든 사정을 털어놓고 말았다.

나   그것도 거짓말이다. 나는 털어놓지 않고는 견딜 수 없을 때까지 털어놓지 않았다.

어떤 목소리   너는 시인이다. 예술가다. 네게는 어떤 일도 허락되어 있다.

나   나는 시인이다. 예술가다. 하지만 또 사회 분자의 하나다. 내 십자가를 지는 것은 이상하지 않다. 그래도 아직 가벼울 것이다.

어떤 목소리   너는 네 에고를 잊고 있다. 너의 개성을 존중하고, 속악한 민중을 경멸하라.

나   나는 네가 가르쳐주지 않아도 내 개성을 존중하고 있다. 그러나 민중은 경멸하지 않는다. 나는 언젠가 이렇게 말했다. — '구슬은 깨어져도 기와는 깨어지지 않는다.' 셰익스피어나 괴테나 지카마쓰 몬자에몬은 언젠가 한번은 멸망할 것이다. 그러나 그들을 나은 모태는, — 위대한 민중은 멸망하지 않는다. 모든 예술은 형태를 바꾸어도 반드시 그 속에서 다시 태어날 것이다.

어떤 목소리 네가 쓴 것은 독창적이다.

나 아니, 결코 독창적이 아니다. 첫째 누가 독창적이었지? 고금의 천재가 쓴 것이라도 플로트타이프는 도처에 있다. 그중에서 가끔 훔쳤다.

어떤 목소리 그러나 너는 가르치고도 있다.

나 내가 가르친 것은 불가능한 것뿐이다. 내게 가능한 일이었다면, 가르치지 않고 해버렸을 것이다.

어떤 목소리 너는 초인이라고 확신해라.

나 아니, 나는 초인이 아니다. 우리들은 모두 초인이 아니다. 초인은 단지 차라투스트라뿐이다. 게다가 그 차라투스트라가 어떠한 죽음을 맞이하였는지는 니체 자신도 모른다.

어떤 목소리 너마저 사회를 두려워하는가?

나 누가 사회를 두려워하지 않았는가?

어떤 목소리 감옥에 삼 년이나 있었던 와일드를 보라. 와일드는 '함부로 자살하는 것은 사회에 지는 것이다'고 하고 있다.

나 와일드는 감옥에 있을 때에 몇 번이나 자살을 시도했다. 더욱이 자살하지 않았던 것은 단지 방법이 없었을 뿐이다.

어떤 목소리 너는 선악을 유린해라.

나	나는 금후에도 더욱더 선인이 되려고 생각하고 있다.
어떤 목소리	너는 너무 순진하다.
나	아니, 나는 복잡하다.
어떤 목소리	그러나 너는 안심해라. 너의 독자는 끊이지 않을 것이다.
나	그것은 저작권이 없어진 후다.
어떤 목소리	너는 사랑 때문에 괴로워하고 있다.
나	사랑 때문에? 문학청년 같은 칭찬은 적당히 해. 나는 단지 정사에 실패했을 뿐이다.
어떤 목소리	누구나 정사는 실패하기 쉽다.
나	그건 누구나 금전욕에 빠지기 쉽다고 하는 것이다.
어떤 목소리	너는 인생 십자가에 달려 있다.
나	그건 내 자랑은 아니다. 정부 살해범이나 털이범도 인생 십자가에 달려 있다.
어떤 목소리	인생은 그렇게 어두운 것이 아니다.
나	인생은 '선택된 소수'를 제외하면 누구에게나 어둡다는 것은 알고 있다. 더욱이 '선택된 소수'는 바보와 악인의 다른 이름이다.
어떤 목소리	그럼 마음대로 괴로워해라. 너는 나를 알고 있나? 모처럼 너를 위로하러 온 나를?
나	너는 개다. 옛날 파우스트의 방으로 개가 되어 들어간 악마다.

❖ 3 ❖

어떤 목소리	너는 무엇을 하고 있느냐?

나	나는 오로지 쓰고 있다.
어떤 목소리	왜 너는 쓰고 있느냐?
나	오로지 쓰지 않으면 못 견디기 때문이다.
어떤 목소리	그럼 써라. 죽을 때까지 써라.
나	물론, ─ 우선 그 외에 방법이 없다.
어떤 목소리	너는 의외로 안정되어 있다.
나	아니, 조금도 안정되어 있지 않다. 만약 나를 알고 있는 사람이라면 내 괴로움을 알고 있겠지.
어떤 목소리	네 미소는 어디로 갔어?
나	천상의 신에게 돌아가 버렸다. 인생에 미소를 보내기 위해서는 첫째 균형 있는 성격, 둘째 돈, 셋째로 나보다도 강인한 신경을 가지고 있지 않으면 안 된다.
어떤 목소리	그러나 너는 가볍게 행동했지.
나	그래, 나는 가벼웠다. 그 대신에 알몸 어깨 위에 인생의 무거운 짐을 짊어지지 않으면 안 되었다.
어떤 목소리	너는 네 식대로 살아갈 수밖에 없다. 혹은 또 네 식대로…….
나	그래. 내 식대로 죽는 수밖에 없다.
어떤 목소리	너는 지금까지 너와는 다른 새로운 네가 될 것이다.
나	나는 언제나 나 자신이다. 단지 껍데기는 바뀌겠지. 뱀이 허물을 벗고 바뀌듯이.
어떤 목소리	너는 이것저것 다 알고 있다.
나	아니, 나는 알고 있지 않다. 내가 의식하고 있는 것은 내 혼의 일부분뿐이다. 내가 의식하고 있지 않은 부분은, ─ 내 혼의 아프리카는 어디까지나 망망하게 펼쳐져 있다.

나는 그것을 두려워하고 있다. 빛 속에는 괴물이 살고 있지 않다. 그러나 끝없는 어둠 속에는 무언가가 아직 잠들어 있다.

어떤 목소리 너도 역시 나의 자식이었다.

나 누구냐, 내게 입 맞추는 너는? 아니, 나는 너를 알고 있다.

어떤 목소리 그럼 나를 누구라고 생각하느냐?

나 내 평화를 빼앗은 자다. 내 에피큐리아니즘을 부순 자다. 내, ─ 아니, 나뿐만 아니다. 옛날 중국의 성인이 가르친 중용의 정신을 잃게 하는 자다. 네 희생이 된 자는 가는 곳마다 있다. 문학사 상에서도, 신문기사 상에서도.

어떤 목소리 그것을 너는 무어라고 부르느냐?

나 나는 ─ 나는 뭐라고 부를지 모르겠다. 그러나 다른 사람의 말을 빌리자면 너는 우리들을 넘어서는 힘이다. 우리들을 지배하는 Daimôn이다.

어떤 목소리 너는 네 자신을 축복해라. 나는 누구에게도 이야기하러 오지 않는다.

나 아니, 나는 누구보다도 네가 오는 것을 경계할 작정이다. 네가 오는 곳에 평화는 없다. 더욱이 너는 뢴트겐과 같이 모든 것에 침투한다.

어떤 목소리 그럼 금후에도 방심하지 마라.

나 물론 금후에도 방심하지 않는다. 단지 펜을 잡고 있을 때에는…….

어떤 목소리 펜을 잡고 있을 때 오는 것이군.

나 누가 오라고 했어! 나는 군소 작가의 한사람이다. 또 군소 작가의 한 사람이 되려고 생각하는 사람이다. 평화는 그 외에서 얻을 수 있는 게 아니다. 그러나 펜을 잡고 있을 때는 너의 포로가 될지도 몰라.

어떤 목소리 그럼 언제나 정신 차리고 있어라. 우선 나는 네 말을 하나하나 실행에 옮길지도 몰라. 그럼 안녕. 언젠가 또 너를 만나러 올 테니까.

나 (혼자가 된다) 아쿠타가와 류노스케! 아쿠타가와 류노스케, 네 뿌리를 확실히 내려라. 너는 바람에 흩날리는 갈대다. 하늘 모양은 언제 변할는지 모른다. 오로지 확실하게 밟고 있어라. 그것은 네 자신을 위해서다. 동시에 또 네 자식들을 위해서다. 자만하지 마라. 동시에 비굴하지도 마라. 지금부터 너는 새로 시작하는 거다.

(1927년, 유고)

꿈(夢)

이민회

나는 정말 피곤했다. 어깨와 목이 뻐근한 것은 물론, 불면증도 꽤
심각했다. 그뿐만 아니라, 어쩌다 잠들었나 싶으면 갖가지 꿈을 꾸기
십상이다. 언젠가 아무개는 '색채 있는 꿈은 불건전한 증거'라 했는데,
내가 꾸는 꿈은 직업 화가가 돕기라도 하는 건지 색채가 없는 것이 거
의 없었다. 나는 친구와 함께 어느 변두리 카페 같은 유리문 안으로
들어갔다. 그 먼지투성이 유리문 밖은 버드나무 새싹이 막 돋아난 기
차 건널목이었다. 우리는 구석 테이블에 앉아 공기에 담긴 뭔지 모를
요리를 먹었다. 허나 다 먹고 보니 그릇 밑에 남아 있는 것은 길이가
한 치¹⁾나 되는 뱀 머리였다. ― 그런 꿈도 색채는 분명 있었다.

내가 묵고 있는 하숙집은 추위가 극심한 도쿄(東京) 어느 교외에 자
리 잡고 있었다. 나는 우울해지면 하숙집 뒷마당에서 둑 위로 올라 쇼
센 전차²⁾의 선로를 내려다보곤 했다. 선로는 기름이랑 녹에 물든 자
갈 위에서 여러 줄이 빛나고 있었다. 이어 건너편 둑 위에는 모밀잣밤

---

1) 길이의 단위로 한 치는 약 3.03cm에 해당한다.
2) 省線電車: 철도성(鉄道省)·운수성(運輸省) 관할 아래 있던 전차.

나무 같이 생긴 나무가 한 그루 사선으로 가지를 뻗고 있다. 그 광경
은 말 그대로 우울 그 자체였다. 하지만 긴자(銀座)나 아사쿠사(浅草)보
다 더 내 마음에 와 닿았다. '독으로 독을 제어하다' — 나는 홀로 둑
위에 웅크리고 앉아 한 개비의 담배를 피우면서 때때로 이런 생각을
하곤 했다.

내게도 친구가 없는 것은 아니었다. 그는 부잣집에서 태어난 어느
젊은 서양화가였다. 힘없는 나를 보면 여행을 권하기도 했다. '돈은 어
떻게든 마련될 테니.' 하며 친절하게 말해 주곤 했다. 하지만 가령 여
행에 나섰다고 한들 이 우울한 마음이 사라지지 않을 거라는 사실은
그 누구보다 내가 잘 알고 있다. 실제로 나는 삼사 년 전에도 지금과
마찬가지로 우울증에 빠져 한순간이라도 기분을 달래 보려 멀리 나가
사키(長崎) 여행을 가기로 결심했다. 그러나 정작 도착한 나가사키의
숙소는 어느 곳 하나 내 마음에 들지 않았다. 그뿐만 아니라, 겨우 잡
은 숙소도 밤에는 커다란 불나방이 몇 마리나 휙휙 날아들었다. 나는
괴로운 나머지 일주일도 버티지 못하고 결국 도쿄로 되돌아갔다.

아직 서릿발이 남아 있던 어느 날 오후. 환어음을 현금으로 바꾸러
갔다 돌아오는 길에 불현듯 무언가 만들고 싶은 욕망이 일기 시작했
다. 돈이 들어온 탓에 모델을 쓸 수 있게 된 것이 원인이 되었음에 틀
림없다. 하지만 그밖에도 발작적으로 제작 의욕을 불러일으키게 하는
무언가가 분명히 있었다. 나는 하숙으로 돌아오기에 앞서 일단 M이라
불리는 집에 가서 10호(号) 정도 크기의 인물화를 완성하기 위하여 한
명의 모델을 쓰기로 했다. 이런 결심은 나한테 우울한 가운데서도 오
래간만에 활력이 되었다. '이 그림만 완성할 수 있다면 죽어도 좋다.'
— 실제로 이런 마음이었다.

M이라 불리는 집에서 보내온 모델은 얼굴은 그다지 예쁘지 않았지

만, 분명 몸은 — 특히 가슴은 훌륭했다. 그리고 올백으로 넘긴 머리 카락도 탐스러웠다. 모델에 만족한 나는 그녀를 등의자에 앉힌 후, 재빨리 일에 착수하기로 했다. 알몸이 된 그녀는 꽃다발 대신에 바싹 당기듯 영자 신문을 들고 양다리를 살짝 꼰 채로 목을 기울이는 포즈를 취하고 있었다. 그러나 정작 화판 틀을 마주하고 보니 새삼스레 내가 지쳐있다는 사실을 깨달았다. 북쪽을 향하고 있는 내 방에는 화로 하나가 놓여 있을 뿐이다. 물론 나는 화로의 가장자리가 탈정도로 숯불을 일으켰다. 하지만 방은 아직 충분히 따뜻해지지 않았다. 그녀는 등의자에 앉은 채 때때로 반사적으로 양쪽 넓적다리 근육을 떨었다. 나는 브러시(Brush)를 움직이면서 그때마다 일일이 초조함을 느꼈다. 이는 그녀 탓이라기보다는 스토브 하나 살 수 없는 나 자신에 대한 초조함이었다. 동시에 이런 일에도 신경을 쓰지 않고는 못 베기는 나 자신에 대한 초조함이었다.

"집은 어디?"

"우리 집요? 우리 집은 야나카산사키 초(谷中三崎町)."

"혼자 살아?"

"아니요. 친구와 둘이 빌렸어요."

나는 이런 얘기를 나누면서 정물화를 그린 낡은 캔버스 위로 서서히 색을 입혀 나갔다. 그녀는 고개를 기울인 채로 한 번도 표정다운 표정을 지어본 적이 없다. 게다가 그녀의 말은 물론, 그녀의 목소리 또한 아무런 변화 없이 단조로웠다. 그것이 나에게는 그녀의 태생적인 기질로밖에 안 보였다. 나는 그런 점에 마음이 편해져 가끔 시간 외에도 포즈를 취해 달라 청하기도 했다. 하지만 어떤 때는 눈조차 움직이지 않는 그녀의 모습에 묘한 일종의 압박을 느끼지 않는 것은 아니었다.

제작은 진척되지 않았다. 나는 하루 일이 끝나면 대개 융단 위에 드러누워 목덜미나 머리를 비벼보거나 멍하니 방안을 바라보곤 했다. 내 방에는 화판 틀 이외에 등의자가 하나 놓여 있는 게 전부다. 등의자는 공기의 습도 탓인지 아무도 앉지 않았는데도, 등이 삐걱거리는 소리를 낼 때가 있다. 이럴 때 나는 왠지 기분이 나빠져 즉시 어디론가 산책을 나가곤 했다. 그러나 말이 산책이지, 하숙 뒤편 둑길을 따라 절 많은 시골 마을로 나가는 정도가 고작이다.

그래도 나는 쉼 없이 매일 화판 틀을 마주하고 있었다. 모델 또한 매일 오고 있었다. 그러는 사이에 나는 그녀의 몸에서 전보다 더 압박을 느끼기 시작했다. 거기에는 분명 그녀의 건강함에 대한 부러움도 있었다. 그녀는 늘 그렇듯이 무표정하게 방 한구석에 지긋이 시선을 보낸 채 불그스름한 융단 위에 길게 누워있다. '이 여자는 인간보다는 동물을 닮았다.' — 나는 화판 틀에 브러시를 대면서 때때로 이런 생각을 하곤 했다.

뜨겁지도 차갑지도 않은 바람이 이는 어느 날 오후. 그날도 나는 화판 틀을 마주하고 브러시를 바삐 움직이고 있었다. 모델은 여느 때보다 한층 시무룩해 보였다. 나는 마침내 그녀의 몸에서 야만스러운 힘을 느끼기 시작했다. 그뿐만 아니라, 그녀의 겨드랑이 아래랑 어디에선가 어떤 이상한 냄새도 풍겼다. 그것은 마치 흑인 피부에서 나는 악취에 가까운 것이었다.

"어디서 태어났어?"

"군마 현(群馬県) ×× 초(町)"

"×× 초? 베 짜는 곳이 많은 마을이네."

"예."

"너는 베 안 짰어?"

"어릴 적에 짜 본 적이 있어요."

나는 이런 얘기를 나누는 와중에 그녀의 젖꼭지가 커지고 있다는 사실을 알아차렸다. 그것은 흡사 양배추 싹이 막 터지려는 것과 같았다. 물론 나는 평소처럼 열심히 계속 브러시를 움직였다. 그러나 그녀의 젖꼭지에 — 또한 기분 나쁜 아름다움에 이상스레 저절로 신경이 쓰였다.

그날 밤도 바람은 그치지 않았다. 하숙집에서 잠자던 나는 갑자기 깨어나 변소에 가려고 했다. 그러나 정신을 차리고 보니 장지문은 열려 있어도 방안을 계속 돌아다닌 모양이다. 나는 그만 발길을 멈춘 채 멍하니 방안으로 — 특히 내 발밑에 있는 불그스름한 융단으로 눈길을 떨어뜨렸다. 그리고는 맨발 끝으로 살짝 융단 여기저기를 어루만졌다. 그것이 전해주는 촉감은 의외로 모피에 가까웠다. '이 융단 안감은 무슨 색이었더라?' — 나에게는 이런 것도 걱정이었다. 하지만 어찌 된 일인지 안을 걷어 올려보는 것은 두려웠다. 변소에 다녀온 나는 서둘러 잠자리에 들기로 했다.

다음날 일을 마친 나는 여느 때보다 더 기운이 없었다. 그렇다고 하여 가만히 방에 있는 것은 오히려 불안감을 가중시키는 일이다. 그래서 나는 언제나처럼 하숙집 뒤편 둑 위로 올라가기로 했다. 주위는 이미 저물기 시작했다. 하지만 선 나무랑 전봇대는 불빛이 희미한데도 이상하리만치 선명히 떠올라 있다. 나는 둑길을 걸으면서 큰 소리로 외치고 싶은 유혹을 느꼈다. 그러나 그런 종류의 유혹은 분명 억누르지 않으면 안 된다. 나는 마치 머리만 걷는 듯 둑길로 난 초라한 시골 마을로 내려갔다.

이 시골 마을은 언제나처럼 사람의 왕래도 거의 없다. 하지만 길가 전봇대에는 조선소3)가 한 마리 묶여있다. 그 소는 목을 내민 채 이상하리만치 여성스러운 촉촉한 눈으로 가만히 나를 지켜보고 있다. 그것은 왠지 내가 다가오기만을 기다리는 듯한 표정이다. 나는 그런 조선소의 표정에서 내게 말없이 싸움을 걸고 있다는 느낌을 받았다. '저 녀석은 분명 도살자를 대할 때도 저런 눈빛일 거야.' — 이런 생각도 나를 불안하게 만들었다. 나는 점점 우울해져서 결국 그곳을 지나치지 못하고 어느 옆 동네로 돌아갔다.

그로부터 이삼일이 지난 어느 날 오후. 나는 여전히 화판 틀을 마주하고는 열심히 브러시를 놀리고 있었다. 불그스름한 융단 위에 드러누운 모델 역시 눈썹조차 움직이지 않는다. 나는 이 모델을 앞에 둔 채 그럭저럭 반달 동안 진척되지 않는 제작을 계속하고 있다. 하지만 우리는 서로에게 조금도 마음을 열지 않았다. 아니, 오히려 나에게는 그녀로부터 받는 위압감이 점차 강해질 따름이다. 그녀는 쉬는 시간에도 슈미즈[4] 한 장 걸친 적이 없다. 게다가 내 말에도 귀찮다는 듯이 대답할 뿐이다. 그런데 오늘은 어쩐 일인지 나에게 등을 보인 채 (나는 어느 순간 그녀의 오른쪽 어깨에 점이 있다는 사실을 발견했다.) 융단 위로 다리를 뻗으며 내게 말을 걸었다.

"선생님. 이 하숙집으로 들어오는 길에 가느다란 돌이 꽤 많이 깔려 있잖아요."

"그렇지……."

"그거 에나즈카(胞衣塚)예요?"

"에나즈카?"

"예. 태아막과 태반을 묻은 표시로 세운 돌 말이에요."

"어째서 그렇게 생각해?"

---

3) 朝鮮牛: 소의 한 품종으로 털은 적갈색으로 몸집이 작다.
4) 여성의 양장용 속옷의 하나. 보온과 땀 흡수를 위하여 입는다.

"글씨가 제대로 보이는 것도 있는 걸요."

그녀는 어깨 너머로 나를 바라보며 살짝 냉소에 가까운 표정을 지었다.

"누구나 태아막을 뒤집어쓰고 태어나잖아요. 그죠?"

"쓸 데 없는 소리."

"아무튼 태아막을 쓰고 태어난다고 치면……,"

"……?"

"강아지 같은 기분이 들기도 하겠네요. 그죠?"

나는 다시 그녀를 앞에 두고 진척되지 않는 브러시를 움직이기 시작했다. 진척되지 않는? — 하지만 그것은 반드시 마음이 동하지 않아서만은 아니다. 나는 끊임없이 그녀 안에서 무언가 거친 표현을 찾고 있었다. 그러나 이 무언가를 표현하기에는 내 역량이 못 미쳤다. 게다가 표현을 피하고 싶다는 기분마저 들었다. 어쩌면 유화나 브러시를 써서 표현하는 것을 피하고 싶은 것인지도 모른다. 그럼 무엇을 사용할 것인가 하면 — 나는 브러시를 움직이면서 때때로 어느 박물관에 있던 돌막대기와 돌검을 떠올리기도 했다.

그녀가 돌아간 후, 나는 어스름한 전등 밑에서 커다란 고갱 화집을 펼치고는 한 장씩 타히티[5]의 그림을 보고 있었다. 그러던 차에 문득 정신을 차리고 보니 어느새 입속으로 '가쿠아루베시토 오모이시가'[6] 하는 문어체 말을 몇 번이고 되뇌고 있었다. 물론 나는 어째서 그런 말을 반복하고 있었는지 알지 못 했다. 하지만 갑자기 기분이 나빠져 일하는 아이에게 잠자리를 펴게 한 후 수면제를 먹고 잠들기로 했다.

내가 눈을 뜬 것은 그럭저럭 10시 가까이 돼서다. 어제 방이 따뜻했

5) Tahiti: 프랑스 령으로 태평양 남부 소시에테 제도 동쪽에 있는 섬.
6) かくあるべしと思いしが: '이렇게 될 줄 알면서도'라는 뜻.

는지 몸이 융단 위로 나와 있었다. 허나 그보다 더 신경이 쓰인 것은 눈 뜨기 바로 전에 꾼 꿈이었다. 나는 이 방 한가운데 서서 한 손으로 그녀를 목 졸라 죽이려 들고 있었다. (그런데 이것이 꿈이라는 사실은 나 자신도 분명히 알고 있었다.) 그녀는 얼마쯤 얼굴을 젖혀 위로 향하고 늘 그렇듯이 아무런 표정도 없이 서서히 눈을 감고 있었다. 동시에 그녀의 젖꼭지 또한 토실토실 곱게 부풀어 올랐다. 그것은 희미하게 정맥을 드러낸 엷게 빛나는 젖꼭지였다. 나는 그녀를 교살하는 데 아무런 감정도 일지 않았다. 아니, 오히려 당연한 일을 완수하는 통쾌함에 가까운 느낌마저 들었다. 결국 그녀는 눈을 감은 채, 너무나도 조용히 죽음을 맞이했다. ― 이런 꿈에서 깬 나는 세수를 한 뒤, 진한 차를 두세 잔 마셔보기도 했다. 하지만 내 기분은 한층 우울해질 뿐이었다.

나는 단 한 번도 그녀를 죽이고 싶다고 생각한 적이 없다. 하지만 내 의식 밖에서는 ― 나는 궐련을 피우면서 묘하게 설레는 기분을 억누르며 이제나저제나 모델이 오기만을 기다리고 있었다. 그러나 그녀는 1시가 되어도 내 방을 찾아 주지 않았다. 그녀를 기다리는 동안 나는 꽤나 괴로웠다. 차라리 그녀를 기다리지 말고 산책이라도 나갈까 생각했다. 하지만 산책하는 것은 그 자체로 나에게는 두려움이었다. 방문 밖으로 나가는 ― 내 신경은 이런 사소한 일조차 견딜 수 없었다.

점점 날이 저물기 시작했다. 나는 방안을 돌아다니며 올 리가 없는 모델을 애타게 기다리고 있었다. 그러는 사이 생각난 것은 십이삼 년 전에 있었던 일이다. 나는 ― 아직 어린 나는 오늘 같은 해질녘에 선향에 불을 붙이고 있었다. 물론 도쿄는 아니다. 부모가 살고 있던 시골집 툇마루였다. 그러고 있자니 어디선가 큰 소리로 '이봐, 제대로 해.' 하며 말을 거는 아이가 있었다. 그뿐만이 아니다. 어깨를 흔들어

대는 녀석도 있었다. 물론 나는 마루 끝에 앉아 있을 생각이었다. 하지만 어렴풋이 정신을 차리고 보니, 어느새 집 뒤에 있는 파밭 앞에서 웅크린 채 부지런히 파에 불을 붙이고 있었다. 게다가 내 성냥갑도 어느 틈인가 거의 비어 있었다. — 나는 궐련을 피우면서 내 생활에는 나 스스로도 전혀 모를 시간이 있다는 사실을 확인하지 않을 수 없었다. 나에게 있어 이런 유의 확인은 불안이기보다는 오히려 꺼림칙함이었다. 나는 어젯밤 꿈속에서 한 손으로 그녀를 목 졸라 죽였다. 이것이 만약 꿈이 아니라면…….

모델은 다음날에도 오지 않았다. 마침내 나는 M이라 불리는 집에 가서 그녀의 안부를 물어보기로 했다. 그러나 M의 주인 또한 그녀의 사정에 대해서는 몰랐다. 나는 불안한 나머지 그녀의 숙소를 물었다. 그녀의 말에 따르면 분명 야나카산사키 초에 있을 터였다. 하지만 M의 주인 말에 의하면 혼고히가시카타마치(本鄕東片町)에 있다. 나는 전등이 켜지기 시작할 즈음에야 겨우 혼고히가시카다마치에 있는 그녀의 거처에 도착했다. 그곳은 어느 골목에 있는 불그스름한 페인트를 칠한 서양식 세탁소였다. 유리문을 세운 세탁소 안에는 셔츠 한 장 걸친 두 명의 기사가 부지런히 다리미를 움직이고 있었다. 나는 딱히 서두를 생각도 없이 가게 앞문을 열려고 했다. 그러나 내 머리는 어느새 유리문에 부딪혀있었다. 그 소리에는 기사들은 물론이거니와 나 자신조차 놀라지 않을 수 없었다.

나는 머뭇거리며 가게 안으로 들어가 기사 중 한 명에게 말을 걸었다.

"……씨라고 하는 사람 있습니까?"

"……씨는 그저께부터 안 돌아왔습니다."

이 말은 나를 불안에 빠뜨렸다. 하지만 더 이상 캐묻는 것은 생각해 보아야 할 문제였다. 나는 여차하면 그들에게 의심받지 않도록 준비할 생각이었다.

"그 사람은 가끔 집을 비우면 일주일이나 돌아오지 않을 때도 있으니까요."

얼굴색이 나쁜 기사 한 명은 다리미 잡은 손을 쉬지 않으며 이런 말을 덧붙였다. 나는 이 말 속에 경멸에 가까운 감정이 들어 있다는 사실을 확실히 느끼며, 나 자신에게 화를 내면서 가게를 뒤로 하고 서둘러 나왔다. 그래도 여기까지는 좋았다. 나는 비교적 시모타야[7]가 많은 히가시카타 초(東片町) 거리를 걷는 사이에 문득 언젠가 꿈속에서 이런 일을 겪었다는 사실이 떠올랐다. 페인트칠한 서양식 세탁소도, 혈색이 안 좋은 기사도, 빛을 비추는 다리미도 — 아니, 그녀에 대해 물으러 간 것 또한 나에게는 분명 몇 개월 전 (어쩌면 몇 년 전) 꿈속에서 본 것과 다를 바가 없었다. 그뿐만이 아니다. 꿈속에서도 나는 지금과 마찬가지로 세탁소를 뒤로 하고는 이런 쓸쓸한 거리를 홀로 걸은 듯하다. 그리고 — 다음 기억은 전혀 남아 있지 않다. 하지만 지금 무언가 일이 생긴다면, 그 또한 순식간에 그 꿈속에서 발생했던 일이 될지도 모른다는 생각이 아주 들지 않는 것도 아니었다……

(1927(昭和2)년)

---

7) しもた屋 : 상점가 안에 있는 여염집으로 본디 장사하던 집이 폐업한 집.

어떤 바보의 일생(或阿呆の一生)

임훈식

구메 마사오(久米正雄) 군,

나는 이 원고를 발표할 것인가 하지 않을 것인가는 물론이고, 발표할 시기나 기관지(機關誌)도 자네에게 일임하려고 생각하고 있네.

자네는 이 원고 안에 등장하는 대부분의 인물을 알고 있을 것일세. 그러나 나는 발표한다고 하더라도 색인을 붙이지 않기를 바라네.

나는 지금 가장 불행한 행복 속에서 지내고 있다네. 그렇지만 이상하게도 후회하고는 있지 않다네. 다만 나와 같은 나쁜 남편, 나쁜 아들, 나쁜 아버지를 가진 자들을 참으로 불쌍하게 느끼고 있을 뿐이라네. 그럼 이제 안녕. 나는 이 원고 속에서는 적어도 의식적으로는 자기변호(自己辯護)를 하지 않았다고 생각하고 있네.

마지막으로 내 원고를 특별히 자네에게 맡기는 것은 아마도 자네가 누구보다도 나를 잘 알고 있다고 생각하기 때문일세. — 도회인이라는 나의 가죽을 벗겨내기만 한다면 — 아무쪼록 이 원고 속에 있는 나의 바보스런 모습을 웃어 주게나.

1927년(昭和2년) 6월 20일

아쿠타가와 류노스케(芥川龍之介)

❖ 1. 시대 ❖

그것은 어느 서점의 2층이었다. 스무 살인 그는 책장에 걸쳐 둔 서양식 사다리를 올라가서, 신간 서적을 찾고 있었다. 모파상(Maupassant), 보들레르(Baudlaire), 스트린드베리(Strindberg), 입센(Ibsen), 쇼(Shaw), 톨스토이(Tolstoi)······.

그러는 사이에 날이 저물었다. 그러나 그는 열심히 책의 제목을 읽어 나갔다. 그곳에 나란히 꽂혀 있는 것은 책이라고 하기보다는 오히려 세기말(世紀末) 그 자체였다. 니체(Nietzsche), 베를렌(Verlaine), 공쿠르(Concourt) 형제, 도스토예프스키(Dostoevskii), 하우프트만(Hauptmann), 플로베르(Flaubert)······.

그는 어스름한 어둠과 싸우며 그들의 이름을 열거해 나갔다. 그렇지만 책은 점점 침울한 그림자 속으로 빠져들기 시작했다. 그는 마침내 포기를 하고 서양식의 사다리를 내려오려고 했다. 그러자 갓이 없는 전등 한 개가 그의 머리 바로 위에서 갑자기 확하고 불이 켜졌다. 그는 사다리 위에서 멈춘 채, 책 사이에서 움직이고 있는 점원과 손님을 내려다 보았다. 그들은 이상하게도 작았다. 그뿐만 아니라 참으로 초라했다.

"인생은 한 줄의 보들레르만도 못하다."

그는 한동안 사다리 위에서 이러한 그들을 내려다보고 있었다…….

❖ 2. 어머니 ❖

정신병자들에겐 전부 회색 옷이 입혀져 있었다. 넓은 방은 그 때문에 더욱 우울하게 보이는 것 같았다. 그들 중 한 사람은 오르간을 향해 앉아서 열심히 찬송가를 줄곧 연주하고 있었다. 동시에 그들 중 또한 사람은 방의 한가운데에 서서 춤을 춘다고 하기보다는 뛰어 돌아다니고 있었다.

그는 혈색 좋은 의사와 함께 이러한 광경을 바라보고 있었다. 그의 어머니도 10년 전에는 그들과 조금도 다르지 않았다. 조금도 — 실제로 그는 그들에게서 나는 냄새에서 어머니의 냄새를 느꼈다.

"자, 갈까?"

의사는 그의 앞에 서면서 복도를 따라 어떤 방으로 갔다. 그 방의 구석에는 알콜을 담은 커다란 유리병 속에 뇌가 몇 개나 들어 있었다. 그는 어떤 뇌 위에서 희미하게 흰 것을 발견했다. 그것은 마치 달걀의 흰자위를 조금 떨어뜨린 것과 비슷한 것이었다. 그는 의사와 서서 이야기하면서 다시 한 번 자신의 어머니를 생각했다.

"이 뇌를 가졌던 남자는 ××전등회사의 기사였었는데, 언제나 자신을 검은 빛이 나는 커다란 발전기라고 생각하고 있었지."

그는 의사의 눈을 피하기 위해 유리창 밖을 내다 보고 있었다. 거기에는 깨진 병 조각을 박아 놓은 벽돌담 이외에 아무것도 없었다. 그러나 그것은 엷게 낀 이끼를 얼룩지고 어렴풋한 흰색으로 보이게 했다.

❖ 3. 집 ❖

그는 어느 교외에 있는 집의 이층 방에서 기거하고 있었다. 그것은 지반이 무른 탓에 묘하게 기울어진 이층이었다.

그는 이 이층 방에서 종종 이모와 다투었다. 그것을 그의 양부모가 중재를 하지 않은 적은 없었다. 그렇지만 그는 이모에게 누구보다도 애정을 느끼고 있었다. 일생을 독신으로 지낸 이모는 그가 스무 살이 됐을 때에도 이미 예순에 가까운 노인이었다.

그는 어느 교외에 있는 이 이층에서, 서로 사랑하는 사람끼리는 서로가 고통을 주는 것인가 하고 몇 번이나 생각하곤 했다. 그러는 동안에도 뭔가 기분 나쁘게 기울어진 이층을 느끼면서.

❖ 4. 도쿄(東京) ❖

스미다 강(隅田川)은 잔뜩 흐려 있었다. 그는 빠르게 나아가고 있는 작은 통통배의 창문으로부터 무코지마(向島)에 있는 벚꽃을 바라보고 있었다. 꽃이 만개한 벚나무는 그의 눈에는 한 줄로 늘어선 넝마처럼 우울했다. 그렇지만 그는 그런 벚나무에서, ― 에도(江戸) 시대 이후의 무코지마에 있는 벚나무에서 어느 사이에 그 자신을 발견하고 있었다.

❖ 5. 나 ❖

그는 선배와 함께 어느 카페의 테이블을 마주하고 앉아서 끊임없이 담배를 피우고 있었다. 그는 그다지 말을 하지 않았다. 하지만 선배의 말에는 열심히 귀를 기울이고 있었다.

"오늘은 반나절 동안 차만 탔었어."

"무슨 용건이라도 있었던 것입니까?"

그의 선배는 턱을 고인 채로 아주 대수롭지 않게 대답했다.

"아니, 그냥 타고 싶어서."

그 말은 그가 모르는 세계로, — 신(神)들에 가까운 '나(我)'의 세계로 그 자신을 해방했다. 그는 뭔가 아픔을 느꼈다. 그렇지만 동시에 또한 기쁨도 느꼈다.

그 카페는 매우 작았다. 그러나 목양신(牧羊神)의 액자 밑에는 붉은 화분에 심어 놓은 고무나무 한 그루가 두터운 잎을 축 늘어뜨리고 있었다.

❖ 6. 병(病) ❖

그는 끊임없는 바닷바람 속에서 커다란 영어사전을 펴고서 손가락 끝으로 단어를 찾고 있었다.

Talaria 날개가 달린 신발, 또는 샌들.

Tale 말.

Talipot 동인도산(東印度産)의 야자나무. 줄기는 50피트에서 100피트 높이에 이르고, 잎은 우산, 부채, 모자 등으로 쓰인다. 70년에 한 번 꽃을 피운다…….

그는 상상 속에서 확실히 이 야자나무의 꽃을 그렸다. 그러자 그는 목구멍에 지금까지 알지 못했던 가려움을 느껴, 엉겁결에 사전 위에 가래를 떨어뜨렸다. 가래를? — 그러나 그것은 가래가 아니었다. 그는 짧은 생명을 생각하며 다시 한 번 이 야자나무 꽃을 상상했다. 이 먼 바다 저편에 높다랗게 서 있는 야자나무 꽃을.

❖ 7. 그림 ❖

그는 갑자기, ― 그것은 정말로 갑자기였다. 그는 어느 서점 앞에 서서, 고흐(Vincent von Gogh)의 화집(画集)을 보고 있는 사이에 갑자기 그림이라는 것을 이해하게 되었다. 물론 그 고흐의 화집은 사진판이었음에 틀림없었다. 그렇지만 그는 사진판 속에서도 선명하게 떠오르는 자연을 느꼈다.

이 그림에 대한 정열은 그의 시야를 새롭게 했다. 그는 어느새 꾸불꾸불한 나무 가지와 여자의 통통한 볼을 끊임없이 주시하고 있었다.

어느 비오는 가을날 저녁 때, 그는 어느 교외에 있는 육교 밑을 지나갔다. 육교 저편의 둑 아래에는 짐마차가 한 대 서 있었다. 그는 그곳을 지나가면서 누군가 전에 이 길을 지나간 사람이 있다는 것을 느꼈다. 누군가? ― 그것은 자신에게 새삼스럽게 물어볼 필요도 없었다. 23세인 그의 마음 속에는 귀를 자른 네덜란드인 한 사람이 긴 파이프를 입에 문 채로, 이 우울한 풍경화를 예리한 눈길로 응시하고 있었다…….

❖ 8. 불꽃 ❖

그는 비에 젖은 채로 아스팔트 위를 걸어갔다. 상당히 세찬 비였다. 그는 심한 물보라 속에서 방수 처리된 레인코트의 냄새를 느꼈다.

그러자 눈앞의 공중에 있는 전기 케이블 하나가 보랏빛 불꽃을 내고 있었다. 그는 묘한 감동을 느꼈다. 그의 상의 주머니에는 그들 동인지에 발표할 그의 원고가 들어 있었다. 그는 빗속을 걸으면서 다시 한 번 뒤에 있는 전기 케이블을 올려다보았다.

전기 케이블은 여전히 예리한 불꽃을 튀기고 있었다. 그는 인생을 살펴보아도 뭐 특별히 가지고 싶은 것은 없었다. 그렇지만 이 보랏빛 불꽃만은, ― 공중에 있는 이 굉장한 불꽃만큼은 목숨과 바꾸어서라도 붙잡고 싶었다.

❖ 9. 시체 ❖

시체는 모두 엄지손가락에 꼬리표를 달고 있었다. 또한 그 꼬리표에는 이름이라든가 나이같은 것이 적혀 있었다. 그의 친구는 허리를 구부려 능숙하게 메스를 움직여 가면서, 어떤 시체의 얼굴 가죽을 벗기기 시작했다. 가죽 밑에 넓게 퍼져 있는 것은 아름다운 노란색의 지방이었다.

그는 그 시체를 바라보고 있었다. 그것은 그에게는 어떤 단편을, ― 왕조 시대에 배경을 둔 어떤 단편을 완성하기 위해 필요했음에 틀림없었다. 그렇지만 부패한 살구 냄새와 비슷한 시체의 악취는 불쾌했다. 그의 친구는 미간을 찌푸리며 조용히 메스를 움직여 갔다. "요즘은 시체도 부족해서 말이야."

그의 친구는 이렇게 말했다. 그러자 그는 어느 어느새 그의 대답을 준비하고 있었다. ― "나는 시체가 부족하다면 아무런 악의 없이 사람을 죽이는데 말이야." 물론 그의 대답은 마음속에만 있었을 뿐이었다.

❖ 10. 선생님 ❖

그는 커다란 상수리나무 밑에서 선생님의 책을 읽고 있었다. 상수리나무는 가을 햇빛 속에서 잎 하나도 움직이지 않았다. 어딘가 먼 공

중에 유리 접시를 단 저울 하나가, 딱 맞게 평형을 이루고 있다. — 그
는 선생님의 책을 읽으면서 이러한 광경을 느끼고 있었다…….

❖ 11. 새벽 ❖

밤은 차츰 밝아 왔다. 그는 어느새 어느 길모퉁이에 있는 넓은 시장
을 바라보고 있었다. 시장에 모여 있던 사람들이나 수레는 모두가 장
밋빛으로 물들기 시작했다.

그는 담배 한 개비에 불을 붙이고 조용히 시장 안으로 들어갔다. 그
러자 약하게 생긴 검정개 한 마리가 갑자기 그에게 짖으며 덤벼들었
다. 그렇지만 그는 놀라지 않았다. 그뿐만 아니라 그 개조차도 사랑하
고 있었다.

시장의 한가운데에는 플라타너스 한 그루가 사방으로 가지를 펼치
고 있었다. 그는 그 뿌리 있는 데에 서서, 가지 너머로 높은 하늘을 올
려다보았다. 하늘에는 마침 그의 머리 바로 위에서 별 하나가 빛나고
있었다.

그것은 그가 25세 되던 해, ㅡㅡ선생님을 만난 지 3개월째였다.

❖ 12. 군항 ❖

잠항정의 내부는 어두컴컴했다. 그는 전후좌우를 뒤덮고 있는 기계
속을 허리를 굽히고 작은 망원경으로 들여다보았다. 또한 그 망원경
에 비쳐 보이는 것은 밝은 군항의 풍경이었다.

"저기에 '금강함'도 보이지요?"

어느 해군 장교는 이렇게 그에게 말을 걸기도 했다. 그는 네모난 렌

즈 위로 작은 군함을 바라보며, 왠지 문득 네덜란드 파슬리가 생각났다. 1인분에 30전 하는 비프 스테이크 위에서 옅은 향기를 내고 있는 네덜란드 파슬리를.

❖ 13. 선생님의 죽음 ❖

그는 비가 그친 후 바람이 부는 가운데 새로 생긴 어떤 정거장의 플랫폼을 걸어가고 있었다. 하늘은 아직 좀 어두웠다. 플랫폼의 맞은 편에는 철도선로 인부 서너 명이 똑같이 곡괭이를 올렸다 내렸다 하면서 목소리를 높여 뭔가 노래를 부르고 있었다.

비가 그친 후 부는 바람은 인부들의 노래와 그의 감정을 찢어 놓았다. 그는 담배에 불도 붙이지 않고 기쁨에 가까운 괴로움을 느끼고 있었다. '선생님 위독'이라는 전보를 외투 주머니에 쑤셔 넣은 채로……

그때 맞은편에 있는 소나무 숲 뒤쪽에서 오전 6시의 상행 열차 하나가 옅은 연기를 휘날리며 구부러지듯이 이쪽으로 다가오기 시작했다.

❖ 14. 결혼 ❖

그는 결혼한 다음 날에 "오자마자 낭비를 해서는 곤란해."라고 그의 아내에게 잔소리를 했다. 그러나 그것은 그의 잔소리라기보다도 그의 백모가 "말하라"고 한 잔소리였다. 아내는 자신에게는 물론이고 그의 백모에게도 사과하는 말을 했다. 그를 위해 사 온 노란 수선화 화분을 앞에 놓은 채……

❖ 15. 그들 ❖

그들은 평화롭게 생활했다. 커다란 파초 잎이 펼쳐져 있는 그늘에
서. ― 그들의 집은 도쿄(東京)에서 기차로도 족히 한 시간 걸리는 어느
해안의 마을에 있었기 때문에.

❖ 16. 베개 ❖

그는 장미 잎 냄새가 나는 회의주의를 베개로 삼아, 아나톨 프랑스
(Anatole France)의 책을 읽고 있었다. 그렇지만 어느새 그 베개 속에도 반
신반마신(半身半馬神)이 있는 것은 깨닫지 못했다.

❖ 17. 나비 ❖

해초 냄새가 가득한 바람 속에 나비 한 마리가 파닥이고 있었다. 그
는 아주 일순간 그의 마른 입술 위에 이 나비의 날개가 닿는 것을 느
꼈다. 그렇지만 그의 입술 위에 어느새 칠하고 지나간 날개의 가루만
은 몇 년이 지난 후에도 아직 반짝이고 있었다.

❖ 18. 달 ❖

그는 어느 호텔의 계단을 올라가는 도중에 그녀를 우연히 만났다.
그녀의 얼굴은 이러한 낮에도 달빛 속에 있는 듯 했다. 그는 그녀의
뒷모습을 바라보면서, (그들은 일면식도 없는 사이였다.) 지금까지 몰
랐던 외로움을 느꼈다……

❖ 19. 인공 날개 ❖

그는 아나톨 프랑스(Anatole France)에서 18세기 철학자들에게로 옮겨 갔다. 그렇지만 루소(J.J. Rousseau)에게는 다가가지 않았다. 그것은 어쩌면 그 자신의 한쪽 면, ― 정열에 끌리기 쉬운 한쪽 면이 있는 루소에 가깝기 때문인지도 몰랐다. 그는 그 자신의 또 다른 면, ― 냉철한 이지(理智)가 풍부한 일면(一面)에 가까운 『캉디드(Candide)』의 철학자에게로 접근해 갔다.

인생은 29세인 그에게는 조금도 밝지 않았다. 하지만 볼테르(Voltaire)는 이러한 그에게 인공 날개를 달아 주었다.

그는 이 인공 날개를 펼쳐서 손쉽게 하늘로 날아올라 갔다. 동시에 이지의 빛을 띤 인생의 기쁨과 슬픔은 그의 눈 아래로 가라앉아 갔다. 그는 초라한 거리들 위에 반어(反語)와 미소를 떨어뜨리며, 막힘 없는 공중으로 올라가 똑바로 태양을 향해 나아갔다. 마치 이러한 인공 날개가 태양 빛에 타버렸기 때문에 마침내 바다로 떨어져 죽은 옛날의 그리스 사람을 잊어 버리기라도 한 듯이…….

❖ 20. 족쇄 ❖

그들 부부는 그의 양부모와 함께 한집에 살게 되었다. 그것은 그가 어느 신문사에 입사하게 되었기 때문이었다. 그는 노란 종이에 쓴 계약서 한 장을 의지하고 있었다. 그러나 그 계약서는 나중에 보니, 신문사는 아무런 의무도 지지 않고 그 자신만 의무를 지는 것이었다.

❖ 21. 광녀(狂女) ❖

두 대의 인력거는 흐린 날 사람이 없는 시골길을 달려가고 있었다. 그 길이 바다를 향하고 있다는 것은 갯바람이 불어오는 것으로도 분명했다. 뒤쪽 인력거를 타고 있던 그는 이 랑데부에 조금도 흥미가 없음을 이상히 여기며, 그 자신을 여기로 이끌어 온 것이 무엇인가를 생각하고 있었다. 그것은 결코 연애가 아니었다. 만약 연애가 아니라고 한다면, ― 그는 이 대답을 피하기 위해 '어쨌든 우리들은 대등하다'고 생각하지 않을 수 없었다.

앞쪽의 인력거를 타고 있는 사람은 어느 광녀였다. 그뿐 아니라 그녀의 여동생은 질투로 인해 자살했었다.

'이제 어찌 할 방법이 없어.'

그는 이제 이 광녀에게, ― 동물적 본능만 강한 그녀에게 어떤 증오를 느끼고 있었다.

인력거 두 대는 그러는 동안에 바다 냄새가 나는 묘지 외곽을 지나고 있었다. 굴 껍질이 붙은 나무 담장 안쪽에는 거무스름한 돌탑이 몇 개나 있었다. 그는 그런 돌탑들 저편으로 희미하게 빛나는 바다를 바라보고, 뭔가 갑자기 그녀의 남편을 ― 그녀의 마음을 사로잡지 못하고 있는 그녀의 남편을 경멸하기 시작했다…….

❖ 22. 어느 화가 ❖

그것은 어느 잡지의 삽화였다. 그렇지만 한 마리의 수탉을 그린 묵화는 두렷한 개성을 보여 주고 있었다. 그는 어느 친구에게 이 화가에 대해 물어보기도 했다.

일주일 정도 지난 후, 이 화가는 그를 찾아왔다. 그것은 그의 일생 중에서도 특기할 만한 사건이었다. 그는 이 화가에게서 아무도 알지 못하는 시(詩)를 발견했다. 그뿐만 아니라 자신도 알지 못하고 있었던 그의 영혼을 발견했다.

으스스하게 추운 어느 가을날 저녁 때, 그는 옥수수 한 그루로 인해 갑자기 이 화가가 생각났다. 키가 큰 옥수수는 온통 매우 거친 잎으로 뒤덮여 있는 채로, 두둑한 땅 위로는 신경이 뻗어 나온 것처럼 가느다란 뿌리를 드러내 놓고 있었다. 그것 또한 말할 필요도 없이 상처 받기 쉬운 그의 자화상임에 틀림없었다. 그러나 이러한 발견은 그를 우울하게 할 뿐이었다.

"이미 늦었어. 그러나 만일의 경우에는……."

❖ 23. 그녀 ❖

해가 지기 시작한 어느 광장 앞이었다. 그는 약간 열이 있는 몸으로 이 광장을 걸어갔다. 커다란 빌딩은 몇 채나, 희미한 은색으로 맑아 있는 하늘에다 창문마다 전등 불빛을 밝히고 있었다.

그는 길가에서 발을 멈추고 그녀가 오는 것을 기다리기로 했다. 5분 정도 지난 후 그녀는 어쩐지 초췌해진 모습으로 그가 있는 쪽으로 다가왔다. 그렇지만 그의 얼굴을 보더니, "피곤해요."라고 말하고서 미소를 짓기도 했다. 그들은 어깨를 나란히 하면서 어슴푸레한 광장을 걸어갔다. 그것은 그들로서는 처음이었다. 그는 그녀와 함께 있기 위해서라면 무엇을 버려도 좋을 마음이었다.

그들이 자동차를 탄 후, 그녀는 물끄러미 그의 얼굴을 응시하고서, "당신은 후회하지 않으세요?"라고 물었다. 그는 단호하게 "후회하지 않아"라고 대답했다. 그녀는 그의 손을 잡으며, "저는 후회하지 않지만"
하고 말했다. 그녀의 얼굴은 이러한 때에도 달빛 속에 있는 듯했다.

❖ 24. 출산 ❖

그는 장지문 옆에 선 채로, 하얀 수술복을 입은 산파 한 사람이 아
기를 목욕시키는 것을 내려다 보고 있었다. 아기는 비누가 눈에 들어
갈 때마다 애처롭게 얼굴을 찡그리기를 거듭했다. 그뿐만 아니라 소
리를 높여 계속 울어댔다. 그는 어쩐지 생쥐와 비슷한 아기의 냄새를
느끼며, 절실히 이렇게 생각하지 않을 수 없었다.

"무엇 때문에 이 녀석도 태어난 것일까? 사바 세상의 고통으로 가
득 차 있는 이런 세계에. — 또한 무엇 때문에 이 녀석도 나와 같은 자
를 아버지로 두는 운명을 짊어진 것일까?"

더구나 그것은 그의 아내가 맨 처음 출산한 사내 아이였다.

❖ 25. 스트린드베리 ❖

그는 방문 입구에 서서 석류꽃이 핀 달빛 속에서 추레한 중국인 몇
사람이 마작놀이를 하고 있는 것을 바라보고 있었다. 그리고서 방안
으로 되돌아와서는 키가 낮은 램프 밑에서 『바보의 고백』을 읽기 시
작했다. 그렇지만 두 쪽도 읽지 않은 사이에 어느새 쓴웃음을 짓고 있
었다. — 스트린드베리(A. Strindberg) 역시도 정부(情婦)였던 백작부인에
게 보내는 편지 속에서 그와 큰 차이 없는 거짓말을 쓰고 있었던 것이
다……

❖ 26. 고대(古代) ❖

채색이 벗겨진 불상이라든가 천인(天人), 말이나 연꽃은 거의 그를 압도했다. 그는 그러한 것들을 올려다 본 채, 모든 것을 잊고 있었다. 광녀(狂女)의 손을 벗어난 그 자신의 행운조차도……

❖ 27. 스파르타식 훈련 ❖

그는 그의 친구와 함께 어느 뒷골목 길을 걸어가고 있었다. 그곳으로 포장을 친 인력거 한 대가 맞은편에서 똑바로 다가오고 있었다. 더구나 그 위에 타고 있는 것은 예상외로 어젯밤의 그녀였다. 그녀의 얼굴은 이러한 낮에도 달빛 속에 있는 듯했다. 그 두 사람은 그의 친구에 대한 체면상, 물론 서로 인사조차 하지 않았다.

"미인이네."

그의 친구는 이렇게 말했다. 그는 막다른 길에 있는 봄이 온 산을 바라본 채, 조금도 주저함이 없이 대답을 했다.

"그래, 상당한 미인이군."

❖ 28. 살인 ❖

시골길은 햇빛 속에서 쇠똥 냄새를 풍기고 있었다. 그는 땀을 닦으면서 완만하게 비탈진 언덕길을 올라가고 있었다. 길 양쪽 옆에는 무르익은 보리의 구수한 냄새가 나고 있었다.

"죽여라, 죽여……"

그는 어느새 입안에서 이러한 말을 되뇌고 있었다. 누구를? — 그것은 그로서는 분명히 알 수 있었다. 그는 참으로 비굴한 듯한 짧은 머리의 남자를 떠올리고 있었다.

그러자 누런 보리밭 저쪽에 로마 카톨릭교의 성당 건물 하나가 어느 사이에 둥근 지붕을 드러내기 시작했다……

❖ 29. 형(形) ❖

그것은 쇠로 된 술병이었다. 그는 가는 선이 들어가 있는 이 술병에서 어느새 '형(形)'의 미(美)를 배우고 있었다.

❖ 30. 비 ❖

그는 커다란 침대 위에서 그녀와 여러 가지 이야기를 하고 있었다. 침실 창문의 바깥에는 비가 내리고 있었다. 문주란 꽃은 이 빗속에서 언젠가 썩어갈 것 같았다. 그녀의 얼굴은 여전히 달빛 속에 있는 것 같았다. 그렇지만 그녀와 이야기하는 것이 그에게는 따분하지 않은 것도 아니었다. 그는 엎드려 누운 채, 조용히 담배 한 개비에 불을 붙이고서, 그녀와 함께 하루를 지내는 것도 7년이 되는 것을 생각했다.

"나는 이 여자를 사랑하고 있는 걸까?"

그는 자신에게 이렇게 질문했다. 이것에 대한 대답은 자신을 늘 지켜보았던 그에게도 의외였다.

"나는 아직 사랑하고 있다."

❖ 31. 대지진 ❖

그것은 어딘가 완전히 익은 살구 냄새 비슷했다. 그는 불탄 자리를 걸으며 희미하게 이 냄새를 느끼고서, 찌는 듯한 날씨에 썩은 시체 냄새도 의외로 나쁘지 않다고 생각하기도 했다. 하지만 시체가 겹겹이 쌓여 있는 연못 앞에 서 보니, '산비(酸鼻)'라는 말도 감각적으로 결코 과장이 아님을 발견했다. 특히 그의 마음을 움직이게 한 것은 12, 13세 되는 아이의 시체였다. 그는 이 시체를 바라보고 무언가 부러움과 비슷한 것을 느꼈다. '신(神)들의 사랑을 받는 자는 요절한다' — 이러한 말 같은 것도 생각이 났다. 그의 누나와 이복동생은 모두 집이 불탔다. 그러나 그의 누나의 남편은 위증죄를 저질렀기 때문에 집행유예 중인 몸이었다…….

'이 사람 저 사람 모두 다 죽어 버리면 좋겠어.'

그는 불탄 자리에 선 채로 절실히 이렇게 생각하지 않을 수 없었다.

❖ 32. 싸움 ❖

그는 그의 이복동생과 서로 맞붙어 싸움을 했다. 그의 동생은 그 때문에 압박을 쉽게 받고 있음에 틀림없었다. 동시에 그 역시도 동생 때문에 자유를 잃고 있음에 틀림없었다. 그의 친척은 동생에게 "그를 본받아라."라고 늘 말하고 있었다. 그러나 그것은 그 자신에게는 손발이 묶여지는 것과 똑같은 것이었다. 그들은 서로 맞붙잡은 채, 마침내 툇마루 끝으로 굴러떨어져 갔다. 툇마루 끝에 있는 정원에는 백일홍 한 그루가, — 그는 아직도 기억하고 있다. — 비를 머금은 하늘 밑에서 빨갛게 빛나는 꽃을 한창 피우고 있었다.

❖ 33. 영웅 ❖

그는 볼테르의 집 창문에서 어느새 높은 산을 올려다보고 있었다. 빙하가 있는 산 위에는 독수리의 그림자조차 보이지 않았다. 그렇지만 키가 작은 러시아인 한 사람이 끈질기게 산길을 계속해 올라가고 있었다.

볼테르의 집도 밤이 된 후에는 그는 밝은 램프 밑에서 이러한 경향시(傾向詩)를 쓰기도 했다. 그 산길을 올라갔던 러시아인의 모습을 떠올리면서……

— 누구보다도 십계명을 지킨 그대는
누구보다도 십계명을 어긴 그대다.

누구보다도 민중을 사랑한 그대는
누구보다도 민중을 경멸한 그대다.

누구보다도 이상에 불탔던 그대는
누구보다도 현실을 알았던 그대다.

그대는 우리 동양이 낳았던
들꽃 내음 나는 전기기관차다. —

❖ 34. 색채 ❖

서른 살인 그는 어느덧 어떤 빈터를 사랑하고 있었다. 거기에는 다만 이끼가 낀 벽돌이나 기와 조각 같은 것이 몇 개나 흩어져 있을 뿐이었다. 하지만 그것은 그의 눈에는 세잔느의 풍경화와 다름없었다.

그는 문득 7, 8년 전의 그의 정열을 떠올렸다. 동시에 또한 7, 8년 전에는 그가 색채를 알지 못했던 것을 발견했다.

❖ 35. 어릿광대 인형 ❖

그는 언제 죽어도 후회하지 않도록 열정적으로 생활해 나갈 작정이었다. 그렇지만 변함없이 양부모와 백모에게는 조심성 있는 생활을 계속하고 있었다. 그것은 생활에 명암(明暗)의 양면을 만들어 주었다. 그는 어느 양복점에 어릿광대 인형이 서 있는 것을 보고, 그도 얼마만큼 어릿광대 인형에 가까운가를 생각하기도 했다. 그렇지만 의식 밖의 자신은, ――말하자면 제2의 자신은 벌써 이러한 마음을 어떤 단편 속에 담고 있었다.

❖ 36. 권태 ❖

그는 어떤 대학생과 억새밭 가운데를 걸어가고 있었다.

"자네들은 아직 왕성한 생활욕을 지니고 있겠지?"

"예, ― 하지만 당신도……."

"그렇지만 난 지니지 않아. 제작욕 만큼은 있지만."

그것은 그의 진심이었다. 그는 실제로 어느덧 생활에 흥미를 잃고 있었다.

"제작욕도 역시 생활욕이지요."

그는 아무런 대답도 하지 않았다. 억새밭은 어느새 빨간 이삭 위에 분명하게 분화산을 드러내기 시작했다. 그는 이 분화산에서 뭔가 선망에 가까운 것을 느꼈다. 그러나 그것의 이유는 알 수 없었다…….

❖ 37. 호쿠리쿠(北陸) 사람 ❖

그는 재능 면으로도 겨룰 수 있는 여인과 우연히 만났다. 하지만 '호쿠리쿠(北陸) 사람' 등의 서정시를 짓고 겨우 이 위기를 탈출했다. 그것은 뭔가 나무줄기에 얼어붙어 빛나는 눈을 털어내듯이 애절한 마음이 드는 것이었다.

바람에 춤추는 듯한 삿갓이
자칫하면 길에 떨어지지 않을까
내 이름이 어찌 애석하랴
소중한 것은 그대의 이름 뿐

❖ 38. 복수 ❖

나무의 싹이 나올 무렵, 어느 호텔의 베란다에서 생긴 일이다. 그는 그곳에서 그림을 그리면서 한 소년을 놀게 하고 있었다. 7년 전에 절교했던 광녀(狂女)의 외아들이었다.

광녀는 담배에 불을 붙이고 그들이 노는 것을 바라보고 있었다. 그는 마음이 답답한 가운데 기차와 비행기를 계속 그렸다. 소년은 다행히도 그의 아들은 아니었다. 그렇지만 "아저씨" 라고 부르는 것은 그에게는 무엇보다도 괴로웠다.

소년이 어딘가에 가고난 후, 광녀는 담배를 피우면서 아양을 떨듯이 그에게 말을 걸었다.

"저 애는 당신과 닮았지 않나요?"

"닮지 않았어요. 첫째로……."

"하지만 태교라는 것도 있지요."

그는 말을 하지 않고 외면했다. 그렇지만 마음속에서는 이러한 그녀를 목 졸라 죽이고 싶은 잔학한 욕망조차 없는 것은 아니었다…….

❖ 39. 거울 ❖

그는 어느 카페의 구석자리에서 친구와 이야기하고 있었다. 그의 친구는 사과파이를 먹으며 요즘의 추운 날씨 등에 관한 이야기를 했다. 그는 이러한 이야기 속에 갑자기 모순을 느끼기 시작했다.

"자네는 아직도 독신이지?"

"아니, 이제 다음 달 결혼해."

그는 자기도 모르게 입을 다물어 버렸다. 카페 벽에 장식되어 있는 거울은 무수한 그 자신을 비추고 있었다. 냉랭하게 뭔가를 위협하듯이…….

❖ 40. 문답 ❖

어째서 자네는 현대의 사회제도를 공격하는가?

자본주의가 낳은 악을 보고 있기 때문에.

악이라고? 나는 자네가 선악의 차이를 인정하고 있지 않다고 생각하고 있었다. 그럼 자네의 생활은?

— 그는 이렇게 천사와 문답했다. 그것도 누구에게도 부끄러워할

데가 없는 실크 해트(Silk Hat)를 쓴 천사와…….

❖ 41. 병(病) ❖

그는 불면증에 휩싸이기 시작했다. 또한 체력도 쇠약해지기 시작했다. 몇몇 의사는 그의 질병에 각각 두 세 가지의 진단을 내렸다. — 위산과다, 위무력증, 건성늑막염, 신경쇠약, 만성결막염, 두뇌피로…….

그러나 그는 스스로 병의 원인을 잘 알고 있었다. 그것은 자신을 부끄러워함과 동시에 그들을 두려워하는 마음이었다. 그들을, — 그가 경멸하고 있던 사회를!

어느 눈구름으로 잔뜩 흐려진 오후, 그는 어떤 카페의 구석에서 불을 붙인 담배를 입에 문 채로 맞은편에 있는 축음기에서 흘러나오는 음악에 귀를 기울이고 있었다. 그것은 묘하게 그의 마음을 파고드는 음악이었다. 그는 그 음악이 끝나는 것을 기다려 축음기 앞으로 다가가서 레코드에 붙어 있는 제목을 살펴보기로 했다.

Magic Flute — Mozart

그는 즉시 이해했다. 십계명을 어긴 모차르트는 역시 괴로워했음에 틀림없다. 그러나 설마 그처럼, ……그는 머리를 숙인 채, 조용히 그의 테이블로 돌아갔다.

❖ 42. 신(神)들의 웃음소리 ❖

35세인 그는 봄 햇살이 비치는 소나무 숲 속을 걸어갔다. 2, 3년 전에 자신이 썼던 "신들은 불행히도 우리들처럼 자살을 할 수 없다."라는 말을 떠올리면서…….

❖ 43. 밤 ❖

밤은 다시 한 번 닥쳐왔다. 거친 바다는 희미한 가운데 끊임없이 물보라를 일으키고 있었다. 그는 이러한 하늘 아래에서 그의 아내와 두 번째의 결혼을 했다. 그것은 그들에게는 기쁨이었다. 그렇지만 동시에 또한 괴로움이었다. 세 명의 아이는 그들과 함께 먼 바다의 번개를 바라보고 있었다. 그의 아내는 애 하나를 안고 눈물을 참고 있는 듯 했다.

"저기에 배 하나가 보이지?"

"예."

"돛대가 두 쪽 난 배가."

❖ 44. 죽음 ❖

그는 혼자서 잠자는 것을 다행이라 여기고서, 창틀에 띠를 걸어 목메어 죽으려고 했다. 그러나 띠에 목을 넣고 보니, 갑자기 죽는 것이 무서워지기 시작했다. 그것은 잘은 모르지만 죽는 순간의 괴로움 때문에 두려워했던 것은 아니었다. 그는 두 번째에는 회중시계를 가지고 시험 삼아 목메어 죽는 것에 대한 시간을 재어 보기로 했다. 그러자 잠시 괴로운 후, 모든 것이 멍해지기 시작했다. 그때를 한 번 지나가기만 하면 죽음으로 들어가는 것임에 틀림없었다. 그는 시계 바늘을 살펴보고서 그가 괴로움을 느낀 것은 일 분 이십 몇 초였음을 발견했다. 창틀의 바깥은 완전히 어두웠다. 그러나 그런 어둠 속에서 거친 닭 울음소리가 나고 있었다.

❖ 45. 디반 ❖

디반(Divan)은 다시 한 번 그의 마음에 새로운 힘을 주려고 했다. 그
것은 그가 모르고 있었던 '동양적인 괴테'였다. 그는 모든 선악(善惡)의
피안(彼岸)에서 유유히 서 있는 괴테(J.W. Goethe)를 보고 절망에 가까운
부러움을 느꼈다. 시인 괴테는 그의 눈에는 시인 그리스도보다도 위
대했다. 이 시인의 마음 속에는 아크로폴리스와 골고다 외에 아라비
아의 장미조차 꽃을 피우고 있었다. 만약 이 시인의 발자취를 찾아가
는 힘을 조금이라도 가지고 있다면, ― 그는 디반을 다 읽고 두려운
감동이 진정된 후, 생활적 환관으로 태어난 그 자신을 절실하게 경멸
하지 않을 수 없었다.

❖ 46. 거짓말 ❖

그의 누나의 남편이 자살한 것은 갑자기 그를 재기 불능으로 만들
었다. 이번에는 누나 가족들도 보살피지 않으면 안 되었다. 그의 장래
는 적어도 그에게는 해질 저녁 무렵처럼 어두컴컴했다. 그는 자신의
정신적 파산에게서 냉소에 가까운 것을 느끼면서, (그의 악덕이나 약
점은 하나도 남김없이 그는 알고 있었다.) 변함없이 여러 가지 책을
계속 읽었다. 그러나 루소(J.J. Rousseau)의 참회록조차 영웅적인 거짓말
로 가득 차 있었다. 특히 『신생(新生)』에 이르러서는, ― 그는 『신생(新
生)』의 주인공만큼 노회한 위선자를 만난 적이 없었다. 그렇지만 프랑
소와 비욘(F. Villon)만은 그의 마음을 파고 들었다. 그는 몇 편의 시 속
에서 '아름다운 수컷'을 발견했다.

교수형을 기다리고 있는 비욘의 모습은 그의 꿈속에 나타나기도 했

다. 그는 몇 번이나 비욘처럼 인생의 밑바닥으로 떨어질 뻔 했다. 그러나 그의 처지나 육체적 에너지는 이러한 것을 허용할 까닭이 없다. 그는 점점 쇠약해 갔다. 마치 옛날 스위프트(J. Swift)가 가지 끝에서부터 말라 오는 수목을 본 것처럼…….

❖ 47. 불장난 ❖

그녀는 빛나는 얼굴을 하고 있었다. 그것은 마치 아침 햇살이 살얼음에 비치고 있는 듯했다. 그는 그녀에게 호의를 가지고 있었다. 그러나 연애는 느끼지 않고 있었다. 그뿐만 아니라 그녀의 몸에는 손가락 하나 대지 않고 있었던 것이다.

"죽고 싶어 하신다면서요."

"예. ― 아니, 죽고 싶어 한다기보다도 살고 있는 것에 싫증이 나는 것입니다."

그들은 이러한 말을 주고받으며 함께 죽기로 약속했다.

"플라토닉 수이사이드(Platonic suicide)이군요."

"더블(Double) 플라토닉 수이사이드."

그는 자신이 침착해 하고 있는 것을 이상하게 생각하지 않을 수 없었다.

❖ 48. 죽음 ❖

그는 그녀와는 죽지 않았다. 다만 지금까지 그녀의 몸에 손가락 하나 대지 않았다는 것은 그에게는 왠지 만족스러웠다. 그녀는 아무 일도 없었다는 듯이 때때로 그와 이야기하기도 했다. 그뿐만 아니라 그에게 그녀 자신이 지니고 있던 청산가리 한 병을 건네주면서, "이것만 있으면 서로가 든든하겠지요."라고 말하기도 했다.

　그것은 실제로 그의 마음을 튼튼하게 했음에 틀림없었다. 그는 혼자 등나무 의자에 앉아 모밀잣밤나무의 새잎을 바라보면서, 죽음이 자주 그에게 주는 평화를 생각하지 않을 수 없었다.

❖ 49. 박제된 백조 ❖

　그는 마지막 힘을 다해 그의 자서전을 써 보려고 했다. 그렇지만 그것은 의외로 쉽게 이루어지지 않았다. 그것은 자존심이나 회의주의와 이해타산이 아직 남아 있기 때문이었다. 그는 이러한 자신을 경멸하지 않을 수 없었다. 그러나 또 다른 한편으로는 "누구라도 한 꺼풀 벗겨보면 똑같다."라고도 생각지 않을 수 없었다. 그에게는 『시와 진실』이라는 책의 이름은 모든 자서전의 이름으로도 여겨지기 쉬웠다. 그뿐만 아니라 문예상의 작품으로 누구라도 감동 받지는 않는다는 것을 그는 분명히 알고 있었다. 그의 작품이 호소하고 있는 것은 그와 비슷한 생애를 보내고 그와 가까운 사람들 외에는 있을 리가 없다. ― 이러한 마음도 그에게는 작용하고 있었다. 때문에 그는 간단하게 그의 『시와 진실』을 써 보기로 했다.

　그는 『어떤 바보의 일생』을 다 쓴 후, 어느 고물상 가게에 박제된 백조가 있는 것을 우연히 발견했다. 그것은 목을 치켜들고 서 있었지만, 누렇게 바랜 날개조차도 벌레가 먹은 자국이 있었다. 그는 그 자신의 일생을 생각해 보고, 눈물과 냉소가 치밀어 오르는 것을 느꼈다. 그의 앞에 있는 것은 단지 발광이거나 아니면 자살뿐이었다. 그는 해 질 무렵의 길을 혼자 걸어가면서, 서서히 그를 없애려는 운명을 기다리기로 결심했다.

❖ 50. 포로 ❖

그의 친구 한 사람은 발광했다. 그는 이 친구에게 언제나 어떠한 친밀감을 느끼고 있었다. 그것은 그에게는 이 친구의 고독, — 경쾌한 가면 밑에 있는 고독이 남보다 갑절이나 몸에 스며들어 잘 알고 있기 때문이었다. 그는 이 친구가 발광한 후 두세 번 이 친구를 방문했다.

"자네나 나는 악귀가 씌어 있는 거야. 세기말의 악귀라는 놈에게 말이지."

이 친구는 목소리를 낮추면서 이런 말을 그에게 하기도 했다. 그렇지만 그리고 나서 2, 3일 후에는 어느 온천여관으로 가는 도중에 장미꽃조차도 먹고 있었다는 것이었다. 그는 이 친구가 입원한 뒤, 언젠가 그가 이 친구에게 보낸 테라코타(Terracotta)의 반신상을 떠올렸다. 그것은 이 친구가 사랑했던 『검찰관』을 쓴 작자의 반신상이었다. 그는 고골리(N.V. Gogol)도 발광해서 죽은 것을 생각하고서 뭔가 그들을 지배하고 있는 힘을 느끼지 않을 수 없었다.

그는 지칠 대로 지친 끝에 문득 라디게(Radiguet, Raymond)의 임종 때의 글을 읽고 다시 한번 신(神)들의 웃음소리를 느꼈다. 그것은 '신의 병졸들은 나를 붙잡으로 온다'고 하는 말이었다. 그는 그의 미신이나 그의 감상주의와 싸우려고 했다. 그러나 어떠한 싸움도 그로서는 육체적으로 불가능했다. '세기말의 악귀'는 실제로 그를 괴롭히고 있음에 틀림없었다. 그는 신을 힘으로 삼았던 중세기의 사람들에게 부러움을 느꼈다. 그러나 신을 믿는다는 것은 — 신의 사랑을 믿는다는 것은 그에게는 도저히 불가능했다. 저 콕토(J. Cocteau)조차 믿었던 신을!

❖ 51. 패배 ❖

  그는 펜을 잡는 손도 떨리기 시작했다. 그뿐만 아니라 침까지 홀리기 시작했다. 그의 머리는 0.8그램의 베로날(Veronal)을 복용해서 제정신이 든 이외에는 한 번도 명쾌한 적이 없었다. 더구나 명쾌하게 있는 것은 겨우 반 시간이나 한 시간이었다. 그는 오직 어두컴컴함 속에서 그날그날을 살아가는 하루살이 생활을 하고 있었다. 말하자면 날이 망가져 버린, 가느다란 칼을 지팡이로 삼으면서.

1927(昭和2)년 6월

유고(遺稿)

역 자 일 람 ──────────────────────────────

· 조성미(趙成美)

　　한양대학교대학원 / 문학박사 / 성신여대 일어일문학과 강사

· 윤　일(尹一)

　　규슈대학대학원 / 문학박사 / 부경대학교 일어일문학부 교수

· 조경숙(曺慶淑)

　　페리스여자대학교 대학원 / 문학박사 / 경북대학교 일어일문학과 강사

· 김효순(金孝順)

　　쓰쿠바대학대학원 / 문학박사 / 고려대학교 일본연구센터 부교수

· 송현순(宋鉉順)

　　나라여자대학대학원 박사과정 수료 / 단국대학교대학원 / 문학박사

　　/ 우석대학교 일본어과 교수

· 홍명희(洪明嬉)

　　간세이가쿠인대학 대학원 / 문학박사 / 울산대 일본어일본학과 강사

· 김난희(金鸞姬)

　　중앙대학교대학원 / 문학박사 / 제주대학교 일어일문학과 교수

· 김명주(金明珠)

　　고베여자대학대학원 / 문학박사 / 경상대학교 일어교육과 교수

· 신기동(申基東)

　　도호쿠대학대학원 / 문학박사 / 강원대학교 일본어학과 교수

· 김정숙(金貞淑)

　　중앙대학교대학원 / 문학박사 / 중앙대학교 일본어과 강사

· 임만호(任萬鎬)

　　다이토문화대학대학원 박사과정 수료 / 가천대학교 동양어문학과 교수

· 윤상현(尹相鉉)

　　한국외국어대학교대학원 / 문학박사 / 동국대학교일본학연구소 전임연구원

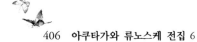

· 조사옥(曺紗玉)

　　니쇼가쿠샤대학대학원 / 문학박사 / 연세대학교대학원 / 신학박사
　　/ 인천대학교 일어일문학과 교수

· 임명수(林明秀)

　　도호쿠대학대학원 박사과정 수료 / 대진대학교 일본학과 교수

· 최정아(崔貞娥)

　　나라여자대학대학원 / 문학박사 / 광운대학교 일본학과 교수

· 이민희(李敏姬)

　　고려대학교대학원 / 문학박사 / 한림대학교 일본학연구소 연구원

· 김정희(金壽姬)

　　니가타대학대학원 박사과정 수료 / 숭실대학교대학원 / 문학박사
　　/ 숭실대학교 일어일본학과 겸임교수

· 하태후(河泰厚)

　　바이코가쿠인대학대학원 / 문학박사 / 경일대학교 외국어학부 교수

· 임훈식(林薰植)

　　규슈대학대학원 / 문학박사 / 경남대학교 일어교육과 교수

아쿠타가와 류노스케 전집 Ⅵ
芥川龍之介 全集

초판인쇄	2015년 8월 10일
초판발행	2015년 8월 19일

저　　자	아쿠타가와 류노스케
편　　자	조사옥
본권번역	김정희 임만호 임훈식 홍명희 외
발 행 인	윤석현
발 행 처	제이앤씨
등　　록	제7-220호

우편주소	서울시 도봉구 우이천로 353 성주빌딩 3F
대표전화	(02) 992-3253
전　　송	(02) 991-1285
전자우편	jncbook@hanmail.net
홈페이지	http://www.jncbook.co.kr
편　　집	최현아
책임편집	김선은

ISBN 978-89-5668-113-9　93830　　　정가 29,000원